그 후 — それから

それから(1909)

夏目漱石

그 후

それから

나쓰메 소세키 — 김영식 옮김

문예출판사

일러두기

옮긴이가 추가한 설명은 〔 〕이나 각주로 표시했습니다。

차례

1

문밖에서 누군가 황급하게 뛰어가는 발소리가 났을 때 다이스케의 머릿속에서 커다란 게다짝이 허공으로 떠올랐다. 그러나 발소리가 점차 멀어지자 게다짝은 스윽 머리에서 빠져나가 어디론가 사라졌다. 다이스케는 잠이 깼다.

머리맡을 보니 동백꽃 한 송이가 방바닥에 떨어져 있다. 다이스케는 어젯밤 잠자리에서 분명 이 꽃이 떨어지는 소리를 들었다. 그것은 마치 천장에서 고무공이 내던져진 것처럼 크게 울렸다. 밤이 깊어 사방이 고요하기 때문이라고 생각했지만 그래도 의심스러워 오른손을 심장에 대고, 갈비뼈 주위에서 규칙적으로 뛰는 맥박을 확인하고서야 잠에 빠져들었다.

갓난아기 머리쯤 되는 큰 꽃의 빛깔을 잠시 멍하니 바라보던 그는 문득 어떤 생각이 났는지 누운 상태에서 가슴 위에 손을 대고 다시 심장의 고동을 확인하였다. 그는 요즘 잠자리에서 가슴의 맥박을 들어보는 습관이 생겼다. 분명 맥박은 변함없이 침착하게 뛰었다. 그는 가슴에 손을 얹은 채로 이 고동 밑에 따스한 붉은 피가 유유히 흐르는 모습을 상상해보았다. 이것이 바로 생명이라고 생각했다. 자신은 지금 흐르는 생명에 손바닥을 대고 있다고 생각했다. 그리고 손바닥에 전해오는 시곗바늘 같은 울림은 자신을 죽음으로 이끌어가는 경종警鐘 같은 것이라고 생각했다. '이 경종을 듣지 않고 살아갈 수 있다면, 피를 담은 자루가 시간을 담은 자루를 겸하지 않는다면 얼마나 좋을까. 그럼 나는 마음껏 삶을 즐길 수 있으리라. 하지만…….' 다이스케는 문득 소름이 끼쳤다. 피가 뛰지 않는 조용한 심장을 상상할 수 없을 정도로 그는 삶에 애착을 가졌다. 그는 때때로 잠자리에서 왼쪽 가슴 아래에 손을 대고 만약 이곳을 망치로 한 번 맞는다면 하는 생각을 하곤 했다. 그는 건강하게 살고 있으면서도 살아 있다는 굳건한 사실이 오로지 기적 같은 요행이라고 느껴질 때도 있었다.

그는 심장에서 손을 떼고 머리맡의 신문을 집어 들었다. 이불에서 양손을 내밀어 신문을 크게 좌우로 펼치자 왼쪽 면에 남자가 여자를 칼로 베는 삽화가 있었다. 그는 곧 다른 페이지로 눈을 옮겼다. 그곳에는 '학교 소동'*이 큰 활자로 나와 있었다. 다이스케는 그 기사를 읽다가 잠시 후 나른한 손으로 신문을 이불 위로 툭 떨어뜨렸다. 그리고 담배를 한 개비 피우면서 이불을 걷어 젖히고 방바닥 위 동백꽃을 들고서는 코끝에 갖다 댔다. 입술과 콧수염과 코가 거의 다 가려졌다. 짙은 담배 연기가 동백의 꽃잎과 꽃술을 휘감았다. 그것을 하얀 요 위에 놓고서는 일어나 욕실로 갔다.

욕실에서 꼼꼼히 이를 닦았다. 그는 가지런한 치아를 늘 기쁘게 생각했다. 웃통을 벗고 가슴과 등에 수건마찰을 했다. 그의 피부에는 윤기가 흘렀다. 향유를 꽉 짜낸 후에 깔끔히 닦아낸 것처럼, 어깨를 움직이거나 팔을 들어 올리면 반질반질하게 기름진 살결이 보였다. 그는 그것도 만족스러웠다. 다음으로 검은 머리의 가르마를 탔다. 기름을 바르지 않아도 생각대로 잘 갈라졌다. 수염도 머리털처럼 가늘고 차분하게 입 위를 기품 있게 덮고 있었다. 다이스케는 거울 앞에 자신의 얼굴을 비추고 부풀린 볼을 양손으로 두세 번 문질렀다. 마치 여자가 분을 바를 때의 손놀림 같았다. 실제로 그는 필요하다면 분도 바를 수 있을 만큼 자신의 몸에도 자신이 있었다. 그는 나한상羅漢像같이 빼빼 마른 골격과 얼굴을 가장 싫어했다. 거울을 볼 때마다 그런 얼굴로 태어나지 않아 다행이라고 생각했다. 그리고 남들이 그

---

* 1909년 4월경, 도쿄제국대학 법과대학 내에 상업학과를 설치하고 기존의 도쿄고등상업학교 전공부(졸업생의 대학 과정)를 흡수한다는 문부성의 의향에 반대하여 동교생이 항의한 사건. 전공부는 존속되어 1920년 도쿄상과대학으로 승격, 1949년 히토쓰바시一橋대학으로 개칭.

에게 남자답지 않게 멋 부린다는 말을 해도 아무런 부담도 느끼지 않았다. 그만치 그는 구시대의 일본을 초월하고 있었다.

약 30분 후에 그는 식탁에 앉았다. 뜨거운 홍차를 홀짝거리며 마신 후 구운 빵에 버터를 바르고 있는데 객실에서 가도노라는 서생書生이 접힌 신문을 들고 왔다. 두 번 접힌 신문을 방석 옆에 놓고, 흥분한 목소리로 말을 걸었다.

"선생님, 큰일이 벌어졌네요." 이 서생은 다이스케에게 선생님이라는 경칭을 썼다. 다이스케도 처음 한두 번은 쓴웃음을 지으며 그만두라고 했으나, "헤헤, 하지만 선생님" 하며 계속 선생님이라 불렀다. 할 수 없이 그냥 놔두었으나 어느새 습관이 되어 지금은 가도노에게 그냥 선생님으로 통했다. 서생 입장에서 생각해보니 실제로 서생이 다이스케 같은 집주인을 부르려면 선생님 말고 달리 적당한 명칭이 없다는 것을 다이스케도 곧 깨닫게 되었다.

"학교 소동 건 말인가?" 다이스케는 침착한 얼굴로 빵을 먹고 있었다.

"그래도 통쾌하지 않습니까?"

"교장 배척인가?"

"네, 결국 사직하겠죠?"라며 가도노가 기뻐했다.

"교장이 사직하게 되면 자네에게 뭔가 이득이라도 있나?"

"에이, 농담이시겠죠? 그렇게 손익을 따져서 통쾌하다는 게 아닙니다."

다이스케는 여전히 빵을 먹고 있었다.

"자네, 그게 정말로 교장이 얄미워서 배척하는 것인지 달리 어떤 손익 문제가 있어 배척하는 것인지 알고 있나?" 다이스케는 주전자의 온수를 홍차 잔에 부었다.

"모르겠네요. 뭐죠? 선생님은 아십니까?"

"나도 모르네. 잘 모르겠지만 요즘 사람들이 아무런 이득도 없는데 그런 소동을 일으킬까? 그건 하나의 수단일세."

"아하, 그런 것인가요?" 가도노는 다소 진지한 표정을 지었다. 다이스케는 그 말만 하고 입을 다물었다. 가도노는 그 이상의 말이 통하지 않았다. 그 이상은 아무리 나아가도 "아하, 그런 것인가요?"를 태연하게 반복한다. 다이스케의 말이 통했는지 전혀 알 수 없다. 다이스케는 오히려 그 점이 자신의 신경을 자극하지 않고 원만해서 좋다고 생각해 서생으로 삼았다. 하지만 그런 사람인지라 학교도 가지 않고 공부도 하지 않고 하루 종일 빈둥거렸다. "자네, 외국어라도 공부하는 게 어떨까?" 등의 말을 몇 번 한 적이 있었다. 그러면 가도노는 늘 "그렇습니까?"라든가 "그런 것인가요?"라고 대답할 뿐이었다. 결코 "하겠습니다"라는 말은 하지 않았다. 이런 게으른 사람은 무언가 명확한 대답을 할 수 없을 것이다. 다이스케도 가도노를 교육하기 위해 세상에 태어난 것이 아니므로 그냥 적당히 방치했다. 다행히 머리와 달리 몸은 민첩하여 다이스케는 그 점을 높게 평가하였다. 다이스케뿐 아니라 오래전부터 집일을 하는 아주머니도 가도노 덕분에 요즘은 매우 편해졌다. 그래서 아주머니와 가도노는 매우 친했다. 주인이 집에 없을 때에는 둘이 자주 말을 나눴다.

"선생님은 도대체 무슨 일을 하시려는 걸까요? 아주머니."

"저 정도면 뭐라도 하실 수 있지. 걱정할 것까지는 없네."

"걱정은 하지 않지만요. 무언가 하시면 좋을 거 같다는 생각을 합니다만."

"일단 부인을 얻으신 후에 천천히 관직이라도 찾으실 생각이시겠지."

"좋은 생각이네요. 나도 저렇게 종일 책을 보거나 음악회에 다니면서 살고 싶네요."

"자네가?"

"책은 읽지 않아도 좋지만 저렇게 놀고 싶네요."

"그런 건 모두 전생에서 정해진 운명이니 아무나 할 수 없다네."

"그런 것인가요?"

늘 이런 식이었다. 가도노가 다이스케 집에 오기 2주 전에는 젊은 독신의 주인과 이 식객과의 사이에 다음과 같은 대화가 있었다.

"자네는 어느 학교에 다니고 있는가?"

"원래 다녔습니다만 지금은 그만두었습니다."

"원래 어디에 다녔던가?"

"어디라고 할 것도 없이 여기저기 다녔습니다. 원래 싫증을 잘 내는 성격이거든요."

"금세 싫증이 나는가?"

"뭐, 그렇죠."

"그럼, 별로 공부할 생각도 없다는 말인가?"

"네, 전혀 없습니다. 게다가 요즘 집 사정이 별로 좋지 않아서요."

"우리 집 아주머니가 자네 모친을 잘 안다며?"

"네, 바로 이웃에 사셨으니까요."

"모친은 역시……"

"역시 집에서 자잘한 부업을 하고 있습니다만 아무래도 요즘은 불경기라 벌이가 별로 좋지 않은 것 같기도 합니다."

"같기도 하다고? 자네는 어머니와 함께 살지 않는가?"

"함께 살기는 합니다만 귀찮아서 물어본 적도 없습니다. 잘 모르겠지만 자주 어렵다는 소리를 하시는 것 같습니다."

"형님은?"

"형은 우체국에 나가고 있습니다."

"가족은 그뿐인가?"

"남동생도 있습니다. 은행을 다니는데 아마 사환보다 조금 위 정도일 겁니다."

"그럼 놀고 있는 사람은 자네뿐 아닌가?"

"뭐, 그렇긴 하네요."

"그래서 집에 있을 때는 무엇을 하고 있나?"

"뭐, 대개 누워서 자죠. 아니면 산책이라도 하든가."

"다른 가족이 모두 일하고 있는데 자네 혼자 잠만 자면 마음이 무겁지 않나?"

"아뇨, 그렇지도 않습니다."

"가정이 아주 원만한가?"

"별로 싸우지도 않습니다. 이상하게도."

"하지만 모친과 형님 입장에서는 하루라도 빨리 자네가 독립했으면 할 텐데."

"그럴지도 모르겠네요."

"자네는 참 태평한 성격인 것 같네. 실제로 그런가?"

"네, 별로 거짓말 할 생각도 없네요."

"그럼 대단한 낙천가로군."

"네. 뭐, 낙천가라고 할 수 있을까요?"

"형님은 나이가 어떻게 되시나?"

"그러니까 올해 스물여섯이 되었던가요?"

"그럼 어서 결혼할 나이로군. 형님이 결혼해도 여전히 지금처럼 지낼 셈인가?"

"그때가 돼봐야 알겠죠. 저도 어찌 될지 잘 모르겠습니다만 어쨌든 무언가 하겠죠."

"그 밖에 친척은 없는가?"

"숙모가 한 분 계십니다. 숙모는 지금 해변에서 해상운송업을 하고 있습니다."

"숙모님이?"

"숙모님이 하는 게 아니겠죠. 뭐, 숙부님이겠죠."

"그곳에 부탁해 일자리를 얻는 건 어떤가? 운송업이라면 사람이 꽤 많이 필요할 텐데."

"바탕이 게을러서요. 아마 거절당할 겁니다."

"그렇게 자신을 단정하면 곤란하지. 실은 자네 모친이 우리 집 아주머니에게 자네를 내 집에서 써달라고 부탁했다네."

"네? 뭐하러 그런 부탁을 했죠?"

"도대체 자네 자신의 생각은 어떠한가?"

"네, 가급적 게으름을 피우지 않고……"

"우리 집에 오길 원하나?"

"뭐, 그렇죠."

"하지만 자거나 산책만 하는 것은 곤란해."

"그건 괜찮습니다. 몸은 튼튼하니까요. 욕탕 물이나 뭐라도 길어 나를 수 있습니다."

"욕탕은 수도가 있으니 길어 나를 필요는 없네."

"그럼 청소라도 할까요?"

가도노는 이런 조건으로 다이스케의 서생이 되었다.

다이스케는 식사를 마치고 담배를 피웠다. 지금껏 찻장 아래에서 오도카니 무릎을 감싸고 기둥에 기대 있던 가도노는 지금이 좋은 때라고 생각해 다시 주인에게 질문했다.

"선생님, 오늘 아침 심장 상태는 어떻습니까?"

얼마 전부터 다이스케의 습관을 알고 말을 살짝 돌리는 듯했다.

"오늘은 아직 괜찮네."

"왠지 내일이라도 위태로워질 듯하군요. 아무래도 선생님처럼 그렇게 몸에 너무 신경을 쓰시면 나중에 정말로 병에 걸릴지도 모릅니다."

"이미 걸렸네."

가도노는 단지 "네, 네"라고 말하고 다이스케의 반들거리는 안색과 살집 좋은 어깨를 바라보았다. 이런 경우에 다이스케는 늘 이 청년이 불쌍하게 느껴졌다. 다이스케가 볼 때, 이 청년의 머리는 소의 뇌수로 가득 차 있는 듯했다. 즉, 보통사람이 걸어 다니는 대로를 반밖에 따라오지 못했다. 어쩌다 골목으로 방향을 틀면 곧 미아가 되어버렸다. 논리에 기반을 두어 구축된 갱도에는 애초에 발을 들여놓을 수 없었다. 그의 신경계는 더욱 허술했다. 마치 굵은 새끼줄로 엮은 느낌이었다. 이 청년의 생활을 관찰하다 보면 다이스케는 가도노가 무엇 때문에 굳이 호흡을 하며 존재하는지 의아스러울 때도 있었다. 그럼에도 불구하고 그는 태연하게 빈둥거렸다. 게다가 이 빈둥거림이 주인의 태도와 같은 모습이라고 생각해 아주 자신만만하게 행동했다. 더구나 매우 튼튼한 자신의 몸을 믿고 주인의 신경적인 부분을 건드렸다. 다이스케의 신경은 그 특유의 치밀한 사색력과 예민한 감성의 대가로 지불하는 세금이었다. 고상한 교육의 저편에서 발생하는 메아리의 고통이었다. 천부적으로 귀족이 된 대가로 받는 불문의 형벌이었다. 이러한 희생을 감수하였기에 지금의 그가 되었다. 아니, 어느 때는 이러한 희생 그 자체에서 삶의 진정한 의미를 느끼는 경우도 있었다. 가도노는 그런 것을 전혀 몰랐다.

"가도노, 편지가 오지 않았던가?"

"편지 말입니까? 아, 왔습니다. 엽서와 편지가. 책상 위에 놓아두었습니다. 가져올까요?"

"아니, 내가 그리로 가도 괜찮은데."

애매한 대답이었기에 가노도는 벌써 자리를 떴다. 그리고 엽서와 편지를 들고 왔다. 엽서는 '금일 2시 도쿄東京 착着. 곧 앞면 기재 주소 투숙. 일단 알림. 명일明日 오전 만남 희망'이라고 흐린 먹물로 휘갈겨 쓴 극히 간단한 것으로, 앞면에는 진보초神保町 골목의 여관 이름이, 뒷면에는 히라오카 쓰네지로라는 발송인 이름이 거친 필체로 적혀 있었다.

"벌써 왔나? 어제 쓴 것이로군." 혼잣말처럼 말하고 다른 편지를 집어 드니 이것은 부친의 필체였다. '이삼일 전에 돌아왔다. 급한 용무는 아니나 이런저런 할 말이 있으니 이 편지를 받는 즉시 오거라'라고 쓰고 그 뒤로는 교토京都의 꽃이 아직 덜 폈다는 둥 급행열차가 만원이라 힘들었다는 둥 별 내용 없는 말이 몇 줄 이어졌다. 다이스케는 편지를 접으며 묘한 표정으로 양쪽을 번갈아 보았다.

"자네, 전화 좀 걸어주겠나? 본가에."

"네, 본가에. 뭐라고 걸까요?"

"오늘은 약속된 손님이 있으니 갈 수 없다고. 내일이나 모레 꼭 찾아뵙겠다고."

"아, 예. 어느 분에게요?"

"아버님이 여행에서 돌아오셔서 할 말이 있어 잠시 오라고 하시니……. 뭐 굳이 아버님을 찾지 않아도 되니 아무에게나 그렇게 전해주게."

"네."

가도노는 서둘러 밖으로 나갔다. 다이스케는 식당을 나와 객실을 지나 서재로 돌아갔다. 깨끗하게 청소가 되어 있었다. 바닥의 동백꽃도 어디론가 치워져 있었다. 다이스케는 꽃병 오른쪽에 있는 조립식 책장으로 가서 위에 올려놓은 무거운 사진첩을 꺼냈다. 그리고 선 채로 걸쇠를 풀고 한 장 한 장 넘기다가 중간쯤에서 멈췄다. 그곳에는 스무 살쯤 되는 여자의 상반신 사진이 있었다. 다이스케는 눈을 내리뜨고 가만히 여자의 얼굴을 응시하였다.

2

다이스케가 옷이나 갈아입고 히라오카의 숙소를 찾아갈까 생각하고 있을 때 히라오카가 직접 찾아왔다. 덜거덕거리는 인력거를 문 앞까지 타고 와서, "여기요, 여기" 하고 인력거를 세운 목소리는 3년 전 헤어진 때 그대로였다. 현관으로 마중 나간 아주머니를 붙잡고 숙소에 지갑을 놓고 왔으니 20전만 빌려달라는 모습 또한 학창 시절의 히라오카 그대로였다. 다이스케는 현관까지 뛰어나가 옛 친구의 손을 붙잡고 객실로 데려왔다.

"어떻게 된 거야? 뭘 그리 서둘러 왔나?"

"어? 의자로군" 하고 말하면서 히라오카는 안락의자에 털썩 앉았다. 60킬로그램쯤 되는 자신의 살에 서푼의 가치도 두지 않는다는 모습이었다. 그리고 스님같이 짧은 머리를 의자 등받이에 기대고 잠시 방 안을 돌아보았다.

"아주 집이 좋군. 생각보다 좋아."

히라오카의 칭찬에 다이스케는 잠자코 담뱃갑의 뚜껑을 열었다.

"그동안 어떻게 지냈나?"

"어떻게고 뭐고. 뭐, 천천히 이야기하지."

"예전에는 종종 편지가 와서 소식을 듣고 있었는데 요즘에는 편지가 전혀 없었으니까."

"아니, 자네뿐 아니라 여기저기 다 소식을 끊었지." 히라오카는 돌연 안경을 벗고 양복 윗도리 안에서 쭈글쭈글한 손수건을 꺼내 눈을 깜박거리면서 닦기 시작했다. 학창 시절부터 근시였다. 다이스케는 가만히 그 모습을 지켜보았다.

"나보다 자네는 어떤가?" 히라오카는 이렇게 말하면서 가느다란 안경 줄을 양손에 잡고 귀에 걸쳤다.

"나는 별다른 일 없네."

"별다른 일 없는 게 최고지. 변화무쌍한 세상이니."

히라오카는 미간을 찌푸리고 정원을 바라보다가 갑자기 말투를 바꿔 말했다.

"오, 벚나무가 있군. 지금 막 피려고 하는군. 날씨가 꽤 달라." 대화는 왠지 옛날처럼 차분하지 않았다.

"거기는 아주 따뜻하지?" 다이스케도 좀 맥 빠진 투로 의례적인 대답을 했다. 그러자 이번에는 힘이 들어간 열띤 말투의 대답이 나왔다.

"응, 아주 따뜻하지." 마치 자신의 존재를 갑자기 의식하고 깜짝 놀란 말투였다. 다이스케는 다시 히라오카의 얼굴을 바라보았다. 히라오카는 담배에 불을 붙였다. 그때 아주머니가 차를 담은 자기 주전자를 들고 왔다. 바로 조금 전에 주전자에 물을 넣었기에 끓이는 데 시간이 걸려 죄송하다면서 테이블 위에 쟁반을 놓았다. 두 사람은 아주머니가 주절주절 말하는 동안 자단목 쟁반을 보며 잠자코 있었다. 아주머니는 아무도 대답을 해주지 않자 혼자 간살스럽게 웃고 방을 나갔다.

"누구지?"

"일하는 아주머니. 밥은 먹어야 하니까."

"아주 수다스럽군."

다이스케는 붉은 입술의 양 끝을 활처럼 아래쪽으로 내리고 깔보듯이 웃었다.

"지금까지 이런 곳에서 일한 적이 없으니 어쩔 수 없지."

"자네 친가에서 누군가 데려오면 될 텐데. 많이 있잖나?"

"모두 젊은 사람뿐이라서." 다이스케는 진지하게 대답했다. 히라오카는 이때 비로소 소리를 내며 웃었다.

"젊으면 더욱 좋지 않은가?"

"어쨌든 친가 일꾼들은 안 돼."

"저 아주머니 말고 또 있나?"

"서생이 하나 있지."

가도노는 어느새 돌아와서 부엌에서 아주머니와 말을 나

누고 있었다.

"그게 전부?"

"전부야. 왜?"

"부인은 아직 얻지 않았는가?"

다이스케는 약간 얼굴을 붉혔으나 곧 보통의 극히 평범한 상태로 돌아갔다.

"처를 얻었다면 자네에게 알렸겠지. 그보다 자네의……" 하고 말을 꺼냈으나 곧 멈췄다.

다이스케와 히라오카는 중학 때부터의 친구로 특히 대학을 졸업하고 1년 동안은 형제처럼 가깝게 왕래했다. 그때는 서로 모든 것을 털어놓고 상대에게 힘이 되는 말을 나누는 것이 가장 큰 즐거움이었다. 그런 말이 실행된 적도 적지 않으므로, 그들이 서로를 위해 입에 올린 모든 말에는 즐거움보다도 항상 일종의 희생을 포함하고 있다고 확신하였다. 그러나 곧 그 희생으로 인해 즐거움의 성격이 홀연히 고통으로 바뀐다는 진부한 사실은 깨닫지 못하였다. 1년 후에 히라오카는 결혼하였다. 동시에, 근무하는 은행의 게이한京坂〔교토·오사카〕 지방의 어느 지점으로 발령이 났다. 신바시新橋 역에서 근무지로 떠나는 신혼부부를 배웅하며 다이스케는 유쾌한 표정으로 "곧 돌아오게"라며 히라오카와 악수를 했다. 히라오카는 "할 수 없지. 당분간 견뎌야지"라고 내뱉듯이 말하였는데, 안경 너머로는 자신감 넘치는 빛이 부러울 정도로 반짝거렸다. 그것을 보고 다이스케는 친구가 얄밉게 느껴졌다. 집에 돌아와 종일 방에 틀어박혀 생각에 잠겼다. 형수를 데리고 음악회에 가려던 것을 취소하여 형수의 마음을 상하게 했을 정도였다.

히라오카는 꾸준히 소식을 전해주었다. 무사히 도착했다는 엽서, 그곳에서 살 집을 구했다는 보고. 그것이 끝나자 지점 근무의 이야기, 자기 장래의 희망 등등의 소식이었다. 편지가 올 때마다 다이스케는 늘 정성껏 회신을 보냈다. 이상하게도 다이스케가 회신을 쓸 때에는 항상 어떤 불안에 휩싸였다. 때로는 그것이 고통스러워 도중에 회신을 멈춘 적도 있었다. 단지 히라오카가 다이스케의 과거 행위에 대해 조금이나마 감사의 뜻을 표하는 경우에는 쉽사리 붓이 움직여져 비교적 부드러운 회신을 쓸 수 있었다.

그러는 가운데 점점 편지의 왕래가 뜸해져 한 달에 두 통이 한 통이 되고, 한 통이 다시 두세 달의 간격이 되자 이번에는 편지를 쓰지 않는 것이 오히려 불안해져 아무런 내용도 없으면서 단지 그런 느낌을 없애기 위해 편지를 쓰는 경우도 있었다. 그것이 반년 정도 지속되는 가운데 다이스케의 머리와 가슴에도 점점 변화의 느낌이 들기 시작했다. 이 변화에 따라 다이스케는 히라오카에게 편지를 쓰나 안 쓰나 전혀 고통을 느끼지 않게 되었다. 실제로 다이스케가 친가에서 독립한 후 약 1년 동안은 올해 초의 연하장 교환 때에 지금의 주소를 알렸을 정도였다.

그럼에도 어떤 사정으로 히라오카를 완전히 잊을 수는 없었다. 때때로 생각이 났다. 지금은 어떻게 살고 있을까 이런저런 상상을 하기도 했다. 그러나 단지 생각뿐으로 굳이 문의를 해보거나 안부를 묻거나 할 정도로 걱정하는 마음도, 필요도 없이 오늘까지 지내왔는데 2주 전에 돌연 히라오카의 서신이 도착하였다. 편지에는, 근일 이곳을 떠나 그곳으로 갈 예정이다. 단 본점의 명령일 뿐으로 영전의 의미를 포함한 수동적인 진퇴라고 생각하면 곤란하다. 생각한 바가 있어 급히 전직하려고 하니 도쿄 도착 후 모쪼록 잘 부탁한다는 내용이었다. '모쪼록 잘 부탁한다'의 부탁이 진정한 의미의 부탁인지 아니면 단지 의례적인 부탁인지 불확실했지만 히라오카 신상에 급격한 변화가 생긴 것은 분명했다. 다이스케는 그때 가슴이 덜컹했다.

그래서 만나자마자 그 변화의 자초지종을 듣고자 기다렸건만 불행하게도 대화가 핵심을 벗어나 쉽사리 돌아오지 않았다. 기회를 잡아 다이스케가 말을 꺼내면, "조만간에 천천히 말하지" 하며 좀체 진척이 되지 않았다. 다이스케는 할 수 없이 말을 꺼냈다.

"오랜만이니 집 근처에서 밥이라도 먹지." 그럼에도 히라오카가 "좀 천천히"를 반복하려는 것을 억지로 끌고 나와 근처의 양식집으로 갔다.

두 사람은 그곳에서 술을 많이 마셨다. "마시는 것과 먹는 것은 옛날 그대로군" 하고 말한 것이 시초가 되어 굳었던 혀가 점차 풀렸다. 다이스케는 유쾌하게 이삼일 전에 보러 간 니콜라이 성당*의 부활제 이야기를 했다. 축제는 밤 열두 시를 신호로 세상이 모두 잠든 때에 맞춰 시작했다. 참배자들이 긴 복도를 통해 본당으로 돌아오자 어느새 수천 개의 촛불이 모두 켜져 있었다. 법의를 입은 사제가 열을 지어 저쪽을 지나갈 때 검은 그림자가 흰 벽에 크게 비쳤다……. 히라오카는 턱을 괴고 안경 너머의 쌍꺼풀눈을 붉게 물들이면서 듣고 있었다…… 그리고 다이스케는 축제가 끝난 밤 두 시쯤 넓은 오나리御成 가도를 지나 심야의 어둠 속으로 길게 뻗은 전차 레일 위를 걸어서 혼자 우에노上野 숲까지 온 후에 전등이 비치는 벚꽃 속으로 들어갔다.

"인적 없는 밤 벚꽃은 좋더군." 다이스케가 말했다. 히라오카는 잠자코 술잔을 비우고 좀 딱하다는 듯이 입가를 씰룩거렸다.

"좋겠지. 나는 아직 본 적이 없지만…… 하지만 그런 행동을 할 수 있는 때는 아직 마음이 편한 거지. 세상에 나와 보면 그럴 수 없을 거야." 히라오카는 상대의 무경험을 위에

---

* 일본 정교회의 도쿄 부활 대성당 교회로, 보통 '니콜라이당'이라고 불린다. 도쿄의 지요다 구에 있다.

서 내려다보는 듯한 말을 했다. 다이스케는 말투보다도 대답의 내용이 불합리하게 느껴졌다. 그는 생활상의 세상 경험보다도 부활제 밤의 경험이 인생에 더 의미 있다고 생각했다. 그래서 이렇게 대답했다.

"나는 소위 세상의 경험처럼 어리석은 것은 없다고 생각하네. 고통이 있을 뿐 아닌가?"

히라오카는 취한 눈을 좀 크게 떴다.

"생각이 엄청 달라졌군…… 하지만 그 고통이 나중에 약이 된다는 것이 원래 자네의 지론이 아니었던가?"

"그거야 식견 없는 청년이 세속의 격언에 지배되어 허튼 소리를 하던 때의 지론이지. 이미 오래전에 버렸네."

"하지만 자네도 이제 세상에 나와야 할걸세. 그때도 그러면 곤란하지."

"세상에는 예전부터 나와 있네. 특히 자네와 헤어지고 나서 아주 세상이 넓어진 느낌이야. 단지 자네가 지내고 있는 세상과는 종류가 다를 뿐이지."

"그런 말을 하며 잘난 체해도 곧 항복하게 될걸."

"물론 먹고살기 힘들어지면 언제라도 항복하겠지. 하지만 오늘 아무런 걱정 없는 자가 뭘 괴로워하며 열등한 경험을 맛보겠는가. 인도 사람이 외투를 입고 겨울을 대비하는 것과 같네."

히라오카의 눈썹 사이로 약간 불쾌한 기색이 번뜩였다.

벌건 눈으로 바라보며 뻑뻑 담배를 피웠다. 다이스케는 좀 말이 과했다고 생각해 약간 어조를 부드럽게 했다.

"내가 아는 사람 중에 음악을 전혀 모르는 자가 있네. 학교 선생인데 한 군데만 나가면 밥벌이가 되지 않으니 세네 군데를 돌아다녔는데 참으로 불쌍하게도 예습을 하고 교실에 나가 기계적으로 입을 놀리는 것 말고 전혀 쉴 틈이 없네. 모처럼의 일요일에는 휴식을 취한다며 종일 쿨쿨 잠만 자네. 그러니 어디에 음악회가 있건 어떤 유명인이 외국에서 오건 감상하러 갈 여유가 없네. 즉 음악이라는 아름다운 세계에는 죽을 때까지 전혀 발을 들여놓지 못하네. 나는 이렇게 불쌍한 무경험은 없다고 생각하네. 빵에 관련된 경험은 절실할지 모르겠지만 그건 열등한 것이네. 빵과 물을 벗어난 고상한 경험을 하지 못하는 인간은 삶의 보람이 없네. 자네는 나를 아직 철부지 도련님이라고 생각하는 거 같은데 내가 살고 있는 고상한 세계에서는 자네보다 훨씬 연장자라고 할 수 있네."

히라오카는 담뱃재를 재떨이 위에 떨면서 어둡게 가라앉은 말투로 말했다.

"응, 언제까지나 그런 세계에서 살 수 있다면 좋겠지." 무거운 그 말의 발목에는 부富에 대한 저주가 매달려 있는 것 같았다.

두 사람은 취해서 식당 밖으로 나왔다. 술기운에 별난 토론을 하는 바람에 중요한 일신상의 이야기는 아직 조금도 진전되지 않았다.

"좀 걷지 않겠나?" 다이스케가 권했다. 히라오카도 별로 바쁘지 않은 듯 건성으로 대답하고 함께 걸음을 옮겼다. 대로에서 골목길로 들어가 가급적 대화를 나누기 쉬운 한적한 장소를 찾던 중에 어느덧 말의 실마리가 잡혀 궁금했던 것이 화제로 떠올랐다.

히라오카의 말에 따르면, 부임 당시 그는 실무 수습과 지역의 경제상황 조사를 위해 꽤 바쁘게 일했다. 가능하다면 학문의 현장 응용도 해보려고 생각했으나 직책이 높지 않아 어쩔 수 없이 자신의 계획은 단지 미래의 시험용으로 머릿속에 넣어 두었다. 처음에는 이것저것 지점장에게 건의한 적도 있으나 지점장은 늘 냉담하게 상대해주지 않았다. 복잡한 이론 등을 꺼내면 매우 불쾌한 표정을 지었다. 풋내기가 뭘 알겠느냐는 식이었다. 하지만 지점장 자신은 실제로 아무것도 알지 못하는 듯했다. 히라오카는 지점장이 자신을 '상대해주지 않는' 것은 자신이 상대가 안 되기 때문이 아니라 오히려 상대하는 것을 두려워하기 때문이라고 생각했다. 그래서 히라오카는 울화가 치밀었다. 충돌 직전까지 간 적이 한두 번이 아니었다.

하지만 시간이 경과함에 따라 울화는 어느새 점점 약해져 점차 자신의 머리가 주위의 분위기와 융화하게 되었다.

또 가급적 융화하려고 노력했다. 그에 따라 자신에 대한 지점장의 태도도 점차 달라졌다. 종종 지점장이 의논을 청하는 경우도 있었다. 그럴 때 히라오카는 이미 학교를 갓 나온 애송이에서 벗어났으므로 상대가 이해 못 하거나 부담될 수 있는 말은 가급적 하지 않았다.

"입발림 소리를 하거나 아첨 떠는 것과는 다르지만" 하고 히라오카는 애써 강조했다. "그거야 물론 그렇겠지." 다이스케는 진지한 표정으로 대답했다.

지점장은 히라오카의 미래에 관해 여러모로 배려해주었다. 조만간에 본사로 돌아갈 예정인데 그때 함께 데려가겠다며 농담 반 진담 반 약속까지 했다. 그즈음에는 업무도 익숙해지고 상사의 신뢰도 두터워졌다. 그리고 교제 범위도 늘어나서 자연히 공부할 시간이 없어졌을 뿐더러 또 공부가 오히려 실무에 방해된다는 생각까지 들기 시작했다.

지점장이 자신에게 만사 허심탄회하게 대해주는 것처럼 자신 또한 부하 직원인 세키를 신임하여 이런저런 의논을 상대해주었다. 그런데 세키는 어떤 게이샤와 관계하여 언제부터인지 회계에 구멍을 냈다. 그것이 폭로되어 세키는 당연히 해고되었으나 어떤 사정이 있어 그대로 방치하면 지점장에게까지 피해가 미칠 것 같아 히라오카 자신이 책임지고 사직을 신청했다.

히라오카의 이야기는 대략 이러했으나 다이스케는 지점

장이 그에게 사직을 권유한 게 아닐까 하는 의심도 들었다. 그것은 히라오카의 이야기 끝에 "회사원이란 위로 올라갈수록 해먹을 게 많거든. 그러니 솔직히 세키가 그 정도 돈을 빼돌렸다고 곧바로 면직을 당한 것은 애석한 일이지"라는 구절이 있었기에 추측한 것이었다.

"그럼 지점장이 가장 많이 먹었다는 거네?" 다이스케가 물었다.

"어쩌면 그럴지도 모르지." 히라오카는 말을 흐렸다.

"그래서 세키라는 자가 횡령한 돈은 어떻게 처리했지?"

"천 엔 좀 못 미치는 돈이라 내가 채웠지."

"다행히 돈이 있었군. 자네도 꽤 먹은 거 같군."

히라오카는 씁쓸한 얼굴로 다이스케를 힐끗 쳐다보았다.

"먹었다고 가정해도 다 써버리지. 생활비도 부족할 정도야. 그 돈은 빌렸네."

"그런가?" 다이스케는 태연스럽게 받아들였다. 다이스케는 어떤 때에도 평상심을 잃지 않았다. 그래서 그의 말투는 낮고 또렷한 가운데 일종의 온화한 느낌이 있었다.

"지점장한테 빌려서 채워놓았지."

"왜 지점장이 직접 세키라는 자에게 빌려주지 않았지?"

히라오카는 아무런 대답을 하지 않았다. 다이스케도 굳이 더 묻지 않았다. 두 사람은 아무 말 없이 잠시 나란히 걸어갔다.

다이스케는 히라오카가 말한 것 외에 아직 무언가 있는 게 틀림없다고 판단했다. 하지만 그는 한발 더 나아가 끝까지 진상을 파고들 권리가 없다는 것을 자각하였다. 또 그런 호기심을 불러일으키기에 다이스케는 너무 도시화되어버린 사람이었다. 20세기의 일본에 살고 있는 그는 서른도 되기 전에 이미 닐 아드미라리nil admirari(무엇에도 놀라지 않는 태도)의 경지에 도달했다. 그의 사상은 인간의 어두운 면을 발견하고 새삼 놀랄 정도로 순진하지 않았다. 그의 신경은 그런 진부한 비밀의 냄새를 맡고 기뻐할 정도로 할 일 없이 따분한 상태가 아니었다. 아니, 이보다 몇 배나 유쾌한 자극도 느끼지 못할 정도로 어느 면에서 말하자면 매우 피곤한 상태이기도 했다.

다이스케는 히라오카와는 거의 관계없는 자기 특유의 세계 속에서 이미 이 정도로 진화—진화의 뒷면을 보면 늘 퇴화인 것은 예나 지금이나 다르지 않는 슬픈 현상이지만—한 것이었다. 그것을 히라오카는 전혀 몰랐다. 다이스케를 여전히 구태를 벗지 못한 3년 전의 순진한 청년으로 보는 듯했다. 이런 도련님에게 자기의 약점을 모두 밝히는 것은, 장난삼아 말똥을 던져 여자를 놀라게 하는 것과 같은 결과를 초래하기 쉬웠다. 쓸데없는 짓을 해서 정나미가 떨어지게 하는 것보다는 잠자코 있는 편이 안전했다—다이스케는 히라오카의 속마음을 이렇게 읽었다. 그래서 히라오카가 자신에게 대답도 하지 않고 묵묵히 걸어가는 것이 왠지 바보스럽게 보였다. 히라오카가 다이스케를 아이 취급하는 정도로 혹은 그 이상의 정도로 다이스케는 히라오카를 아이처럼 보기 시작하였다. 하지만 두 사람이 잠시 후에 다시 대화를 시작한 때는 어느 쪽도 그런 흔적을 보이지 않았다. 다이스케가 먼저 입을 열었다.

"그래서 이제 앞으로 어떻게 할 생각인가?"

"글쎄."

"역시 지금까지의 경험도 있으니 같은 직업이 좋지 않을까?"

"글쎄. 상황을 봐서. 실은 천천히 자네와 의논해보려고 생각했는데, 어떤가? 자네 형님 회사에 자리가 있을까?"

"음, 알아보지. 이삼일 내로 본가에 갈 일이 있으니. 그런데 어떨지 모르겠네."

"만약 실업 쪽이 어려우면 어딘가 신문사라도 들어갈까 하네."

"그것도 좋겠지."

두 사람은 다시 전차가 다니는 길로 나왔다. 히라오카는 저쪽에서 다가오는 전차의 지붕을 바라보더니 갑자기 전차를 타고 돌아가겠다고 말했다. 다이스케는 "그래?"라고 대답하며 붙잡지 않았지만 곧바로 헤어지지도 않았다. 붉은 기둥이 서 있는 정거장까지 걸어갔다. 그곳에서 다이스케는 물었다.

“미치요는 어떻게 지내지?”

“어, 여전하네. 자네에게 안부 전해달라고 하더군. 실은 오늘 같이 오려고 했는데, 기차 멀미로 머리가 아프다고 해서 여관에 두고 왔네.”

전차가 두 사람 앞에 멈췄다. 히라오카는 두세 걸음 빠르게 걷기 시작했으나 다이스케가 부르는 소리에 걸음을 멈췄다. 그가 타야 할 전차가 아니었다.

“아이는 안됐군.”

“응. 불쌍하지. 그때 위로 편지 고마웠네. 어차피 죽으려면 태어나지 않는 게 좋았을 텐데.”

“그 후 어떤가? 아직 소식은 없는가?”

“응. 아직. 이젠 힘들겠지. 몸이 별로 좋지 않으니까.”

“이렇게 정착할 곳을 찾을 동안에는 아이가 없는 편이 오히려 편할지도 모르지.”

“그렇기도 하네. 아예 자네처럼 혼자라면 더욱 편할지도 모르겠네.”

“그럼 혼자가 되지?”

“농담 말게…… 그것보다, 집사람이 계속 묻는데 자네가 결혼했는지 궁금해하더군.”

그때 마침 전차가 왔다.

3

다이스케의 부친은 나가이 도쿠라는 이름으로, 메이지유신 때 전쟁에 나간 경험이 있을 정도로 나이가 든 노인이지만 지금도 매우 건강했다. 관직을 그만두고 실업계에 들어가 여러 일을 하는 동안에 자연스레 돈이 모이더니 14, 15년 전부터는 대단한 자산가가 되었다.

세이고라는 형이 있는데 대학을 졸업하고 곧바로 부친이 관계하는 회사에 들어가 지금은 중요한 지위에 있었다. 부인 우메코와 자식이 둘 있는데 장남 세이타로는 열다섯 살, 여동생 누이코는 세 살 아래였다.

세이고 말고 누나가 한 명 있는데 어느 외교관에게 시집가서 지금은 남편과 함께 서양에 나가 있었다. 세이고와 누나 사이에 또 하나, 누나와 다이스케 사이에도 또 하나의 형제가 있었지만 둘 다 어릴 때 죽었다. 모친도 사망했다.

다이스케 일가는 이렇게 구성되어 있었다. 그중 밖에 나가 있는 자는 서양에 가 있는 누님과 최근 독립한 다이스케뿐이므로 본가에는 모두 다섯 명이 남아 있는 셈이었다.

다이스케는 한 달에 한 번씩 본가에 돈을 받으러 갔다. 다이스케는 부친의 돈인지 형의 돈인지 모르는 돈을 받아 살고 있었다. 한 달에 한 번 외에도 심심하면 갔다. 그리고 아이들과 놀거나 서생과 오목을 두거나 형수와 연극*에 관한 평을 나누고 돌아왔다.

다이스케는 형수를 좋아했다. 형수는 옛날과 요즘의 현대 스타일을 결합한 듯한 여자였다. 일부러 프랑스에 있는 시누이에게 발음하기도 어려운 이름의 값비싼 옷감을 보내달라고 부탁하여 그것을 네댓 명이 바느질하여 기모노 허리띠로 만들어 입기도 하였다. 그런데 나중에 그것이 원래 일본에서 수출된 옷감인 것을 알고 큰 웃음을 샀다. 다이스케가 미쓰코시 백화점에 가서 그것을 확인하고 왔다. 그리고 서양음악을 좋아해 자주 다이스케를 따라 음악회에 갔다. 그런가 하면 점술에 대단한 관심을 갖고 있었다. 세키류시와 오시마라는 역술가를 대단히 숭배했다. 다이스케도 두세 번 함께 인력거를 타고 역술가 집까지 따라간 적이 있었다.

---

* 이 책에서 연극은 현대 연극이 아니라 일본 전통의 가부키나 신파극을 공연하는 시바이芝居를 말한다. 원래 잔디밭에 관중이 앉아 연극을 보았다는 것에서 유래.

세이타로는 요즘 야구에 열중하였다. 다이스케가 가서 종종 공을 던져주기도 했다. 그 아이는 별난 희망을 가졌다. 매년 초여름 대부분의 군고구마 장수가 빙수 장수로 바뀔 때, 땀도 나지 않는데도 제일 먼저 달려가 아이스크림을 사서 먹었다. 아이스크림이 없을 때는 빙수라도 먹었다. 그리고 의기양양하게 돌아왔다. 요전번에는 만약 스모의 상설관이 생긴다면 가장 먼저 들어가 보겠다고 말했다. "삼촌, 스모선수 누구 아는 사람 없어요?" 하고 다이스케에게 묻기도 했다.

누이코라는 여자아이는 무언가 말하면 늘 "됐네요, 몰라요"라고 대답했다. 그리고 하루에 몇 번이나 리본을 바꿔 달았다. 요즘은 바이올린을 배우러 다녔다. 돌아오면, 톱날을 가는 듯한 소리를 내며 연습을 했다. 하지만 남들이 보고 있으면 절대 하지 않았다. 방문을 잠그고 끼잉끼잉 하고 있으니 부모는 꽤 잘한다고 생각했다. 다이스케가 때때로 살짝 문을 열면 "됐네요, 몰라요"라는 투정 섞인 소리가 날아왔다.

형은 거의 집에 없었다. 특히 바쁜 시기가 되면 집에서는 아침밥 정도만 먹을 뿐, 그 밖에 어떻게 지내는지 두 아이는 전혀 몰랐다. 같은 정도로 다이스케도 몰랐다. 이것은 모르는 편이 바람직하므로 필요 없다면 굳이 형의 집 밖 생활에 관해 결코 생각하지 않았다.

두 아이는 다이스케를 잘 따랐다. 형수도 다이스케를 굳게 믿었다. 형이 다이스케를 어떻게 생각하는지는 잘 알 수 없었다. 어쩌다가 형제가 마주치면 흔한 세상 이야기만 했다. 둘 다 보통의 얼굴로 매우 태연하게 말했다. 극히 익숙하고 진부한 모습이었다.

다이스케가 가장 부담스러운 상대는 부친이었다. 그 나이에도 젊은 첩을 두고 있었지만 다이스케는 개의치 않았다. 다이스케는 오히려 축첩을 찬성하는 입장으로 그는 첩을 둘 여유가 없는 사람들이 축첩을 공격한다고 생각했다. 또한 부친은 대단한 잔소리꾼이었다. 아이 때는 골수에 사무칠 정도로 괴로운 적도 있었다. 그러나 성인이 된 지금은 별로 괴롭지 않았다. 단지 골치 아픈 것은 부친은 자신의 청년시대와 다이스케의 지금을 혼동하여 두 시대가 크게 달라지지 않았다고 믿고 있었다. 그러므로 자신이 옛날에 처세하던 때의 마음가짐을 다이스케도 갖지 않으면 잘못이라는 논리였다. 물론 다이스케는 뭐가 잘못이냐고 되묻지는 않았다. 그러니 결코 싸움은 일어나지 않았다. 다이스케는 어릴 때는 불끈하는 성질 때문에 열여덟 살 무렵 부친에게 대든 적이 한두 번 있었지만, 성장하여 학교를 졸업한 후로는 그런 증상이 사라졌다. 그 이후 여태껏 한 번도 화를 낸 적이 없었다. 부친은 이것을 자신의 훈육 효과라고 믿으며 남몰래 자부심을 가졌다.

하지만 실제로는 부친의 이른바 훈육은 부자 사이에 면면히 이어졌던 따스한 정을 점차 냉각시켰다. 적어도 다이스케는 그렇게 생각했다. 그런데 부친의 머릿속에서는 그것이 전혀 반대로 해석되었다. 어쨌든 간에 혈육의 부자 관계였다. 아버지에 대한 천부의 애정이 자식을 다루는 방법에 따라 바뀔 리 없었다. 유교에 감화를 받은 부친은, 교육을 위해 다소 무리를 해도 그 결과는 결코 골육의 애정에 영향을 미치지 않는다고 굳게 믿었다. 자신이 다이스케에게 존재를 부여했다는 단순한 사실이 모든 불쾌함과 고통에 대한 영원한 애정의 보증이 된다고 생각한 부친은 그 신념을 계속 밀어붙였다. 그리고 자신에게 냉담한 하나의 자식을 만들어냈다. 하긴 다이스케의 졸업 전후부터는 그 대우법도 크게 바뀌어 어떤 면에서 말하자면 놀랄 정도로 관대해진 면도 있었다. 그러나 그것도 다이스케가 세상에 태어나자마자 부친이 다이스케를 위해 만든 프로그램의 일부에 불과한 것이지 다이스케 마음의 변이를 꿰뚫어 본 적절한 처치는 아니었다. 자신의 교육이 다이스케에게 끼친 나쁜 결과에 관해서는 지금도 전혀 깨닫지 못했다.

부친은 전쟁에 참가했다는 사실을 대단히 자랑스럽게 생각했다. 걸핏하면 너는 아직 전쟁을 경험해본 적이 없으니 담력이 없어 틀렸다고 무조건 경멸했다. 마치 담력이 인간 지상의 능력인 것처럼 말했다. 다이스케는 이 말을 들을 때마다 불쾌했다. 담력은 목숨이 늘 위태로웠던 부친의 청년 때 같은 야만시대에는 생존에 필요한 자질일 수도 있었지만, 문명사회인 지금의 시각에서 보자면 옛날의 궁술이나 검술과 큰 차이가 없는 도구라고 다이스케는 생각했다. 아니, 담력과는 양립하지 않으며 담력 이상으로 확실히 유용한 능력이 많이 있다고 생각했다. 어느 날에는 또 부친의 담력 강의를 들은 후, 다이스케는 형수에게 "아버님 식으로 말하자면, 세상에 돌 지장보살이 가장 훌륭하다는 말이 되네요"라며 웃기도 했다.

이런 다이스케는 물론 겁이 많았다. 하지만 겁쟁이라고 해도 수치스럽다는 마음은 없었다. 어떤 경우에는 겁쟁이를 내세우고 싶을 정도였다. 어릴 때, 부친의 부추김으로 한밤중에 일부러 아오야마青山 공동묘지까지 간 적이 있었다. 으스스한 기분을 참고 한 시간쯤 있다가 결국 견디지 못해 창백한 얼굴로 집으로 돌아왔다. 그때는 스스로도 분하다고 생각했다. 다음 날 아침에 웃어대는 부친이 얄미웠다. 부친의 말에 따르면, 그와 동시대의 소년은 담력 수양을 위해 밤중에 단단히 옷을 갖춰 입고 혼자 성의 북쪽 십 리에 있는 산 정상까지 올라가, 그곳의 불당에서 밤을 새운 후에 해돋이를 보고 돌아오곤 했다. 지금의 젊은이와는 마음가짐부터가 다르다고 부친은 평했다.

다이스케는 늘 진지하게 이런 말을 하고 또 지금이라도

곧 말할 듯한 부친이 애처롭다고 생각했다. 그는 지진이 싫었다. 순간의 동요에도 가슴이 벌렁거렸다. 어느 때는 서재에서 가만히 앉아 있을 때 순간적으로 '아아 지진이 멀리서 다가온다'고 느끼는 경우도 있었다. 그럴 때 엉덩이 밑에 깔린 방석도 다다미도 마루판도 흔들리는 것을 느꼈다. 그는 이것이 자신의 천성이라고 믿었다. 부친 같은 사람은 신경 미숙의 야인이든가 아니면 자신을 속이는 어리석은 자라고 생각했다.

다이스케는 지금 부친과 마주 앉았다. 처마가 길게 뻗은 작은 방에 앉아서 바라보는 뜰은 처마로 가려져 좁아 보였다. 하늘도 좁아 보였다. 그 대신 조용하므로 차분하게 앉아 있기 편했다.

부친은 살담배(썬 담배)를 피우므로 손잡이가 달린 긴 담배 도구 상자를 앞으로 끌어당겨 때때로 그곳의 재떨이를 땅땅 때렸다. 그것이 조용한 뜰에 경쾌하게 울렸다. 다이스케는 금 빨부리 네다섯 개를 상자 안에 늘어놓았다. 코로 연기를 뿜는 것이 싫어져 팔짱을 끼고 부친의 얼굴을 바라보았다. 얼굴에는 나이에 비해 살집이 많았다. 하지만 볼은 야위었다. 짙은 눈썹 아래에 눈꺼풀이 처져 보였다. 수염은 순백이라기보다는 누런색이었다. 그리고 말을 할 때 상대의 무릎과 얼굴을 번갈아 보는 습관이 있었다.

노인은 지금 이런 말을 했다.

"사람은 자신만 생각해서는 안 된다. 세상도 있다. 국가도 있다. 남을 위해 무언가 하지 않는 자는 마음가짐이 좋다고 할 수 없다. 너도 그렇게 빈둥거리고 있으면 마음이 편할 리가 없겠지. 하등사회의 무학자라면 몰라도 최고학부를 나온 사람이 놀고 있으니 절대 보람이 있을 리가 없다. 배운 것은 실제 세상에 응용해야 비로소 보람이 생기니까."

"그렇습니다." 다이스케가 대답했다. 부친의 설교를 들을 때마다 다이스케는 대답이 궁해져서 습관적으로 적당히 대답했다. 다이스케의 생각에, 부친의 생각은 만사 대충 어떤 것을 혼자 제멋대로 단정한 후에 출발하므로 근본적인 의미가 결여되었다. 그뿐 아니라 지금 이타주의를 말하는가 하면 어느새 이기주의로 말이 바뀌었다. 말은 유창하고 거창하게 나오나 요컨대 뭐가 뭔지 종잡을 수 없는 공론이었다. 그것을 기초부터 깨뜨리려면 매우 어려운 일이며 또 필시 결실 없는 논쟁이 되니 애초부터 가급적 건드리지 않았다. 그런데 부친은 다이스케가 당연히 자신의 태양계에 속한다고 생각하므로 자신은 다이스케의 궤도를 지배할 권리가 있다고 지금껏 믿고 있었다. 그래서 다이스케도 할 수 없이 부친이라는 늙은 태양의 둘레를 착실하게 회전하는 것처럼 가장하였다.

"실업이 싫다면 그건 할 수 없지. 뭐 돈 버는 것만이 일본을 위한 것은 아니니까. 돈은 벌지 않아도 괜찮다. 돈 때문에 이러쿵저러쿵하면 너도 마음이 아플 것이다. 돈은 지금처럼 내가 보조해주마. 나도 언제 죽을지 모르고, 죽으면서 돈을 갖고 가는 것도 아니니까. 매달 네 생활비 정도야 어쨌든 대주마. 그러니 분발해서 무언가 하도록 해라. 국민의 의무로서 뭐든 해야겠지. 벌써 서른이지?"

"그렇습니다."

"서른이나 돼서 한량으로 빈둥거리는 건 아무래도 보기 흉하구나."

다이스케는 결코 빈둥거린다고는 생각지 않았다. 단지 직업으로 인해 더럽혀지지 않은, 충실한 시간을 가진 상등인간으로 자신을 생각할 뿐이었다. 부친이 이런 말을 할 때마다 실은 애처로운 생각이 들었다. 부친의 굳은 두뇌는, 이렇게 유의미하게 세월을 보내는 그 결과가 자기 사상의 결정체로 나타난다는 것을 전혀 이해하지 못했다. 어쩔 수 없이 진지한 표정으로 대답했다.

"네, 곤란하죠." 노인은 전적으로 다이스케를 아이 취급을 하는데다가 그 대답이 항상 순진함을 잃지 않으며 간단명료하고 세상과 동떨어진 말이므로 무시하는 가운데에서도 아무래도 고이 자란 아이는 어른이 되어도 철이 들지 않는다고 생각했다. 그런가 하면, 다이스케의 말투가 자못 태연하고 냉정하고 부끄러워하지 않으며 머뭇거리지도 않고 극히 담담한 모습이므로 이놈은 함부로 손을 댈 수가 없다고도 생각했다.

"몸은 건강한가?"

"2, 3년 동안 감기 한 번 걸린 적 없습니다."

"머리도 나쁜 편은 아니겠지. 학교 성적도 좋았지?"

"뭐, 그렇죠."

"그러니 놀고 있는 게 아깝다. 그 누구더라, 너한테 자주 놀러왔던 친구가 있지? 나도 두세 번 본 적 있는."

"히라오카 말씀입니까?"

"그래, 히라오카. 그리 뛰어난 인물도 아니라고 하는데 졸업하고 곧바로 어딘가에 들어가지 않았나?"

"그런데 실패하고 얼마 전에 돌아왔습니다."

노인은 쓴웃음을 참지 못했다.

"어째서?" 노인이 물었다.

"그러니까, 먹기 위해 일하기 때문이겠지요."

노인은 무슨 말인지 잘 이해할 수 없었다.

"뭔가 안 좋은 일이라도 저질렀나?" 노인이 다시 물었다.

"그 경우, 경우에 따라 당연한 일을 하는 것이겠지만, 그 당연한 걸 역시 실패했겠죠."

"흐음" 하고 노인은 떨떠름한 대답을 한 뒤 말투를 바꿔 설교를 시작했다.

"젊은 사람들은 흔히 실패라고 말하지만 그건 성실과 열심이 부족하기 때문이다. 나도 다년간의 경험으로 이 나이가 될 때까지 일했지만 아무래도 이 두 가지가 없으면 성공하지 못한다."

"성실과 열심 때문에 오히려 잘못될 수도 있겠죠."

"아니, 그럴 리는 없다."

부친의 머리 위에는 성자천지도야誠者天之道也(성실은 하늘의 도)라는 액자가 거창하게 걸려 있었다. 선대 구번주舊藩主* 가 써주었다는데 부친은 가보로써 애지중지하였다. 다이스케는 이 액자가 아주 싫었다. 일단 글자가 싫었다. 그리고 문구가 마음에 들지 않았다. '성실은 하늘의 도'라는 글자 뒤에 '사람의 도가 아니다'라고 덧붙이고 싶었다.**

그 옛날, 번의 재정이 피폐하여 곤궁에 빠졌을 때, 재건의 임무를 맡은 부친 나가이는 번주와 연고 있는 상인 두세 명을 성에 불러, 그들 앞에서 칼을 풀고 머리를 숙이며 일시의 융통을 부탁하였다. 애초에 돈을 갚을 수 있을지 몰랐으므로 솔직히 모르겠다고 자백하였는데 그것이 오히려 일을 성공시켰다. 그 인연으로 번주가 이 액자를 써주었다. 그 후 부친은 늘 이것을 자기 방에 걸어놓고 아침저녁으로 쳐다봤다. 다이스케는 이 액자의 유래를 몇 번이나 들었다.

---

* 번주는 번藩의 영주를 말한다. 메이지유신(1868) 전까지는 전국이 250여 개의 번으로 구성되었다.

** 《중용》 제20장에 나오는 말로, '성자천지도야'라는 글 뒤에 '성실을 이루는 것은 사람의 도이다'라는 의미의 '성지자인지도야誠之者人之道也'가 나온다.

지금으로부터 15여 년 전에 구번주 댁에서 매달 지출이 늘어나 모처럼 재건한 경제가 다시 무너지기 시작했을 때도 과거의 수완 때문에 나가이는 다시 부름을 받았다. 그때, 나가이는 몸소 욕조의 장작을 직접 때보며 실제 소비량과 장부상 소비량의 차이를 조사했는데 밤낮을 가리지 않고 이 일에만 온 힘을 쏟은 결과, 한 달 안에 훌륭한 대책을 세울 수 있었다. 그 후로 번주 댁에서는 비교적 풍족한 생계를 유지하게 되었다.

이러한 과거의 역사도 있어 그 밖으로는 한 발도 내딛을 생각을 하지 않는 나가이는 어떤 경우에도 성실과 열심을 갖다 붙이려고 했다.

"너는 왜 그런지 성실과 열심이 부족한 듯하다. 그래서는 안 된다. 그러니 뭐든 하지 못하는 거다."

"성실과 열심도 있습니다만, 단지 사람 관계에서는 응용하지 못하는군요."

"왜 그렇지?"

다이스케는 다시 대답이 궁해졌다. 다이스케의 생각에 따르면 성실이나 열심은 자신이 기성품으로 품고 있는 것이 아니라 돌과 쇠가 부딪혀 불꽃이 튀는 것처럼 상대에 따라 마찰이 잘 일어나는 경우에 당사자 두 사람 사이에 발생하는 현상이었다. 자신이 가진 성품이라기보다는 오히려 정신의 교환 작용이었다. 그러니 맞는 상대가 아니면 일어날 수 없었다.

“아버님은 《논어》니 왕양명이니 하는 금붙이를 먹고 계시니까 그렇게 말씀하시겠지요.”

“금붙이?”

다이스케는 잠시 침묵하다가 말했다.

“금붙이 그대로 나옵니다.” 나가이는 편협하고 세상 물정 모르는 독서광 청년이 말하는 애매모호한 경구에 호기심이 생겼지만 굳이 상대하려고 하지 않았다.

그로부터 40분쯤 후에 노인은 옷을 갈아입고 하카마*를 걸치고 인력거를 타고 어디론가 외출했다. 다이스케는 현관까지 전송을 나갔다가 다시 돌아와 객실 문을 열고 안으로 들어갔다. 객실은 최근에 서양식으로 증축하였는데 내부 장식 대부분은 다이스케가 아이디어를 내고 전문가에게 주문해 만들어졌다. 특히 난간의 주위를 장식한 그림은 잘 아는 화가와 이런저런 의논 끝에 만들어진 것이므로 더욱 이채로웠다. 다이스케는 일어나 두루마리를 펼친 듯 옆으로 기다란 색채화를 바라보았는데, 왜 그런지 예전에 봤을 때보다 마음에 들지 않았다. ‘이건 아닌데’ 하면서 구석구석을 살펴보며 음미하고 있는데 형수가 들어왔다.

---

* 겉에 입는 아래옷. 격식을 차린 복식. 바지처럼 가랑이 진 것이나 스커트 모양도 있다.

"어머, 여기 있었어요?" 이어서 형수는 "거기에 제 빗이 떨어져 있지 않나 해서요"라고 물었다. 빗은 소파 아래에 있었다. 어제 누이코에게 빌려줬는데 어딘가에 잃어버렸다고 해서 찾으러 왔다고 했다. 두 손으로 머리를 눌러 빗을 머리 안쪽으로 밀어 넣으며 다이스케를 치켜보고 놀렸다.

"여전히 멍청하게 있네요?"

"아버님에게 강의를 들었습니다."

"또요? 꾸지람도 자주 하시네요. 집에 오자마자 그러시니 좀 심하시네요. 그런데 도련님도 나쁘죠. 아버님 말씀은 조금도 따르지 않으니."

"아버님 앞에서 말대답은 하지 않죠. 만사 신중하게 얌전하게 듣고 있습니다."

"그러니 더 안 좋죠. 무언가 말하면 네네 하면서도 조금도 말을 듣지 않으니."

다이스케는 쓴웃음을 짓고 입을 다물었다. 우메코는 다이스케를 마주하고 의자에 앉았다. 키가 늘씬하고 피부는 가무잡잡하며 눈썹이 짙고 입술은 얇았다.

"좀 앉으세요. 잠시 말 상대 해드릴 테니."

다이스케는 여전히 선 채로 형수를 지켜보고 있었다.

"오늘은 이상한 옷깃을 다셨네요."

"이거요?"

우메코는 턱을 집어넣고 눈을 찡그리며 자기 옷의 깃을

보려고 했다.

“얼마 전에 샀어요.”

“좋은 색이네요.”

“뭐, 그런 거 아무래도 상관없으니 그곳에 앉기나 해요.”

다이스케는 형수의 정면에 앉았다.

“네, 앉았습니다.”

“도대체 오늘은 무슨 꾸중을 들으셨나요?”

“무슨 꾸중을 들었는지 잘 모르겠네요. 그런데 아버님이 국가와 사회를 위해 충성을 다하시는 것에는 놀랐습니다. 열여덟 살 때부터 오늘까지 끊임없이 애쓰시고 있다니까요.”

“그러니 그렇게 성공하셨죠.”

“국가와 사회를 위해 충성하고 아버님만큼 돈이 벌린다면 나도 충성을 다하고 싶군요.”

“그러니까 놀지 마시고 노력하세요. 도련님은 누워서 돈을 벌려고 하니 뻔뻔하죠.”

“돈을 벌려고 한 적은 아직 없습니다.”

“벌지는 않아도 쓰고 있으니 같은 게 아닌가요?”

“형님이 뭐라고 말씀하셨나요?”

“형님은 포기했는지 아무 말도 하지 않아요.”

“대단하시군요. 그런데 아버님보다 형님이 더 훌륭하네요.”

“왜요? 어머나 얄미워라. 또 그런 입발림 소리. 도련님은 그게 나빠요. 진지한 표정으로 사람을 놀리니까요."

"그런 것인가요?"

"'그런 것인가요'라뇨? 남 말 하는 것도 아니고. 좀 생각해 보세요."

"아무래도 여기 오면 나도 마치 가도노처럼 되어버리는군요."

"가도노가 누구죠?"

"집에 있는 서생인데요. 남이 뭐라고 하면, 꼭 '그런 것인가요?'라든가, '그럴까요?'라고 대답합니다."

"아주 별난 사람이네요."

다이스케는 잠시 말을 멈추고 우메코의 어깨 너머 커튼 사이로 쾌청한 하늘을 바라보았다. 멀리 큰 나무가 한 그루 보였다. 연한 갈색의 싹이 돋아난 낭창한 가지 끝이 하늘에 닿은 곳은 안개비로 흐려진 것처럼 뿌옇게 보였다.

"날씨가 좋아졌네요. 어딘가 꽃놀이라도 갈까요?"

"가죠. 갈 테니까 말씀하세요."

"뭘요?"

"아버님에게 들은 말을."

"들은 말은 여러 가지 있습니다만 조리 있게 반복하는 건 어렵네요. 머리가 나빠서."

"아직도 시치미 떼네요. 잘 알고 있어요."

"그럼, 들어볼까요?"

우메코는 조금 뿌루퉁한 표정이 되었다.

“도련님은 요즘 말이 아주 많이 늘었네요.”

“뭘요, 형수님이 놀랄 정도는 아니죠. 그런데 오늘은 아주 조용하네요. 왜 그렇죠? 아이들은?”

“아이들은 학교에 갔죠.”

열여섯 남짓 되어 보이는 사환이 문을 열고 얼굴을 내밀었다. “저, 주인어른께서 사모님에게 전화가”라고 말하고 잠자코 우메코의 대답을 기다렸다. 우메코는 곧 일어났다. 다이스케도 일어났다. 뒤를 따라 객실을 나가려고 하자 우메코는 뒤를 돌아보았다.

“도련님은 거기 계세요. 할 말이 좀 있으니.”

다이스케는 형수의 이런 명령조의 말이 늘 기분 좋게 느껴졌다. “다녀오시죠” 하고 보낸 후 다시 의자에 앉아 아까의 그림을 바라보기 시작했다. 잠시 후에 그 색이 벽 위에 칠해진 것이 아니라 자신의 안구 속에서 튀어나와 벽에 다닥다닥 달라붙는 것처럼 보이기 시작했다. 결국에는 안구에서 색을 내보내면 저쪽에 있는 인물과 수목이 이쪽 생각대로 변화되었다. 다이스케는 볼품없는 곳곳을 이렇게 모두 새로 칠하고 이윽고 자신이 상상할 수 있는 가장 아름다운 색채에 감싸인 채 황홀하게 앉아 있었다. 그때 우메코가 돌아와서 곧바로 평소의 자신으로 되돌아왔다.

우메코의 할 말이라는 것을 들어보니 또 예의 혼담이었

다. 다이스케는 대학을 졸업하기 전부터 우메코 덕분에 사진이나 실물로 여러 신부 후보를 접했다. 그렇지만 모두 불합격자뿐이었다. 처음에는 체면을 생각해 적당한 핑계를 대며 거절했으나 2년 전쯤부터는 뻔뻔해져서 꼭 상대의 트집을 잡았다. 입과 턱의 각도가 이상하다든가 눈의 길이가 얼굴 넓이에 비례하지 않는다든가 귀의 위치가 잘못되었다든가 하며 늘 묘한 비난을 했다. 그것이 모두 일반적인 흔한 핑계가 아니므로 마침내 우메코도 다소 생각하기 시작했다. '이것은 필시 너무 신경을 써주니까 오히려 거만해져서 사람을 곤란하게 하는 것이리라. 당분간 놔두고 저쪽에서 부탁하기를 기다리는 수밖에 없다'라고 결심하여 그 후로는 혼담을 한 번도 입에 담지 않았다. 그런데 정작 본인은 오늘까지 전혀 곤란한 모습도 없이 여전히 정체를 알 수 없는 태도를 유지하고 있었다.

그러던 참에 여행지에서 돌아온 부친이 매우 인연이 깊은 어떤 후보를 찾았다고 했다. 우메코는 다이스케가 오기 이삼일 전에 그 이야기를 부친에게 들었으므로 오늘의 대화는 필시 그것이라고 추측했다. 그러나 다이스케는 실제로 부친에게 결혼 문제에 관해서는 아무런 말도 듣지 못했다. 어쩌면 부친은 그것을 밝힐 생각에서 불렀는지도 모르겠지만 다이스케의 태도를 보고 좀 더 보류하는 게 좋다고 생각해 일부러 화제를 피한 것으로도 보였다.

이 후보에 대해 다이스케는 일종의 특수한 관계를 갖고 있었다. 후보자의 성은 알고 있었다. 하지만 이름은 몰랐다. 연령, 용모, 성격에 이르러서는 전혀 몰랐다. 그녀가 후보가 된 인연은 잘 알고 있었다.

다이스케의 부친에게 형이 한 명 있었다. 나오키라고 하며 부친보다 한 살 위였지만 부친보다 키가 작고 얼굴이 꼭 닮아 남들은 종종 쌍둥이로 착각했다. 그때는 아직 부친도 '도쿠'라는 이름이 아니라 '세이노신'이라는 아명으로 통했다.

나오키와 세이노신은 외모가 흡사한 것처럼 성격도 꼭 형제였다. 두 사람은 특별한 사정이 없으면 같은 곳에서 함께 같은 일을 하며 지냈다. 서당과 도장도 함께 다녔다. 독서도 한 등불을 나눌 정도로 가까웠다.

나오키가 열여덟 살 때의 가을이었다. 어느 때 둘은 읍내 외곽의 도카쿠지等覺寺라는 절에 부친의 심부름을 갔다. 번주 대대의 위패를 모신 절로 그곳에 있는 소스이라는 스님이 부친과 절친하여 부친의 편지를 소스이에게 전하러 간 것이었다. 안건은 바둑을 위한 초대 같은 것으로 답장을 쓸 것까지도 없는 간단한 내용이었으나 소스이에게 붙들려 이런저런 이야기를 듣다가 시간이 지체되어 해가 떨어지기 한 시간 전에 간신히 절을 나왔다. 그날은 무슨 축제가 열리던 때라 읍내는 꽤 혼잡스러웠다. 둘은 군중 속을 서둘러 돌아가다가 어느 골목으로 꺾어지는 모퉁이에서 강 건넛마

을의 아무개라는 자와 부딪쳤다. 이 자와 형제는 예전부터 사이가 나빴다. 그때 그는 꽤 취한 기색으로 두세 마디 말싸움을 하다가 칼을 빼들고 갑자기 달려들었다. 공격을 받은 쪽은 형이었다. 할 수 없이 형도 허리의 칼을 빼들고 맞섰으나 상대는 평소부터 극히 평판이 나쁜 난폭자인지라 취한 상태였지만 강했다. 그냥 놔두면 형이 위험하다고 생각해 동생도 칼을 빼들었다. 그리고 둘이서 상대를 산산이 베어 죽였다.

그 시절의 관례로 무사侍(사무라이)가 무사를 죽이면 죽인 쪽은 할복을 해야 했다. 형제는 그것을 각오하고 집으로 돌아갔다. 부친도 둘을 나란히 앉히고 차례로 자신이 직접 목을 벨* 생각이었다. 그런데 모친은 그때 마침 축제에 갔다가 친지 집에 가 있었다. 부친은 두 자식에게 할복을 시키기 전에 마지막으로 모친을 만나게 하겠다는 인정에서 모친을 데려오기 위해 사람을 보냈다. 그리고 모친이 오는 동안 두 아들에게 훈계를 하거나 할복하는 자리를 준비하게 하며 가급적 시간을 끌었다.

모친이 가 있던 집은 먼 친척뻘인 다카기라는 지역 유지의

* 원문은 가이샤쿠介錯. 사무라이가 할복하면 사망 때까지의 고통을 없애기 위해 옆에서 목을 쳐준다. 단칼에 깔끔하게 목을 베어주는 것이 예의이고 주로 가장 가까운 사람이 그 역할을 맡는다.

집이었으므로 마침 운이 좋았다. 그때는 세상이 바뀌기 시작하여 무사의 법도 옛날처럼 엄중하지 않았다. 특히 죽은 상대는 평판이 나쁜 무례한 청년이었다. 그래서 다카기는 모친과 함께 집으로 와서, 번주의 공식적 지시가 있을 때까지 당분간 그대로 기다리라고 부친을 설득했다.

다카기는 그 후 각 방면으로 손을 쓰기 시작했다. 가장 먼저 가신家臣의 우두머리인 가로家老를 설득했다. 그리고 가로를 통해 번주를 설득했다. 또한 죽은 자의 부친은 뜻밖에 사리가 분명한 사람이라 평소 자식의 나쁜 행실 때문에 속이 썩고 있었을 뿐 아니라 아들의 행패가 원인이었다는 사실이 밝혀져서 형제를 관대히 처분하자는 것에 대해 그다지 불만을 나타내지 않았다. 형제는 한동안 방에 틀어박혀 근신의 뜻을 표한 후에 두 사람 모두 남몰래 집을 떠났다.

3년 후, 형은 교토에서 떠돌이 무사에게 살해당했다. 4년째에 천하는 메이지의 시대가 되었다. 다시 5, 6년이 지난 후, 세이노신은 양친을 고향에서 도쿄로 이주시켰다. 그리고 처를 맞이하고 도쿠得라는 한 글자 이름으로 바꿨다. 그때는 자신의 목숨을 구해준 다카기는 이미 세상에 없었고 양자가 대를 이은 상태였다. 도쿄로 와서 관직이라도 알아보는 것이 어떻겠냐며 양자에게 여러모로 권해보았으나 응하지 않았다. 그 양자에게 자식이 둘 있었는데 아들은 교토의 도시샤同志社대학에 들어갔다. 대학을 졸업한 후에 오랫동안 미국에 가 있다가 지금은 고베神戸에서 실업에 종사하여 상당한 자산가가 되었다. 딸은 고향의 고액 납세자의 집에 시집갔다. 다이스케의 신부 후보가 바로 그 고액 납세자의 딸이었다.

"아주 복잡하게 얽혔네요. 놀랐어요." 형수가 다이스케에게 말했다.

"아버님에게 몇 번이나 듣지 않았나요?"

"그런데 언제나 따님 이야기는 나오지 않아 건성으로 들었어요."

"사가와佐川*에 그런 규수가 있었는지 나도 전혀 몰랐습니다."

"결혼하시죠."

"찬성하십니까?"

"찬성이고말고요. 인연이 깊지 않나요."

"선조가 만든 인연보다도 제가 만든 인연으로 결혼하는 것이 좋을 것 같군요."

"어머, 그런 사람이 있어요?"

다이스케는 쓴웃음을 지으며 대답하지 않았다.

---

* 사가와초佐川町. 시고쿠四國 지방의 고치高知 현 소재. 사가와 씨의 본향.

4

다이스케는 지금 막 다 읽은 얇은 양서를 책상 위에 펼쳐 놓은 채로 양 팔꿈치를 대고 멍하니 생각에 잠겼다. 다이스케의 머리는 마지막 장면으로 가득 찼다.

저 멀리 추워 보이는 나무들 사이로 두 개의 작은 등불이 소리도 없이 흔들렸다. 교수대는 그곳에 있었다. 죄수는 어둠 속에 서 있었다. 한 사람이 "신발 하나를 잃어버렸어, 춥군" 하고 말하자 다른 한 사람이 "무엇을?" 하고 다시 물었다. 신발을 잃어버려 춥다고 전자가 같은 말을 반복했다. M은 어디에 있냐고 누가 물었다. 이곳에 있다고 누가 대답했다. 나무들 사이로 하얗고 평평하고 넓은 무엇이 보였다. 습기 찬 바람이 그곳에서 불어왔다. "바다로구나"라고 G가 말했다. 잠시 후, 등불은 선고문을 쓴 종이와 장갑을 끼지 않고 선고문을 든 흰 손을 비췄다. "읽어도 되겠지?"라는 소리가 들렸다. 그 목소리는 떨렸다. 이윽고 등불이 꺼졌다. …… "이제 단 한 명이 남았다." K가 말했다. 그리고 한숨을 쉬었다. S도 죽었다. W도 죽었다. M도 죽었다. 단 한 사람이 남았다…….

바다에서 해가 떠올랐다. 그들은 시체를 수레에 실었다. 그리고 끌기 시작했다. 늘어진 목, 튀어나온 눈, 처참한 꽃처럼 피거품으로 젖은 입술을 싣고, 왔던 길을 되돌아갔다…….

다이스케는 레오니트 안드레예프의 《7인의 사형수》의 마지막 장면을 여기까지 머릿속에서 거듭 그려보고 오싹해 어깨를 움츠렸다. 이럴 때 그가 가장 통절하게 느끼는 것은 '만일 자신이 이런 상황에 처했다면 어떻게 해야 좋을까'라는 걱정이었다. 생각해보면 도저히 죽지 못할 것 같았다. 하지만 무리하게 죽임을 당한다면 얼마나 잔혹할까? 그는 삶의 욕망과 죽음의 압박 사이에서 자신의 몸을 상상했다. 미련 때문에 양쪽을 오가는 고민을 마음속에 그리면서 가만히 앉아 있으니 등 전체의 털구멍이 근질거려서 참을 수 없을 정도로 괴로웠다.

그의 부친은 열일곱 살 때 무사 한 사람을 베어 죽이고 그 때문에 할복을 각오했다고 늘 남들에게 말했다. 부친은 형의 목을 자신이 치고 자신의 목을 조부에게 부탁할 생각이었다고 하는데 그런 행동도 능히 할 수 있는 사람이었다. 부친이 과거를 이야기할 때마다 다이스케는 부친이 훌륭하다는 생각보다는 불쾌한 생각이 들었다. 그렇지 않으면 거짓말쟁이라고 생각했다. 거짓말쟁이가 훨씬 부친답다고 생각했다.

부친만이 아니었다. 조부에 관해서도 이런 이야기가 있었다. 조부가 젊었을 때 검술 도장 동문인 아무개라는 남자가 실력이 매우 뛰어나서 남들의 시기를 사는 바람에 어느 밤 읍내로 돌아가는 논둑길에서 누군가의 칼을 맞고 죽었다. 이때 가장 먼저 달려간 자가 조부였다. 왼손으로 등불을 비추고 오른손에 칼을 들고 그 칼로 시체를 툭툭 치면서 "군페이, 정신 차려라. 상처는 깊지 않다"라고 말했다고 한다.

백부가 교토에서 살해되었을 때는, 두건을 쓴 사람들이 우르르 숙소에 쳐들어와, 백부가 2층 처마에서 뛰어내리자마자 뜰의 돌에 걸려 넘어졌는데, 위에서 가차 없는 공격을 받아 얼굴이 생선회처럼 되었다고 한다. 피살 10일쯤 전에, 밤중에 게다를 신고 비옷을 입고 우산으로 눈을 피하며 시조四条 대로에서 산조三条 대로로 돌아온 적이 있었다. 여관을 200미터쯤 앞두었을 때, 돌연 뒤에서 "나가이 나오키!"라고 부르는 소리가 들렸다. 백부는 뒤도 돌아보지 않고 우산을 쓴 채로 여관 앞까지 와서 문을 열고 안으로 들어갔다. 그리고 문을 굳게 잠그고 안에서 "나가이 나오키는 나다. 무슨 일인가?"라고 물었다고 한다.

다이스케는 이런 이야기를 들을 때마다 용감하다기보다

는 우선 두려움이 앞섰다. 담력을 칭찬하기 전에 비릿한 냄새가 콧등을 빠져나가는 느낌이었다.

만약 죽음이 찾아온다면 그것은 발작의 절정에 달한 순간일 것이라고 다이스케는 예전부터 생각하였다. 그런데 그는 결코 발작성의 사람이 아니었다. 손도 떨리고 다리도 떨렸다. 목소리가 떨리거나 심장이 뛰는 순간은 자주 있었다. 그렇지만 격해지는 순간은 근래 거의 없었다. 격해진다는 심적 상태는 죽음에 근접한 자연의 단계로, 격해질 때마다 죽음이 가까워지는 것이 눈에 보이므로, 때로는 호기심에 무리하게 그 근처까지 밀고 가보자고 생각한 적도 있었으나 매번 그렇게까지는 하지 못했다. 다이스케는 요즘 자신을 해부할 때마다 5, 6년 전의 자신과 완전히 달라진 모습에 놀라지 않을 수 없었다.

다이스케는 책상 위의 책을 덮고 의자에서 일어났다. 약간 열어둔 툇마루의 유리문 사이로 훈훈하고 상쾌한 바람이 불어왔다. 바람은 화분에 심은 아마란스의 붉은 꽃잎을 가볍게 흔들었다. 햇빛은 큰 꽃을 비췄다. 다이스케는 몸을 굽혀 꽃 속을 들여다보았다. 그리고 긴 수술 끝의 꽃가루를 떼어 암술 끝으로 갖고 와서 꼼꼼히 발랐다.

“개미라도 붙었나요?” 가도노가 현관 쪽에서 나왔다. 하카마를 입고 있었다. 다이스케는 몸을 굽힌 채로 얼굴을 들었다.

"벌써 갔다 왔나?"

"네, 다녀왔습니다. 무슨 일이냐고 하십니다. 내일 이사하신다고 합니다. 오늘 오려던 참이라고 말씀하셨습니다."

"누가? 히라오카가?"

"네……. 그런데 꽤 바쁘신 듯하더군요. 어? 선생님, 참 별나시군요. 개미라면 기름을 부으시죠. 견디지 못해 구멍에서 나오는 걸 한 마리씩 죽이면 됩니다. 뭐하시면 제가 죽일까요?"

"개미가 아니네. 이렇게 날씨 좋은 때에 꽃가루를 떼서 암술에 발라놓으면 곧 열매가 맺히지. 한가해서 꽃집에서 들은 대로 하고 있던 참이네."

"그렇군요. 세상 참 편리해졌습니다. 그런데 분재는 좋군요. 멋지고, 취미도 되고."

다이스케는 귀찮아서 대답을 하지 않고 잠자코 있었다.

잠시 후, "장난은 이제 그만할까"라고 말하고 일어나 툇마루에 있는 등나무 안락의자에 앉았다. 그리고 멍하니 무언가 생각에 잠겼다. 가도노는 할 일이 없어져 현관 옆의 자기 방으로 물러갔다. 가도노가 문을 열고 들어가려고 하자 다시 툇마루에서 부르는 소리가 들렸다.

"히라오카가 오늘 온다고 했다고?"

"네, 오실 듯하게 말씀하셨습니다."

"그럼, 기다려야겠군."

다이스케는 외출을 뒤로 미뤘다. 실은 히라오카가 요전부터 꽤 마음에 걸렸다.

히라오카는 지난번에 다이스케를 방문했을 때 이미 안정을 찾지 못한 처지였다. 그가 다이스케에게 한 말에 따르면, 염두에 둔 일자리가 두세 군데 있으니 당분간 그 방면으로 찾아볼 생각이라고 했는데, 그 두세 군데가 지금 어떻게 되었는지 다이스케는 전혀 몰랐다. 다이스케가 진보초의 여관을 방문한 적이 두 번 있었으나 한 번은 여관에 없었다. 한 번은 있었지만 양복을 입은 채로 문지방에 서서 무언가 성난 말투로 아내를 꾸짖고 있었다. 하녀의 안내를 기다리지 않고 복도를 따라 히라오카의 방까지 온 다이스케는 갑작스러웠지만 분명 그렇게 들렸다. 그때, 히라오카가 슬쩍 뒤를 돌아보고 "아, 자넨가?" 하고 말했다. 그 얼굴과 모습에서 기분 좋은 구석은 조금도 없었다. 방 안에서 얼굴을 내민 부인은 다이스케를 보고 창백한 뺨을 붉게 물들였다. 왠지 다이스케는 그 자리에 있기가 불편했다. "들어오게"라는 의례적인 말을 흘려듣고, "아니, 특별한 일이 있는 게 아니라 어떻게 지내는지 잠시 들렀을 뿐이네. 나가려던 참이면 같이 나가지"라고 다이스케가 권해 밖으로 나와버렸다.

그때 히라오카는, 어서 살 집을 찾고 싶지만 너무 바빠서 어떻게 하지도 못한다, 때로는 여관 주인이 알아봐주기도 하는데 확인해보면 아직 사람이 나가지 않았거나 혹은 지금 벽을 새로 바르는 중이더라 등등, 전차를 타고 헤어질 때까지 말하는 모든 일이 고충뿐이었다. 다이스케도 안타까운 마음에, "그럼, 집은 우리 집 서생에게 찾아보게 하지. 뭐, 불경기니까 빈집은 많겠지"라며 일을 대신 떠맡고 돌아왔다.

그 후, 약속대로 집을 찾아보라고 가도노를 내보냈다. 가도노는 나가자마자 곧바로 적당한 집을 구해서 돌아왔다. 가도노가 히라오카 부부를 데리고 가서 집을 보여주자, 이 정도면 괜찮겠다고 하기에 헤어져 돌아왔다고 하는데, 집주인에 대한 책임도 있고, 또 그곳이 마음에 들지 않으면 달리 찾아볼 생각도 있다고 가도노가 말했으므로, 그 집을 빌릴지 말지 히라오카의 확실한 의사를 가도노를 보내 다시 한 번 확인시켰다.

"가도노 군, 집주인에게는 빌린다고 말하고 왔겠지?"

"네, 돌아오는 길에 들러서 내일 이사한다고 말하고 왔습니다."

다이스케는 의자에 앉은 채로 새롭게 도쿄에 두 번째 가정을 꾸리는 부부의 미래를 생각했다. 히라오카는 3년 전 신바시 역에서 헤어진 때와는 꽤 달라진 모습이었다. 그의 경력은 처세의 사다리 한두 칸에서 미끄러진 것과 같았다. 아직 높은 곳으로 오르지 않은 것만이 다행이라면 다행이라고 할 수 있지만, 세상의 눈에 비칠 정도로 몸에 타박상을 입지 않았을 뿐, 정신 상태에는 이미 이상이 생겼다. 처음 만났을 때, 다이스케는 곧 그렇게 생각했다. 하지만 3년 전에 일어난 자신의 변화를 헤아려보고, 어쩌면 내 마음이 상대에게 반향을 일으킨 것은 아닐까 하고 정정했다. 하지만 그 후 히라오카의 여관에 찾아가서 방에도 들어가지 않고 함께 밖으로 나왔을 때의 모습부터 언어, 동작까지 눈앞에 떠올려보면, 아무래도 다시 최초의 판단으로 되돌아갔다. 히라오카는 그때 얼굴 한가운데에 신경을 집중하고 있었다. 바람이 불어도 모래가 날려도 강한 자극을 받을 듯한 미간을 계속 씰룩거렸다. 그리고 입에 담는 말이 내용에 관계없이 자못 조급하고 또 고통스럽게 들렸다. 다이스케는 히라오카의 모든 것이 마치 폐가 나쁜 사람이 걸쭉한 갈탕葛湯 속을 헐떡이며 헤엄치는 것처럼 보였다.

전차를 타고 서둘러 가는 히라오카의 모습을 전송한 다이스케는, "참 바쁘군" 하고 중얼거렸다. 그리고 여관에 남아 있는 부인도 생각했다.

다이스케는 이제껏 그녀를 부인이라고 부른 적이 없었다. 항상 미치요, 미치요 하고 결혼 전의 본명을 불렀다. 다이스케는 히라오카와 헤어진 후 다시 여관으로 되돌아가 미치요를 만나 말이나 나눌까 생각했다. 그러나 왠지 갈 수 없었다. 걸음을 멈추고 생각해도 지금 자신이 가는 것이 좋지 않은 이유는 조금도 찾을 수 없었다. 하지만 마음이 불편해서 갈 수 없었다. 용기를 내면 갈 수 있을 것이라고 생각했다. 하지만 다이스케는 이만큼의 용기를 내는 것이 고통스러웠다. 그래서 집으로 돌아왔다. 집에 돌아와도 안정되지 못한 무언가 부족한 이상한 기분이 들었다. 그래서 다시 밖으로 나와 술을 마셨다. 다이스케는 술이 셌다. 특히 그날 밤에는 많이 마셨다.

"어젯밤에는 뭐가 씌었는가 보군" 하고 다이스케는 의자에 기대서 비교적 차분한 자신으로 돌아와 자신의 어제를 비판했다.

"부르셨습니까?" 가도노가 다시 나왔다. 하카마와 버선을 벗고 경단처럼 생긴 맨발을 드러내고 있었다. 다이스케는 묵묵히 가도노의 얼굴을 보았다. 가도노도 다이스케의 얼굴을 보고 잠시 우뚝 서 있었다.

"어, 부르시지 않았습니까? 어, 어"라고 말하고 가도노는 물러갔다. 다이스케는 별로 우습다고도 생각하지 않았다.

"아주머니, 부르시지 않았다네요. 아무래도 이상하다고 생각했지. 그러니 손뼉 소리 같은 것도 나지 않았다고 했는데도"라는 말이 부엌 쪽에서 들려왔다. 그리고 가도노와 아주머니가 웃는 소리가 났다.

그때, 기다리던 손님이 왔다. 대문으로 나간 가도노는 뜻밖이라는 표정으로 들어왔다. 그리고 그 얼굴로 다이스케 옆까지 와서 "선생님, 히라오카 씨 부인이시랍니다"라고 속삭이듯 말했다. 다이스케는 잠자코 의자에서 일어나 객실로 들어갔다.

미치요는 흰 피부에 비해 머리가 까맣고 갸름한 얼굴에 눈썹이 짙었다. 언뜻 보면 어딘지 모르게 쓸쓸한 느낌이 나는 것이 옛날 우키요에浮世畵*의 미인을 닮았다. 귀경 후에는 특히 얼굴빛이 좋지 않은 듯했다. 처음 여관에서 만났을 때 다이스케는 좀 놀랐을 정도였다. 기차를 오랜 시간 타고 온 피로가 아직 회복되지 않아 그런가 생각했지만, 요즘 늘 이렇다는 말을 들었을 때는 불쌍하다고 생각했다.

미치요는 도쿄를 떠나 1년째에 출산했다. 태어난 아이는 곧 죽었는데 그 후로 심장이 나빠진 듯 아무튼 몸이 좋지 않았다. 처음에는 단지 가만히 쉬었으나 아무래도 병이 호전되지 않아 결국 병원에 가니, 의사가 말하길 확실치는 않으나 어쩌면 뭐라고 하는 어려운 이름의 심장병일지도 모르겠다고 했다. 만약 그렇다면, 심장에서 동맥으로 나가는 피가 조금씩 역류하는 중병이므로 완치는 어렵다는 선고를 받았으므로, 히라오카도 놀라 가급적 요양에 힘을 쓴 결과인지 1년쯤 지나는 가운데 다행스럽게 건강이 눈에 띄게 좋아졌다. 얼굴빛도 거의 예전처럼 맑게 보이는 날이 많아

---

* 에도시대에 크게 유행한 풍속화. 당대 화류계 미인의 그림도 많다.

본인도 기뻐하고 있었는데, 돌아오기 한 달 전쯤부터 다시 혈색이 나빠졌다. 그러나 의사의 말에 따르면, 이번에는 심장 탓이 아니었다. 심장은 그렇게 좋아지지 않았으나 전보다는 나빠지지 않았다. 지금은 결코 판막의 기능에 고장이 있다고는 볼 수 없다는 진단이었다. 이것은 미치요가 직접 다이스케에게 말한 내용이었다. 다이스케는 그때 미치요의 얼굴을 보고 아무래도 어떤 걱정이 있어서 그런 게 아닐까 생각했다.

미치요의 눈에는 선이 또렷하고 아름다운 쌍꺼풀이 있었다. 눈은 가늘고 긴 편인데 무언가 가만히 응시할 때는 그것이 어떤 이유인지 아주 크게 보였다. 다이스케는 이것을 검은 눈동자의 작용이라고 판단하였다. 미치요가 결혼하기 전에 다이스케는 종종 미치요의 이런 눈매를 보았다. 그리고 지금도 잘 기억하고 있었다. 미치요의 얼굴을 머릿속에서 떠올리려고 하면, 얼굴의 윤곽이 만들어지기도 전에 촉촉하게 흐려진 검은 눈이 먼저 떠올랐다.

복도를 따라 객실로 안내된 미치요는 다이스케 앞에 앉았다. 그리고 아름다운 두 손을 무릎 위에 포갰다. 밑의 손에도 위의 손에도 반지를 끼고 있었다. 위의 반지는 가느다란 금테에 비교적 큰 진주를 박은 최신 유행의 모양으로 3년 전 결혼 축하로 다이스케가 선물한 것이었다.

미치요는 얼굴을 들었다. 다이스케는 돌연 그 눈을 보고 자기도 모르게 눈을 한 번 끔벅거렸다.

기차로 도착한 다음 날에 히라오카와 함께 올 생각이었는데 몸이 편찮아 오지 못했고 그 후로 혼자 올 기회가 없어 이제껏 오지 못했으나 오늘은 마침, 하고 말을 도중에 끊더니 갑자기 생각난 듯, 지난번에 찾아오셨을 때는 히라오카가 나가려던 참에 실례가 많았다며 사과했다.

이어서 "기다리셔도 좋았을 텐데"라고 여자다운 애교를 덧붙였다. 하지만 그 말은 가라앉은 말투였다. 하긴 이것은 그녀 원래의 말투로 다이스케는 오히려 그 옛날이 떠올랐다.

"하지만 아주 바쁜 듯해서요."

"네, 바쁘기는 했지만…… 그래도 괜찮지 않나요? 그냥 계셔도. 그럴 사이도 아닌데."

그때, 다이스케는 부부 사이에 무슨 일이 있었는지 물어보고 싶었지만 일단 참기로 했다. 예전 같으면 반 농담으로, "무슨 꾸중을 들었는지 얼굴이 빨개졌더군요. 무슨 나쁜 일이라도?" 정도는 말할 수 있는 관계였지만 다이스케는 미치요의 애교가 그 상황을 얼버무리는 것처럼 안쓰럽게 들려 농담할 마음이 전혀 없었다.

다이스케는 담배에 불을 붙이고 물부리를 입에 문 채 의자 등에 머리를 기댄 편안한 자세로 물었다.

"오랜만이니 뭐 맛있는 거라도 먹으러 갈까요?" 그리고 마음속으로 자신의 이런 태도가 어느 정도 그녀에게 위안이 되리라 생각했다.

"고맙습니다만 오늘은 시간이 없어서요." 미치요는 옛날의 금니를 살짝 드러내며 말했다.

"뭐, 괜찮지 않나요?"

다이스케는 두 손을 머리 뒤로 옮겨 손가락을 끼고 미치요를 보았다. 미치요는 허리를 굽혀 허리띠 사이에서 작은 시계를 꺼냈다. 다이스케가 진주 반지를 그녀에게 선물했을 때, 히라오카는 이 시계를 아내에게 선물했다. 다이스케는 한 가게에서 따로따로 물건을 사고는 히라오카와 함께 가게를 나오며 서로 얼굴을 마주 보고 웃던 기억이 났다.

"어머, 벌써 세 시가 지났네. 아직 두 시쯤이라고 생각했는데. 잠깐 어디 들렀다 오는 바람에." 미치요는 혼잣말처럼 설명을 덧붙였다.

"그렇게 바쁜가요?"

"네, 가급적 일찍 돌아가려고요."

다이스케는 머리에서 손을 떼고 담뱃재를 떨었다.

"3년 동안 살림꾼이 다 됐군요. 할 수 없죠."

다이스케는 웃으며 이렇게 말했다. 하지만 그 말투에는 어딘가 쓰린 구석이 있었다.

"어머, 무슨 말씀을. 내일 이사하잖아요."

이때 미치요의 목소리는 갑자기 활기차게 들렸다. 다이스케는 이사를 깜박 잊고 있었으나 상대의 쾌활한 말투에 이

끌려 자신도 하찮은 말을 이었다.

"그럼 이사하고 나서 여유롭게 왔으면 좋았을 텐데."

"그래도"라고 말한 미치요는 다소 대답이 궁한 기색을 이마에 나타내고 잠시 아래를 보다가 다시 얼굴을 들었다. 뺨이 붉게 물들어 있었다.

"실은 저, 부탁이 좀 있어서 왔어요."

직감이 날카로운 다이스케는 미치요의 말을 듣자마자 곧 그 부탁이 무엇인지 깨달았다. 실은 히라오카가 도쿄에 도착한 때부터 언젠가 이 문제에 마주치게 될 것이라고 생각해 무의식중에 각오는 하고 있었다.

"무슨 일이죠? 주저 말고 말하시죠."

"돈을 좀 융통할 수 없을까 해서요."

미치요의 말은 마치 아이처럼 순진무구했지만 양 뺨은 붉게 물들어 있었다. 다이스케는 미치요에게 이런 부끄러운 생각을 하게 만든 히라오카의 지금 상황이 매우 안쓰러웠다.

자세히 들어보니, 내일 이사하는 비용과 새로 살림을 차리기 위한 돈이 필요한 것이 아니었다. 은행 지점을 떠나올 때, 그곳에 처리하지 못하고 온 부채가 세 건인가 있는데, 그중 하나를 꼭 갚아야 한다는 것이었다. 도쿄에 도착하면 일주일 안에 어떻게든 꼭 갚겠다고 굳은 약속을 하고 왔을 뿐더러 사정이 좀 있어 다른 것처럼 그냥 놔둘 수 없는 성격의 빚인지라 히라오카도 도쿄에 도착한 다음 날부터 여기저기 돌아다니며 돈을 구해봤지만 아직 해결의 전망이 보이지 않아 할 수 없이 미치요를 다이스케에게 보냈다는 말이었다.

"지점장한테 빌렸다는 그것인가요?"

"아뇨. 그쪽은 나중에 천천히 갚아도 상관없습니다만 이것은 어서 처리하지 않으면 곤란해요. 도쿄에서 일자리를 얻는 데 지장이 되니까요."

다이스케는 '아 그런 일이 있는가?' 생각했다. 금액을 물으니 500엔 정도였다. 다이스케는 '뭐야, 그 정도인가?' 생각했으나 실제 자신의 수중에는 한 푼도 없었다. 다이스케는 자신이 돈에 구애받지 않는 듯하지만 실제로는 그렇지 않다는 것을 깨달았다.

"뭐 때문에 그렇게 빚을 졌나요?"

"제가 생각만 하면 분해요. 아팠던 저도 나쁘지만."

"치료비 때문인가요?"

"아니에요. 약값 같은 거는 얼마 안 돼요."

미치요는 그 이상 말하지 않았다. 다이스케도 그 이상 물어볼 용기가 없었다. 단지 창백한 미치요의 얼굴을 바라보면서 막연한 미래의 불안을 느꼈다.

5

다음 날 이른 아침, 가도노는 짐수레를 세 대 불러서 신바시 역까지 히라오카의 짐을 실으러 갔다. 짐은 도착한 지 오래였지만 살 집이 정해지지 않아 오늘까지 그대로 둔 상태였다. 왕복 시간과 역에서 짐을 싣는 시간을 계산해봐도 아무래도 반나절의 일이었다. 일찍 가지 않으면 늦는다고 다이스케는 침상에서 나오자마자 곧바로 주의를 줬다. 가도노는 평소의 말투로 "뭐, 그까짓 거 괜찮습니다"라고 대답했다. 가도노는 시간관념이 별로 없는 편이라 쉽게 대답했지만 다이스케의 설명을 듣고서는 '아, 그렇군요' 하는 얼굴을 했다. 그리고 짐을 히라오카 집에 갖다 넣고 만사 깨끗이 정리될 때까지 도와주라고 말했을 때는, "네 잘 알겠습니다. 뭐, 문제없습니다"라고 가볍게 말하고 밖으로 나갔다.

그 후 열한 시가 지날 때까지 다이스케는 책을 읽었다. 그런데 문득 단눈치오라는 사람이 자기 집의 방을 청색과 적색으로 구분하여 장식했다는 이야기가 떠올랐다. 단눈치오의 생각은, 생활의 2대 감성의 발현은 이 두 가지 색에 의한 것으로, 아무래도 흥분을 요하는 방, 즉 음악실이나 서재는 가급적 붉게 칠하고 또 침실이나 휴게실 등 모든 정신의 안정을 요하는 곳은 파랑에 가까운 색으로 장식한다는 것이었다. 즉, 심리학자의 학설을 응용한 시인의 호기심 만족으로 보였다.

다이스케는 단눈치오같이 자극을 받기 쉬운 사람이 흥분을 위해 강렬한 적색이 필요하다고 한 것이 이상하다고 생각했다. 다이스케 자신은 이나리稲荷 신사*의 도리이鳥居**를 봐도 별로 좋은 기분이 들지 않았다. 가능하다면, 자신의 머리만이라도 좋으니 녹색 속에서 편히 잠들고 싶었다. 언젠가 전람회에 아오키라는 사람이 바다 속에 서 있는 키 큰 여자를 그렸다. 다이스케는 많은 출품작 중에서 그것이 가장 마음에 들었다. 즉 자신도 그렇게 평온하게 가라앉은 분위기 속에 빠지고 싶었다.

다이스케는 툇마루로 나와 정원에 가득한 초록의 숲을 보았다. 꽃은 어느새 떨어져 지금은 새로운 싹과 잎이 막 나오고 있었다. 화려한 초록이 확 얼굴에 불어닥친 느낌이

---

* 곡식의 신을 모신 곳. 교토 시 소재.

** 신사 입구에 세워진 적색의 기둥 문.

었다. 눈부신 자극 속에 어딘가 가라앉은 느낌이 있는 것을 기쁘게 생각하면서 납작모자를 쓰고 평상복 그대로 문을 나섰다.

히라오카의 새 집에 와 보니 문이 열려 있고 텅 비어 있을 뿐으로 짐이 도착한 모습도 없거니와 히라오카 부부가 와 있는 기색도 보이지 않았다. 단지 인력거꾼 같은 남자 한 사람이 툇마루에 앉아 담배를 피우고 있었다. 물어보니, "아까 오셨습니다만, 이 상태로는 어차피 오후가 되겠군 하고 다시 돌아가셨습니다"라는 대답이었다.

"남편과 부인 같이 왔나요?"

"네, 같이."

"그리고 같이 돌아갔나요?"

"네, 같이 돌아갔습니다."

"짐도 곧 도착하겠죠? 수고하시죠"라고 다이스케는 말하고 다시 거리로 나왔다.

간다神田에 왔지만 히라오카의 여관에 들어가볼 마음은 생기지 않았다. 그렇지만 두 사람이 왠지 마음에 걸렸다. 특히 미치요가 마음에 걸려 잠시 얼굴을 비추기로 했다. 부부는 소반을 나란히 놓고 밥을 먹고 있었다. 하녀가 쟁반을 들고 문 쪽으로 등을 보이고 서 있었다. 그 뒤에서 다이스케는 기척을 했다.

히라오카는 놀란 표정으로 다이스케를 보았다. 그 눈은

충혈되어 있었다. 요 며칠 충분히 자지 못한 탓이라고 했다. 미치요는 허풍을 떤다고 말하며 웃었다. 다이스케는 안쓰럽게 생각했으나 또한 마음도 놓였다. 들어오라는 것을 물리치고 밖으로 나와, 밥을 먹고 머리를 깎고 구단九段 언덕 위로 잠시 들렀다가 돌아오는 길에 새 집에 가봤다. 미치요는 수건을 머리에 쓰고 소맷자락을 걷어붙이고 이삿짐을 정리하고 있었다. 여관에서 시중을 들던 하녀도 와 있었다. 히라오카는 툇마루에서 짐짝 끈을 풀고 있다가 다이스케를 보고 웃으면서, "좀 거들어주지 않겠나?" 하고 말했다. 가도노는 하카마를 벗고 옷자락을 걷어 허리춤에 찔러 넣고는 짐꾼과 함께 옷장을 객실로 옮기면서, "선생님, 어떻습니까, 이 복장은? 웃으시면 안 됩니다요"라고 말했다.

다음 날, 다이스케가 아침상 앞에서 평소처럼 홍차를 마시고 있자 가도노가 세수한 얼굴을 반짝이며 식당으로 들어왔다.

"어젯밤에는 언제 돌아오셨습니까? 저는 피곤해서 깜박 잠이 들어 선생님이 오시는 것도 몰랐습니다. 제가 자는 걸 보셨습니까? 선생님도 심술궂군요. 도대체 몇 시쯤이었죠? 돌아오신 게. 그때까지 어디에 가 계셨는가요?"라고 평소의 말투로 술술 말했다. 다이스케는 정색을 하고 물었다.

"자네, 정리가 다 끝날 때까지 도와주고 왔겠지?"

"네, 깔끔히 정리했습니다. 근데 엄청 힘들었네요. 어쨌든 우리 이사와 달리 이런저런 큰 물건이 많았으니까요. 부인이 방 한가운데 서서 멍하니 이렇게 주위를 둘러보던 모습이 꽤 우스웠습니다."

"몸이 좀 안 좋으니까."

"아무래도 그런 것 같네요. 얼굴빛이 왠지 좋지 않았습니다. 히라오카 씨와는 아주 달랐습니다. 그분 체격이 좋데요. 어젯밤 함께 목욕탕에 들어갔는데 놀랐습니다."

다이스케는 곧 서재로 돌아가 편지 두 통을 썼다. 하나는 조선의 통감부에 있는 친구 앞으로, 지난번 보내준 고려청자에 대한 감사 편지였다. 또 하나는 프랑스에 있는 매형 앞으로, 저렴한 타나그라Tanagra〔그리스의 테라코타 소형 인물상〕를 찾아달라는 부탁 편지였다.

오후 산책을 나가면서 가도노의 방을 들여다보니 가도노는 엎어져서 코를 골며 자고 있었다. 다이스케는 가도노의 천진난만한 콧구멍이 부러웠다. 실은 어젯밤 잠이 오지 않아 아주 괴로웠다. 평소처럼 베개 옆에 둔 회중시계가 아주 큰 소리를 냈다. 그것이 신경 쓰여 손을 뻗어 시계를 베개 밑에 밀어 넣었다. 하지만 소리는 여전히 머릿속으로 울렸다. 그 소리를 들으면서 꾸벅꾸벅하는 사이에 모든 다른 의식은 어둡고 깊은 구멍 속으로 떨어졌다. 단지 혼자 밤을 누비는 재봉틀의 바늘만이 종종걸음으로 머릿속을 계속 지나가는 것을 자각하고 있었다. 그런데 그 소리가 어느새 리잉 리잉 하는 벌레 소리로 바뀌어 현관 옆의 아름다운 숲속에서 울고 있었다……. 어젯밤 꿈을 여기까지 더듬어왔을 때, 다이스케는 수면과 각성의 사이를 연결하는 어떤 실마리를 발견한 것 같은 느낌이었다.

다이스케는 어떤 일이건 한 번 마음에 걸리면 내내 그것에 집착했다. 게다가 스스로 그 어리석은 정도를 분명히 가늠할 만큼의 뇌력은 있었으므로 자신의 집착이 더욱 눈에 띄어 괴로웠다. 3, 4년 전, 평소 자신이 어떻게 꿈속으로 들어가는가, 라는 문제를 해결하려고 시도한 적이 있었다. 밤에 이불 속으로 들어가서 이제 막 잠이 들려고 할 때 '아아 여기다, 이렇게 잠이 드는구나' 생각하고 깜짝 놀랐다. 그러면 그 순간에 눈이 떠졌다. 잠시 후 다시 잠이 오면, 다시 '그래 여기다'라고 생각했다. 다이스케는 거의 매일 밤 이 호기심에 고통을 느끼면서도 같은 일을 두세 번 거듭했다. 결국 스스로도 질려버렸다. 어떻게든 이 고통에서 벗어나고자 했다. 뿐만 아니라 자신은 정말로 어리석다고 생각했다. 자신의 불명료한 의식을 자신의 명료한 의식에 호소하여 동시에 살펴보려는 것은, 윌리엄 제임스가 말한 대로, 어둠을 검사하기 위해 양초를 켜거나, 팽이의 운동을 조사하기 위해 돌아가는 팽이를 붙잡는 것과 같으니, 잠이 제대로 올 리가 없다. 그렇게 이해는 하고 있었으나 밤만 되면 다시 같은 일을 반복했다.

그 고통은 약 1년쯤 지나 어느덧 사라졌다. 다이스케는 어젯밤의 꿈과 그 고통을 비교해보고 묘한 느낌이 들었다. 맑은 정신의 자기 일부분을 잘라낸 모습을 그대로 자기도 모르는 사이에 꿈속으로 양도하는 모습이 흥미롭다는 생각 때문이었다. 동시에, 이 작용은 사람이 미쳐버릴 때의 상태와 비슷하지 않는가 하는 생각이 들었다. 다이스케는 지금까지 자신은 쉽사리 흥분하지 않으니 미쳐버리는 일은 없을 것이라고 믿고 있었다.

그 후 이삼일은 다이스케도 가도노도 히라오카의 소식을 듣지 못했다. 나흘째의 오후에 다이스케는 초대를 받아 아자부麻布 어느 저택의 원유회에 갔다. 손님은 남녀 모두 많이 왔는데 그날의 주빈은 영국의 국회의원인가 실업가라는 매우 키 큰 남자와 코안경을 걸친 그의 부인이었다. 그녀는 대단한 미인으로 일본 같은 나라에 오기에는 아까울 정도의 용모였는데 어디서 샀는지 기후岐阜산 그림양산을 뽐내며 쓰고 있었다.

그날은 아주 날씨가 좋아서 넓은 잔디밭에 프록코트를 입고 서 있으면 어깨에서 등에 걸쳐 벌써 여름이 왔는가 하는 느낌이 확연할 정도로 하늘이 맑고 푸르렀다. 영국 신사는 얼굴을 찌푸리며 하늘을 보고 "정말로 아름답군요" 하고 말했다. 그러자 부인이 곧바로 "러블리"라고 대답했다. 매우 높은 톤의 목소리로 강조한 대답이었으므로 다이스케는 영국인의 인사치레가 참 특이하다고 생각했다.

부인은 다이스케에게도 몇 마디 말을 건넸다. 그러나 3분도 지나지 않아 다이스케는 계속 대화를 이어가기 힘들어 곧 자리를 피했다. 그 자리를, 일부러 기모노 차림과 일본 전통 머리를 한 어떤 여자와 오랫동안 뉴욕에서 상업에 종사했다는 모 씨가 차지했다. 모 씨는 영어회화에는 천재라고 자임하는 자로, 영어를 쓰는 모임에는 빠짐없이 출석하여 일본인과 영어로 대화하거나 연단에서 영어로 연설하는 것을 무엇보다 큰 낙으로 삼았다. 무슨 말을 한 후에 곧 그것이 아주 우습다며 껄껄 웃어댔다. 하지만 영국인은 때로는 의아스런 얼굴을 했다. 다이스케는 제발 그만두었으면 좋겠다고 생각했다. 여자도 꽤 영어를 잘했다. 그녀는 미국 부인을 가정교사로 두고 영어를 공부하고 있는 어느 부잣집 딸이었다. 다이스케는 얼굴보다 영어실력이 훨씬 좋다고 감탄하면서 들었다.

다이스케는 이 저택의 주인이나 영국인 부부와 개인적 관계가 있어서 온 것은 아니었다. 어디까지나 자신의 부친과 형의 사교적 힘의 영향으로 초대장이 다이스케에게도 굴러온 것이었다. 그러므로 곳곳을 돌아다니거나 적당히 머리를 숙이며 시간을 보내고 있었다. 그 사람들 중에는 형도 있었다.

"어, 왔구나." 세이고는 간단히 말하고 모자에 손도 대지 않았다.

"아주 좋은 날씨네요."

"어, 좋군."

다이스케도 키가 작은 편은 아니지만 형은 키가 더 컸다. 더욱이 최근 5, 6년간 살이 많이 붙어 꽤 풍채가 좋았다.

"어때요? 저쪽에 가서 외국인과 말 좀 나누시는 게."

"딱 질색이다." 형은 씁쓸하게 웃었다. 그리고 큰 배 위에 늘어뜨린 금 사슬을 손가락으로 만지작거렸다.

"외국인은 장단도 잘 맞추는군요. 좀 과할 정도입니다. 저렇게 칭찬을 받으면, 날씨 입장에서도 억지로 좋아져야 될 것 같습니다."

"그렇게 날씨를 칭찬했나? 허허. 근데 좀 덥지 않나?"

"저도 아주 덥군요."

세이고와 다이스케는 말을 맞춘 듯 동시에 흰 손수건을 꺼내 이마를 닦았다. 두 사람 모두 무거운 실크모자를 쓰고 있었다.

형제는 잔디밭을 벗어나 나무 그늘까지 와서 멈췄다. 주위에 아무도 없었다. 저쪽에서 여흥인지 무엇인지 시작되었다. 세이고는 그것을 집에 있을 때와 같은 표정으로 멀리서 바라보았다.

'형님처럼 되면, 집에 있는 것과 손님으로 있는 것이 같은 기분이겠지. 세상에는 익숙해졌어도 즐거움도 없이 모든 것이 시시하겠지'라고 생각하면서 다이스케는 세이고를 바라보았다.

"오늘 아버님은 뭘 하시죠?"

"아버님은 한시漢詩 모임이시다."

세이고는 여전히 보통의 얼굴로 대답했으나 다이스케는 다소 우스웠다.

"형수님은요?"

"손님 접대 담당이지."

형수가 나중에 투덜거릴 걸 생각하니 다시 우스워졌다.

다이스케는 세이고가 늘 바쁘다는 것을 잘 알고 있었다. 또, 그 바쁜 일정의 상당 부분은 이런 회합이 차지한다는 것도 알고 있었다. 그리고 별로 싫은 얼굴도 하지 않고, 불평도 한마디 하지 않고, 불규칙적으로 술을 마시거나 무엇을 먹거나 여자를 상대하면서도 언제 봐도 지친 모습도 없고, 허둥대는 기색도 없이, 속세에도 태연하게 매년 풍채가 좋아지는 세이고의 재주에 다이스케는 탄복하고 있었다.

세이고가 게이샤를 찾아가고 요릿집에 가고 만찬에 나가고 오찬에 초대받고 클럽에 가고 신바시 역에서 사람을 전송하고 요코하마横浜항에서 사람을 맞이하고 오이소大磯 해변 별장에 있는 원로들에게 문안인사를 가는 등 아침부터 밤까지 많은 사람이 모이는 곳에 얼굴을 내비치며 좋아하지도 싫어하지도 않는 듯한 모습은, 이런 생활에 익숙해져 마치 말미잘이 바다에 떠다니며 소금물을 짜다고 느끼지 않는 것과 같다고 다이스케는 생각했다.

다이스케는 그 점을 고맙게 생각했다. 즉 세이고는 부친과 달리 다이스케에게 딱딱한 설교 같은 것을 하지 않았다. 주의나 주장, 인생관 등의 답답한 주제는 전혀 입에 담지 않으므로 그런 것이 있는지 없는지도 알 수 없었다. 그 대신, 그런 따분한 주의나 주장, 인생관 등을 적극적으로 깨고자 하는 시도도 없었다. 실로 평범하여 좋았다.

하지만 재미는 없었다. 말 상대로서는 형보다는 형수가 훨씬 나았다. 형은 만날 때마다 "요즘 어때?"라고 물었다. 이탈리아에 지진이 났다거나 터키의 왕이 폐위되었다고 말했다. 그 밖에 무코지마向島의 꽃은 이미 다 졌다거나 요코하마에 있는 외국 선박 안에서 큰 뱀을 기르고 있다거나 누가 철도에 치었다고 말했다. 모두 신문에 나온 것뿐이지만 상대에게 상처를 주지 않는 대화의 재료는 얼마든지 갖고 있었다. 시간이 지나도 재료는 떨어지지 않았다.

그런가 하면, 때로는 "톨스토이라는 사람은 이미 죽었는가?" 등의 묘한 말도 했다. "지금 일본 소설가 중에 누가 가장 훌륭한가?"라는 말도 했다. 요컨대 문예에 관해서는 무관심하고 놀랄 정도로 무지하지만 존경과 경멸의 문제를 떠나 태연하게 물으니 다이스케도 대답하기는 쉬웠다.

이런 형과 마주하고 대화를 나누면 자극이 부족하고 톡

쏘는 맛이 없어 마음이 편했다. 단지 아침부터 밤까지 돌아다니므로 좀체 만날 수 없었다. 형수도 세이타로도 누이코도 형이 종일 집에 있으면서 세 끼를 가족과 함께 먹으면 오히려 이상하게 생각할 정도였다.

그래서 나무 그늘에 형과 나란히 서 있을 때 다이스케는 마침 좋은 기회라고 생각했다.

"형님, 할 말이 좀 있는데요. 언제 틈이 나죠?"

"틈?"이라고 반복한 세이고는 아무 설명도 없이 웃음을 보였다.

"내일 아침 어때요?"

"내일 아침은 요코하마에 갔다 와야 한다."

"오후에는?"

"오후에는 회사에 있기는 한데 회의가 있으니 와도 길게 이야기는 못 한다."

"그럼 저녁이면 괜찮겠죠?"

"저녁에는 제국호텔이다. 저 서양인 부부를 내일 저녁 제국호텔에 초대해서 안 된다."

다이스케는 입을 뾰루퉁하게 내밀고 형을 가만히 봤다. 그리고 둘이 웃음을 터뜨렸다.

"그렇게 급한 일이라면 오늘은 어때? 오늘은 괜찮다. 오랜만에 둘이 식사라도 할까?"

다이스케는 찬성했다. 클럽에라도 가는가 생각했는데 세

이고는 "장어가 좋겠지?"라고 말했다.

"실크모자를 쓰고 장엇집에 가는 것은 처음이네요"라고 다이스케는 주저했다.

"뭐, 어때."

두 사람은 원유회를 떠나 인력거를 타고 가나스기金杉 다리 밑에 있는 장엇집으로 갔다.

그곳은 강이 흐르고 버드나무가 있는 고풍스러운 집이었다. 시커멓게 색이 바란 기둥 옆의 선반에 모자 두 개를 나란히 놓고 다이스케는 "묘하군" 하고 말했다. 그러나 탁 트인 2층 방에 단둘이 책상다리로 앉아 있으니 원유회보다 마음이 편했다.

둘은 유쾌한 기분으로 술을 마셨다. 형은 마시고 먹고 세상 이야기를 하면 그 밖에는 달리 볼일이 없다는 태도였다. 다이스케도 정신을 놓으면 중요한 안건을 잊어버리게 될 분위기였다. 하녀가 세 병째의 술병을 놓고 갔을 때가 되어서야 비로소 용건을 꺼냈다. 다이스케의 용건은 말할 것도 없이 지난번 미치요에게 부탁받은 돈 문제였다.

실제로 다이스케는 오늘까지 아직 세이고에게 금품을 부탁한 적이 없었다. 학교를 나온 후 게이샤 집 출입이 잦았던 탓에 빚이 늘어나 뒤처리를 형에게 부탁한 적은 있었다. 그때, 형은 뜻밖에 화도 내지 않고, "그래? 말썽쟁이로군. 아버님에게는 비밀로 해라" 하고 형수를 통해 빚을 다 갚아주었다. 그리고 다이스케에게는 한마디의 잔소리도 하지 않았다. 다이스케는 그때부터 형에게 늘 미안했다. 그 후, 용돈이 궁할 때가 종종 있었으나 그때마다 형수를 졸라 돈을 받아냈다. 따라서 이런 안건에 관한 형과의 의논은 거의 처음이었다.

다이스케는 세이고가 손잡이 없는 주전자 같다는 생각이 들어 어디로 손을 내밀어야 할지 몰랐다. 그러나 그것이 오히려 다이스케는 흥미로웠다.

다이스케는 잡담을 하는 투로 히라오카 부부의 이야기를 천천히 말하기 시작했다. 세이고는 귀찮은 안색도 하지 않고 응, 응 하고 박자를 맞추는 것처럼 술을 마시면서 들었다. 점차 이야기가 진행되어 미치요가 돈을 빌리러 온 대목이 되어도 여전히 응, 응 맞장구만 쳤다. 다이스케는 할 수 없이 말했다.

"그래서 저도 안쓰러워서 어떻게든 알아보겠다고 했죠."

"어, 그런가?"

"어떨까요?"

"너, 돈을 구할 수 있나?"

"저는 한 푼도 없죠. 빌려야죠."

"누구한테?"

다이스케는 처음부터 대화를 이것으로 끝맺을 생각이었으므로 분명한 말투로 말했다.

"형님한테 빌리려고 합니다." 다이스케는 다시 세이고의 얼굴을 봤다. 형은 역시 아무렇지도 않은 얼굴이었다. 그리고 태연하게 대답했다.

"그건, 그만둬라."

세이고의 이유를 들어보니, 의리나 인정에 관계가 없다, 갚을지 말지의 손득에도 관계가 없다, 단지 그런 경우에는 놔두면 저절로 어떻게 해결된다는 단순한 단정이었다.

세이고는 이 단정을 증명하기 위해 여러 예를 들었다. 세이고의 문중에 후지노라는 자가 허름한 셋집에 살고 있었다. 그가 얼마 전에 먼 친척뻘 되는 고향 사람의 아들을 맡아서 집에 데리고 있었다. 그런데 그 아이가 징병검사로 급히 고향으로 돌아가게 되었는데 미리 고향에서 보내준 학비와 여비를 후지노가 이미 다 써버렸다고 하며 일시적인 융통을 부탁하러 온 적이 있었다. 물론 세이고가 직접 만난 것은 아니지만 처를 통해 거절했다. 그래도 그 아이는 기일까지 고향에 돌아가 지장 없이 징병검사를 받았다. 그 후로 후지노의 친척인 아무개라는 자가 자신이 받은 임대 보증금을 다 써버려 셋집 사람이 내일 이사한다는 그날이 되어도 아직 돈을 구하지 못했다든가 해서 또다시 후지노가 간청하러 온 적이 있었다. 그러나 이것도 거절했다. 그래도 별 어려움 없이 보증금은 돌려주었다……. 그 외에도 예가 있었으나 대충 이런 예뿐이었다.

"그거야 형수님이 뒤에서 손을 썼겠지요. 하하하. 형님도 참 순진하시네"라며 다이스케는 큰 소리를 내고 웃었다.

"뭐, 그럴 리는 없을걸."

세이고는 여전히 태연한 얼굴이었다. 그리고 앞에 있는 잔을 들어 입으로 가져갔다.

6

그날, 세이고는 좀체 돈을 빌려준다는 말을 하지 않았다. 다이스케도 미치요가 불쌍하다든가 안됐다든가 하는 궁한 말은 가급적 피했다. 자신이 미치요에 대해 그런 마음이 있다고 해도 아무것도 모르는 형을 그곳까지 끌고 가는 것은 어렵다고 생각하였고, 그렇다고 해서 섣불리 센티멘털한 말을 하면 형에게 멸시당할 뿐 아니라, 형이 전부터 자신을 우롱하는 느낌도 있으니 역시 평소의 다이스케처럼 이런저런 화제를 오가고 빈둥대며 술을 마시고 있었다. 그러면서도 부친이 늘 말하는 '열성의 부족'은 바로 이걸 말한다고 생각했다. 하지만 다이스케는 울면서 남을 움직이려고 하는 저급 취미의 사람은 아니라고 자신하고 있었다. 무릇 어떤 의미를 담은 이상한 태도의 눈물이나 번민, 진지함이나 열성처럼 역겨운 것은 없다고 생각했다. 형도 그런 것을 잘 알고 있었다. 그러므로 그런 수법으로 실수라도 한다면 평생 자신의 가치를 떨어뜨리게 된다는 것을 알고 있었다.

다이스케는 술을 마실수록 점점 돈 이야기에서 멀어졌다. 단지 둘이 마주하고 있으니 서로 잘 마셨다는 자각을 가질 법한 말만 했다. 그러나 마지막으로 오차즈케(녹차에 말아 먹는 밥)를 먹는 단계에 와서 생각난 듯, 돈은 빌려주지 않아도 되니 히라오카의 일자리를 구해달라고 부탁했다.

"아니, 그런 인간은 사양한다. 게다가 불경기라 어쩔 수 없다"라고 말하고 세이고는 젓가락으로 오차즈케의 밥을 긁어서 입에 넣었다.

다음 날 눈을 떴을 때에 다이스케는 잠자리에서 가장 먼저 이렇게 생각했다.

'형을 움직이려면 같은 동료 실업가가 아니면 안 된다. 단지 형제의 정만으로는 어떻게 할 수가 없다.'

이렇게 생각하기는 했지만 형이 매정하다는 생각은 별로 들지 않았다. 오히려 그것이 당연하다고 생각했다. 그런 형이 자신의 방탕 빚을 불평 한마디 없이 변상해준 적이 있으므로 좀 말이 맞지 않았다. 그렇다면 자신이 지금 여기서 히라오카를 위해 도장을 찍고 연대보증이라도 선다면 어떻게 할 것인가? 역시 그때처럼 깔끔히 갚아줄 것인가? 형은 그것까지 생각하고 거절한 것일까? 혹은 동생이 그런 무리한 짓은 하지 않을 거라고 처음부터 안심하고 빌려주지 않는 것인지도 몰랐다.

지금의 심정에서 말하자면 다이스케 자신은 도저히 남을 위해 도장을 찍을 것 같지는 않았다. 스스로도 그렇게 생각했다. 하지만 형이 그것을 간파하고 돈을 빌려주지 않는 것이라면, 그 예상을 깨고 연대보증을 서서 형이 어떤 태도로 바뀔지 시험해보고도 싶었다……. 여기까지 생각하고 다이스케는 스스로 자기도 별로 인간성이 좋지 않다고 생각하고 쓴웃음을 지었다.

그렇지만 단 하나 확실한 것이 있었다. 히라오카는 조만간 차용증서를 들고 자신의 도장을 받으러 올 것이 틀림없었다.

이렇게 생각하면서 다이스케는 침상에서 나왔다. 가도노는 식당에서 양반다리를 하고 신문을 읽고 있다가 젖은 머리로 욕탕에서 나오는 다이스케를 보자마자 급하게 자세를 고쳐 앉더니 신문을 접어 방석 옆으로 밀어놓으면서 큰 소리로 말했다.

"아무래도 《매연煤煙》(모리타 소헤이가 《아사히신문》에 연재했던 소설)에 큰일이 난 것 같습니다."

"자네, 읽고 있나?"

"네, 매일 읽고 있습니다."

"재미있나?"

"재미있는 거 같습니다. 아주."

"어느 부분이?"

"어느 부분이라고요? 그렇게 직접 물으시니 곤란합니다만. 그 뭐랄까요, 전반적으로, 이렇게, 현대적인 불안이 드러나고 있지 않습니까?"

"그리고 살 냄새는 나지 않는가?"

"납니다. 아주 많이."

다이스케는 입을 다물었다.

홍차 잔을 든 채로 서재로 돌아와서 의자에 앉아 멍하니 정원을 바라보고 있자, 혹투성이 석류의 마른 가지와 잿빛 줄기 아래쪽에 암녹색과 암적색을 섞은 듯한 새싹이 돋아 있었다. 다이스케의 눈에는 그것이 잠깐 비쳤지만 별로 자극적인 느낌은 없었다.

다이스케의 머리는 지금 구체적인 그 어떤 것도 붙들고 있지 않고 마치 문밖의 날씨처럼 그저 조용히 작동하고 있었다. 하지만 머릿속 그 깊은 곳에서는 미세먼지처럼 정체를 알 수 없는 것이 무수히 서로 충돌하고 있었다. 치즈 안에 아무리 벌레가 움직여도 치즈가 그 자리에 있는 동안에는 알아차리지 못하는 것처럼, 다이스케도 이 미세한 진동을 거의 자각하지 못했다. 단지, 그것이 생리적으로 반사되어 올 때마다 의자에서 조금씩 몸의 위치를 바꿀 뿐이었다.

다이스케는 최근 사람들이 유행어처럼 말하는 현대적이

라든가 불안이라는 말은 별로 입에 올리지 않았다. 현대적이라는 것을 굳이 말하지 않아도 자신은 당연히 현대적이라는 생각과 또 하나는 현대적이라고 해서 반드시 불안해할 필요는 없다고 믿었기 때문이다.

다이스케는 러시아 문학에 나오는 불안을 음울한 날씨와 정치의 압박으로 해석했다. 프랑스 문학에 나오는 불안을 유부녀의 간통이 많기 때문이라고 보았다. 단눈치오로 대표되는 이탈리아 문학의 불안을 무제한의 타락에서 나오는 자기결핍의 감정으로 판단하였다. 그러므로 일본의 문학가가 불안의 측면에서만 사회를 즐겨 그리는 것을 수입품으로 간주했다.

이지적으로 사물을 의심하는 불안이 학창 시절에 있기는 했지만 어느 정도까지 진행되다가 딱 멈추더니 뒤로 물러나버렸다. 마치 하늘로 돌을 던진 것처럼 다시 되돌아왔다. 다이스케는 지금에서야 그때 어설픈 돌 같은 것 던지지 말았어야 했다고 생각했다. 선승이 말하는 대의현전大疑現前〔큰 의심이 내 앞에 나타나다〕 같은 영역은 다이스케가 아직 발을 들여놓지 않은 미지의 나라였다. 다이스케는 그렇게 솔직하고 성급하게 만사를 의심하기에는 너무 현명하게 태어난 사람이었다.

다이스케는 가도노가 칭찬한《매연》을 늘 읽었다. 그런데 오늘은 홍차 잔 옆에 놓인 신문을 펼쳐 볼 기분이 나지 않았다. 단눈치오의 주인공은 모두 돈 걱정 없는 남자이니 사치의 결과로 그런 장난을 쳐도 무리가 아니라고 생각했으나《매연》의 주인공은 모두 여지없이 가난한 사람들이었다. 그것을 그곳까지 끌고 가려면 애정의 힘이 있어야 했다. 그런데 요키치라는 인물이나 도모코라는 여자에게서는 진정한 사랑 때문에 어쩔 수 없이 사회 밖으로 밀려나는 모습이 보이지 않았다. 그들을 움직이는 내면의 힘은 무엇일까 생각해봐도 아무래도 의심스러웠다. 그런 경우에 그런 일을 단행하는 주인공에게 아마 불안은 없을 것이다. 그것을 단행하는 것을 주저하는 자신이야말로 오히려 불안의 요소가 있어야 당연했다. 다이스케는 혼자 생각할 때마다 자신은 오리지널〔특수자, 특이한 사람〕이라고 생각했다. 그렇지만 요키치의 오리지널은 자신보다 훨씬 고수라고 인정했다. 그래서 이전에는 호기심에《매연》을 읽었지만 요즘은 자신과 요키치 사이에 현격한 거리가 있는 것 같아 읽지 않을 때가 많았다.

다이스케는 의자에서 때때로 몸을 움직였다. 그리고 자신은 완전히 안정을 되찾았다고 생각했다. 잠시 후 홍차를 다 마시고 평소처럼 독서를 시작했다. 약 두 시간쯤은 진도가 잘 나갔으나 어느 페이지 중간에 와서 갑자기 멈추고 손으로 턱을 괴었다. 그리고 옆에 있는 신문을 집어 들고《매연》을 읽었다. 위화감이 드는 것은 여전했다. 그래서 다른 기사를 읽었다. 오쿠마* 백작이 고등상업의 소요 사건에서 크게 소동을 벌이고 있는 학생 편을 들었다는 내용이었다. 꽤 강한 논조였다. 다이스케는 이 기사를 읽고 이것은 오쿠마 백작이 와세다대학에 학생을 유치하기 위한 술책이라고 해석했다. 다이스케는 신문을 내던졌다.

오후가 되고 나서 다이스케는 자신이 안정을 찾지 못한 것을 자각하기 시작했다. 뱃속에서 무수히 생긴 작은 주름이 끊임없이 서로의 위치와 형상을 바꾸며 전체적으로 흔들리는 느낌이었다. 다이스케는 때때로 이런 감정의 지배를 받았다. 그리고 지금까지 이런 종류의 경험을 단순한 생리상의 현상으로만 간주하였다. 다이스케는 어제 형과 함께 장어를 먹은 것을 다소 후회했다. 산책을 겸해 히라오카 집에 가볼까 생각했으나 산책이 목적인지 히라오카가 목적인지 확연히 구별할 수 없었다. 아주머니가 꺼내준 옷을 갈아입으려고 할 때, 조카 세이타로가 왔다. 모자를 손에 든 채로 귀여운 둥근 머리를 다이스케 앞에 내밀고 앉았다.

"학교 벌써 끝났나? 너무 이른 거 아냐?"

"좀 이른가요?" 세이타로는 웃는 얼굴로 다이스케의 얼굴을 봤다. 다이스케는 손뼉을 쳐서 아주머니를 불렀다.

---

* 오쿠마 시게노부大隈重信(1838~1922)는 제8대, 제17대 내각총리대신으로 와세다대학의 설립자이다.

"세이타로, 코코아 마실래?"

"네."

다이스케는 코코아를 두 잔 시켜놓고 세이타로를 놀리기 시작했다.

"세이타로, 너는 야구만 하니까 요즘 손이 커진 것 같구나. 머리보다 손이 크다."

세이타로는 싱글거리며 오른손으로 둥근 머리를 쓰다듬었다. 실제로 손이 컸다.

"어제 아버님이 삼촌에게 밥 사줬다면서요?"

"어, 잘 얻어먹었지. 덕분에 오늘은 위가 좋지 않구나."

"또 신경성이죠."

"신경성이 아니라 정말이다. 모두 형님 탓이다."

"아니, 아버님은 그렇게 말했어요."

"뭐라고?"

"내일 학교에서 돌아오는 길에 삼촌 집에 들러서 무언가 맛있는 거 얻어먹으라고요."

"하하, 어제의 보답인가?"

"네, 오늘은 내가 샀으니 내일은 삼촌 차례라고."

"그래서 일부러 찾아온 거냐?"

"네."

"누가 형님 자식 아니라고. 참 빈틈이 없구나. 그래서 지금 코코아 줬으니까 됐지?"

"겨우 코코아?"

"안 마실래?"

"마시기는 하지만."

세이타로의 요구조건을 잘 들어보니 스모시합이 시작되면 에코인回向院*에 데려가서 정면의 최상급 좌석에서 구경시켜달라는 것이었다. 다이스케는 기꺼이 승낙했다. 그러자 세이타로도 기쁜 표정을 짓고는 느닷없이 말했다.

"삼촌은 놀고 계시지만 실제로는 훌륭한 사람이라고 하데요." 다이스케는 좀 어처구니가 없었다.

"훌륭한 것은 잘 알지 않니?" 다이스케는 할 수 없이 대답했다.

세이타로의 말에 따르면, 어젯밤 형이 집에 돌아가서 부친과 형수까지 세 명이 다이스케의 품평을 한 것 같았다. 아이의 말이니 잘 모르겠지만 머리가 좋은 아이니까 단편적으로 그때의 말을 잘 기억하였다. 부친은 다이스케가 아무래도 가망이 없을 것 같다고 평가했다는데, 형은 그것에 대해 저렇게 놀고 있어도 생각이 깊은 것 같다, 당분간 놔두는 것이 좋겠다, 놔둬도 괜찮다, 틀림없다, 어차피 조만간에 뭔가 할 것이라고 변호했다고 한다. 그러자 형수가 그

---

* 도쿄 구로타 구 소재. 정토정의 사원이나 1833년부터 스모시합이 열려 1909년에는 국기관國技館이 경내에 건설되었다.

말에 찬성하여 일주일쯤 전에 점을 보고 왔는데 이 사람은 반드시 남들 위에 설 게 틀림없다고 판단했으니 괜찮다고 주장했다는 것이다.

다이스케는 "흠, 그리고?"라고 말하며 내내 흥미롭게 들었으나 갑자기 점쟁이가 등장하는 바람에 아주 우스워졌다. 잠시 후 옷을 갈아입고 세이타로를 전송하며 밖으로 나와 자신은 히라오카의 집을 찾아갔다.

히라오카의 집은 최근 십여 년 이래의 물가상승에 따라 중산층이 점차 줄어드는 모습을 주택으로 잘 드러낸 듯 매우 조악하고 답답한 구조였다. 특히 다이스케에게는 그렇게 보였다.

문과 현관의 사이가 한 칸(약 1.8미터) 정도밖에 되지 않았다. 부엌문까지도 그랬다. 그리고 뒤에도 옆에도 같은 모양의 옹색한 집들이 들어서 있었다. 도쿄의 빈약한 팽창을 틈타 질 나쁜 자본가들이 얼마 안 되는 자본을 2할 내지 3할의 고리로 이득을 보려는 계략하에 인색하게 만들어낸 생존경쟁의 기념물이었다.

오늘날의 도쿄, 특히 변두리에는 곳곳에 이런 식의 집들이 산재하고 있을 뿐 아니라 장마철의 벼룩처럼 매일 이례적인 증가율로 늘어났다. 다이스케는 예전에 이것을 패망의 발전이라고 칭했다. 그리고 이것을 일본의 현재를 대표하는 가장 좋은 상징으로 보았다.

그 집들 중 어떤 것은 석유깡통 밑바닥을 이어 붙인 사각의 비늘로 덮여 있었다. 그런 집을 빌린 사람들은 누구나 밤중에 기둥 갈라지는 소리에 잠을 깼다. 그 집들의 문에는 어디나 옹이구멍이 있었다. 그 집들의 장지문은 모두 다 틀어져 잘 열리지 않았다. 적은 자본을 머릿속에 쏟아붓고 매달 그 머리에서 이자를 받아 생활하는 사람들은 모두 그런 집에 세를 얻어 살고 있었다. 히라오카도 그들 중 한 사람이었다.

다이스케는 울타리 옆을 지날 때 지붕에 먼저 눈이 갔다. 그리고 거무칙칙한 기왓장 색이 묘하게 그의 마음을 자극했다. 칙칙한 흙 판때기 지붕은 얼마든지 물을 빨아들일 것 같았다. 현관 앞에는 지난번 이사 때에 끌러놓은 거적 포장의 짚 부스러기가 흐트러져 있었다. 객실로 들어가자 히라오카는 책상 앞에 앉아 긴 편지를 쓰고 있었다. 미치요는 옆방에서 옷장의 문고리를 달가닥거리고 있었다. 그 옆에는 큰 짐짝이 열려 있고 그곳에서 아름다운 쥬반(기모노의 속옷)의 소매가 반쯤 나와 있었다.

미안하지만 잠깐 기다려달라고 히라오카가 말했을 때, 다이스케는 짐짝과 쥬반을, 그리고 때때로 짐짝 안으로 들락거리는 미치요의 섬세한 손을 보고 있었다. 장지문은 열린 채로 닫을 낌새도 없었다. 그러나 미치요의 얼굴은 그늘이 져서 보이지 않았다.

잠시 후 히라오카는 붓을 책상 위에 내던지고 돌아앉았다. 무언가 복잡한 내용을 열심히 쓴 듯 귀가 빨갛게 물들었다. 눈도 붉었다.

"잘 지냈나? 지난번에는 고마웠네. 그 후로 인사차 가려고 했는데 아직 못 갔네."

히라오카의 말은 변명이라기보다는 오히려 도전적인 느낌의 말투로 들렸다. 셔츠도 잠방이도 입지 않고 책상다리로 앉아 있었다. 옷깃을 꼭 여미지 않아 가슴 털이 살짝 보였다.

"아직 정리가 덜 되었지?" 다이스케가 물었다.

"정리는커녕, 이 상태로는 평생 정리가 될 것 같지 않네." 히라오카는 바빠서 정신없다는 표정으로 담배를 피우기 시작했다.

다이스케는 히라오카가 왜 이런 태도로 자신을 대하는지 잘 알고 있었다. 결코 자신에 대한 것이 아니라 즉 세상에 대한, 아니, 본인에 대한 것이라고 생각하니 오히려 안쓰러웠다. 하지만 다이스케의 신경에는 이 말투가 매우 불쾌하게 들렸다. 단지 화가 나지 않을 뿐이었다.

"집은 어떤가? 방 배치는 좋은 듯한데?"

"응, 뭐, 나빠도 할 수 없지. 마음에 드는 집에 들어가려면 주식이라도 하는 수밖에 없네. 요즘 도쿄에 생기는 좋은 집은 모두 주식꾼이 짓는다고 하지 않는가."

"그럴지도 모르지. 그 대신, 그런 좋은 집이 한 채 세워질 때마다 그 뒤에서 얼마나 많은 집이 무너지는지 모르네."

"그러니 더욱 살기 좋지 않겠나."

히라오카는 이렇게 말하고 크게 웃었다. 그때 미치요가 나왔다. "지난번에는 여러모로……" 하며 가볍게 다이스케에게 인사를 하고 손에 든 빨간 플란넬(부드러운 모직물)을 앉자마자 앞에 놓고 다이스케에게 보여줬다.

"뭐죠, 이것은?"

"아기 옷이에요. 만들어놨는데, 그만. 아직 풀지도 않은 것을 지금 짐짝 밑을 보니 있어서 꺼내왔죠." 미치요는 말하면서 끈을 끌러 통소매를 좌우로 펼쳤다.

"아니, 아직도 그걸 넣어 두었나? 당장 뜯어서 걸레라도 만들어!"

미치요는 아기 옷을 무릎 위에 놓은 채로 대답도 하지 않고 한동안 고개를 숙이고 바라보다가 말했다.

"당신 것과 같이 만들었어요." 그리고 남편을 보았다.

"이건가?"

히라오카는 잔무늬 겹옷 아래에 플란넬을 입고 있었다.

"이건 이제 못 입겠어. 더워서 말이야."

다이스케는 오래간만에 옛날의 히라오카를 눈앞에서 보았다.

"겹옷 아래에 플란넬을 입으니 덥지. 쥬반이 좋지."

"응, 귀찮아서 그냥 입고 있네."

"빨아야 하니 벗으라고 해도 좀체 안 벗어요."

"아니, 곧 벗지. 나도 좀 질렸어."

대화는 죽은 아기에서 마침내 벗어났다. 그리고 왔을 때보다도 다소 온화한 분위기가 되었다. 히라오카는 오랜만에 한잔하자고 말했다. 미치요도 술상을 차릴 테니 천천히 놀다 가라고 부탁하듯이 말하고 옆방으로 갔다. 다이스케는 그 뒷모습을 보고 어떻게든 돈을 마련해줘야겠다고 생각했다.

"자네, 어딘가 일자리는 찾았는가?" 다이스케가 물었다.

"응, 뭐, 있는 것 같기도 하고 없는 것 같기도 하네. 없으면 당분간 놀면 되지 뭐. 천천히 찾다보면 어떻게 되겠지."

말은 침착했으나 다이스케가 듣기에는 오히려 초조하게 일을 찾는 것 같았다. 다이스케는 어제 형과 자기 사이에 일어난 문답의 결과를 히라오카에게 알려주려고 했으나, 이 말을 듣고 잠시 뒤로 미루기로 했다. 왠지 잘난 체하는 히라오카의 체면을 괜히 자신이 훼손할 수도 있다고 생각했다. 게다가 돈 문제에 관해서는 히라오카로부터 아직 한 마디의 의논도 받은 적이 없었다. 그러니 표면적으로 말할 필요도 없었다. 단지, 이렇게 잠자코 있으면, 히라오카는 다이스케를 내심 냉담한 놈이라고 생각할 게 틀림없었다. 하지만 지금의 다이스케는 그런 비난에 대해 거의 무감각한 상태였다. 또 실제로 자신은 그렇게 열정적인 사람은 아니라고 생각했다. 3, 4년 전의 자신으로 돌아가 지금의 자신을 판단해보면 자신은 타락했는지도 모른다. 하지만 지금의 자신이 3, 4년 전의 자신을 회고해보면 그때는 분명 자신의 도덕관념을 과장하여 거들먹거리며 일을 저질렀다. 도금을 순금으로 통용시키려는 서글픈 노력보다는 놋쇠를 놋쇠로 통용시키고 놋쇠에 상응한 모욕을 참는 편이 마음 편하겠다고 지금은 생각하고 있었다.

다이스케가 놋쇠로 감수하게 된 것은, 뜻밖의 큰 광란에 말려들어 놀란 나머지 심기일전의 결과를 초래한 소설 같은 역사를 가졌기 때문은 아니었다. 오로지 그 자신 특유의 사색과 관찰의 힘으로 차근차근 도금을 스스로 벗겨왔다. 다이스케는 이 도금의 대부분은 부친이 자신에게 전가한 것이라고 믿었다. 그때는 부친이 순금으로 보였다. 많은 선배가 순금으로 보였다. 높은 교육을 받은 자는 모두 순금으로 보였다. 그러므로 자신의 도금이 괴로웠다. 어서 순금이 되고자 안달하기도 했다. 그러나 다른 사람의 바탕쇠(도금 전의 쇠)에 자신의 눈빛이 직접 닿게 된 후로는 그것이 갑자기 어리석은 노력으로 생각되기 시작했다.

다이스케는 동시에 이렇게 생각했다. 자신이 3, 4년 사이에 이렇게 달라졌으므로 똑같은 3, 4년 사이에 히라오카도 자신의 경험범위 내에서 꽤 달라졌을 것이다. 과거의 자신이라면 이런 경우에는 가급적 히라오카의 호감을 사고 싶은 마음에서 형과 싸워서라도, 부친과 말싸움을 해서라도 히라오카를 위해 노력했을 것이다. 또, 그 노력의 과정을 히라오카 집에 와서 모두 떠벌렸겠지만 그것을 기대하는 것은 역시 옛날의 히라오카로, 지금의 히라오카는 친구를 그리 무겁게 여기지는 않을 것이다.

그래서 중요한 이야기는 한두 마디로 끝내고 이런저런 잡담으로 시간을 보내는 가운데 술이 나왔다. 미치요가 술병 밑을 잡고 술을 따랐다.

히라오카는 취하면서 점점 말이 많아졌다. 히라오카는 아무리 취해도 좀체 이성을 잃지 않았다. 오히려 아주 힘이 나서 말투에 일종의 쾌락을 띠었다. 그렇게 되면 보통의 술꾼 이상으로 말이 많은데다가 때로는 비교적 진지한 문제를 꺼내 상대와 격론을 벌이며 즐거워했다. 다이스케는 옛날에 맥주병을 사이에 두고 자주 히라오카와 말싸움을 벌인 기억이 있었다. 다이스케가 이상하다고 생각하는 것은 히라오카가 이러한 상태에 빠졌을 때 히라오카와 의논을 하기 가장 쉽다는 자각이었다. "또 술이나 마시며 본심을 털어놔볼까?"라고 히라오카는 자주 말하곤 했다. 오늘 두 사람의 사이는 그때와는 매우 거리가 멀었다. 그리고 그 거리를 좁히는 방법을 찾기 어렵다는 사실을 둘 다 내심 알고 있었다. 도쿄에 온 다음 날, 3년 만에 해후한 두 사람은 그때 이미 둘 다 어느새 서로의 옆에서 물러나 있는 것을 발견했다.

그런데 오늘은 이상했다. 술을 마실수록 히라오카가 옛날의 모습을 드러냈다. 적당히 취기가 오른 탓인지 현재의 경제, 눈앞의 생활, 또 그것에 따른 고통, 불평, 마음속의 혼란 등을 완전 마비시킨 듯했다. 히라오카의 이야기는 단숨에 높은 지대로 뛰어올랐다.

"나는 실패했네. 하지만 실패해도 일하고 있지. 또 앞으로도 일할 셈이네. 자네는 내 실패를 보고 웃고 있어…… 웃지 않는다고? 결국 웃는 것과 같으니 상관없네. 자넨 웃고 있어. 알겠나? 웃고 있지만 그런 자네는 아무것도 안 하고 있어. 자네는 세상을 있는 그대로 받아들이는 사람이야. 바꿔 말하자면 의지를 발전시키지 못하는 사람이지. 의지가 없다는 것은 거짓이야. 자네도 인간인걸. 그 증거로 자네는 항상 뭔가 부족하다고 생각하지. 나는 내 의지를 현실사회에 작동시켜 현실사회가 내 의지로 인해 얼마큼이라도 내 생각대로 되었다는 확증을 얻지 못하면 살아갈 수 없다네. 그것으로 나라는 인간의 존재 가치를 인식하지. 자네는 단지 생각만 하고 있어. 생각만 할 뿐이니 머릿속 세계와 머리 밖의 세계를 별도로 만들어놓고 살고 있는 것이야. 이런 큰 부조화를 참고 있는 것이 이미 무형의 큰 실패가 아닌가? 왜냐하면 나는 그 부조화를 밖으로 꺼냈을 뿐이고 자네는 안으로 처넣었을 뿐이라는 말이니까. 밖으로 내걸었기에 오히려 실제 내 실패의 정도는 적을 수도 있네. 그래도 자네는 나를 비웃고 있어. 하지만 나는 자네를 비웃을 수가 없네. 아니, 비웃고 싶지만 세상 사람들은 비웃어서는 안 된다고 하겠지."

"뭐 비웃어도 상관없네. 자네가 나를 비웃기 전에 나는 이미 나 자신을 비웃고 있으니."

"그건 거짓말이지. 그렇지? 미치요."

미치요는 아까부터 묵묵히 앉아 있었으나 남편이 갑자기 말을 걸자 빙긋 웃고 다이스케를 바라봤다.

"참이죠? 미치요." 다이스케는 말하면서 술잔을 내밀어 술을 받았다.

"그건 거짓말이야. 내 마누라가 아무리 변호해줘도 거짓말이네. 하긴 자네는 남을 비웃어도 자신을 비웃어도 두 가지 다 머릿속으로 하는 사람이니까 거짓인지 참인지 그건 확실히 모르겠지만……."

"농담하지 말게."

"농담이 아닐세. 아주 진지하게 말하는 걸세. 하긴 옛날의 자네는 그렇지 않았어. 과거의 자네는 그렇지 않았지만 지금의 자네는 아주 달라졌어. 그렇지? 미치요. 나가이는 누가 보더라도 아주 오만하지 않은가?"

"왠지 아까부터 옆에서 듣고 있으니 당신이 더 오만한 것 같네요."

히라오카는 큰 소리로 하하하 웃었다. 미치요는 빈 술병을 들고 옆방으로 갔다.

히라오카는 술상의 안주를 두세 입 젓가락으로 넣고 고개를 숙인 채 우적우적 소리를 내며 먹더니 게슴츠레한 눈을 들고 말했다.

"오늘은 오랜만에 기분 좋게 취했군. 그렇지, 자네……? 자네는 별로 기분이 안 좋겠지? 아주 괘씸하군. 내가 옛날의 히라오카 쓰네지로로 돌아갔는데도 자네는 옛날의 나가이 다이스케로 돌아오지 않는 게 괘씸하군. 꼭 돌아오게. 그리고 크게 활약하게. 나도 앞으로 분발하지. 그러니 자네도 분발하게."

다이스케는 그 말 속에 지금의 자기를 옛날로 되돌리려는 진실하고 솔직한 어떤 노력의 모습을 보았다. 그리고 감동했다. 하지만 한편으로는 그저께 먹은 빵을 지금 뱉어내라고 강요받는 느낌도 들었다.

"자네는 술을 마시면 말은 취하지만 머리는 거의 말짱한 사람이니 나도 말하겠네만."

"그거다. 그거야말로 나가이 군이다."

다이스케는 갑자기 말하기 싫어졌다.

"자네, 머리는 멀쩡한가?"

"멀쩡하고말고. 자네만 멀쩡하다면 나는 언제라도 멀쩡

하지." 히라오카는 이 말을 한 뒤 다이스케의 얼굴을 똑바로 봤다. 실제 자신이 말한 그대로의 상태였다. 그래서 다이스케는 말했다.

"자네는 아까부터 일하지 않는다고 거듭 말하며 나를 꽤나 공격했지만 나는 잠자코 있었네. 공격의 이유 그대로 나는 일하지 않을 생각이라 잠자코 있었네."

"왜 일하지 않는 거지?"

"왜 일하지 않느냐고? 그건 내 탓이 아니네. 즉 세상 탓일세. 더 거창하게 말하자면 일본 대 서양의 관계가 틀려먹었으니 일하지 않는 거네. 우선, 일본만큼 부채가 많아 가난한 나라는 없네. 자네, 이 부채를 언제쯤이나 갚을 수 있다고 생각하나? 하긴 외채 정도는 갚을 수 있겠지. 하지만 부채는 그것만 있는 게 아닐세. 일본은 서양에서 돈을 빌리지 않으면 도저히 제대로 설 수 없는 나라네. 그러면서도 일등국가라고 자임하지. 그리고 무리하게 일등국가에 끼려고 하고. 그래서 모든 분야의 깊이를 재서 일등국만큼의 폭으로 부풀려놓았지. 속 빈 팽창이니 더욱 비참한 것일세. 황소와 경쟁하는 개구리 꼴이라 언제 곧 배가 터질지 모르네. 그 영향을 모두 우리 개인이 받고 있다네. 이렇게 서양의 압박을 받는 국민은 머리에 여유가 없으니 변변한 일은 할 수가 없네. 모든 것이 틀에 박힌 교육이고 그리고 눈이 돌아갈 정도로 혹사당하고 있으니 모두 신경쇠약에 걸려버리네. 말을 걸어보게. 대부분 바보니까. 자신의 일과 자신의 오늘, 단지 지금의 일 외에는 아무것도 생각하지 못하네. 생각할 수 없을 정도로 지친 것이니 어쩔 수 없네. 정신의 피로와 신체의 쇠약은 불행히도 동반하네. 뿐만 아니라 도덕의 쇠퇴도 함께 가지. 일본 어디를 돌아봐도 빛나는 단면은 조금도 없지 않은가? 모두가 암흑이야. 그 사이에 서서 나 혼자 무엇을 말해도 무엇을 해본들 어쩔 도리가 없네. 나는 원래 게으른 사람이야. 아니, 자네와 함께 돌아다닐 때부터 게으른 사람이었지. 그때는 억지로 경기를 부추겼으니 자네에게는 벅찬 미래가 보였겠지. 하긴 지금도 일본 사회가 정신적, 도덕적, 신체적으로 건전하다면 나는 여전히 미래의 꿈을 꾸었겠지. 그렇다면 할 것은 얼마든지 있으니까. 그리고 나의 나태성을 깨뜨릴 정도의 자극도 또 얼마든지 생길 것이라고 생각하네. 그러나 지금은 틀렸네. 지금의 상태라면 나는 오히려 혼자가 편하네. 그리고 자네가 말하는, 있는 그대로의 세계를 있는 그대로 받아들이고, 그 안에서 나에게 가장 적당한 것과 접촉을 유지하고 만족하겠네. 외부 사람까지 내 생각대로 한다는 건 도저히 불가능한 것이니 말일세……."

다이스케는 잠시 쉬었다. 그리고 다소 불편하게 앉아 있는 미치요를 돌아보고 위로의 말을 건넸다.

"미치요, 어떻습니까? 제 생각은. 꽤 낙천적이라 좋죠? 찬성하지 않습니까?"

"왠지 염세적인 것도 같고 태평스러운 것도 같아 묘하네요. 저는 잘 모르겠네요. 하지만 좀 얼렁뚱땅한 것도 같네요."

"네? 어느 부분이?"

"어느 부분이라뇨. 당신도 그렇죠?" 하고 미치요는 남편을 보았다. 히라오카는 넓적다리 위에 팔꿈치를 얹고 손으로 턱을 받치고 잠자코 있다가 아무 말도 하지 않고 술잔을 다이스케에게 내밀었다. 다이스케도 말없이 잔을 받았다. 미치요는 다시 술을 따랐다.

다이스케는 술잔을 입에 대면서 더 이상 말할 필요가 없다고 느꼈다. 애초 히라오카의 생각을 자신과 같은 것으로 바꾸기 위한 변론도 아니었고 또 히라오카의 의견을 들으려고 방문한 것도 아니었다. 두 사람은 아무리 시간이 지나도 두 사람으로서 떨어져 있어야 하는 운명임을 애초부터 깨달았으므로 논쟁은 적당히 그만두고 미치요가 끼어들 수 있는 보통의 원만한 화제로 대화를 이끌어가려고 했다.

하지만 히라오카는 취하면 끈질긴 면이 있었다. 가슴 털의 속까지 붉어진 가슴을 드러내고 이렇게 말했다.

"거 참 재미있군. 아주 재미있어. 나처럼 한구석에서 현실과 악전고투하는 자는 그런 생각을 할 여유가 없지. 일본이 빈약하건 약골이건 일하는 동안에는 잊으니까. 세상이 타락했다 해도 세상의 타락을 깨닫지 못하고 그 속에서 활동하니까. 자네 같은 한가한 사람이 보면 일본의 가난이나 우리의 타락이 보일지 모르겠지만 그건 이 사회에 용무가 없는 방관자나 말할 수 있는 것이지. 즉 자신의 얼굴을 거울에 비칠 여유가 있으니 그런 것이야. 바쁠 때는 자신의 얼굴 따위 다들 잊고 살지 않는가?"

히라오카는 말하는 가운데 아주 적절한 비유를 찾아내 큰 힘을 얻었다는 생각에 이 지점에서 자신 있게 일단락을 지었다. 다이스케는 할 수 없이 엷은 미소를 지었다. 그러자 히라오카는 곧 뒤를 이었다.

"자네는 돈 걱정이 없으니 그게 문제야. 생활이 어렵지 않으니 일할 마음이 생기지 않아. 요컨대 귀한 집 도련님이니까 고상한 말만 하고……"

다이스케는 히라오카가 다소 얄밉게 보이기 시작해 돌연 중간에 말을 잘랐다.

"일하는 것도 좋지만 일을 한다면 생활 이상의 일을 해야 명예가 있지. 모든 신성한 일은 모두 빵을 벗어나 있네."

히라오카는 묘하게 불쾌한 눈을 하고 다이스케의 얼굴을 엿보았다. 그리고 물었다.

"왜?"

"왜냐고? 생활을 위한 일은, 일을 위한 일이 아니지."

"그런 논리학의 명제 같은 것은 잘 모르겠군. 좀 더 실제적인 인간에게 통하는 말로 해보게."

"즉 먹기 위한 직업은 성실이 부족하기 십상이라는 의미네."

"내 생각과는 완전 반대로군. 먹기 위한 것이니 맹렬히 일할 마음이 생기는 게 아닌가?"

"맹렬히 일할 수 있을지도 모르겠지만 성실하게는 일하기 힘들지. 먹기 위한 일이라고 하면, 즉 먹는 것과 일하는 것, 어느 쪽이 목적이라고 생각하나?"

"물론 먹는 쪽이지."

"그것 보게. 먹는 쪽이 목적이고 일하는 쪽이 수단이라면 먹기 쉽도록 일의 방식을 맞춰가는 것이 당연하겠지. 그렇게 하면 무슨 일을 하건 또 어떻게 일하건 상관없이 단지 빵만 얻으면 된다는 말로 귀착되어버리지 않는가? 일의 내용도 방향도 순서도 모두 외부의 제약을 받는다면 그 일은 타락한 일이네."

"아직도 여전히 이론적이로군. 그것으로 전혀 지장 없지 않은가?"

"그럼, 극히 고상한 예로 설명해주지. 진부한 이야기지만 어떤 책에서 이런 글을 읽은 기억이 있네. 오다 노부나가가 어느 유명한 요리사를 고용했는데 그 요리사가 만든 음식을 먹어보니 아주 맛이 없어서 크게 불평했다고 하네. 요리사는 최상의 요리를 바쳤는데 꾸중을 들었으니 그다음부터는 이류 혹은 삼류의 요리를 바쳤더니 늘 칭찬을 받았다고 하네. 이 요리사를 보게. 생활을 위한 일은 잘했지만 자신의 기예인 요리 그 자체에서 보자면 매우 불성실한 일이 아닌가? 타락 요리사가 아닌가?"

"하지만 그렇게 하지 않으면 해고되니 할 수 없었겠지."

"그러니 말일세. 의식주에 걱정 없는 사람이 좋아서 하는 일이어야 성실한 일이 가능하지 않겠는가?"

"그렇다면 자네 같은 신분의 사람이야말로 신성한 일이 가능하다는 말이로군. 그럼, 자네야말로 더욱 일을 열심히 할 의무가 있네. 그렇지? 미치요."

"네, 그렇네요."

"왠지 이야기가 처음으로 되돌아갔군. 이러니 논쟁은 쓸데없어." 다이스케는 머리를 긁었다. 논쟁은 그것으로 마침내 끝이 났다.

7

다이스케는 욕탕으로 들어갔다.

"선생님, 어떻습니까, 온도는? 좀 더 데울까요?" 가도노가 입구에서 얼굴을 내밀었다. 가도노는 이런 것에 눈치가 빨랐다. 다이스케는 가만히 탕에 잠긴 채로 "충분" 하고 대답했다.

그러자 가도노는 "하십니까?"라고 말하고 거실 쪽으로 돌아갔다. 다이스케는 가도노의 대답 방식이 재미있어 혼자 싱긋 웃었다. 다이스케는 남이 느끼지 못하는 것을 느끼는 신경이 있었다. 그 때문에 때때로 괴로울 때도 있었다. 어느 때, 친구의 부친이 별세하여 장례식에 참석했는데, 그 친구가 예복을 입고 대나무 지팡이를 짚으며 관 뒤를 따라가는 모습이 갑자기 우스꽝스럽다는 생각이 들어 곤란한 적이 있었다. 또 어느 때는 자기 부친의 설교를 한창 듣고 있을 때, 무심코 부친의 얼굴을 보았다가 느닷없이 웃음이 터져 나올 것 같아 괴로운 적이 있었다. 자택에 욕조가 없었을 때는 곧잘 근처 목욕탕에 갔는데 그곳에 골격이 늠름한 때밀이가 있었다. 갈 때마다 그자가 안에서 뛰어나와 "밀어드릴깝쇼?" 하고는 등의 때를 밀었다. 다이스케는 그자가 몸을 쓱쓱 문지를 때마다 아무래도 이집트 사람에게 몸을 맡기는 느낌이 들었다. 아무리 거듭 생각해봐도 일본인으로는 생각되지 않았다.

또 이상한 일이 있었다. 얼마 전에 어떤 책을 읽으니 베버라는 독일의 생리학자는 자기 심장의 맥박을 늘리거나 줄이거나 마음대로 변화시켰다고 쓰여 있어, 평소부터 맥박을 시험하는 버릇이 있던 다이스케는 시험 삼아 하루에 두세 번쯤 조심조심 시도해보다가, 아무래도 베버처럼 될 것 같은 생각에 깜짝 놀라 그만두었다.

탕 안에 가만히 앉아 있던 다이스케는 무심코 오른손을 왼쪽 가슴 위에 얹었는데 쿵쿵 하는 생명의 소리를 두세 번 듣자마자 곧바로 베버가 생각나 금세 욕조 밖으로 나왔다. 그리고 그곳에 양반다리로 앉아 멍하니 자신의 다리를 바라보았다. 그러자 그 다리가 이상하게 보이기 시작했다. 아무래도 자신의 몸뚱이에서 나온 것이 아니라 자신과는 전혀 관계없는 것이 그곳에 무례하게 누워 있는 것 같았다. 그러자 지금까지는 깨닫지 못했으나 이제는 차마 바로 쳐다볼 수 없을 정도로 매우 추해 보였다. 털이 듬성듬성 나고 파란 혈관이 곳곳에 퍼져 있는 아주 이상한 동물이었다.

다이스케는 다시 탕에 들어가, 히라오카의 말대로 너무 한가하니까 이런 것까지 떠오르는가 생각했다. 탕에서 나와 거울에 자신의 모습을 비췄을 때, 다시 히라오카의 말이 떠올랐다. 폭이 넓은 서양 면도칼로 턱과 볼의 수염을 깎을 때는 거울 속에서 번뜩거리는 날카로운 칼날의 빛이 근질거리는 느낌을 불러일으켰다. 이것이 심해지면 높은 탑 위에서 까마득한 밑을 내려다보는 느낌과 비슷할 것이라고 의식하면서 마침내 면도를 끝냈다.

식당을 지나갈 때, 가도노는 아주머니와 말하고 있었다.

"아무래도 선생님은 잘하시는 거 같아요."

"뭘 잘한다고?" 다이스케가 서서 가도노를 보았다.

가도노는, "아, 벌써 나오셨습니까? 빠르시네요"라고 대답했다. 이 말을 듣자, 다시 뭘 잘한다는 건지 묻기도 뭐해 그대로 서재로 돌아가 의자에 앉아 휴식을 취했다.

휴식을 취하면서, 이렇게 머리가 이상한 방향으로 민감하게 움직인다면 몸에 좋지 않으니 잠시 여행이라도 떠날까 생각해봤다. 하나는 근래 거론된 결혼문제를 피하기 좋은 방법이라고도 생각했다. 그러자 다시 히라오카가 이상하게 마음에 걸려 여행계획을 곧 취소해버렸다. 왜 그런지 곰곰이 따져보니 히라오카가 마음에 걸린 것이 아니라 역시 미치요가 마음에 걸린 것이었다. 다이스케는 이런 생각까지

도달해도 부도덕하다는 생각은 별로 들지 않았다. 오히려 유쾌한 기분이 들었다.

다이스케가 미치요와 알게 된 것은 지금으로부터 4, 5년 전으로, 다이스케가 아직 대학생 때였다. 다이스케는 나가이 가문의 자식이라는 이유로 당시 상류사회에 속한 젊은 여자의 얼굴과 이름을 많이 알고 있었다. 그렇지만 미치요는 그 방면의 여자가 아니었다. 색깔로 말하자면 더욱 수수하고, 성격으로 말하자면 좀 더 차분했다. 그 무렵, 다이스케에게는 스가누마라는 대학 친구가 있었는데 히라오카도 그와 친했다. 미치요는 그의 여동생이었다.

스가누마는 도쿄 근처 지방의 출신으로, 입학하고 2년째의 봄에 여동생을 공부시키겠다며 고향에서 미치요를 데리고 와서 하숙집을 떠나 둘이 살 집을 얻었다. 그때 미치요는 고향의 고등여학교를 막 졸업하여 나이는 아마 열여덟쯤이었는데 기모노에 화려한 옷깃을 달고 어깨 장식*을 하고 있었다. 그리고 곧 어느 여학교에 들어갔다.

스가누마의 집은 야나카谷中의 시미즈초清水町였는데 뜰은 없지만 툇마루로 나오면 우에노 숲의 높이 솟은 오래된 삼나무가 보였다. 삼나무는 녹슨 쇠처럼 아주 특이한 색을

* 가타아게肩上げ. 기모노 옆의 어깨 부분을 접어 넣어 나중에 길이를 조정할 수 있게 한 부분. 주로 미성년의 여자용.

띠고 있었다. 그중 한 그루는 거의 죽어가고 있어 껍질이 벗겨진 위쪽에는 저녁만 되면 까마귀가 몰려와 울어댔다. 이웃에는 젊은 화가가 살고 있었다. 인력거도 거의 다니지 않은 좁은 골목길의 아주 한적한 집이었다.

다이스케는 그곳에 자주 놀러 갔다. 처음 미치요를 만났을 때, 미치요는 그냥 인사만 하고 방으로 들어가버렸다. 다이스케는 우에노 숲의 경치를 감상하고 돌아왔다. 두 번 가도 세 번 가도 미치요는 단지 차만 건네주고 자리를 떴다. 하지만 작은 집이라 옆방 말고 달리 있을 곳이 없었다. 다이스케는 스가누마와 말을 나누며 옆방에 있는 미치요가 자신의 말을 듣고 있다는 자각을 버릴 수 없었다.

미치요와 처음 말을 나눈 것이 어떤 계기였는지 지금 다이스케의 기억에는 남아 있지 않았다. 남아 있지 않을 정도로 사소한 일상에서 시작되었을 것이다. 시나 소설에 질린 다이스케는 그것이 오히려 흥미로웠다. 하지만 일단 말을 나누기 시작한 후로는 역시 시나 소설 속의 장면처럼 둘은 곧 편한 사이가 되었다.

히라오카도 다이스케처럼 자주 스가누마의 집에 놀러 왔다. 어느 때는 둘이 함께 온 적도 있었다. 히라오카는 그렇게 다이스케와 거의 비슷한 시기에 미치요와 친해졌다. 미치요는 때때로 오빠와 두 친구를 따라 이케노하타池之端 연못 등을 산책하기도 했다.

네 사람은 이런 관계로 약 2년 정도 지냈다. 그런데 스가누마가 졸업하는 해의 봄, 스가누마의 모친이 상경하여 한동안 스가누마 집에 묵었다. 모친은 해마다 한두 번은 상경하여 자식들 집에 대엿새쯤 기거했는데, 그때는 귀향 전날부터 몸에 열이 나서 전혀 움직이지 못했다. 일주일 후에 그것이 티푸스로 판명되어 곧바로 대학병원에 입원했다. 미치요는 간병을 위해 병원에서 살다시피 했다. 환자의 경과는 일시적으로 약간 좋아졌지만 다시 악화되어 마침내 목숨을 거뒀다. 그것으로 그치지 않았다. 문병 온 스가누마에게 티푸스가 전염되어 그도 곧 사망했다. 고향에는 부친 혼자만 남았다.

부친은 모친과 스가누마가 사망했을 때 매번 올라와 뒤처리를 하였기에 생전에 관계가 깊었던 다이스케와 히라오카도 알게 되었다. 미치요를 데리고 고향으로 돌아갈 때는 딸과 함께 두 사람의 하숙집을 각각 방문하여 작별 겸 감사를 전했다.

그해 가을 히라오카는 미치요와 결혼했다. 그들을 중매했던 것은 다이스케였다. 물론 결혼식에 직접 참석하는 중매인 역할은 히라오카의 고향 선배가 맡았지만 실제로 몸을 움직여 미치요의 승낙을 얻어낸 것은 다이스케였다.

결혼 후 곧 둘은 도쿄를 떠났다. 고향에 있던 부친은 뜻하지 않은 어떤 사정 때문에 어쩔 수 없이 홋카이도로 떠나갔다. 미치요는 아무래도 지금 불안한 상태에 있었다. 어떻게든지 이곳 도쿄에 안주하도록 해주고 싶었다. 다이스케는 다시 한 번 형수에게 부탁해 돈을 마련해볼까 생각했다. 다시 미치요를 만나 좀 더 깊은 사정을 자세히 들어볼까 생각도 했다.

하지만 히라오카 집에 간다 해도 미치요는 함부로 모든 것을 말하는 성격도 아니며, 설령 그런 돈이 필요하게 된 사정을 자세하게 들었다고 해도 부부의 실제 속사정을 쉽사리 알 수도 없었다. 다이스케가 자신의 마음속을 깊게 들여다보면 그가 정말로 궁금한 점은 바로 여기에 있다고 스스로 인정할 수밖에 없었다. 그러니까 솔직히 말하자면 왜 돈이 필요한지는 이미 생각할 필요가 없었다. 실은 외면의 사정을 듣건 말건 미치요에게 돈을 빌려주어 그녀를 만족시키고 싶었다. 하지만 미치요의 환심을 살 목적의 수단으로써 돈을 마련할 생각은 전혀 없었다. 다이스케는 미치요에 대해 그 정도로 정략적인 계산은 하고 싶지 않았다.

게다가 히라오카가 집에 없을 때에 찾아가서 오늘까지의 사정을, 특히 경제적인 문제만이라도 충분히 듣기는 어려웠다. 히라오카가 집에 있으면 자세한 이야기가 불가능한 것은 뻔했다. 가능해도 그것을 하나부터 열까지 진실로 받아들일 수도 없었다. 히라오카는 사회적인 여러 동기에서 다이스케에게 허세를 부리고 있었다. 허세가 필요 없는 곳에서도 어떤 이유로 침묵을 지키고 있었다.

다이스케는 여하튼 우선 형수에게 부탁해보자고 결심했다. 하지만 스스로도 성사 가능성에 대해서는 매우 의심스러웠다. 지금까지 형수에게 종종 돈을 부탁한 적은 몇 번이나 있었지만 이렇게 갑작스럽게 부탁하는 것은 처음이었다. 그러나 우메코는 자신이 마음대로 쓸 수 있는 돈을 얼마간 갖고 있으므로 어쩌면 가능할지도 몰랐다. 그래도 안 된다면 고리대금업자에게 빌려도 되겠지만 다이스케는 아직 거기까지는 마음이 내키지 않았다. 단지 조만간에 히라오카가 정식으로 연대보증을 요구해서 그것을 거절할 수 없을 바에야 차라리 자신이 직접 나서서 미치요를 기쁘게 해주는 것이 훨씬 유쾌할 것이라는 취사선택의 생각만이 이치를 떠나 머릿속에 잠재하고 있었다.

후덥지근한 바람이 부는 날이었다. 흐린 날씨가 언제까지나 게으르게 하늘에 가득하여 좀처럼 저물 것 같지 않은 네 시 이후에 집을 나와 본가까지 전차를 타고 갔다. 아오야마 궁의 조금 앞까지 오자, 전차의 좌측 길로 두 사람이 끄는 고속 인력거에 부친과 형이 각각 타고 황급히 지나갔다. 인사를 할 틈도 없이 지나쳤기에 저쪽은 전혀 눈치채지 못하고 지나가 버렸다. 다이스케는 다음 정거장에서 내렸다.

본가 문으로 들어서자 객실에서 피아노 소리가 났다. 다이스케는 잠시 뜰에 멈춰 섰다가 바로 왼쪽으로 꺾어 부엌

문 쪽으로 갔다. 그곳 격자문 밖에 헥터라는 이름의 몸집 큰 영국산 개가 가죽끈으로 큰 입이 묶인 채 엎드려 있었다. 다이스케의 발소리를 듣자마자 헥터는 무성한 털의 귀를 흔들며 얼룩진 얼굴을 갑자기 들었다. 그리고 꼬리를 흔들었다.

입구의 서생 방을 들여다보고 문턱 위에 서서 두세 마디 인사말을 나눈 후, 곧 서양식 방으로 와서 문을 열자 형수가 피아노 앞에 앉아 두 손을 움직이고 있었다. 그 옆에 누이코가 긴 소매의 기모노를 입고 긴 머리를 어깨까지 늘어뜨리고 서 있었다. 다이스케는 누이코의 긴 머리를 볼 때마다 그네를 탄 누이코의 모습이 떠올랐다. 검은 머리와 담홍색 리본과 그리고 노란 머리띠가 동시에 바람에 휘날리는 모습이 선명하게 머릿속에 새겨져 있었다.

모녀는 동시에 뒤를 돌아보았다.

"어머!"

누이코는 말없이 뛰어와서 다이스케의 손을 잡아서 끌고 갔다. 다이스케는 피아노 옆까지 왔다.

"어떤 고수가 치는가 생각했네요."

우메코는 아무 대답도 하지 않고 이마를 찌푸리고 웃으면서 손을 흔들어 다이스케의 말을 가로막았다. 그리고 이렇게 말했다.

"도련님, 이 부분을 한번 쳐보세요."

다이스케는 잠자코 형수와 자리를 바꿨다. 악보를 보면서 양손의 손가락을 잠시 멋지게 움직인 후 말했다.

"이렇게 치면 되겠죠?" 그리고 곧 의자에서 일어났다.

그 후 30분쯤 모녀가 교대로 피아노 앞에 앉아 한 부분을 복습한 후에 우메코는 말하면서 일어섰다.

"이제 그만 치자꾸나. 저쪽에 가서 밥이라도 먹자. 삼촌도 오시죠." 방 안은 벌써 어두컴컴해졌다. 다이스케는 아까부터 피아노 소리를 듣고, 형수와 조카의 흰 손이 움직이는 모습을 보고, 그리고 때때로 그 난간의 그림을 바라보며 미치요도, 돈을 빌리는 것도 거의 잊고 있었다. 방을 나올 때 되돌아보니 진파랑 파도가 부서져서 하얗게 뒤집히는 부분만이 어둠 속에서 또렷이 보였다. 다이스케는 큰 파도 위에 황금빛 뭉게구름을 전면에 그리게 했다. 뭉게구름을 유심히 보면 마치 전라의 여자 거인들이 머리칼을 흩날리며 무리 지어 광분하는 것처럼 윤곽이 잡혀 있었다. 다이스케는 발키리Valkyrie(북유럽 신화의 주신 오딘을 섬기는 무장한 처녀들)를 구름으로 표현하려는 의도로 이 그림을 주문했다. 그는 뭉게구름인지 여자 거인인지 잘 분별이 되지 않는 멋진 덩어리를 머릿속에 기대하며 은근히 기뻐했다. 하지만 완성품을 벽에 붙여 보니 상상보다는 볼품이 없었다. 우메코와 함께 방을 나왔을 때는 발키리는 거의 보이지 않았다. 진파랑의 파도도 전혀 보이지 않았다. 단지 크고 흰 거품 덩어리가 희뿌옇게 보였다.

거실에는 벌써 전등이 켜져 있었다. 다이스케는 그곳에서 우메코와 함께 저녁식사를 했다. 두 아이도 함께했다. 세이타로에게 형 방에서 시가를 하나 가져오라고 해서 그것을 피우면서 잡담을 나눴다. 잠시 후 아이들은 어머니로부터 내일 예습을 할 시간이라는 말을 듣고 자신들의 방으로 물러가 둘만 마주 앉게 되었다.

다이스케는 느닷없이 돈 이야기를 꺼내는 것도 거북스러워, 관계없는 것부터 천천히 진행하기 시작했다. 우선 부친과 형이 인력거를 타고 급히 어디로 갔는지, 지난번에 형에게 저녁을 잘 얻어먹었고, 형수님은 왜 아자부의 원유회에 오지 않았는지, 아버님의 한시는 대체로 허풍이 많다는 등 이것저것 묻거나 대답하는 가운데 새로운 사실 하나를 발견했다. 그것은 다름이 아니라 부친과 형이 근래 눈에 띄게 분주해져서 지난 네댓새는 제대로 잘 틈도 없었다고 했다. "도대체 무엇이 시작되었나요?" 다이스케는 무심한 표정으로 물어보았다. 그러자 형수도 보통의 말투로 "글쎄요, 무언가 시작했겠지요. 아버님도 애들 아빠도 저에게는 아무 말도 안 하셨으니 잘 모르겠지만"이라고 대답하고 "도련님은 그것보다도 지난번의 혼담을" 하고 말하기 시작할 때 서생이 들어왔다.

오늘 밤도 늦어지니 만약 누구누구가 찾아오면 무슨 옥屋

으로 오라고 말해달라는 전화 내용을 전하고 서생은 다시 나갔다. 다이스케는 다시 결혼문제로 이야기가 옮아가는 것이 귀찮아서 "그런데 형수님, 부탁이 좀 있어 왔는데" 하고 곧바로 말을 꺼냈다.

우메코는 다이스케의 말을 순순히 들었다. 다이스케가 모두 말하는 데는 10분 정도 걸렸다.

"그러니까 눈 딱 감고 빌려주시죠." 마지막으로 다이스케가 말했다. 그러자 우메코는 심각한 표정으로, 예기치 않은 질문을 했다.

"글쎄요. 그럼 언제 돌려줄 생각이죠?" 다이스케는 턱 아래를 손으로 쥔 채 가만히 형수의 눈치를 살폈다. 우메코는 더욱 심각한 표정으로 다시 이렇게 말했다.

"비꼬는 게 아니에요. 화낼 것은 없어요."

다이스케는 물론 화를 내지 않았다. 단지 형수의 이런 질문은 예기치 않았다. 지금 새삼스레 갚을 생각이라거나 그냥 받을 셈이라고 부연하면 할수록 바보처럼 보일 뿐이므로 타격을 달게 받고 있을 뿐이었다. 우메코는 다루기 어려운 시동생을 이제야 제압한 듯한 생각이 들어 그다음은 아주 편하게 말했다.

"도련님은 평소에 저를 무시하고 있어요…… 아뇨, 빈정거리는 게 아니라 사실이니 할 수 없죠. 그렇죠?"

"곤란하군요. 그렇게 심각하게 물으시니까."

"괜찮아요. 그렇게 둘러대지 않아도. 잘 알고 있으니까. 그러니까 솔직히 그렇다고 말하세요. 그렇지 않으면 다음 이야기를 할 수 없으니까요."

다이스케는 묵묵히 싱글싱글 웃고 있었다.

"그렇죠? 그것 봐요. 하지만 그건 당연해요. 조금도 신경 안 써요. 아무리 내가 잘난 체해도 도련님 상대가 되지 않는 건 당연하죠. 저와 도련님은 지금 같은 관계로 서로 만족하니까 불만은 없어요. 그건 그렇다 치고, 도련님은 아버님도 무시하시죠?"

다이스케는 형수의 솔직한 태도가 마음에 들었다. 그래서 이렇게 대답했다.

"예, 조금은 무시하고 있습니다." 그러자 우메코는 자못 유쾌한 듯 "호호호" 웃었다. 그리고 말했다.

"형님도 무시하고 있죠?"

"형님 말씀입니까? 형님은 대단히 존경하고 있습니다."

"거짓말. 이참에 모두 고백해보세요."

"그거야 어떤 점에서는 무시하는 부분이 없지는 않죠."

"그것 보세요. 도련님은 가족들을 죄다 무시하고 있다니까."

"정말로 송구스럽습니다."

"그런 변명은 아무래도 상관없어요. 도련님에게는 모두 무시당할 자격이 있으니까요."

"이제, 그만하시죠. 오늘은 꽤 무섭네요."

"정말이에요. 그래도 지장 없어요. 싸움 같은 건 일어나지 않으니까. 하지만요, 그렇게 훌륭한 사람이, 어째서 나 같은 사람한테 돈을 빌릴 필요가 있을까? 웃기지 않나요? 아뇨, 말꼬리를 잡는다고 생각하면 화가 나겠죠. 그런 게 아녜요. 그렇게 훌륭한 도련님도 돈이 없으면 나 같은 사람에게 고개를 숙일 수밖에 없게 되죠."

"그래서 아까부터 고개를 숙이고 있습니다."

"아직 진심으로 듣고 있지 않네요."

"이것이 저의 진심입니다."

"그럼, 그것도 도련님의 훌륭한 점일 수도 있군요. 하지만 아무도 돈을 빌려주지 않아서, 지금 친구를 구할 수 없다면, 어떻게 하실까? 아무리 훌륭해도 도리가 없지 않나요? 무능력한 점은 인력거꾼과 다르지 않거든요."

다이스케는 지금까지 형수가 이 정도로 적절한 이견을 자신에게 퍼부으리라고는 생각하지 않았다. 실은 돈을 마련해야겠다는 생각을 하기 시작한 후, 스스로도 이런 약점을 암암리에 느끼고 있었다.

"인력거꾼과 똑같군요. 그러니까 형수님에게 부탁하는 겁니다."

"도련님은 어쩔 수 없네요. 너무 훌륭해서. 혼자 돈을 마련하세요. 진짜 인력거꾼이라면 빌려줄 수도 있지만, 도련님은 안 돼요. 왜냐하면, 너무하지 않나요? 매달 형님이나 아버님 신세를 지는데도, 이제는 남의 일까지 자신이 떠맡아서 빌려주자고 하니. 아무도 빌려주고 싶지 않을걸요."

우메코의 말은 실로 지당했다. 그러나 다이스케는 이 지당함을 스스로 깨닫지 못하고 간과해버렸다. 뒤를 돌아보면 그곳에 형수와 형과 부친이 한데 모여 있었다. 자신도 뒷걸음을 쳐서 세상 사람들과 같아져야 한다고 느꼈다. 집을 나설 때 형수에게 거절당할 것을 염려했다. 하지만 그렇기 때문에 열심히 움직여서 스스로 돈을 구해야겠다는 결심은 결코 서지 않았다. 다이스케는 이 사안을 그렇게 무겁게 보지는 않았다.

우메코는 이 기회를 이용해 다양한 방면에서 다이스케를 자극하려고 애썼다. 그런데 다이스케는 우메코의 생각을 잘 알고 있었다. 알면 알수록 마음은 걱정에서 멀어졌다. 그러는 가운데 화제는 돈을 벗어나 다시 결혼문제로 돌아왔다. 다이스케는 최근의 신부 후보에 관해 예전부터 두 번쯤 부친의 골치를 썩인 적이 있었다. 부친의 논리는 언제 들어도 매우 의리가 깊은 것이었으나 구식이었다. 그 대신 이번에는 그리 억압적이지 않았다. 생명의 은인인 사람의 혈통을 받은 사람과 연을 맺는 것은 좋은 일이니 결혼하라는 것이었다. 그렇게 하면 다소나마 은혜를 갚을 수 있다는 말이었다. 요컨대 다이스케 입장에서는 무엇이 좋은 것인지 무엇이 보은에 해당하는지 전혀 이치가 맞지 않는 주장이었다. 후보 당사자에 관해서는 다이스케도 각별한 불만은 없었다. 그래서 부친이 하는 말의 적절성 여부는 논외로 하고 결혼해도 괜찮다고 생각했다. 다이스케는 최근 2, 3년간, 모든 사물에 무게를 두지 않는 습관처럼 결혼에 대해서도 별로 무게 둘 필요를 느끼지 않았다. 사가와의 딸이라는 여자는 단지 사진으로 봤을 뿐이지만, 그 정도라면 충분하다는 생각이 들었다. 사진은 상당히 아름다웠다. 따라서 결혼을 작정한다면 그리 거추장스러운 조건을 꺼낼 생각도 없었다. 단지, 결혼하겠습니다, 라는 확답이 아직 나오지 않았을 뿐이다.

이런 불명확한 태도는 부친에게는 전혀 정체를 알 수 없는 바보 같은 행동으로 보였다. 결혼을 생사의 사이에 놓인 일대사로 간주해 모든 다른 건을 이것에 종속시키는 형수가 보기에는 불가사의한 모습이었다.

"헌데, 도련님도 평생 혼자 살 마음은 없죠? 그렇게 고집부리지 말고 웬만하면 그냥 결정하는 게 어때요?" 우메코는 다소 속상한 듯이 말했다.

평생 혼자 살지 혹은 첩을 두고 살지 혹은 게이샤와 사귈지 다이스케 자신도 명확한 계획은 전혀 없었다. 단지, 지금의 그는 결혼에 대해 다른 독신자와 달리 별로 흥미가 없는 것은 확실했다. 이것은 그의 성격이 외곬으로 어떤 일에 집중할 수 없는 것, 그의 머리가 보통 이상으로 예리하고 게다가 그 예리함이 현대 일본의 사회상황 때문에 환상 타파의 방면으로 오늘까지 많이 소비된 것, 그리고 마지막으로는 비교적 돈 걱정이 없어 어떤 종류의 여자를 많이 알고 있다는 것의 세 가지 이유 때문이었다. 하지만 다이스케는 거기까지 해부해서 생각할 필요는 느끼지 않았다. 단지 결혼에 흥미가 없다는 자신의 명확한 사실을 붙잡고 그것에 따라 미래를 자연스럽게 연장해갈 생각이었다. 그러므로 결혼을 필요 사건이라고 처음부터 단정하고 언젠가 이것을 성립시키려고 서두르는 노력은 부자연스럽고 불합리하고 또한 너무도 저속한 냄새를 띤 것이라고 해석했다.

다이스케는 애초 이런 철학을 형수에게 강의할 생각은 없었다. 하지만 점점 구석으로 몰리자 난처한 나머지 물은 적이 있었다.

"하지만, 형수님. 저는 반드시 결혼해야 하는가요?" 다이스케는 물론 진지한 생각에서 물었지만 형수는 황당하게 들었다. 그래서 자신을 얕보는 것이라고 받아들였다. 우메코는 그날 밤 다이스케에게 평소의 순서를 반복한 후에 이런 말을 했다.

"참 이상하군요. 그렇게 싫어하는 게…… 싫은 게 아니라고 입으로는 말하지만, 결혼하지 않겠다는 건 싫다는 것과 같지 않나요? 그럼 누군가 좋아하는 사람이 있겠죠? 그 여자 이름을 말해보시죠."

다이스케는 지금까지 신부 후보로서 좋다는 여자를 단 한 명도 머릿속에서 지명한 기억이 없었다. 하지만 지금 이런 말을 들었을 때, 어찌된 영문인지 갑자기 '미치요'라는 이름이 떠올랐다. 이어서, '그러니까 아까 말한 돈을 빌려주세요'라는 말이 저절로 머릿속에서 떠올랐다. 하지만 다이스케는 단지 쓴웃음을 지으며 형수 앞에 앉아 있었다.

8

형수에게 거절당한 다이스케가 집으로 돌아갈 때는 꽤 늦은 밤이었다. 간신히 아오야마 대로에서 마지막 전차를 탔을 정도였다. 그런데도 그가 이야기를 하는 동안, 부친과 형은 돌아오지 않았다. 그 사이에 우메코는 전화기로 두 번이나 호출되었다. 그러나 형수의 모습에 특별히 달라진 점도 없어서 다이스케는 굳이 아무것도 묻지 않았다.

그 밤은 비가 내릴 듯 우중충한 하늘이 땅과 같은 색으로 보였다. 정거장의 붉은 기둥 옆에 홀로 서서 전차를 기다리는데 저 멀리에서 작은 불덩어리가 나타나더니 어둠 속에서 상하로 흔들리면서 일직선으로 다이스케 쪽으로 다가오는 것이 매우 쓸쓸하게 보였다. 전차를 타니 아무도 없었다. 검은 제복을 입은 차장과 운전사 사이에 앉아 전차 소리에 파묻혀 가는데, 달리는 전차의 밖은 캄캄했다. 다이스케는 혼자 밝은 곳에 앉아 끝내 내릴 기회도 잡지 못하고 언제까지나 전차에 실려 끌려가는 것 같았다.

가구라자카神樂坂에 내리자 좌우 이층집 사이로 한적한 좁은 길이 앞에 놓여 있었다. 올라가는 길 중간에서 갑자기 어떤 울림이 들렸다. 다이스케는 바람이 가옥의 용마루에 부딪혀 나는 소리라고 생각해 멈춰 서서 컴컴한 처마를 올려다보고는 다시 지붕과 하늘을 둘러보는 가운데 갑자기 어떤 공포에 휩싸였다. 문과 미닫이와 유리가 서로 부딪치는 소리가 순식간에 요란해져 '아아 지진이다!'라고 깨달았을 때, 다이스케의 다리는 선 채로 굳어졌다. 그때, 다이스케는 좌우의 이층집이 언덕을 덮어버리기 위해 양쪽에서 무너질 것 같은 느낌을 받았다. 그리고 돌연 우측의 쪽문이 덜컹 열리더니 아기를 안은 남자가 "지진이다! 지진이다! 큰 지진이다!" 하고 외치면서 뛰어나왔다. 다이스케는 그 남자의 목소리를 듣고서야 간신히 마음이 가라앉았다.

집에 도착하니 아주머니와 가도노도 계속 지진 이야기를 했다. 하지만 다이스케는 두 사람 모두 자신만큼은 느끼지 못했을 것이라고 생각했다. 잠자리에 누워 다시 미치요의 부탁을 어떻게 처리할지 생각해보았다. 그러나 집중이 되지 않았다. 부친과 형이 최근 바쁜 것은 무슨 일일까 추측해보았다. 결혼 건은 대충 넘어가자고 결심했다. 그리고 잠이 들었다.

다음 날의 신문에 처음으로 닛토(대일본제당) 사건이 보도

되었다. 설탕을 제조하는 회사의 중역이 회삿돈으로 국회의원 몇 명을 매수했다는 기사였다. 가도노는 여느 때처럼 중역과 국회의원이 끌려가는 것이 아주 통쾌하다고 말했지만, 다이스케는 별로 통쾌하다는 생각이 들지 않았다. 하지만 이삼일 지나는 동안, 조사를 받는 인원이 꽤 늘어나서 세상은 이것을 대사건처럼 떠들어댔다. 어느 신문은 이것을 영국의 눈치를 본 검거라고 칭했다. 그 설명에는, 영국 대사가 닛토의 주식을 매수했는데 손실이 커서 불만을 토로하는 바람에 일본 정부도 영국을 달래기 위해 수사에 착수한 것이라고 했다.

닛토 사건이 발생하기 직전에 도요기선이라는 회사는 12퍼센트의 배당을 한 후 다음 반기의 결산에 80만 엔의 결손을 보고했다. 그것을 다이스케는 기억하고 있었다. 그때 신문이 도요기선의 보고를 신뢰할 수 없다고 한 것도 기억하고 있었다.

다이스케는 자신의 부친과 형이 관계하는 회사에 관해서는 아무것도 몰랐다. 하지만 언젠가 어떤 일이 일어날지도 모른다고 늘 생각하고 있었다. 그래서 부친이나 형도 모든 점에서 결백하다고는 믿지 않았다. 만약 철저한 조사를 받는다면 둘 다 붙들려갈 만한 건수가 튀어나오지 않을까 하는 의심까지 했다. 그럴 정도가 아니더라도, 누가 보더라도 당연히 인정할 수 있을 정도로 부친과 형이 그들의 머리와 수완만으로 재산을 형성했다고는 수긍할 수 없었다. 메이지 초년에 요코하마로의 이주를 장려하기 위해 정부가 이주민에게 토지를 분양했다. 그때 무상으로 받은 땅 덕분에 어떤 사람들은 지금 큰 부자가 되었다. 하지만 이것은 하늘이 준 우연이었다. 부친과 형 같은 사람은 이런 자기만의 행복한 우연을 인위적이고 정략적인 방법으로 온실 속에서 꾸준히 쌓아 올렸을 것이라고 다이스케는 판단하였다.

이런 생각을 가진 다이스케는 신문 기사를 봐도 별로 놀라지 않았다. 부친과 형의 회사에 관해서도 걱정할 정도로 순진하지도 않았다. 단지 미치요만이 마음에 걸렸다. 하지만 빈손으로 가는 것이 싫어서 '조만간에' 하고 머릿속에서 생각만 하고 매일 독서에 빠져 네댓새를 보냈다. 이상하게도 그 후 돈 문제에 관해서는 히라오카나 미치요한테 아무런 연락이 없었다. 다이스케는 내심 어쩌면 미치요가 또 혼자서 대답을 들으러 올 수도 있겠지 하며 애타게 기다렸지만 그 보람은 없었다.

마침내 앙뉘ennui〔권태〕를 느끼기 시작했다. 어디 놀러 갈 곳이 없을지 〈오락안내〉를 뒤져 연극이라도 볼까 생각했다. 가구라자카에서 소토보리外濠선을 타고 오차노미즈御茶ノ水까지 오는 동안 마음이 바뀌어 모리카와초森川町에 있는 동창생 데라오를 찾아가기로 했다. 이 친구는 대학을 졸업한 후에 교직은 싫으니 문학을 전업으로 삼겠다고 선언해

다른 사람들의 만류에도 불구하고 문업이라는 위험한 장사를 시작했다. 시작하고 3년이 되었건만 아직 명성은 오르지 않은 채 궁상을 떨며 원고 생활을 지속하고 있었다. 자신이 관계하는 잡지에 뭐든지 좋으니 써달라는 강요에 다이스케는 나름 흥미로운 글을 한 번 기고한 적이 있었다. 그것은 한 달 동안 책방의 판매대에 놓여 있었을 뿐, 곧 인간 세상에서 어디론가 영원히 사라져버렸다. 그것을 마지막으로 다이스케는 붓을 드는 일을 사양했다. 데라오는 만날 때마다 더 쓰라고 권했다. 그리고 자기를 보라고 늘 버릇처럼 말했다. 하지만 다른 사람들의 말을 들으면, 데라오도 이제 곧 함락될 것이라는 평판이었다. 러시아 문학을 매우 좋아하였는데 특히 남들이 잘 모르는 작가를 좋아하여 얼마 없는 돈을 털어서 신간을 사는 취미가 있었다. 혈기가 왕성했을 때 다이스케는, 문인은 공로병恐露病〔러시아를 두려워하는 병〕에 걸리면 안 된다, 일단 러일전쟁을 넘어선 사람이어야 대화가 된다고 놀림조로 말한 적이 있었다. 그러자 데라오는 정색을 하고, 전쟁은 언제라도 하지만 러일전쟁 후의 일본처럼 망해버리면 한심하지 않은가, 역시 공로병에 걸린 게 비겁하지만 안전하다고 대답하며 여전히 러시아 문학을 열렬히 찬양하였다.

현관에서 방으로 들어가보니, 데라오는 방 한가운데에 대나무 책상을 놓고, 두통이 난다며 머리에 수건을 두른 채

소매를 걷어붙이고《제국문학》[*]의 원고를 쓰고 있었다. 방해가 된다면 다시 오겠다고 말하자, "괜찮네, 아침부터 오오5*5는 25, 2엔 50전 벌었으니까"라고 말했다. 잠시 후 머리의 수건을 풀고 이야기를 시작했다. 시작하자마자, 오늘날 일본의 작가와 평론가를 눈알이 튀어나올 정도로 통쾌하게 매도하기 시작했다. 다이스케는 그것을 재미있게 들었다. 그러나 머릿속에서는, 데라오를 아무도 칭찬하지 않으니 그 저항으로써 남을 깔보는 것이라고 생각했다. "그런 의견도 좀 발표하면 좋지 않은가?"라고 권하자 데라오가 "그건 안 되지" 하고 웃었다. 왜냐고 되물어도 대답하지 않았다. 잠시 후, 데라오는 "그거야 자네처럼 마음 편히 살 수 있는 몸이라면 마음껏 말해보겠지만 어쨌든 먹고 살아야 하니까. 어차피 진실한 장사는 아니야"라고 말했다. 다이스케는 "그것으로 괜찮네, 확실히 해보게" 하고 격려했다. 그러자 데라오는, "아니 조금도 괜찮지 않아. 어떻게든 진실해지고 싶네. 어떤가? 자네, 돈 좀 빌려줘 나를 진실하게 만들어줄 생각은 없는가?" 하고 물었다. "아니, 자네가 지금처럼 일을 하고 그것으로 진실하다고 생각하게 된다면 그때 빌려주지"라고 농담하고 다이스케는 밖으로 나왔다.

---

* 도쿄제국대학 문과 학생, 졸업생, 교수 등의 학술문예잡지로 1895년부터 1920년까지 간행되었다.

혼고本郷 대로까지 왔지만 권태감은 여전했다. 어디를 어떻게 걸어도 뭔가 부족했다. 그렇지만 다시 남의 집을 방문할 생각은 없었다. 자신을 검사해보면, 신체 전부가 커다란 위병이라는 진단이 나올 것 같았다. 사초메四丁目에서 다시 전차를 타고 이번에는 덴즈인마에伝通院前까지 왔다. 차 안에서 흔들릴 때마다 오 척 몇 부의 큰 위 안에서 썩은 물질이 출렁거리는 느낌이었다. 세 시가 넘어 멍한 상태로 집으로 돌아왔다. 현관에서 가도노가 말했다.

"아까 본가에서 사환이 왔습니다. 편지는 서재 책상에 놨습니다. 수취인 서명은 제가 써서 건네주었습니다."

편지는 고풍스러운 편지함에 들어 있었다. 적색의 겉면에는 수취인의 이름도 쓰지 않고, 황동 고리에 꿰인 종이끈으로 봉한 부분에 검은 먹이 칠해져 있었다. 다이스케는 책상 위를 보자마자 편지의 발송인은 형수라고 곧 깨달았다. 형수는 이런 구식 취미가 있어 그것이 때때로 예기치 못한 방향에서 드러났다. 다이스케는 가위 끝으로 종이끈이 묶인 부분을 뜯으면서 번거로운 작업이라고 생각했다.

그러나 안에 있는 편지는, 편지함과는 정반대로 언문일치체로 용무가 간결하게 적혀 있었다.

지난번 몸소 왔을 때는 부탁받은 대로 처리해주지 못해 유감이었다. 나중에 생각해보니, 그때 여러모로 실례되는 말을 한 것이 마음에 걸렸다. 모쪼록 기분 나빠하지 마시길. 그 대신 돈을 드린다. 전액은 어렵다. 200엔만 마련해드린다. 그러니 곧바로 친구에게 전하시길. 이것은 형님에게는 비밀이니까 그렇게 알고 계시라. 신부 건도 숙제로 한다는 약속이니까 부디 잘 생각해 대답을 해주시길.

편지 안에 200엔의 수표가 들어 있었다. 다이스케는 잠시 그것을 바라보는 동안 우메코에게 미안한 생각이 들었다. 그날 밤 돌아가려고 할 때, 형수는 "그럼, 돈은 필요 없어요?"라고 물었다. 빌려달라고 과감히 부탁했을 때는 그렇게 가차 없이 거절했으면서도 막상 단념하고 돌아가는 시점에는 오히려 거절한 형수가 걱정하며 다시 물었다. 다이스케는 그 모습에서 여성의 아름다움과 연약함을 보았다. 그러나 그 연약함을 이용할 생각은 없었다. 형수의 아름다운 약점을 차마 희롱할 수는 없었다. "네, 필요 없습니다. 어떻게 되겠죠"라고 말하고 돌아왔다. 우메코는 그것을 냉정한 대답이라고 생각한 게 틀림없었다. 그 냉정한 말이 우메코 평소의 대담한 행동 속 어딘가에 걸려서 결국 이 편지를 보내게 되었을 것이라고 다이스케는 판단했다.

다이스케는 곧 답장을 썼다. 가급적 부드러운 말로 감사의 뜻을 표했다. 다이스케가 형이나 부친에 대해 이런 기분을 가진 경우는 없었다. 세상 일반에 대해서는 아예 없었다.

근래는 우메코에 대해서도 별로 생기지 않았다.

다이스케는 곧 미치요에게 가려고 생각했다. 사실 200엔은 다이스케로서는 애매한 금액이었다. 이만큼 줄 것이라면 차라리 좀 더 과감히 자신이 간청한 금액 그대로 만족시켜주었다면 좋았을 텐데 하는 생각도 들었다. 하지만 그것은 다이스케의 머리가 우메코를 떠나 미치요로 향했을 때의 일이었다. 게다가 여자는 아무리 대담한 여자라도 감정상 애매한 존재라고 믿고 있는 다이스케는 그것이 그리 불만스럽지도 않았다. 아니, 여자의 이런 태도가 오히려 남성의 단호한 조치보다 동정의 탄력성을 나타낸다는 점에서는 기분 좋게 생각하였다. 그러므로 만약 200엔을 준 사람이 우메코가 아니라 부친이었다면 다이스케는 그것을 경제적 애매함으로 해석하여 오히려 불쾌한 생각이 들었을 것이라고 생각했다.

다이스케는 저녁밥도 먹지 않고 곧바로 밖으로 나왔다. 고켄초五軒町에서 에도江戶 강 둑을 따라가서 강 건너편으로 넘어갔을 때는, 아까 산책에서 돌아오던 때의 정신적 피로는 없었다. 언덕을 올라가 덴즈인 옆으로 나오자, 높은 굴뚝이 절과 절 사이에서 시커먼 연기를 구름 가득한 하늘로 내뿜고 있었다. 다이스케는 그것을 보고, 빈약한 공업이 괴로운 생존을 위해 억지로 내뱉는 호흡이라고 생각했다. 그리고 이 굴뚝과 근처에 사는 히라오카를 무의식적으로 연상하지 않을 수 없었다. 이런 경우에는 항상 다이스케는 동정보다는 미추美醜의 생각이 먼저 떠올랐다. 다이스케는 이 순간에 미치요를 거의 잊었을 정도로 하늘에 흩어지는 애처로운 석탄 연기에 강한 자극을 받았다.

히라오카 집 현관의 섬돌에는 여성의 샌들이 놓여 있었다. 격자문을 열자, 안쪽에서 미치요가 옷자락을 스치며 나왔다. 그때 입구의 문간방은 어두컴컴했다. 미치요는 그 어둠 속에서 앉아 인사를 했다. 처음에는 누가 왔는지 잘 몰랐는지 다이스케의 목소리를 듣자마자, "누구신가 했네요……" 하고 낮은 소리로 말했다. 또렷이 보이지 않는 미치요의 모습이 어느 때보다 아름답게 보였다.

히라오카는 집에 없었다. 그 말을 들었을 때, 다이스케는 말하기 쉬울 것도 같은 동시에 말하기 어려울 것 같은 이상한 기분이 들었다. 하지만 미치요는 평소처럼 침착했다. 불도 켜지 않고 어두운 방의 문도 열지 않고 두 사람은 마주 앉았다. 미치요는 하녀도 나가고 없다고 말했다. 자신도 조금 전까지 일 때문에 밖에 나갔다가 지금 돌아와 이제 막 저녁식사를 마친 참이라고 말했다. 이윽고 히라오카의 이야기가 나왔다.

예상한 대로 히라오카는 변함없이 바쁘게 돌아다녔다. 하지만 요 일주일간은 별로 밖으로 나가지 않았다. 피곤하다고 하며 거의 매일 집에서 잤다. 아니면 술을 마셨다. 사람이 찾아오면 더 마셨다. 그리고 자주 화를 냈다. 남들을 심하게 욕했다.

"옛날과 달리 성격이 거칠어져서 큰일이에요." 미치요는 은근히 동정을 구하는 모습이었다. 다이스케는 묵묵히 있었다. 하녀가 돌아와 부엌에서 달그락거리는 소리를 냈다. 잠시 후, 대나무 받침대가 달린 램프를 들고 나왔다. 장지문을 닫을 때에는 다이스케의 얼굴을 은근히 훔쳐보았다.

다이스케는 윗도리 안주머니에서 수표를 꺼냈다. 반으로 접힌 것을 그대로 미치요 앞에 놓고, "부인"이라고 불렀다. 다이스케가 미치요를 부인이라고 부른 것은 처음이었다.

"일전에 부탁하신 돈입니다만."

미치요는 아무런 대답도 하지 않았다. 단지 눈을 들어 다이스케를 보았다.

"실은 곧바로 마련해드리려고 생각했는데 제 형편이 좋지 않아서 그만 늦어졌습니다만, 어떻게 되었는지요? 이미 해결되었습니까?"

그때 미치요는 갑자기 불안스러운 낮은 소리로 원망하듯이 말했다.

"아직요. 해결될 리가 있겠어요?" 미치요는 눈을 크게 뜨고 다이스케를 가만히 보았다. 다이스케는 접힌 수표를 들고 펼쳤다.

"이것만으로는 부족합니까?"

미치요는 손을 내밀어 수표를 받아들었다.

"고마워요. 히라오카가 기뻐할 거예요." 미치요는 가만히 수표를 방바닥에 놓았다.

다이스케는 돈을 빌려온 경위를 대략 설명한 후에 자신이 이렇게 태평한 사람처럼 보이지만 무언가 필요해서 자신 이외의 일에 손을 대려고 하면 전혀 무능력하니 그 점 나쁘게 생각하지 말라고 변명을 덧붙였다.

"그건 저도 알고 있어요. 하지만 어려워서, 어떻게 할 수도 없어, 결국 무리한 부탁을 했군요." 미치요는 애처로운 표정으로 사과했다. 다이스케는 다시 확인해보았다.

"이것으로 어떻게든 해결이 되겠습니까? 만약 아무래도 안 된다면 다른 방도를 찾아보겠습니다만."

"다른 방도요?"

"도장을 찍고 고리대금업자에게 돈을 빌리겠습니다."

"어머나, 그렇게까지?" 미치요는 곧 그건 안 된다는 듯이 말했다. "그건 큰일 날 일이에요."

다이스케는 히라오카가 지금 곤경에 빠진 것도 시초는 질이 나쁜 돈을 빌리기 시작한 것으로 이것이 점점 불어나 큰 부담이 되었다는 것을 들었다. 히라오카는 그 지방에서 처음에는 매우 성실하게 회사를 다녔지만 미치요가 산후에 심장병으로 시름시름 앓기 시작하자 방탕해지기 시작했다. 그것도 처음에는 그렇게 심하지 않았기에 미치요는 단지 교제상 어쩔 수 없겠지 하며 체념하였으나 그것이 점점 걷잡을 수 없이 심해질 뿐이라 미치요는 걱정했다. 그래서 몸이 더 나빠졌다. 그러면 방탕은 더욱 심해졌다. 그의 성격이 나쁜 탓이 아니라 자기 탓이라고 미치요는 굳이 말했다. 그러나 다시 쓸쓸한 표정으로 아기라도 살아 있었다면 좋았을 것이라고 절실히 생각한 적도 있었다고 자백했다.

다이스케는 경제문제의 뒷면에 잠재된 부부관계가 대략 추측되어 더 깊이 묻는 것을 삼갔다. 돌아오는 길에 다이스케는 미치요의 용기를 북돋우기 위해 말했다.

"약해지시면 안 됩니다. 옛날처럼 힘내시고. 그리고 가끔 놀러도 오시고."

"그래요" 하고 미치요는 웃었다. 그들은 서로의 옛날을 서로의 얼굴에서 보았다. 히라오카는 그때까지도 돌아오지 않았다.

사흘 후에 돌연 히라오카가 찾아왔다. 그날은 평소보다 더운 날씨로 쾌청하게 파란 하늘에는 건조한 바람이 불었다. 아침 신문에 창포菖蒲에 관한 기사가 있었다. 다이스케가 사다놓은 커다란 화분의 군자란은 어느덧 툇마루에 꽃을 다 떨어뜨렸다. 그 대신 단도短刀 정도의 폭을 가진 초록의 잎이 줄기에서 좌우로 길게 자라나 있었다. 마른 잎은 거무스름한 색깔로 햇빛에 빛났다. 이파리 하나가 어쩌다가 그렇게 되었는지 줄기 위 15센티미터쯤에서 반으로 꺾여 밑으로 처진 것이 흉하게 보였다. 다이스케는 가위를 들고 툇마루로 나왔다. 그리고 그 잎이 꺾인 아래 부분을 잘라서 버렸다. 그때 잘린 두툼한 면에 갑자기 무언가 맺히는 것 같아 잠시 바라보니 그것이 똑 하고 바닥에 떨어진 소리가 났다. 잘린 면에 맺힌 것은 녹색의 진한 즙이었다. 다이스케는 향기를 맡으려고 흩어진 잎들 사이로 코를 갖다 댔다. 툇마루에 떨어진 액체는 그냥 놔두었다. 일어나서 소매에서 손수건을 꺼내 가윗날을 닦고 있을 때, 가도노가 "히라오카 씨가 오셨습니다"라고 알리러 왔다. 다이스케는 그때 히라오카도 미치요도 전혀 생각하지 않았다. 단지 이상한 녹색의 액체에 지배되어 비교적 세상과 관계없는 정취 속에서 움직이고 있었다. 히라오카의 이름을 듣자마자 그것은 곧 사라졌다. 그리고 왠지 히라오카를 만나고 싶지 않았다.

"이쪽으로 모실까요?"라고 가도노가 다시 말했을 때, 다이스케는 "응" 하고 말하고 방으로 들어갔다. 잠시 후 안내를 받아 방으로 들어온 히라오카를 보니 벌써 여름 양복을 입고 있었다. 목깃도 흰색 셔츠도 새것이고 유행의 모직 넥타이를 하여 아무도 백수라고 보지 않을 정도로 하이칼라 신사의 차림이었다.

말을 들어보니, 히라오카의 사정은 여전히 개선되지 않았다. 요즘에는 구직 활동을 해도 당분간 가능성이 없어 보여

매일 이렇게 놀러 다닌다. 그렇지 않으면 집에서 잠만 잔다고 말하고 큰 소리로 웃었다. 다이스케도 "그것도 괜찮겠지" 하고 대답한 후, 흔한 세상 이야기로 시간을 보냈다. 하지만 자연스럽게 나오는 세상 이야기라기보다 오히려 어떤 문제를 회피하기 위한 것이므로 둘 다 긴장을 마음속으로 느끼고 있었다.

히라오카는 미치요나 돈에 관한 말은 입에 담지 않았다. 사흘 전 그의 부재중에 다이스케가 집을 방문한 것에 관해서도 아무런 말을 하지 않았다. 다이스케도 처음에는 일부러 그것을 말하지 않고 시치미를 떼고 있었지만 아무리 시간이 지나도 히라오카가 서먹서먹한 태도를 취하고 있으므로 오히려 불안해졌다.

"실은 이삼일 전에 자네 집에 갔는데 집에 없더군" 하고 다이스케가 말을 꺼냈다.

"응. 그랬다고 하더군. 고맙네. 자네 덕분에. 글쎄 자네 신세를 지지 않아도 어떻게 되었을 건데, 미치요가 너무 걱정해서 결국 자네에게 폐를 끼쳐 미안하게 됐네" 하고 히라오카도 냉담한 인사말을 했다.

그리고 "나도 실은 인사를 하러 오기는 했지만 진짜 감사의 인사는 머지않아 당사자가 올 테니까"라고 마치 미치요와 자신을 별개로 구분한 것 같은 말을 했다.

"그런 번거로운 일을 할 필요가 있나?" 다이스케는 단지 이렇게 대답했다. 이야기는 이것으로 끊어졌다. 그리고 이야기는 다시 둘 다 별로 흥미 없는 방면으로 흘러갔다.

그러다가 히라오카가 돌연, "나는 어쩌면, 이제 실업계는 그만둘지도 모르겠네. 실제 내막을 알면 알수록 싫어지네. 게다가 이곳에 와서 일자리를 찾으러 돌아다녀봤더니 완전히 맥이 빠져버렸네"라고 마음속의 고백 같은 것을 했다.

"그건 그렇겠지." 다이스케는 한 마디로 대답했다. 히라오카는 매우 냉담한 대답에 놀란 모습이었다. 하지만 다시 뒤를 이었다.

"얼마 전에도 말했지만 신문사라도 들어갈까 생각하네."

"자리가 있나?" 다이스케가 되물었다.

"지금, 한 자리 있네. 아마 될 것 같네."

아까는 구직 활동을 해도 안 되니 놀고 있다고 하고 지금은 신문사에 자리가 있으니까 들어가본다고 하니 말이 좀 안 맞는 것 같지만 추궁하는 것도 귀찮아서 다이스케는, "그것도 괜찮겠군" 하고 찬성의 뜻을 보였다.

돌아가는 히라오카를 현관까지 전송하고 다이스케는 잠시 장지문에 몸을 기대고 문턱 위에 서 있었다. 가도노도 함께 히라오카의 뒷모습을 바라보고 있다가 말했다.

"히라오카 씨는 생각했던 것보다 하이칼라시군요. 저 옷차림에 비해 집이 너무 초라한 듯합니다."

"그렇지도 않아. 요즘은 모두 저렇게 입고 다니지." 다이스케는 자리를 뜨면서 대답했다.

"옷차림만으로는 모르는 세상이 되었으니까요. 어디 사는 신사일까 생각하면 아주 이상한 집으로 들어가니까요."

가도노는 곧 뒤를 따라왔다.

다이스케는 대답도 하지 않고 서재로 돌아왔다. 툇마루에 떨어진 군자란의 걸쭉한 초록색 액체가 말라가고 있었다. 다이스케는 서재와 객실 사이의 칸막이를 닫고 혼자 방 안으로 들어갔다. 손님을 만난 후 한동안 혼자 앉아 생각에 빠지는 것이 다이스케의 버릇이었다. 특히 오늘처럼 심란할 때는 각별히 더 필요하다고 느꼈다.

히라오카는 이윽고 나와 멀어졌다. 만날 때마다 멀리서 응대하는 느낌이었다. 실은 그것은 히라오카만이 아니었다. 누구를 만나도 그런 느낌이었다. 현대사회는 고립된 인간의 집합체에 지나지 않았다. 대지는 자연스럽게 이어져 있지만 그 위에 집을 지으면 곧바로 조각조각 흩어져버렸다. 집 안에 있는 인간도 또한 뿔뿔이 흩어져버렸다. 문명은 우리를 고립시킨다고 다이스케는 해석했다.

다이스케와 가까이 지내던 때의 히라오카는 남이 그를 위해 울어주는 것을 기꺼이 받아들이는 사람이었다. 지금도 그럴지 모른다. 하지만 조금도 그런 얼굴을 하지 않으므로 알 수 없었다. 아니, 애써 남의 동정을 배척하는 것처럼 행동했다. 고립되어도 세상을 헤쳐 나가겠다는 인내이거나 아니면 이것이 현대사회 본래의 모습이라는 깨달음, 그 둘 중 하나로 귀착될 것이다.

히라오카와 가까이 지내던 때의 다이스케는 남을 위해 기꺼이 우는 사람이었다. 그러나 점차 울 수 없게 되었다. 울지 않는 편이 더 현대적이라는 것이 아니라 울지 않으니까 현대적이라고 말하고 싶었다. 서양 문명의 압박을 받으며 그 무거운 짐 아래에서 신음하는 극렬한 생존경쟁 속에서 있는 사람들 중에 진정으로 남을 위해 능히 울 수 있는 사람을 다이스케는 아직 만나지 못했다.

다이스케는 지금의 히라오카에 대해 격리보다는 오히려 혐오의 느낌이 들었다. 그리고 상대에게도 자기와 같은 느낌이 싹트고 있다고 판단했다. 옛날의 다이스케도 가끔 이러한 자신 내부의 그림자를 보고 놀란 적이 있었다. 그때는 매우 슬펐다. 지금은 그 슬픔도 거의 다 사라졌다. 스스로 검은 그림자를 가만히 바라보았다. 그리고 이것이 진실이라고 생각했다. 할 수 없다고 생각했다. 단지 그뿐이었다.

이런 의미의 고독에 빠져 번민하기에 다이스케의 머리는 너무나 명료했다. 그는 이런 상태가 현대인이 나아가야 할 필연적 운명이라고 생각했다. 따라서 자신과 히라오카의 격리는 지금 자신의 눈으로 볼 때 보통 일반의 경로를 어느 지점까지 진행한 결과에 불과하다고 간주했다. 하지만 동시에 두 사람의 사이에 가로놓인 일종의 특별한 사정 때문에 이 격리가 세상 보통의 수준보다 빨리 도착했다는 것을 자각하였다. 그것은 미치요의 결혼이었다. 미치요를 히라오카에게 주선한 것은 애초 자신이었다. 하지만 당시의 행동을 후회할 만큼 그는 박약한 두뇌의 소유자는 아니었다. 오늘에 이르러 되돌아봐도 자신의 행동은 과거를 선명하게 비추는 명예였다. 그러나 3년이 경과하는 동안 자연은 매우 자연스러운 결과를 그들 두 명 앞에 들이댔다. 그들은 자기만족과 명예를 버리고 그 앞에 고개를 숙여야만 했다. 그리고 히라오카는 종종 왜 미치요와 결혼했는지 생각하게 되었다. 다이스케는 어디에선가 '어째서 미치요를 주선했는가?'라는 소리를 들었다.

다이스케는 서재에 틀어박혀 종일 생각에 빠져 있었다. 저녁식사 때 가도노가 혼자 이렇게 말했다.

"선생님, 오늘은 종일 공부십니다. 어떻습니까? 산책이라도 좀 하시지 않겠습니까? 오늘 밤은 도라비샤寅毘沙* 입니다. 연예관에서 중국 유학생이 연극을 하고 있습니다. 어떤 걸 하는지 가서 보시는 게 어떻습니까? 중국인은 뻔뻔해서 뭐든지 하니 참으로 아무 생각 없는 사람들입니다……."

* 범(도라)의 해에 행해지는 비사문천毘沙門天의 잿날. 비사문천왕은 사천왕의 하나. 북방의 수호신.

9

다이스케는 다시 부친의 부름을 받았다. 다이스케는 용건을 대략 알고 있었다. 다이스케는 평소에도 가급적 부친을 피하려고 했다. 요즘에는 더욱 안채에 접근하지 않았다. 만나게 되면 정중한 말로 응대하고 있음에도 마음속으로는 부친을 모욕하는 기분이 들었기 때문이다.

다이스케는 인류의 한 사람으로서 서로 마음속으로 모욕하지 않고서는 서로 접촉할 수 없는 현대사회를 20세기의 타락이라고 불렀다. 그리고 이것을 근래 갑자기 팽창한 생활욕의 높은 압력이 도덕욕의 붕괴를 촉진한 결과로 해석하였다. 또 이것을 신구新舊 두 욕망의 충돌로 간주하였다. 마지막으로 이 생활욕의 눈부신 발전을 유럽에서 밀려든 쓰나미로 파악하였다.

이 두 개의 구성 요소는 어디에선가 평형을 찾아야 한다. 그러나 빈약한 일본이 유럽의 최강국과 재력으로 어깨를 나란히 하는 날이 올 때까지 이 평형을 일본에서는 찾을 수 없다고 다이스케는 믿었다. 그리고 그러한 날은 도저히 일본에 도래하지 않을 것이라고 체념하였다. 그러므로 이러한 궁지에 빠진 대다수의 일본인은 매일 법률에 저촉되지 않을 정도로 혹은 단지 머릿속에서 죄악을 저지를 수밖에 없었다. 그리고 상대가 지금 어떠한 죄악을 저지르고 있는지 서로 묵인하면서 담소할 수밖에 없었다. 다이스케는 인류의 한 사람으로서 그러한 모욕을 가하거나 당하는 것이 참을 수 없을 정도로 괴로웠다.

다이스케 부친의 경우는 일반적으로 비교하면 약간 특수한 경향을 띠는 만큼 사정이 복잡했다. 그는 메이지유신 이전의 무사 고유의 도의道義 본위 교육을 받았다. 이 교육은 감정, 의지, 행위의 표준을 자기 밖의 먼 곳에 갖다놓은 채, 사실의 발전으로 증명되어야 하는 가까운 진실을 안중에 두지 않은 불합리한 것이었다. 그럼에도 불구하고 부친은 관습에 사로잡혀 아직 이 교육에 집착하였다. 그리고 한편으로는 극렬한 생활욕에 걸리기 쉬운 실업에 종사했다. 부친은 실제로 매년 이 생활욕 때문에 부식되면서 오늘에 이르렀다. 그러므로 옛날의 자신과 지금의 자신 사이에는 큰 차이가 있을 터였다. 그것을 부친은 인정하지 않았다. 옛날의 자신이 옛날 그대로의 마음가짐으로 지금의 사업을 이 정도로 성취했다고 공언했다. 하지만 봉건 시대에만 통용

되는 교육의 범위를 좁히지 않고서는 현대의 생활욕을 시시각각 충족시켜 갈 수는 없다고 다이스케는 생각했다. 만약 쌍방을 그대로 존재시키려고 하면 이것을 감행하는 개인은 모순 때문에 큰 고통을 받을 수밖에 없었다. 만약 마음속에서 이 고통을 겪으면서 단지 고통의 자각만 분명할 뿐이지 무엇에 의한 고통인지 분별하지 못한다면 그것은 두뇌가 둔감하고 열등한 인종이라 할 수 있었다. 다이스케는 부친을 대할 때마다 부친은 자기를 은폐하는 가짜 군자이거나 분별이 부족한 어리석은 사람이라는 생각이 들었다. 그래서 그런 느낌이 싫어서 견딜 수 없었다.

그렇지만 부친은 다이스케의 능력으로는 어떻게도 할 수 없는 사람이었다. 다이스케는 분명히 그것을 알고 있었다. 그러므로 다이스케는 아직 부친을 모순의 극단까지 몰아붙인 적이 없었다.

다이스케는 모든 도덕의 출발점은 사회적 사실 외에는 없다고 믿었다. 처음부터 머릿속에 경직된 도덕을 설정해 놓고 그 도덕에서 역으로 사회적 사실을 발전시키려는 것만큼 본말이 전도된 이야기는 없다고 믿었다. 따라서 일본의 학교에서 강의하는 윤리 교육은 무의미하다고 생각했다. 그들은 학교에서 옛날의 도덕을 가르쳤다. 그렇지 않으면 일반 유럽인에게나 적절한 도덕을 주입시켰다. 극렬한 생활욕에 사로잡힌 불행한 국민에게는 현실과 동떨어진 공론에 불과했다. 이런 교육을 받은 자는 훗날 사회를 볼 때, 옛날의 강의를 떠올리고 웃어버릴 것이다. 그렇지 않으면 바보 취급을 당했다는 생각이 들 것이다. 다이스케는 학교뿐 아니라 실제로 자신의 부친에게서 가장 엄격하고 가장 통용되지 않는 도덕 교육을 받았다. 그 때문에 한때 머릿속에서 격심한 모순의 고통이 일어났다. 다이스케는 그것을 원망스럽게 생각할 정도였다.

다이스케는 일전에 우메코에게 감사를 전하러 갔을 때, 우메코로부터 "안채에 좀 들어가서 인사를 하고 오세요"라는 주의를 받았다. 다이스케는 웃으면서 "아버님은 계십니까?" 하고 시치미를 뗐다. "계세요"라는 확답을 얻었을 때에도 "오늘은 좀 바쁘니 다음에요" 하고 돌아왔다.

오늘은 일부러 그 때문에 왔으니 싫든 좋든 부친을 만나야 했다. 늘 그렇듯 안쪽 현관 쪽으로 돌아가 객실로 오자, 웬일로 형 세이고가 책상다리를 하고 술을 마시고 있었다. 우메코도 옆에 앉아 있었다. 형은 다이스케를 보고 말했다.

"어때, 한잔하지 않을래?" 형은 앞에 있는 포도주 병을 들고 흔들었다. 아직 꽤 많이 남아 있었다. 우메코는 손뼉을 쳐서 컵을 갖고 오게 했다.

"맞혀보세요. 어느 정도 오래된 건지." 우메코는 이렇게 말하고 한 잔 따랐다.

"다이스케가 어떻게 알겠어?"라며 세이고는 동생의 입가를 바라보았다. 다이스케는 한 모금 마시고 술잔을 바닥에 놓았다. 안주 대신에 얇은 웨하스가 과자접시에 있었다.

"맛있네요." 다이스케가 말했다.

"그러니까 시대를 맞혀보세요."

"시대가 있습니까? 귀중한 것을 사들였군요. 돌아가는 길에 한 병 얻어가야지."

"아쉽게도 이것뿐이에요. 선물 받은 거예요"라고 말하며 우메코는 툇마루로 나가서 무릎 위에 떨어진 웨하스 가루를 털었다.

"형님, 오늘은 웬일입니까? 아주 여유롭네요." 다이스케가 물었다.

"오늘은 휴식이다. 요즘 너무 바빠 진이 다 빠졌다." 세이고는 불 꺼진 시가를 입에 물었다. 다이스케는 자기 옆에 있는 성냥을 켜서 건넸다.

"도련님이야말로 여유롭지 않나요?"라고 말하면서 우메코가 툇마루에서 돌아왔다.

"형수님, 가부키 극장에 갔습니까? 아직 안 갔으면 가서 보세요. 재미있으니까."

"도련님은 벌써 갔다 왔어요? 놀랐네요. 도련님도 대단한 한량이시네요."

"한량이라는 말은 맞지 않습니다. 공부의 방향이 다르니까요."

"억지스런 말만 하네요. 사람들이 어떻게 생각하는지도 모르고." 우메코는 세이고를 돌아보았다. 세이고는 붉은 눈을 하고 입으로 시가의 연기를 내뿜고 있었다.

"그렇죠? 당신" 하고 우메코가 재촉했다. 세이고는 귀찮은 듯이 시가를 손가락 사이로 옮기고 말했다.

"지금 많이 공부해둬서 언젠가 우리가 가난해지면 도움을 받으면 되겠군."

우메코는 "도련님, 배우가 되는 건 어때요?"라고 물었다. 다이스케는 아무 말도 하지 않고 잔을 형수 앞으로 내밀었다. 우메코도 잠자코 포도주 병을 집어 들었다.

"형님, 요전 날에는 무슨 일인지 아주 바빴다면서요?" 다이스케는 앞의 화제로 돌아가 물었다.

"어, 아주 난감했다" 하고 세이고는 바닥에 누웠다.

"닛토 사건과 무슨 관계라도 있었나요?" 다이스케가 물었다.

"닛토 사건과는 관계없지만 바빴다."

형의 대답은 언제나 이 정도 이상으로 더 구체적이지 않았다. 실은 구체적으로 말하고 싶지 않았겠지만 다이스케의 귀에는 그것이 천성적 무관심 때문에 말하기 귀찮다는 것으로 들렸다. 그래서 다이스케는 언제라도 편하게 그 대답 속으로 들어갔다.

"닛토도 엉망이 되었지만 그렇게 되기 전에 어떤 방법은 없었을까요?"

"글쎄 말이다. 실제 세상일은 뭐가 어떻게 될지 모르니까…… 여보, 오늘 나오키에게 말해 헥터 운동 좀 시켜야겠어. 저렇게 많이 먹고 자빠져 있으니 큰일이야." 세이고는 졸린 듯한 눈꺼풀을 손가락으로 계속 비볐다.

"이제 슬슬 안채에 가서 아버님에게 혼나볼까?" 다이스케는 말하면서 다시 형수 앞으로 잔을 내밀었다. 우메코는 웃으며 술을 따랐다.

"결혼문제인가?" 세이고가 물었다.

"뭐, 그렇겠죠."

"하는 게 좋을 거다. 노인에게 심려 끼쳐 좋을 게 없다." 세이고는 다시 또렷한 말투로 주의를 주었다.

"조심해라. 조금 저기압이시니까."

다이스케는 일어나면서 확인을 위해 물었다.

"설마 지난번의 다망에서 온 저기압은 아니겠죠?"

형은 드러누운 채 말했다.

"뭐라고 말할 수 없어. 이래봬도 우리도 언제 닛토의 중역들처럼 끌려갈지 모르는 몸이니까."

"당치도 않은 말 하지 마세요." 우메코가 나무랐다.

"아무래도 저의 빈둥거림이 초래한 저기압이겠죠." 다이스케는 웃으면서 일어났다.

복도를 따라 안뜰을 지나 안채에 와 보니 부친은 중국식 책상 앞에 앉아 한문책을 보고 있었다. 부친은 한시를 좋아해 때때로 중국인의 시집을 읽었다. 그러나 때에 따라 그것은 가장 기분이 나쁘다는 표시일 수도 있었다. 그런 때는 성격이 아주 온화한 형도 가급적 접근하지 않았다. 반드시 얼굴을 대면해야 할 경우에는 세이타로나 누이코를 데리고 부친 앞으로 나가는 수법을 썼다. 다이스케도 툇마루까지 와서야 그것이 생각났지만 그럴 필요까지는 없겠지 생각하고 객실을 지나 부친의 방으로 들어갔다.

부친은 먼저 안경을 벗었다. 그것을 읽다 만 책 위에 놓고 다이스케를 다시 봤다. 그리고 단 한 마디를 했다.

"왔나?" 말투는 오히려 평소보다 부드러웠다. 다이스케는 무릎 위에 손을 얹으면서 형이 일부러 진지한 얼굴로 자신을 놀린 게 아닐까 생각했다. 다이스케는 그곳에서 다시 씁쓸한 차를 마시며 잠시 잡담으로 시간을 보냈다. 금년은 작약이 빨리 폈다든가 찻잎 따는 민요를 들으면 졸려지는 계절이라든가 어디에 큰 등나무가 있고 그 꽃의 길이가 네 자가 넘는다든가 하며 이야기는 부담 없는 방향으로 꽤 길게 늘어졌다. 다이스케는 또 그쪽이 유리하므로 언제까지나 늘어지도록 계속 뒤를 이어 붙였다. 부친도 결국 주체할 수 없어 마침내 "그런데 오늘 너를 부른 것은" 하고 말을 꺼냈다.

다이스케는 그 후 한 마디도 하지 않았다. 단지 부친의 말을 근청하였다. 다이스케의 이런 태도를 보고, 부친은 오랫동안 혼자 강의라도 하는 것처럼 계속 말을 이었다. 그러나 내용의 반 이상은 과거의 반복이었다. 하지만 다이스케는 그것을 처음 듣는 것 같은 정도의 주의를 기울이며 들었다.

부친의 장황한 말 가운데 다이스케는 두세 가지의 새로운 말도 들었다. 하나는, 너는 도대체 앞으로 무엇을 할 생각이냐는 진지한 질문이었다. 다이스케는 지금까지 부친의 지시만 받고 있었다. 그러므로 그 지시를 애매하게 피하는 일에 익숙했다. 그러나 이런 중요한 질문이 나오면 그냥 함부로 답할 수는 없었다. 터무니없는 말을 하면 곧 부친을 화나게 할 것이 뻔했다. 솔직히 말하자면 2, 3년간 부친의 머리를 교육한 후가 아니면 통하지 않을 이치였다. 다이스케는 이 중요한 질문에 대해 자신의 미래를 명료하게 설득시킬 만한 생각은 갖고 있지 않았다. 그는 그것이 자신에게는 지극히 당연하다고 생각했다. 그러나 부친에게 그대로 말해 납득시키려면 많은 시간이 걸릴 것이다. 어쩌면 평생 통하지 않을지도 모른다. 부친의 마음에 들도록 하는 것은 아무래도 국가를 위하거나 천하를 위하는 뭔가 거창한 일을, 나아가 결혼에 저촉되지 않는 일을 말하면 되는 것이지만, 다이스케는 아무리 자신을 모욕할 마음이 생겨도 이것만은 어리석다는 생각에 입 밖에 낼 마음은 없었다. 그래서 할 수 없이, 실은 여러 계획도 있지만 머지않아 체계가 잡히면 부친께 의논드릴 생각이라고 대답했다. 대답한 후에

실로 우스꽝스럽다고 생각했지만 어쩔 수 없었다.

또 하나는, 독립할 수 있는 재산을 갖고 싶지는 않느냐는 질문이었다. 다이스케는 물론 갖고 싶다고 대답했다. 그러자 부친은, 그럼 사가와의 딸과 결혼하면 된다는 조건을 붙였다. 재산을 사가와의 딸이 가져오는지 또는 부친이 주는 것인지는 매우 애매했다. 다이스케는 잠시 그 점을 생각해 보았지만 끝내 알 수 없었다. 하지만 그것을 파악할 필요는 없다고 생각해 포기했다.

다음으로, 아예 외국 유학을 떠날 생각은 없느냐는 질문을 받았다. 다이스케는 "좋겠죠"라고 말하며 찬성했다. 그러나 이것도 역시 결혼이 선결 문제로 나왔다.

"꼭 그렇게 사가와의 따님과 결혼할 필요가 있습니까?" 다이스케가 마침내 물었다. 그러자 부친의 얼굴이 붉어졌다.

다이스케는 부친을 화나게 할 생각은 전혀 없었다. 최근 그는, 남과 싸움을 하는 것은 인간 타락의 한 유형이라는 신념을 갖고 있었다. 싸움의 일부분으로 남을 화나게 하는 것은, 화나게 한 자신보다는 화낸 사람의 안색이 얼마나 불쾌하게 내 눈에 비치는가 하는 점에서 소중한 내 생명을 해치는 타격이라고 생각하였다. 그는 죄악에 관해서도 그 자신 특유의 생각을 갖고 있었다. 하지만 그 때문에 자기 마음대로 행동했다고 해서 벌을 면할 수 있다고는 믿지 않았다. 사람을 베어 죽인 자가 받는 벌은, 베인 사람의 몸에서 나오는 피라고 굳게 믿었다. 누구라도 뚝뚝 떨어지는 피의 색을 보게 되면 맑은 정신에 혼란을 일으킬 것이라고 생각했다. 다이스케는 그만치 신경이 예민한 사람이었다. 그러므로 안색이 붉어진 부친을 보았을 때 묘하게 불쾌한 생각이 들었다. 하지만 이 죄를 두 배로 갚기 위해 부친의 말을 따르려는 마음은 전혀 없었다. 한편으로 그는 자신의 뇌력에 대단한 자부심을 가진 사람이었기 때문이다.

그때 부친은 매우 흥분한 말투로, 우선 자신이 나이를 먹었다는 것, 자식의 미래가 걱정된다는 것, 자식을 결혼시키는 것은 부모의 의무라는 것, 신부의 조건 등에 관해서는 본인보다 부모가 훨씬 주도면밀한 주위를 기울이고 있다는 것, 남의 친절은 당시에는 쓸데없는 참견으로 보이지만 나중에는 귀찮을 정도로 간섭해주기를 바라는 시기가 온다는 것을 매우 자세하게 설명했다. 다이스케는 신중한 태도로 들었다. 하지만 부친의 말이 끝났을 때도 여전히 승낙의 뜻을 표하지 않았다. 그러자 부친은 억지로 자제하는 듯한 말투로 말했다.

"그럼, 사가와는 그만두지. 누구든 네가 좋아하는 여자와 결혼하면 된다. 누군가 있는가?" 이것은 형수의 질문과 같았지만 다이스케는 우메코에게 한 것처럼 단지 쓴웃음만 보일 수는 없어서 분명하게 대답했다.

"별로 그렇게 결혼하고 싶은 여자도 없습니다." 그러자 부친은 갑자기 분통이 터질 것 같은 목소리로 급히 말했다.

"그럼, 내 입장도 좀 생각해주는 게 좋겠다. 뭐든 그렇게 네 생각만 하지 말고." 다이스케는 돌연 부친이 다이스케를 떠나 본인의 이해 문제로 옮아간 것에 놀랐다. 그러나 그 놀람은 오로지 논리적이지 못한 부친의 급격한 변화 때문이었다.

"아버님에게 그토록 도움이 되는 일이라면 다시 한 번 생각해보겠습니다." 다이스케가 대답했다.

이 말이 부친을 더욱 불쾌하게 했다. 다이스케는 사람과 상대할 때, 아무래도 논리를 벗어날 수 없었다. 그 때문에 남들은 그가 상대를 압박한다고 생각했다. 그러나 실제로는 그처럼 남들을 압박하는 것을 싫어하는 사람도 없었다.

"단지 나를 위해 신부를 얻으라는 게 아니다." 부친은 아까의 말을 정정했다. "그렇게 네가 이치를 말한다면 참고로 들려주겠다만, 너가 벌써 서른이지? 서른이나 되어서 보통 사람이 결혼을 하지 않으면 세상이 뭐라고 생각할지 대략 알 것이다. 그야 지금은 옛날과 다르니 독신도 본인 마음이지만 독신이기 때문에 부모나 형제가 고생하거나 끝내는 너 자신의 명예를 해치는 일이 생기면 어쩔 셈이냐?"

다이스케는 단지 멍하니 부친의 얼굴을 보고 있었다. 부친이 자신의 어느 부분을 찌른 것인지 다이스케는 잘 알 수 없었다.

잠시 후, "그야 원래 그런 저니까 조금은 즐기기도 합니다만……" 하고 다이스케가 말하기 시작했다. 부친은 곧 그 말을 차단했다.

"그런 말이 아니다."

두 사람은 잠시 입을 다물고 있었다. 부친은 이 침묵을 다이스케에게 가한 타격의 결과라고 믿었다.

잠시 후, 부친이 부드러운 말로 "잘 생각해보거라"라고 말했다. 다이스케는 "네" 하고 대답하고 부친의 방에서 물러났다. 객실로 와서 형을 찾았지만 보이지 않았다. "형수님은?" 하고 물으니 객실에 있다고 하녀가 알려줘, 가서 문을 열어 보니 누이코의 피아노 선생이 와 있었다. 다이스케는 선생에게 가볍게 인사를 하고 우메코를 문 쪽으로 불렀다.

"형수님, 저에 관해 뭔가 아버님에게 일러바치지 않았나요?"

우메코는 호호호호 웃었다.

"들어오세요. 마침 좋은 때 오셨네요." 우메코는 다이스케를 피아노 옆까지 끌고 갔다.

10

개미가 방으로 기어오르는 계절이 되었다. 다이스케는 큰 수반에 물을 채우고 그 안에 새하얀 은방울꽃을 줄기째로 담갔다. 한 뭉치의 가느다란 꽃들이 진한 무늬의 수반 테두리를 뒤덮었다. 수반을 움직이면 꽃이 흔들거렸다. 다이스케는 그것을 큰 사전 위에 얹었다. 그리고 그 옆에 베개를 놓고 드러누웠다. 검은 머리가 수반의 그늘이 되어 꽃에서 나는 향기가 기분 좋게 코로 들어왔다. 다이스케는 향기를 맡으면서 얕은 잠에 빠졌다.

다이스케는 때때로 보통의 외계에서 매우 통렬한 자극을 받았다. 그것이 심해지면 맑은 하늘에서 내리쬐는 햇빛의 반사도 견디기 힘들었다. 그런 때는 되도록 세상과의 접촉을 줄이고 아침이든 낮이든 상관없이 잠을 청했다. 그 수단으로 아주 은은하고 약간 달콤한 꽃향기를 자주 이용했다. 눈을 감아 눈동자로 떨어지는 광선을 막고 조용히 콧구

멍만으로 호흡하는 동안, 떠도는 의식은 꽃향기에 이끌려 천천히 꿈속으로 빠져들었다. 이것에 성공하면 다이스케의 신경은 새로 태어난 듯 안정을 되찾아 세상과의 접촉이 전보다 훨씬 편해졌다.

다이스케는 부친을 만난 후 이삼일 동안, 뜰의 구석에 핀 붉은 장미꽃을 볼 때마다 그것이 콕콕 눈을 찔러대는 것 같았다. 그때마다 곧 푼주 옆에 있는 개옥잠화 잎으로 눈을 옮겼다. 잎에는 흰색 줄무늬가 서너 줄 길게 뻗어 있었다. 다이스케가 볼 때마다 개옥잠화의 잎은 더 자란 것 같았다. 그리고 그것과 함께 흰 줄무늬도 자유롭게 뻗어가는 듯했다. 석류나무의 꽃은 장미보다 화려한 한편 무겁게 보였다. 초목들 사이로 반짝거릴 정도로 강한 색을 띠고 있었다. 따라서 이것도 다이스케의 지금 기분에는 어울리지 않았다.

그가 가끔 느끼는 지금 같은 기분은 총체적으로 일종의 어두운 색조를 띠고 있었다. 그러므로 너무 밝은 것을 접하면 그 모순을 참기 힘들었다. 개옥잠화의 잎도 오랫동안 응시하자 곧 지겨워질 정도였다.

게다가 그는 현대 일본 특유의, 일종의 불안에 휩싸이기 시작했다. 그 불안은 사람과 사람 사이의 믿음이 없어서 생기는 본능적인 현상이었다. 그는 이 심적 현상 때문에 심한 동요를 느꼈다. 그는 신을 믿는 것이 싫었다. 또 두뇌를 가진 사람으로서 신을 믿는 것이 불가능했다. 서로 믿음을 가진 사람들은 신에 의지할 필요가 없다고 믿었다. 서로 상대를 의심할 때의 괴로움에서 해탈하기 위해 신은 비로소 존재의 권리를 가진다고 해석했다. 그러므로 신이 존재하는 나라의 사람들은 거짓말이 능숙하다고 생각했다. 그러나 지금의 일본은 사람도 신도 믿을 수 없는 국가로 보였다. 그리고 그는 그것이 오로지 일본의 경제사정 때문이라고 생각했다.

네댓새 전, 그는 소매치기와 결탁해 악행을 저지른 형사 이야기를 신문에서 읽었다. 그것이 한두 명이 아니었다. 다른 신문의 기사에 따르면, 만약 엄중하게 계속 수사 범위를 확대하면 도쿄는 일시적으로 거의 무경찰 상태가 될지도 모른다고 했다. 다이스케는 그 기사를 읽고 단지 씁쓸하게 웃었다. 그리고 절박한 생활의 어려움에 처한 박봉의 형사가 악행을 저지르게 되는 것은 실로 당연하다고 생각했다.

다이스케가 부친을 만나 결혼 이야기를 들었을 때도 이것과 좀 비슷한 생각이 들었다. 하지만 이것은 단지 부친에 대한 믿음의 결핍에서 일어나는 것으로 다이스케에게는 불행한 암시 같았다. 그리고 다이스케는 자신의 마음속에 그러한 꺼림칙한 암시를 받은 것을 부도덕하다고는 느낄 수 없었다. 그것이 눈앞에 사실로 나타나도 역시 부친을 지당하다고 긍정할 생각이었다.

다이스케는 히라오카에게도 같은 느낌을 품고 있었다.

그러나 히라오카에게는 그것이 당연하다고 생각했다. 단지 히라오카를 좋아할 마음이 생기지 않을 뿐이었다. 다이스케는 형을 사랑했다. 하지만 형에 대해서도 역시 믿음은 가질 수 없었다. 형수는 진실한 여자였다. 그러나 형수는 직접 생활의 난관에 부딪치지 않는 만큼, 그만큼 형보다 가까워지기 쉽다고 생각했다.

다이스케는 예전부터 그 정도로 세상을 방관하고 있었다. 그러므로 대단히 신경질적인 사람임에도 불구하고 불안에 휩싸이는 경우는 별로 없었다. 그리고 스스로도 그것을 자각하고 있었다. 그런데 어떤 사정인지 갑자기 흔들리기 시작했다. 다이스케는 이것을 생리상의 변화에서 일어나는 것이라고 추측했다. 그래서 어떤 사람이 홋카이도에서 따왔다며 건네준 은방울꽃의 다발을 풀어 모두 물속에 담근 후, 그 옆에서 잤던 것이다.

한 시간 뒤, 다이스케는 크고 검은 눈을 떴다. 그 눈은 당분간 한곳에 머무른 채 전혀 움직이지 않았다. 손도 다리도 자던 때의 자세를 조금도 흐트러뜨리지 않고 마치 죽은 사람의 모습 같았다. 그때 검은 개미 한 마리가 목깃을 타고 와 다이스케의 목에 떨어졌다. 다이스케는 곧바로 오른손으로 목을 눌렀다. 그리고 이마를 찡그리고 손가락 사이에 낀 작은 동물을 코 위로 가져와 바라보았다. 그때 개미는 이미 죽은 상태였다. 다이스케는 집게손가락 끝에 붙은 검은 개미를 엄지손톱으로 멀리 튕겼다. 그리고 일어났다.

무릎 주위에 아직 기어 다니는 서너 마리의 개미를 가느다란 상아 편지칼로 찔러 죽였다. 그리고 손뼉을 쳐 사람을 불렀다.

"깨셨습니까?" 가도노가 나왔다.

"차라도 내드릴까요?" 다이스케는 벌어진 가슴을 여미면서 조용한 말투로 물었다.

"자네, 내가 자는 동안에 누가 오지 않았나?"

"네, 오셨습니다. 히라오카 씨의 부인께서. 어떻게 아셨죠?" 가도노는 태연하게 대답했다.

"왜 깨우지 않았지?"

"아주 푹 주무시기에."

"그래도 손님이 왔으면 할 수 없는 거지."

다이스케의 어조는 좀 강해졌다.

"하지만 부인께서 깨우지 않는 게 좋겠다고 말씀하셔서요."

"그래서 부인은 돌아갔는가?"

"아뇨, 돌아갔다고는 할 수 없습니다. 잠시 가구라자카에 가서 물건 좀 사고 다시 온다고 하셨으니까요."

"그럼 다시 오는 거로군."

"그렇습니다. 실은 깨실 때까지 기다려볼까 하고 방까지 오셨습니다만, 선생님의 얼굴을 보고 깊은 잠에 빠졌으니 금세 깨지 못할 것 같다고 생각하셨겠지요."

"다시 나갔던가?"

"네, 그렇습니다."

다이스케는 웃으면서 잠을 깬 얼굴을 양손으로 문질렀다. 그리고 욕탕으로 얼굴을 씻으러 갔다. 젖은 머리로 툇마루까지 돌아와 뜰을 바라보고 있으니 아까보다 기분이 상당히 개운해졌다. 흐린 하늘에 날아가는 제비 두 마리가 꽤 유쾌하게 보였다.

다이스케는 일전에 히라오카가 방문한 후에 내심 나중에 미치요가 오기를 기다렸다. 하지만 히라오카의 말은 끝내 사실로 나타나지 않았다. 특별한 사정이 있어 미치요가 일부러 오지 않는 것인지 아니면 히라오카가 그냥 인사치레로 말한 것인지 알 수 없었지만, 그 때문에 다이스케는 마음 어딘가 공허를 느끼고 있었다. 그러나 그는 이 공허한 느낌을 일상적인 하나의 경험으로 받아들였을 뿐, 그 원인이 뭔지 파고들려는 생각은 별로 없었다. 왠지 이 경험의 속을 들여다보면 공허감 이상으로 어떤 어두운 그림자가 나타날 것 같았다.

그래서 그는 일부러 히라오카 집을 방문하는 것을 피했다. 산책 때 그의 발은 자주 에도 강 쪽으로 향했다. 벚꽃이 질 때는 저녁 바람을 맞으며 네 개의 다리를 이쪽에서 저쪽으로 건너고 저쪽에서 다시 이쪽으로 되돌아오며 긴 강둑을 누비듯 걸었다. 벚꽃은 이미 져서 지금은 녹음의 계절이 되었다. 다이스케는 때때로 다리 한가운데 난간에 기대서서 턱을 괴고 우거진 수풀 사이로 똑바로 흘러가는 강물을 지켜봤다. 그리고 강물의 물줄기가 가늘어진 저 끝 쪽에 높게 솟은 메지로다이目白台 숲을 올려다봤다. 하지만 다리를 건너서 고이시카와小石川 언덕을 오르는 것은 포기하고 집으로 돌아갔다. 어느 때 그는 오마가리大曲 역에서 전차를 내리는 히라오카의 모습을 50미터쯤 앞에서 보았다. 그는 히라오카가 틀림없다고 생각했다. 그리고 곧바로 아게바揚場 쪽으로 되돌아갔다.

그는 히라오카의 안부가 궁금했다. 아직 무위도식의 불안한 처지에 있는 게 틀림없다고 생각했지만 어쩌면 어느 방면에 생활의 행로를 여는 실마리를 찾았을지도 모른다고 상상해보았다. 하지만 그것을 확인하기 위해 히라오카의 뒤를 캘 마음은 없었다. 그는 히라오카를 접할 때의 원인 불명한 어떤 불쾌감을 예상했다. 그렇지만 단지 미치요를 위해서만 히라오카의 안위를 걱정할 정도로 그리 히라오카를 미워하는 것도 아니었다. 히라오카를 위해서도 역시 히라오카의 성공을 비는 마음은 있었다.

이런 식으로 다이스케는 마음 한구석에 공허함을 품고 오늘에 이르렀다. 아까 가도노에게 베개를 갖고 오게 하여 낮잠을 잤을 때는, 너무 활달한 우주의 자극에 괴로운 머리를 가능하면 파랗고 깊은 물속에 가라앉히고 싶다고 생각했다. 그럴 정도로 그는 자신의 생명을 과도할 정도로 민감하게 느꼈다. 따라서 뜨거운 머리를 베개에 대었을 때는 히라오카도 미치요도 그에게 거의 존재하지 않았다. 그는 다행히 상쾌한 기분으로 잠들었다. 그러나 그 온화한 잠 속에서 누군가 슬쩍 들어왔다가 다시 슬쩍 나간 느낌이 있었다. 눈을 뜨고 일어나도 그 느낌이 아직 남아 있어 머릿속에서 지울 수가 없었다. 그래서 가도노를 불러, 자는 동안에 누가 오지 않았는지 물었던 것이다.

다이스케는 양손을 이마에 대고 높은 하늘을 자유롭게 날아다니는 제비를 툇마루에서 바라보다가 곧 눈이 피로해져 방으로 들어갔다. 하지만 미치요가 다시 찾아온다는 눈앞의 예측이 이미 평상심을 깨뜨렸으므로 사색도 독서도 손에 잡히지 않았다. 다이스케는 결국 책꽂이에서 큰 화첩을 꺼내 무릎 위에 놓고 넘기기 시작했다. 하지만 그것도 단지 손가락 끝으로 한 장씩 펼쳐갈 뿐이었다. 그림 하나도 제대로 감상하지 못했다. 이윽고 프랭크 브랭귄의 그림까지 왔다. 다이스케는 예전부터 이 화가에 큰 관심이 있었다. 그는 여느 때처럼 눈을 반짝이며 그림을 응시했다. 그것은 어느 항구의 그림이었다. 눈부신 하늘의 구름과 검푸른 물빛을 배경으로 돛단배가 그려져 있고, 그 앞에 웃통을 벗은 노동자 네다섯 명이 있었다. 다이스케는 그 남성들의 산처럼 솟은 탄탄한 근육과 그들의 어깨부터 등에 걸쳐 살덩어리가 서로 부딪치며 생긴 소용돌이 같은 계곡을 보면서 잠시 육체의 쾌감을 느꼈으나, 잠시 후 화첩을 편 채로 눈을 떼고 귀를 기울였다. 그러자 부엌 쪽에서 아주머니의 목소리가 들렸다. 그리고 우유 배달부가 빈 병 부딪치는 소리를 내며 서둘러 나갔다. 집 안이 조용해지자 예리한 다이스케의 청신경은 다시 민감하게 반응했다.

다이스케는 멍하니 벽을 응시하고 있었다. 가도노를 한 번 더 불러, 미치요가 다시 오는 시간을 말하고 갔는지 물으려고 했지만, 바보 같다는 생각이 들어 그만두었다. 그뿐 아니라, 남의 부인이 찾아오는 것을 그렇게 애타게 기다릴 이유도 없다고 생각했다. 또 그렇게 기다릴 정도라면 자신이 언제라도 가서 말을 해야 한다고 생각했다. 이 모순의 양면을 보았을 때, 다이스케는 갑자기 자신의 비논리에 부끄러움을 느꼈다. 그는 반쯤 의자에서 일어났다. 그러나 그는 이 비논리의 근저에 가로놓인 다양한 원인을 스스로 잘 알고 있었다. 그리고 지금의 자신에게는 이 비논리의 상태가 유일한 사실이므로 어쩔 수 없다고 생각했다. 또한 이 사실과 충돌하는 논리는, 자기와 관계없는 명제를 붙여서 만들어진, 자기의 본질을 멸시하는 형식에 지나지 않는다고 생각했다. 그렇게 생각해 도로 의자에 앉았다.

그리고 미치요가 올 때까지 다이스케는 시간이 어떻게

갔는지 알 수 없었다. 바깥에서 여자 소리가 났을 때 그는 가슴이 뛰는 것을 느꼈다. 그는 논리가 매우 강한 대신에 심장의 작용이 매우 약했다. 그가 근래 화를 내지 않게 된 것은 오로지 머리 덕분으로, 화를 낼 정도로 자신을 바보로 만드는 것을 이성이 허락하지 않기 때문이었다. 하지만 그 외에는 보통 이상으로 감정의 지배를 받았다. 안내를 위해 밖으로 나간 가도노가 발소리를 내며 서재의 입구에 나타났을 때, 혈색 좋은 다이스케의 뺨이 살짝 윤기를 잃었다.

"이쪽으로 모실까요?" 가도노는 매우 간단하게 다이스케의 의향을 물었다. 객실로 안내할지 서재에서 만날지 묻는 것이 번거로워 이렇게 간단히 줄여 말한 듯했다. 다이스케는 "응" 하고 말하고 입구에서 대답을 기다리는 가도노를 쫓아내듯이 스스로 일어나 밖으로 나간 뒤 툇마루에 얼굴을 내밀었다. 미치요는 툇마루와 현관 사이에 서서 이쪽을 향해 주춤거리고 있었다.

미치요의 얼굴은 일전에 만났을 때보다 더욱 창백했다. 다이스케가 눈과 턱으로 안내하여 서재의 입구에 접근했을 때, 다이스케는 미치요가 가쁜 숨을 몰아쉬는 것을 보았다.

"어디 편찮으십니까?"

미치요는 아무 대답도 하지 않고 방으로 들어왔다. 홑옷 아래에 쥬반을 겹쳐 입고, 손에 커다란 흰 백합꽃을 세 송이 들고 있었다. 그 백합을 툭 하고 테이블 위에 던지듯이 내려놓고 옆에 있는 의자에 앉았다. 그리고 새로 묶은 이초가에시* 머리를 의자 등에 기대고 말했다.

"아, 힘들어." 그러면서 다이스케를 보고 웃었다. 다이스케는 손뼉을 쳐서 물을 갖고 오게 했다. 미치요는 잠자코 테이블 위를 가리켰다. 그곳에는 다이스케가 식후에 양치질을 하는 유리컵이 있었다. 그 안에 물이 두 모금 정도 남아 있었다.

"깨끗한 것이겠죠?" 미치요가 물었다.

"이건 아까 내가 마신 거니까" 하고 다이스케는 컵을 들었으나 어떻게 할지 망설였다. 다이스케가 앉아 있는 곳에서 물을 버리려고 하면 미닫이 밖의 유리문이 방해가 되었다. 가도노는 매일 아침 툇마루의 유리문을 하나둘 열지 않고 놔두는 버릇이 있었다. 다이스케는 자리에서 일어나 툇마루로 나와 물을 뜰에 버리면서 가도노를 불렀다. 가도노는 어디로 갔는지 금세 대답을 하지 않았다. 다이스케는 조금 당황하여 다시 미치요가 있는 곳으로 돌아와 말했다.

"곧 갖고 오죠." 그러고는 모처럼 비운 컵을 그대로 테이블 위에 놓고 부엌 쪽으로 갔다. 식당을 지나갈 때 가도노가 거친 손으로 차 단지에서 찻잎을 꺼내고 있었다. 다이스

---

* 여자의 속발束髮의 하나. 묶은 머리채를 좌우로 갈라 반달 모양으로 둥글려서 은행잎 모양으로 틀어 붙임.

케의 모습을 보고 가도노가 말했다.

"선생님, 지금 곧 준비됩니다."

"차는 천천히 줘도 괜찮아. 먼저 물을." 다이스케는 직접 부엌으로 갔다.

"아, 그렇습니까? 물을 드십니까?" 차 단지를 두고 가도노도 따라왔다. 둘이 컵을 찾았지만 잘 보이지 않았다. "아주머니는?" 하고 물으니 지금 손님 접대용 과자를 사러 갔다고 했다.

"과자가 없으면 미리 사두지." 다이스케는 수도꼭지를 틀어 찻잔에 물을 받으면서 말했다.

"아주머니에게 손님 온다고 말하는 걸 깜박했습니다." 가도노는 겸연쩍게 머리를 긁었다.

"그럼 자네가 과자를 사러 갔어야지." 다이스케는 부엌을 나오며 가도노에게 말했다. 가도노는 다시 대답했다.

"뭐, 과자 말고도 이것저것 살 게 있다고 해서요. 다리도 불편하고 날씨도 좋지 않으니 제게 맡기면 될 텐데."

다이스케는 뒤를 돌아보지 않고 서재로 돌아왔다. 문턱을 넘어 안으로 들어가자마자 미치요의 얼굴을 보니 미치요는 아까 다이스케가 놓고 간 컵을 무릎 위에 두 손으로 들고 있었다. 그 컵에는 다이스케가 뜰에 버렸던 분량의 물이 차 있었다. 다이스케는 찻잔을 든 채 어이없는 표정으로 미치요의 앞에 섰다.

"어떻게 된 거죠?"

미치요는 평소의 침착한 말투로 대답했다.

"고마워요. 이제 괜찮아요. 지금 저것을 마셨어요. 너무 맑아서요." 그러고는 은방울꽃이 담겨진 수반을 돌아보았다. 다이스케는 아까 수반 안에 물을 8부 정도 채워 놓았다. 가느다란 줄기가 가지런히 놓인 파르스름한 수면에는 도기의 모양이 희미하게 떠 있었다.

"왜 저걸 마셨습니까?" 다이스케는 놀라서 물었다.

"독은 아니잖아요." 미치요는 손에 든 컵을 다이스케 앞에 내밀어 보였다.

"독은 아니지만, 만약 이삼일 지난 물이었다면 큰일 아닙니까?"

"아뇨. 아까 왔을 때, 저 옆에 가서 얼굴을 대고 향기를 맡아봤어요. 그때, 방금 수반에 물을 넣었다고, 물통에서 막 옮겼다고, 저 분이 말했어요. 괜찮아요. 좋은 향기네요."

다이스케는 입을 다물고 의자에 앉았다. 과연 시적 정취로 화분의 물을 마셨는지 또는 생리상의 작용에 촉발되어 마셨는지 더 물어볼 생각은 없었다. 전자라고 해도 시적 정취를 뽐내고 소설의 흉내를 낸 행동으로는 보이지 않았다. 그래서 단지 물었다.

"기분은 이제 좋아졌습니까?"

미치요의 뺨에 혈색이 돌아왔다. 소매에서 손수건을 꺼

내 입가를 닦으면서 말을 시작했다. ……보통은 덴즈인 앞에서 전차를 타고 혼고까지 장을 보러 나오지만, 사람들에게 들어보니 혼고는 가구라자카에 비해 아무래도 10에서 20퍼센트 비싸다고 하므로, 요전부터 이쪽으로 나와보았다. 얼마 전에도 들르려고 했는데 시간이 늦어져 서둘러 돌아갔다. 오늘은 꼭 찾아올 생각으로 일찍 집을 나섰다. 그런데 자고 있었기에 다시 거리로 나가 물건을 사고 돌아가는 길에 들르기로 했다. 그런데 와라다나藁店 언덕을 오르기 시작할 때 도중에 날씨가 갑자기 흐려지더니 빗방울이 떨어지기 시작했다. 우산을 가져오지 않아 비를 맞지 않으려고 서둘러 오다보니 곧 몸에 무리가 와서 숨이 차서 힘들었다…….

“하지만 익숙해져서 놀랍지는 않아요”라고 말하고 미치요는 다이스케를 보며 쓸쓸하게 웃었다.

“심장은 아직 완전히 낫지 않았습니까?” 다이스케는 안타깝다는 표정으로 물었다.

“완전히 낫는 건 평생 어렵다고 하네요.”

그 말의 절망적 내용만치 미치요의 말은 침울하지 않았다. 미치요는 섬세한 손을 뒤집어 손가락의 반지를 보았다. 그리고 손수건을 말아 다시 소매에 넣었다. 다이스케는 고개 숙인 미치요의 이마에 늘어진 머리카락을 바라보고 있었다.

미치요는 갑자기 생각난 듯 지난번의 수표에 대한 인사말을 했다. 그때 왠지 조금 빰이 붉어진 듯했다. 시각이 예민한 다이스케는 그것을 잘 알 수 있었다. 그는 그것을, 돈을 빌린 것에 대한 수치의 혈색으로만 해석했다. 그래서 곧바로 딴 데로 말을 돌렸다.

아까 미치요가 들고 온 백합꽃이 여전히 테이블 위에 놓여 있었다. 달콤하고 짙은 향기가 두 사람 사이에서 감돌았다. 다이스케는 코앞의 짙은 자극을 견딜 수 없었다. 하지만 자신이 함부로 치울 정도로 미치요에 대해 대담한 행동을 할 수는 없었다.

"웬 꽃입니까? 사왔나요?"

미치요는 묵묵히 고개를 끄덕였다.

"향기가 좋죠?"라고 말하고 미치요는 자신의 코를 꽃잎 가까이 대고 향기를 맡았다. 다이스케는 무심코 다리에 힘을 주고 몸을 뒤로 젖혔다.

"그렇게 가까이서 맡으면 안 됩니다."

"어머나, 왜요?"

"이유는 없지만 좋지 않습니다."

다이스케는 약간 눈썹을 찌푸렸다. 미치요는 얼굴을 원래 위치로 되돌렸다.

"이 꽃…… 싫어하세요?"

다이스케는 의자에서 다리를 꼬고 몸을 뒤로 젖힌 채로

대답 없이 미소를 지었다.

"그럼, 사오지 않는 게 좋았을 텐데. 쓸데없는 짓을 했네요. 일부러 먼 길을 돌아서. 게다가 비까지 맞을 뻔해서 숨도 차고."

그때 실제로 비가 내리기 시작했다. 빗물이 홈통에 모여 콸콸 흘러내리는 소리가 들렸다. 다이스케는 의자에서 일어났다. 눈앞에 있는 백합 다발을 들어 아래쪽을 묶은 새끼줄을 잡아 뜯었다.

"제게 준 겁니까? 그럼 어서 꽂아야지." 다이스케는 말하면서 아까의 수반 안에 꽃을 던져 넣었다. 줄기가 너무 길어 밑동이 물에 넘쳤다. 다이스케는 물이 떨어지는 줄기를 다시 수반에서 뺐다. 그리고 테이블의 서랍에서 가위를 꺼내 툭툭 반 정도의 길이로 잘랐다. 그리고 큰 꽃을 은방울꽃 사이에 넣었다.

"자, 이러면 됐군." 다이스케는 가위를 테이블 위에 놓았다. 미치요는 묘한 모습으로 대충 꽂힌 백합을 한동안 보고 있다가, 돌연 묘한 질문을 던졌다.

"언제부터 이 꽃이 싫어지신 거죠?"

옛날 미치요의 오빠가 살아 있을 때, 어느 날 무슨 일로 다이스케는 긴 백합을 사서 야나카의 집을 방문한 적이 있었다. 그때 그는 미치요가 씻은 허름한 화병에 자신이 직접 소중하게 사온 꽃을 꽂아 그들에게 보여준 적이 있었다. 미치요는 그것을 기억하고 있었다.

"당신도 그때 코를 대고 냄새를 맡지 않았던가요?" 미치요가 말했다. 다이스케는 그런 일이 있던 것 같기도 하여 그냥 쓴웃음을 지었다.

비는 더욱 심해졌다. 멀리서 빗소리가 다가와 집을 감쌌다. 가도노가 나와 "좀 추운 것 같습니다. 유리문을 닫을까요?"라고 물었다. 유리문을 닫는 동안, 두 사람은 얼굴을 나란히 하고 뜰 쪽을 바라보았다. 모두 젖은 푸른 나뭇잎의 습한 기운이 살며시 유리를 넘어 다이스케의 머리로 불어왔다. 세상에 떠 있는 것은 남김없이 대지 위에 가라앉은 것 같았다. 다이스케는 오래간만에 자신으로 돌아간 기분이었다.

"비가 좋군요."

"조금도 좋지 않아요. 저는 샌들을 신고 왔거든요."

미치요는 오히려 원망스러운 듯이 홈통에서 떨어지는 낙숫물을 바라보았다.

"돌아가는 길에는 인력거를 불러드리는 게 좋겠죠? 느긋하게 계시다가."

미치요는 그리 느긋할 수 있는 모습은 아닌 듯했다. 정면으로 다이스케를 보고, 그를 나무랐다.

"당신도 여전히 태평스런 말을 하시는군요." 그러나 눈가에는 웃음의 그림자가 떠올랐다.

지금까지 미치요의 그늘에 가려져 흐릿했던 히라오카의 얼굴이 이때 또렷하게 다이스케 마음의 눈동자에 비쳤다. 갑자기 어둠 속의 무언가가 다이스케를 덮치는 느낌이 들었다. 미치요는 역시 벗어나기 어려운 검은 그림자를 끌고 다니는 여자였다.

"히라오카 군은 어떻게 되었습니까?" 다이스케는 일부러 태연하게 물었다. 그러자 미치요의 입가가 다소 굳어진 듯했다.

"여전해요."

"아직 아무 일도 못 찾았습니까?"

"그쪽은 일단 안심이에요. 아마 다음 달부터 신문사에서 일할 수 있을 것 같아요."

"그건 잘 됐군요. 전혀 몰랐습니다. 그렇다면 당분간 괜찮지 않겠습니까?"

"네, 고마워요." 미치요는 낮은 소리로 진지하게 말했다. 다이스케는 그때 미치요가 몹시 사랑스럽게 느껴졌다. 이어서 그는 물었다.

"저쪽은 그다지 몰리거나 하는 것은 없습니까?"

"저쪽이요?" 하고 조금 의아해하던 미치요는 갑자기 얼굴을 붉혔다.

"저, 실은 그래서 오늘 댁에 찾아왔어요." 미치요는 숙였던 얼굴을 다시 들었다.

다이스케는 조금이라도 어색한 모습을 보여서 그녀의 부드러운 피를 더욱 뜨겁게 하고 싶지 않았다. 동시에 일부러 미치요의 사정을 잘 이해한다는 듯한 말을 하며 미치요를 더욱 비참하게 만드는 결과를 피하고자 했다. 그래서 가만히 미치요의 말을 들었다.

요전번의 200엔은 다이스케에게 받자마자 빚을 갚으려고 했지만 새로 집을 얻었기 때문에 여러모로 돈이 필요해 결국 그쪽의 용도를 집 쪽에 조금 돌려쓴 것이 발단이 되었다. 나머지는 쓰지 말아야지 생각했지만 매일의 생계에 쫓기기 시작했다. 자신도 내키지는 않았지만 할 수 없이 급하면 쓰고 또 급하면 쓰곤 하여 마침내 거의 다 써버렸다. 하지만 그렇게라도 하지 않으면 부부는 오늘까지 살아갈 수 없었다. 지금 생각해보면 돈이 아예 없으면 없는 대로 어떻게든 마련되었을지도 모르는데, 어려운 나머지 수중의 돈을 급한 데 써버렸으므로 차용증을 쓴 중요한 부채는 아직 그대로 남았다. 이것은 히라오카 탓이 아니다. 오로지 자신의 잘못이다.

"저, 정말로 죄송한 짓을 했다고 생각해 후회하고 있어요. 하지만 빌릴 때는 결코 당신에게 거짓말을 할 마음은 없었으니 용서해주세요." 미치요는 매우 괴로워하며 변명했다.

"어차피 당신에게 드렸으니 어떻게 쓰시던 아무도 뭐라고 하지 않습니다. 도움이 되었다면 그것으로 다행 아닙니까?" 다이스케는 '당신'이라는 글자를 더욱 무겁고 부드럽게 말하며 위로했다.

미치요는 단지 "네, 덕분에 마음이 편해졌어요"라고 말할 뿐이었다.

비가 계속 내렸기에 돌아갈 때는 약속대로 인력거를 불렀다. 날이 추워 남자의 하오리〔겉옷〕를 걸쳐주려고 했으나 미치요는 웃으며 사양했다.

11

언제부터인가 사람들이 망사 하오리를 입고 다녔다. 이삼일 동안 집에서 책을 들추며 정원만 바라보던 다이스케는 겨울모자를 쓴 채 밖으로 나와보고 갑자기 더위를 느꼈다. 자신도 모직 옷을 벗어야겠다고 생각하며 500여 미터 걷는 동안 겹옷을 입은 사람 두어 명과 마주쳤다. 그런가 하면, 새로 연 얼음가게에서 어떤 서생이 손에 컵을 들고 무언가 차가운 음료를 마시고 있었다. 다이스케는 그때 세이타로가 생각났다.

최근 다이스케는 예전보다 세이타로를 좋아했다. 다른 사람과 말을 나누고 있으면, 사람의 껍데기와 말하는 것 같아 무척 답답했다. 하지만 자신을 돌아보면 자신은 사람들 중에서도 가장 상대를 답답하게 하는 사람인 듯했다. 이것도 오랜 세월, 생존경쟁의 운명에 노출된 벌인가 생각하면 별로 좋은 기분은 아니었다.

요즘 세이타로는 계속 공타기 곡예를 연습하고 있는데 그것은 이전에 아사쿠사浅草의 연예장에 데려간 결과였다. 뭐 하나에 집중하는 점은 형수의 성격을 이어받았다. 그러나 형의 아들답게 그러한 집중 속에서도 어딘가 꽉 막히지 않은 의젓한 기상이 있었다. 세이타로를 상대하고 있으면 그쪽의 영혼이 거리낌 없이 이쪽으로 흘러 들어오는 것 같아 유쾌한 기분이었다. 실제로 다이스케는 밤이나 낮이나 무장을 풀지 않는 사람들에게 포위된 것이 고통스러웠다.

세이타로는 금년 봄부터 중학교에 올라갔다. 그러자 갑자기 키가 큰 것 같았다. 이제 1, 2년이 지나면 변성기가 올 것이다. 그리고 앞으로 어떤 경로를 밟으며 성장할지 모르겠지만, 아무래도 인간으로서 생존하기 위해서는 인간의 미움을 받는다는 운명에 반드시 맞닥뜨릴 것이다. 그때, 그는 사람들의 눈에 띄지 않는 수수한 옷차림을 하고 거지처럼 무엇인가 찾으면서 거리의 사람들 속을 배회하리라.

다이스케는 강가로 나왔다. 얼마 전까지 건너편 강둑의 수풀 속에서 점점이 홍백의 색깔을 드러내던 진달래의 흔적도 어느새 사라지고, 풀이 무성한 높은 언덕 위에 큰 소나무 수십 그루가 저 멀리까지 이어지고 있었다. 하늘은 쾌청했다. 다이스케는 전차를 타고 본가로 가서 형수와 농담을 하고 세이타로와 노닥거릴까 생각했지만 갑자기 싫은 마음이 들어 소나무를 보면서 지칠 때까지 강가를 따라 걷기로 했다.

신미쓰케新見付까지 오자, 건너편에서 오거나 이쪽에서 가는 전차가 보기 싫어져 강을 건너 쇼콘샤招魂社 옆을 지나 반초番町로 나왔다. 여기저기 돌아다니는 사이에 이렇게 목적 없이 걷는 것이 갑자기 바보 같다는 생각이 들었다. 목적이 있어 걷는 자는 천민이라고 그는 평소부터 믿고 있었지만, 지금은 그런 천민이 훌륭하다고 생각했다. 그는 다시 강한 권태에 휩싸인 것을 깨닫고 집으로 걸음을 돌렸다. 가구라자카의 어느 상점에서 큰 축음기를 틀어놓았다. 그 소리가 심한 금속성의 자극을 띠고 다이스케의 머리에 울렸다.

집 문으로 들어서자, 이번에는 가도노가 주인의 부재를 틈타 큰 소리로 비파 노래를 부르고 있었다. 그러다가 다이스케의 발소리를 듣고 딱 멈췄다.

"아니, 벌써 오셨네요." 가도노가 현관으로 나왔다. 다이스케는 아무런 대답도 하지 않고 모자를 그곳에 걸고 툇마루를 통해 서재로 들어갔다. 그리고 의식적으로 장지문을 닫았다. 이어서 찻잔을 들고 온 가도노가 물었다.

"닫아놓으시겠습니까? 덥지 않겠습니까?" 다이스케는 소매에서 손수건을 꺼내 이마를 닦고 있다가 명령했다.

"닫아놓게." 가도노는 의아한 얼굴로 장지문을 닫고 나갔다. 다이스케는 어두운 방 안에서 10분쯤 멍하니 있었다.

그는 남들이 부러워할 만큼 윤기 있는 피부와 노동자에

게서는 찾기 어려운 유연한 근육을 가졌다. 그는 태어난 이래 아직 큰 병이라고 할 만한 것을 경험하지 않았을 정도로 건강의 혜택을 누리고 있었다. 그는 이것이야말로 삶의 보람이라고 믿었으므로 그의 건강은 그에게는 타인의 몇 배 이상의 가치를 갖고 있었다. 그의 머리는 그의 육체처럼 건강했다. 단지 논리 때문에 늘 괴로워하고 있었다. 그리고 때때로 머리의 중심이 활의 큰 표적처럼 이중 혹은 삼중으로 원이 겹치는 느낌이 들었다. 특히 오늘은 아침부터 그런 느낌이었다.

다이스케가 묵묵히 자신은 무엇 때문에 세상에 태어났는지 생각하는 것은 이런 때였다. 그는 지금까지 몇 번이나 이 중요한 문제를 그의 눈앞에 붙잡아놓고 보았다. 그 동기는 단지 철학상의 호기심에서 오기도 했고 또 세상의 현상이 매우 복잡한 색채로 그의 머리를 물들이려고 하기 때문에 오기도 했으며 또 마지막으로는 오늘처럼 앙뉘의 결과로써 오는 경우도 있었지만 그때마다 그는 같은 결론에 이르렀다.

그러나 그 결론은 문제의 해결이 아니라 오히려 부정과 다르지 않았다. 그의 생각에 따르면, 인간은 어떤 목적을 갖고 태어난 존재가 아니었다. 그것과 반대로, 태어난 인간에게 비로소 어떤 목적이 생기는 것이었다. 최초부터 객관적으로 어떤 목적을 만들어 인간에게 부여하는 것은 인간의 자유로운 활동을 탄생 전에 이미 빼앗은 것과 같다. 그러므로 인간의 목적은 태어난 본인이 본인 자신에게 만든 것이어야 한다. 하지만 어떠한 본인이라도 이것을 마음 내키는 대로 쉽사리 만들 수는 없다. 이미 세상에 발표된 자기 존재의 경험 그 자체가 바로 자기 존재의 목적이기 때문이다.

이러한 근본 의의에서 출발한 다이스케는, 자기 본래의 활동을 자기 본래의 목적으로 하였다. 걷고 싶기 때문에 걸었다. 그러면 걷는 것이 목적이 되었다. 생각하고 싶기 때문에 생각했다. 그러면 생각하는 것이 목적이 되었다. 그 이외의 목적으로 걷거나 생각하는 것은 보행과 사고의 타락이 되는 것처럼 자기 활동 이외에 어떤 목적을 세우고 활동하는 것은 활동의 타락이 되었다. 따라서 자기 전체의 활동을 수단으로 삼는 것은 스스로 자기 존재의 목적을 파괴한 것과 다름없었다.

그러므로 다이스케는 오늘까지 자신의 뇌리에 소망이나 욕구가 일어날 때마다, 그러한 소망이나 욕구의 실천을 자기의 목적으로 삼았다. 두 가지 상반되는 소망이나 욕구가 내부에서 싸우는 경우도 같았다. 단지 모순에서 발생하는 어느 한 가지 목적의 소모라고 해석하였다. 이것을 깊이 들여다보면, 그는 이른바 무목적의 행위를 목적으로 하여 활동하였다. 그리고 타인을 속이지 않는다는 점에서 그것을 가장 도덕적인 것이라고 생각하였다.

되도록 이러한 주의를 실천하려는 그는, 그 실천의 도중에 자신도 모르게 자신이 이미 기각한 문제로부터 공격을 당해, 자신이 지금 무엇 때문에 이런 일을 하는가 생각하는 때가 있었다. 그가 반초를 산책하면서 왜 산책하고 있는지 의심한 것은 바로 이것 때문이었다.

그때 그는 스스로 자신의 활력이 충실하지 못한 것을 깨닫는다. 굶주린 행동은 단숨에 실천하는 용기와 흥미가 결핍된 것이므로, 스스로 그 행동의 의미를 중도에 의심하게 된다. 그는 이것을 앙뉘라고 명명했다. 앙뉘에 걸리면 논리의 혼란을 일으킨다고 믿었다. 그가 행위의 도중에 '무엇 때문에?'라는 앞뒤가 뒤바뀐 의심을 일으키는 것은 오로지 앙뉘 때문이었다.

그는 굳게 닫힌 방 안에서 한두 번 머리를 누르고 흔들어 보았다. 그는 옛날부터 오늘까지의 철학자가 자주 반복한 무의미한 의문을 다시 뇌리에서 생각하는 것이 괴로웠다. 그 모습이 살짝 눈앞에 나타났을 때, '또 시작인가?' 하며 곧 잘라버렸다. 동시에 그는 자기 생활력의 부족을 심하게 느꼈다. 따라서 행위 그 자체를 목적으로 하여 원만하게 실천할 흥미도 갖지 못했다. 그는 단지 혼자 황야의 한가운데에 멍하니 서 있었다.

그는 고상한 생활욕의 만족을 갈망하였다. 또 어떤 의미에서 도덕욕의 만족도 얻고자 하였다. 그리고 어떤 지점에 다다르면 이 두 가지가 불꽃을 튀기며 접전하는 때가 있을 것이라고 예상하였다. 그래서 생활욕을 낮은 수준으로 억제하고 참았다. 그의 방은 보통의 일본 방이었다. 이렇다 할 대단한 장식도 없었다. 그는 액자조차 멋진 것은 걸지 않았다. 색채로써 눈을 끌 정도로 아름다운 것은 책장에 진열된 양서에 집약되었다고 할 정도였다. 그는 지금 책들에 둘러싸여 멍하니 앉아 있었다. 잠시 후, 이렇게 시든 자신의 의식을 강렬하게 만들려면, 좀 더 주위의 물건을 어떻게 해야 한다고 생각하면서 방 안을 둘러보았다. 그리고 다시 멍하니 벽을 바라보았다. 그리고 마지막으로, 자신을 이 박약한 생활에서 구할 수 있는 방법은 단 하나밖에 없다고 생각했다. 그리고 입속으로 말했다.

'역시, 미치요를 만나야 한다.'

그는 발이 나아가지 않는 방향으로 산책을 나간 것을 후회했다. 다시 집을 나가 히라오카 집에 갈까 생각하는 참에 모리카와초에서 데라오가 왔다. 새 밀짚모자를 쓰고 수수한 얇은 하오리를 입고, "덥구나, 더워" 하면서 붉은 얼굴을 닦았다.

"어째서 하필 지금 왔는가?" 다이스케는 무뚝뚝하게 내뱉었다. 데라오와는 평소 이런 식의 말로 교제하는 사이였다.

"지금이 방문하기에 좋은 시간이지. 자네 또 낮잠을 잤군. 아무래도 직업이 없는 인간은 나약해서 틀려먹었어. 자네는 도대체 뭐 하러 세상에 태어났나?" 데라오는 밀짚모자로 계속 가슴께에 바람을 부쳤다. 날씨는 아직 그렇게 덥지 않아 그 동작은 매우 익살스러웠다.

"뭐 하러 태어났건 쓸데없는 참견일세. 그것보다 자네야 말로 뭐 하러 왔나? 또 '꼭 열흘만'인가? 돈 문제라면 이젠 사양일세." 다이스케는 거침없이 선수를 쳤다.

"자네도 꽤 예의를 모르는 사람이군." 데라오는 대답했다. 하지만 특별히 감정이 상한 모습은 보이지 않았다. 실은 이 정도의 말은 데라오에게 전혀 무례하다는 느낌을 주지 않았다. 다이스케는 묵묵히 데라오의 얼굴을 바라봤다. 그것은 공허한 벽을 바라보는 것 이상의 아무런 감동도 다이스케에게 주지 않았다.

데라오는 품에서 낡은 가제본의 서적을 꺼냈다.

"이것을 번역해야 하네." 다이스케는 여전히 입을 다물고 있었다.

"먹는 거 걱정 없다고 그렇게 게으른 얼굴 하지 말게. 좀 더 깨어 있게. 이쪽은 생사의 싸움이야." 데라오는 작은 책을 의자 모서리에 탁탁 두 번 쳤다.

"언제까지?"

데라오는 책의 페이지를 파닥파닥 넘겨 보이고 단호한 어조로 대답했다.

"2주." 그 뒤, "무슨 일이 있어도 그때까지 해치워야 먹을

게 생기니 할 수 없네"라고 설명했다.

"대단한 위세로군" 하고 다이스케는 비아냥거렸다.

"그래서 혼고에서 일부러 찾아왔네. 뭐, 돈은 빌리지 않아도 돼. 빌려주면 더 좋지만. 그것보다 좀 모르는 곳이 있으니 의논 좀 하자고."

"귀찮군. 나는 오늘 머리가 아파서 그런 일은 못 하네. 대충 번역해도 상관없지 않은가? 어차피 원고료는 페이지 숫자로 주겠지?"

"아무리 그래도 그렇지. 나도 그렇게 무책임한 번역은 할 수 없지 않은가. 오역이라도 지적받으면 나중에 번거롭네."

"할 수 없군" 하고 다이스케는 여전히 건들거리는 태도를 유지하였다.

그러자 데라오는 "어이, 농담이 아닐세. 자네처럼 빈둥빈둥 노는 사람은 가끔 이 정도 일이라도 하지 않으면 심심해서 견딜 수 없을걸세. 뭐, 나도, 책을 잘 번역하는 사람한테 갈 생각이었다면 굳이 자네에게 오지 않았네. 하지만 그런 사람은 자네와 달리 모두 바쁘니까" 하고 조금도 물러날 기색을 보이지 않았다. 다이스케는 싸움을 할지 의논에 응할지 한쪽을 선택해야 한다고 각오했다. 그의 성격으로 이런 상대를 경멸할 수는 있지만, 화를 낼 마음은 없었다.

"그러면 가급적 조금만 해보지"라고 다이스케는 미리 다짐하고 표시한 곳만을 보았다. 다이스케는 그 책의 개요를 물어볼 생각도 없었다. 대충 했지만 표시한 부분 중에도 아직 애매한 곳은 많이 남아 있었다. 데라오는 "아아, 고맙네" 하고 책을 덮었다.

"모르는 부분은 어떻게 하지?" 다이스케가 물었다.

"뭐, 어떻게 되겠지. 누구한테 물어봤자 잘 모를걸. 일단 시간이 없기 때문에 어쩔 수 없네." 데라오는 오역보다 생활비가 더 큰 문제라고 애초부터 생각한 것 같았다.

의논이 끝나자, 데라오는 늘 그렇듯 문학 이야기를 꺼냈다. 그러자 이상하게도 자신의 번역 건과는 달리 평소처럼 매우 열성적이었다. 다이스케는 현재의 문학가가 발표하는 창작 중에서도 데라오의 번역과 같은 것이 많이 있으리라 생각해, 데라오의 모순이 우스꽝스럽다고 생각했다. 하지만 귀찮은 생각에 그것을 입 밖에는 내지 않았다.

데라오 때문에 다이스케는 그날 결국 히라오카 집에 가지 못했다.

저녁식사 때 마루젠丸善 서점에서 소포가 도착했다. 젓가락을 놓고 뜯어보니 오래전에 외국에서 주문한 몇 권의 신간 서적이었다. 다이스케는 그것을 겨드랑이에 끼고 서재로 들어갔다. 한 권씩 차례대로 집어 들고 어둠 속에서 두세 페이지 넘기면서 훑어봤는데 어디에도 그의 주의를 끌 만한 곳이 없었다. 마지막 한 권에 이르러서는 그 제목조차 이미 잊어버렸다. 어차피 조만간에 읽어보자는 생각에 한데 모아 책장 위에 얹어 놓았다. 툇마루에서 밖을 바라보니 맑은 하늘은 환한 빛을 잃기 시작하여 이웃집의 한층 어두워 보이는 벽오동 위로 희미한 달이 떠 있었다.

그때, 가도노가 큰 램프를 들고 들어왔다. 램프에는 주름진 비단처럼 수직으로 홈이 파인 푸른 갓이 걸쳐 있었다. 가도노는 그것을 테이블 위에 두고 다시 툇마루로 나가면서 말했다.

"벌써 반딧불이가 나오는 계절입니다." 다이스케는 의아하다는 표정으로 대답했다.

"아직 멀었지." 그러자 가도노는 평소처럼 대답했다.

"그런 것인가요?" 그렇지만 곧 진지한 말투로 "반딧불이는 옛날에는 꽤 유행했는데 요즘은 문인 분들이 별로 떠들지 않네요. 왜 그렇죠? 반딧불이라든가 까마귀라든가 요즘은 한 번도 보지 못한 것 같네요"라고 말했다.

"그렇군. 왜 그럴까?"라고 다이스케도 모르는 체하며 진지한 대답을 했다.

"아무래도 전깃불에 압도되어 점점 퇴각했겠지요." 가도노는 혼자서 헤헤 하고 익살스런 결말을 내고 자기 방으로 돌아갔다. 다이스케도 따라서 현관까지 나왔다. 가도노는 뒤를 돌아보았다.

"또 외출이십니까? 잘 알겠습니다. 램프는 제가 주의하겠으니. 아주머니가 아까부터 배가 아프다며 누워 있습니다만 뭐 별 일 없겠죠. 잘 다녀오십시오."

다이스케는 문을 나섰다. 에도 강까지 오니 강물은 이미 어두컴컴했다. 그는 원래 히라오카를 방문할 생각이었다. 그래서 평소처럼 강변을 따라가지 않고 곧바로 다리를 건너 곤고지金剛寺 언덕길을 올라갔다.

실은 다이스케는 그 후로도 미치요와 히라오카를 두세 번 만났다. 한번은 히라오카의 비교적 긴 편지를 받았을 때였다. 편지에는, 우선 도쿄에 도착한 이래 신세를 져서 고맙다는 인사말이 적혀 있었다. 그리고 그 후 여러모로 친구나 선배가 힘을 써줘 송구스러웠다. 최근에는 어느 지인의 알선으로 모 신문사 경제부 주임 기자를 권유받았는데 자신도 승낙하려고 한다. 그런데 귀경 당시 자네에게 의뢰한 것도 있으니 무조건 승낙할 수는 없어 일단 자네에게 의논한다는 내용이 끝에 적혀 있었다. 다이스케는 그때 히라오카가 형님 회사에 주선해달라고 의뢰한 것을 거절도 하지 않고 오늘까지 방치해두었다. 그러므로 대답을 촉구하는 것으로 받아들였다. 한 통의 편지로 사절하는 것도 너무 냉담하다는 생각도 들어, 다음 날 찾아가 이런저런 형님의 사정을 설명하고 당분간 이쪽은 단념하라고 부탁했다. 히라오카는 그때, 나도 대충 그럴 것이라 생각했다고 말하며 묘한 눈으로 미치요를 돌아보았다.

또 한번은, 이윽고 신문사행이 결정되었으므로 자네와 한

잔하고 싶으니 모임에 와달라는 히라오카의 엽서가 도착했을 때, 마침 다른 사정이 생겨 못 간다는 말을 산책길에 들러서 전했다. 그때, 히라오카는 방 한가운데에 드러누워 자고 있었다. 어젯밤 어딘가의 회식에서 과음했다고 말하며 붉은 눈을 계속 비벼댔다. 다이스케를 보고 느닷없이 "인간은 아무래도 자네처럼 독신이어야 일을 할 수 있네. 나도 혼자면 만주나 미국이라도 가겠지만" 하며 유부남의 불편을 투덜거렸다. 미치요는 옆방에서 조용히 일을 하고 있었다.

세 번째는, 히라오카가 회사에 나가 집에 없을 때 방문했다. 그때는 아무런 용무가 없었다. 약 30분 정도 툇마루에 걸터앉아 미치요와 말을 나눴다.

그리고 이후로는 되도록 고이시카와 방면으로 가지 않는 것으로 하여 오늘 밤에 이르렀다. 다이스케는 다케하야초竹早町로 올라가 건너편으로 가로질러 300미터쯤 가서 히라오카라고 적힌 처마등 바로 앞까지 왔다. 격자문 밖에서 이름을 부르자 하녀가 램프를 들고 나왔다. 그러나 히라오카 부부는 부재중이었다. 다이스케는 행선지도 묻지 않고 곧바로 발길을 돌려 전차를 타고 혼고까지 온 뒤, 혼고에서 다시 갈아타 간다에서 내려 어떤 비어홀에 들어가 맥주를 벌컥벌컥 마셨다.

다음 날 눈을 뜨자 여전히 뇌의 중심에서 반지름이 다른 원이 머리를 이중으로 나누고 있는 듯한 느낌이 들었다. 이런 때에 다이스케는 늘 머리의 안쪽과 바깥쪽이 이질적인 것으로 조립되어 있다는 느낌이 들었다. 그래서 자주 자신의 머리를 흔들며 이질적인 두 가지를 애써 섞으려고 했다. 그는 지금 베개에 머리를 댄 채로 오른 주먹을 쥐고 귀를 두세 번 두드렸다.

다이스케는 이러한 뇌수의 이상을 술 탓으로 돌린 적이 없었다. 그는 어릴 때부터 술이 셌다. 아무리 마셔도 거의 평상심을 잃지 않았다. 뿐만 아니라 숙면만 취하면 몸에 아무런 탈도 나지 않았다. 과거 어느 때인가 형님과 술 마시기 경쟁을 하여 세 홉들이 술병을 열세 병이나 마신 적이 있었다. 그다음 날, 다이스케는 아무렇지도 않은 얼굴로 학교에 나갔다. 형은 이틀이나 머리가 아프다며 불쾌한 표정을 지었다. 그리고 그것을 나이 차이라고 말했다.

어젯밤 마신 맥주는 이것에 비하면 아무것도 아니라고 다이스케는 머리를 두드리면서 생각했다. 다행히 다이스케는 아무리 머리가 이중으로 된다 한들 뇌의 활동에 이상이 생긴 적이 없었다. 때로는 단지 머리를 쓰는 것이 귀찮기도 했다. 하지만 노력만 하면 충분히 복잡한 일도 처리할 수 있다는 자신감이 있었다. 그러므로 이런 이상을 느낀다 해도 뇌의 조직 변화로 정신에 나쁜 영향을 준다고 비관할 여지는 없었다. 처음으로 이런 감각이 생겼을 때는 놀랐다. 두 번째는 오히려 신기한 경험이라고 기뻐했다. 하지만 요즘은 이런 경험이 종종 정신력의 저하를 초래했다. 내용이 충실하지 않은 행위를 억지로 하며 지낸 때의 징후가 나타났다. 다이스케는 그것이 불쾌했다.

그는 일어나서 다시 머리를 흔들었다. 아침식사 때, 가도노는 오늘 아침 신문에 나온 뱀과 독수리의 싸움을 말했는데 다이스케는 아무런 응대를 하지 않았다. 가도노는 '증상이 또 시작되었구나' 생각하고 식당을 나와 부엌 쪽에서 아주머니를 배려하며 말했다.

"아주머니, 그렇게 일하시면 또 아프죠. 선생님 밥상은 제가 치울 테니 저쪽에 가서 쉬세요." 다이스케는 비로소 아주머니가 아프다는 것을 떠올렸다. 무언가 위로의 말이라도 해주려고 했으나 귀찮은 생각에 그만뒀다.

나이프를 놓자마자 다이스케는 곧 홍차 찻잔을 들고 서재로 들어갔다. 시계를 보니 벌써 아홉 시가 지났다. 잠시 뜰을 바라보면서 차를 천천히 마시고 있는데 가도노가 와서 말했다.

"본가에서 데리러 왔습니다." 다이스케는 본가의 부름을 받은 기억이 없었다. 되물어봐도 가도노는 인력거꾼이 왔다는 둥 뭔가 알 수 없는 말을 하므로 다이스케는 머리를 갸웃거리며 현관에 나가보았다. 그곳에 형의 인력거를 끄는 가쓰라는 자가 서 있었다. 고무바퀴의 인력거를 현관에 갖다 붙이고 정중하게 인사를 했다.

“가쓰, 왜 왔나?” 다이스케가 묻자 가쓰는 황송하다는 태도로 말했다.

“사모님이 모셔오라고 하셨습니다.”

“뭔가 급한 일이라도 생겼나?”

가쓰는 아무것도 몰랐다.

“오시면 아실 거라고…….” 가쓰는 간결하게 대답하고 말꼬리를 흐렸다.

다이스케는 안으로 들어갔다. 아주머니를 불러 옷을 내달라고 말하려다가, 배가 아픈 사람에게 일을 시키고 싶지 않아 몸소 옷장의 서랍을 뒤져 서둘러 옷을 입고 가쓰의 인력거를 탔다.

그날은 바람이 세게 불었다. 가쓰는 바람을 피하려고 몸을 앞으로 굽히고 달렸다. 인력거를 타고 있는 다이스케는 이중의 머리가 빙빙 회전할 정도로 바람을 맞았다. 그러나 소리도 진동도 없는 인력거 바퀴가 부드럽게 움직이며 흐릿한 의식의 자신을 비몽사몽의 허공 상태로 끌고 가는 모습이 유쾌했다. 잠자리에서 일어났을 때와는 달리 아오야마의 집에 도착했을 때는 기분이 매우 상쾌해졌다.

무슨 일일지 생각하며 들어가는 도중에 서생의 방을 들여다보니 나오키와 세이타로가 단둘이서 백설탕을 뿌린 딸기를 먹고 있었다.

“야, 맛있겠네.” 다이스케가 말하자 나오키는 곧 자세를 고치고 인사했다. 세이타로는 입가를 적신 채로 느닷없이 물었다.

"삼촌, 언제 결혼하시나요?" 나오키는 히죽히죽 웃었다. 다이스케는 대답이 궁했다.

할 수 없이 "오늘 왜 학교에 안 갔지? 그리고 아침부터 딸기 같은 걸 먹고"라고 농담 반 꾸중 반의 투로 말했다.

"오늘 일요일이잖아요." 세이타로는 정색을 하고 말했다.

"어, 일요일인가?" 다이스케는 놀랐다.

나오키는 다이스케의 얼굴을 보고 웃음을 참지 못했다. 다이스케도 웃으며 객실로 들어갔다. 그곳에는 아무도 없었다. 얼마 전에 새로 깐 다다미 위에 둥근 자단나무 쟁반이 하나 있고 그 안에는 아사이 모쿠고의 그림이 새겨진 찻잔이 놓여 있었다. 아침 정원의 초록빛이 휑하니 넓은 객실에 비치며 모든 것이 고요하게 보였다. 문밖의 바람은 어느새 잦아들었다.

객실을 지나서 형의 방 쪽으로 오자 인기척이 났다.

"어머나, 하지만 그건 너무하죠"라고 말하는 형수의 목소리가 들렸다. 다이스케는 안으로 들어갔다. 안에는 형과 형수 그리고 누이코가 있었다. 형은 허리띠에 금사슬을 늘어뜨리고 최근 유행하는 색다른 견직 하오리를 입고 이쪽을 향해 서 있었다. 다이스케를 보고 말했다.

"어, 왔구나. 그러니까 함께 데려가지." 다이스케는 무슨 뜻인지 알 수 없었다. 우메코가 다이스케를 돌아봤다.

"도련님, 오늘 당연히 한가하시겠지요?"

"예, 뭐, 한가합니다." 다이스케는 대답했다.

"그러면, 같이 가부키 극장에 가시죠."

다이스케는 형수의 말을 듣고 곧 머릿속에 어떤 우스꽝스러움을 느꼈다. 그러나 오늘은 평소처럼 형수를 놀려줄 마음이 없었다. 귀찮아서 태연한 얼굴로 쾌활하게 대답했다.

"예, 좋죠. 가시죠." 그러자 우메코는 되물었다.

"하지만 도련님은 벌써 한 번 봤다고 하지 않았나요?"

"한 번이건 두 번이건 전혀 상관없습니다. 가시죠." 다이스케는 우메코를 보고 미소를 지었다.

"도련님도 꽤 한량이네요." 우메코가 말했다. 다이스케는 더욱 우스운 생각이 들었다.

형은 밖에 일이 있다고 하며 곧바로 나갔다. 네 시쯤 일을 끝내고 극장으로 오겠다는 것이었다. 그때까지 형수와 누이코 둘이서만 보고 있으면 좋지 않느냐는 말에 우메코는 싫다고 했다. 그렇다면 나오키를 데려가라고 형이 말하자, 나오키는 극장에만 가면 뭐가 못마땅한지 뿌루퉁하고 앉아 있어 안 된다고 대답했다. 그래서 어쩔 수 없어 다이스케를 불렀다고 형이 나가면서 설명했다. 다이스케는 좀 말의 앞뒤가 맞지 않는 것 같다고 생각했지만 단지 "그렇습니까?"라고 대답했다. 그리고 형수는 막간에 대화 상대가 필요할 것이며, 필요한 경우에 이런저런 시킬 일도 있을 터이니 일부러 자신을 부른 것이 틀림없다고 해석했다.

우메코와 누이코는 화장에 오랜 시간이 걸렸다. 다이스케는 끈기 있게 화장의 감독자가 되어 두 사람 옆에 붙어 있었다. 그리고 가끔 재미삼아 비아냥거렸다. 누이코는 "삼촌, 너무해요"라는 말을 두세 번이나 거듭했다.

부친은 오늘 아침 일찍부터 밖에 나가 집에 없었다. 어디 가셨는지 모르겠다고 형수가 말했다. 다이스케는 별로 알고 싶지 않았다. 단지 부친의 부재를 다행으로 생각했다. 이전의 면담 이후, 다이스케는 부친과는 두 번 정도밖에 얼굴을 마주치지 않았다. 그것도 겨우 10분이나 15분에 불과했다. 대화가 깊어질 낌새가 보이면 서둘러 정중한 인사를 하고 물러 나왔다. 형수는 거울 앞에서 여름용 얇은 기모노 허리띠의 끝을 만지작거리면서 다이스케에게 말하길, 어느 날 부친이 객실 쪽으로 나와 "아무래도 다이스케는 요즘 엉덩이가 가벼워졌구나. 내 얼굴만 보면 도망갈 궁리를 한다"며 화를 냈다고 했다.

"신용이 많이 떨어졌군요."

다이스케는 이렇게 말하고 형수와 누이코의 양산을 들고 한 걸음 앞서 현관을 나섰다. 그곳에 인력거 세 대가 나란히 기다리고 있었다.

다이스케는 바람 때문에 납작모자를 쓰고 있었다. 바람

은 이윽고 잦아들고 환한 햇빛이 구름 사이에서 나와 머리 위를 비췄다. 앞에 가는 우메코와 누이코는 양산을 펼쳤다. 다이스케는 가끔 손등으로 이마를 가렸다.

연극 중에 형수와 누이코는 매우 열성스런 관객이었다. 다이스케는 두 번째 보는 탓도 있고 요 사나흘 이래의 뇌 상태 때문에 무대에 별로 몰두하지는 못했다. 계속 머리가 지끈거릴 정도로 후덥지근한 더위가 느껴져 자주 부채를 손에 들고 바람을 옷깃과 머리로 부쳐댔다.

막간에 누이코가 다이스케를 돌아보고 때때로 묘한 질문을 했다. "왜 저 사람은 대야로 술을 마셔요?" "왜 스님이 갑자기 대장이 되죠?" 대개 뭐라 설명할 수 없는 질문뿐이었다. 우메코는 그 말을 들을 때마다 웃었다. 다이스케는 문득 이삼일 전에 신문에 나온 어느 문인의 연극평을 떠올렸다. 일본의 각본은 너무 엉뚱한 줄거리가 많아 편하게 구경할 수 없다는 내용이었다. 다이스케는 그때, 배우의 입장에서서, 그런 사람은 연극을 볼 필요도 없다고 생각했다. 작자에게 해야 할 잔소리를 배우에게 전가하는 것은 작가 지카마쓰*의 작품을 알기 위해 연주자 고시지의 조루리**를

---

* 지카마쓰 몬자에몬近松門左衛門(1653~1725). 에도시대 가부키 및 조루리의 작자.

** 샤미센을 반주 악기로 하여 스토리를 말하는 음곡, 극장음악을 조루리淨瑠璃라고 한다. 스토리텔러는 다이후大夫라고 함.

듣고 싶다고 하는 바보와 같다고 가도노에게 말했다. 가도노는 여전히 "그런 것일까요?"라고 말했다.

어릴 때부터 일본 전통 연극을 많이 본 다이스케는 물론 우메코처럼 단순한 예술의 감상가였다. 그리고 무대 예술의 의미는 오로지 배우의 기량에서 찾아야 한다고 해석하였다. 그러므로 우메코와는 말이 잘 통했다. 가끔 얼굴을 마주하고 전문가 같은 비평을 가하며 서로 감탄하곤 했다. 하지만 대체적으로 무대는 이제 따분하게 느껴졌다. 막 도중에도 쌍안경으로 이쪽저쪽을 둘러보았다. 쌍안경의 저편에는 게이샤가 많이 있었다. 그중 어떤 여자는 쌍안경을 이쪽으로 향하고 있었다.

다이스케의 오른쪽에는 그와 동년배의 남자가 둥글게 머리를 틀어 올린 아름다운 부인과 함께 있었다. 다이스케는 그 부인의 옆얼굴을 보고 자신이 잘 아는 게이샤와 아주 닮았다고 생각했다. 왼쪽 옆에는 남자들이 네 명쯤 있었다. 그들은 모두 박사였다. 다이스케는 그 얼굴을 모두 기억하고 있었다. 또 그 옆에 두 사람이 넓은 자리를 차지하고 있었다. 그중 한 사람은 형과 비슷한 나이로 단정하게 양복을 입고 있었다. 그리고 금테 안경을 쓰고, 무엇을 볼 때는 턱을 앞으로 내밀어 위를 향하는 버릇이 있었다. 다이스케는 이 남자를 어디선가 본 적이 있는 듯했다. 하지만 떠올리려고 애쓰지는 않았다. 동반자는 젊은 여자였다. 아직 스무 살이 되지 않았다고 다이스케는 판단했다. 하오리를 입지 않고 앞머리를 보통보다 앞으로 내민 머리 모양을 하고 대체로 턱을 목 쪽으로 바싹 당기고 앉아 있었다.

다이스케는 답답한 기분에 몇 번이나 자리에서 일어나 뒤의 복도로 나가 좁은 하늘을 바라보았다. 형이 오면 형수와 누이코를 넘겨주고 빨리 돌아가고 싶을 정도였다. 한번은 누이코를 데리고 근방을 운동 삼아 걸어 다녔다. 끝내는 술이라도 사서 마실까 생각했다.

형은 날이 저물 무렵이 되어서야 왔다. "너무 늦지 않았나요?"라고 말했을 때, 형은 허리띠 사이에서 금시계를 꺼내서 보여줬다. 실제로 여섯 시가 조금 지난 시간이었다. 형은 여느 때처럼 태연한 표정으로 여기저기를 둘러보았다. 그런데 밥을 먹을 때, 일어나서 복도로 나간 뒤로 한참 돌아오지 않았다. 얼마 후에 다이스케가 문득 뒤돌아보니, 한 칸 건너 옆자리의 금테 안경 남자와 말을 나누고 있었다. 젊은 여자에게도 가끔 말을 건네는 것 같았다. 여자는 웃는 얼굴을 살짝 보이고 다시 무대로 향했다. 다이스케는 형수에게 그 남자의 이름을 물으려고 했지만, 형은 사람이 모이는 곳에 나오면 어느 곳에서도 이렇게 태연하게 비집고 들어갈 만큼 발이 넓고 또 세상을 자기 집처럼 생각하는 사람이니 신경을 끄고 묵묵히 앉아 있었다.

그러자 막간에 형이 입구까지 돌아와서 "다이스케, 이리 좀 와라" 하고 말하고 다이스케를 금테 안경 남자에게 데려가더니 동생이라고 소개했다. 그리고 다이스케에게는 "이 분이 고베의 다카기 씨"라고 소개했다. 금테 안경 신사는 젊은 여자를 돌아보고 "제 조카입니다"라고 말했다. 여자는 얌전하게 고개를 숙였다. 그때 형이 "사가와 씨의 따님"이라고 말을 거들었다. 다이스케는 여자의 이름을 들었을 때, 감쪽같이 속았다고 생각했다. 하지만 아무것도 모르는 체하며 적당히 말을 건넸다. 그러자 형수가 잠깐 자신을 뒤돌아보았다.

5, 6분 후, 다이스케는 형과 함께 자신의 자리로 돌아갔다. 사가와의 딸을 소개받을 때까지는 형이 나타나면 곧 도망칠 생각이었지만 지금은 그렇게 할 수 없었다. 너무 이기적으로 보이면 오히려 좋지 않은 결과를 초래할 것 같아 불편함을 참고 앉아 있었다. 형도 연극에는 전혀 흥미가 없는 듯했지만 평소처럼 점잖은 태도로, 검은 머리를 그슬릴 정도로 시가를 피웠다. 때때로 "누이코, 저 무대는 멋지지?" 정도의 평을 하였다. 우메코는 평소의 호기심 많은 성격에 어울리지 않게 다카기에 관해서도 사가와의 딸에 관해서도 아무런 질문을 하지 않고 한 마디의 비평도 하지 않았다. 다이스케는 시치미를 떼는 형수의 모습이 오히려 우습게 여겨졌다. 그는 오늘까지 형수의 책략에 걸려든 적이 종종 있었다. 그러나 단 한 번도 화를 낸 적이 없었다. 이번의 희

극도 평소라면 심심풀이 유희 정도로 해석하고 웃어버렸을 것이다. 그뿐만이 아니다. 만약 자신이 결혼할 마음이라면 오히려 이 희극을 이용해 스스로 교묘하게 경사스러운 희극을 만들고 평생 자신을 비웃으며 만족할 수도 있었다. 그러나 형수까지 부친, 형과 공모하여 지금의 자신을 교묘하게 궁지로 이끌고 간 것을 생각하면, 과연 이 소행을 단순한 웃음거리로 넘길 수는 없었다. 다이스케는 앞으로 형수가 이 사건을 어떻게 전개시킬 것인지 떠올리니 난감한 생각이 들었다. 가족 중에서 형수가 가장 이런 계획에 흥미를 갖고 있었다. 만약 형수가 이 방향으로 다이스케를 압박하면 할수록, 다이스케는 점점 가족과 소원해질 수밖에 없다는 두려움이 다이스케의 머리 한구석에 자리 잡았다.

연극이 끝나자 열한 시가 가까웠다. 밖에 나와 보니 바람은 완전히 멎고 달도 별도 보이지 않는 조용한 밤을 전등이 희미하게 비추고 있었다. 시간이 늦어서 찻집에서 이야기를 할 시간도 없었다. 인력거 세 대가 기다리고 있었는데 다이스케는 인력거를 불러놓는 것을 깜박 잊고 있었다. 귀찮은 생각에 형수의 권유를 물리치고 찻집 앞에서 전차를 탔다. 스키야바시数寄屋橋 역에 내려 환승을 하려고 컴컴한 길 한가운데에서 기다리고 있는데 아이를 업어 힘들어 보이는 아주머니가 저쪽에서 다가왔다. 전차는 반대편에서 두세 번 지나갔다. 다이스케와 레일의 사이에는 흙인지 돌인지 높은 둔덕이 있었다. 다이스케는 그때 잘못된 장소에서 있는 것을 깨달았다.

"아주머니, 전차를 타시려면 여기가 아니라 저쪽입니다." 다이스케는 아주머니에게 정거장을 알려주고 걷기 시작했다. 아주머니는 고맙다고 인사하고 따라왔다. 다이스케는 어둠 속을 더듬어가듯 걸었다. 30미터쯤 왼쪽의 수로를 목표로 하여 걸어가니 이윽고 정거장 기둥이 보였다. 아주머니는 그곳에서 간다바시행 전차를 탔다. 다이스케는 혼자 반대편 아카사카赤坂행 전차를 탔다.

전차 안에서는 졸렸지만 잠은 오지 않았다. 전차에 흔들리면서도 오늘 밤의 수면이 걱정되었다. 그는 아무리 피곤해도 대낮에는 늘 느긋한 정신을 유지했으나, 알 수 없는 흥분 때문에 밤을 편히 보내지 못하는 때가 종종 있었다. 그의 뇌리에는 오늘 낮에 잇따라 흔적을 남긴 색채가 시간의 전후와 형태의 차별 없이 한꺼번에 번뜩이고 있었다. 그리고 그것이 무슨 색채인지 무슨 작용인지 확실히 알 수 없었다. 그는 눈을 감은 채 집으로 돌아가면 다시 위스키의 힘을 빌려야겠다고 생각했다.

그는 종잡을 수 없이 화려한 이 색조의 반사체로써 미치요를 떠올리지 않을 수 없었다. 그리고 그곳에서 자신의 안식처를 찾은 듯했다. 하지만 그 안식처는 그의 눈에는 또렷하게 비치지 않았다. 단지 그의 전체적인 마음의 상태로 그것을 느끼고 있었다. 따라서 그는 미치요의 얼굴, 자태, 말투, 부부관계, 지병, 처지 등을 하나로 뭉뚱그린 것을 자신의 정서에 꼭 들어맞는 대상으로 발견한 것에 불과했다.

다음 날 다이스케는 다지마但馬에 있는 친구로부터 긴 편지를 받았다. 그 친구는 학교를 졸업하고 곧바로 고향으로 돌아가 오늘까지 한 번도 도쿄에 온 적이 없었다. 그는 물론 산골에서 살 생각은 없었지만 부모의 명령으로 어쩔 수 없이 고향에 처박히게 되었다. 그래도 1년 정도는 다시 한 번 부친을 설득하여 도쿄에 나오겠다고 하며 귀찮을 정도로 편지를 자주 보냈는데 요즘은 결국 단념한 듯 별로 불만을 호소하지 않았다. 집안은 그곳의 명문가로, 선조 때부터 내려온 산림을 해마다 벌목하는 것이 주요한 사업이라고 했다. 이번 편지에는 일상생활의 모습이 자세하게 적혀 있었다. 그리고 한 달 전에 읍장으로 천거되어 연봉을 300엔 받는 신분이 된 것을 농담이 섞였지만 꽤 진지한 문체로 자랑했다. 졸업하고 곧바로 중학교 교사가 되어도 이것의 세 배는 받을 수 있다며 자신과 다른 친구를 비교하였다.

그는 고향으로 돌아가고 약 1년 후, 교토의 어느 부잣집 딸을 신부로 맞이했다. 그것은 물론 부모의 중매였다. 그리고 곧 아기가 태어났다. 부인에 관해서는 결혼 이후로는 아무런 글이 없었지만 자식의 성장에는 흥미가 있는 듯 때때로 다이스케의 웃음을 자아내는 내용도 있었다. 다이스케는 그것을 읽을 때마다 자식에 만족하고 사는 친구의 삶을 상상했다. 그리고 자식으로 인해 그의 아내에 대한 마음이 결혼 당시와 비교해 어느 정도 바뀌었는지 궁금했다.

친구는 가끔 말린 은어나 곶감을 보내주었다. 다이스케는 답례로 대개 신간 서양 문학서를 보냈다. 그러면 답장에는 책을 흥미롭게 읽은 증거가 되는 비평이 반드시 들어 있었다. 하지만 그것이 길게 이어지지는 않았다. 그러다가 어느 때부터는 잘 받았다는 감사 편지조차 오지 않았다. 어쩌다 굳이 문의하면 책은 고맙게 받았다, 읽고 나서 답장을 보내려고 하다 보니 그만 늦어졌다, 실은 아직 읽지 않았다, 자백하자면 읽을 틈이 없다기보다는 읽고 싶은 생각이 들지 않는다, 더 노골적으로 말하자면 읽어도 이해가 되지 않는다, 라는 대답이 왔다. 다이스케는 그 후로 책 대신에 새로 나온 장난감을 사서 보내는 것으로 했다.

다이스케는 친구의 편지를 도로 봉투에 넣고, 자신과 같은 성향을 가졌던 옛 친구가 당시와는 전혀 반대의 사상과 행동에 지배되어 생활의 음색을 내고 있다는 사실을 절실히 느꼈다. 그리고 생명이라는 현악기의 진동에서 나오는 두 사람의 소리를 자세하게 비교해보았다.

그는 이론가로서 친구의 결혼을 수긍했다. 산촌에 살며 나무와 계곡을 벗 삼은 사람은, 부모가 정해준 대로 아내를 맞이하고 안전한 결과를 얻는 것이 자연의 법칙이라고 이해했다. 그는 같은 논법으로, 도시인에게는 모든 의미의 결혼이 불행을 초래한다고 단정했다. 그 원인을 말하자면, 도시는 인간의 전시장에 불과하기 때문이다. 그는 이 전제하에서 이런 결론에 이르기까지 다음과 같은 경로를 거쳤다.

그는 육체와 정신에서 미美의 다양성을 인정하는 사람이었다. 그리고 모든 종류의 미에 접촉하는 기회를 가진 것이 도시인의 권능이라고 생각했다. 모든 종류의 미에 접촉할 때마다, 갑에서 을로 기운을 옮기고, 을에서 병으로 마음을 움직이게 해야 한다. 그것을 하지 못하는 자는 감수성이 부족한 사람이라고 단정했다. 그는 이것을 자신의 경험에 비추어 다툴 수 없는 진리라고 믿었다. 그 진리에서 출발하여, 도시적 삶을 보내는 모든 남녀는 양성간의 매력으로 모든 인연에 대응하는 헤아릴 수 없는 변화 속에 놓여 있다는 결론에 이르렀다. 부연하자면, 기혼의 부부는 둘 다, 세속의 이른바 불륜의 생각에 사로잡혀, 과거부터 생긴 불행의 쓴 맛을 언제까지나 맛보지 않을 수 없었다. 다이스케는 감수성이 가장 발달하고 접촉이 가장 자유로운 도시인의 대표자로서 게이샤를 꼽았다. 그들 중 어떤 사람은 평생 애인을 몇 명이나 바꾸는지 모를 정도가 아닌가. 보통의 도시인은 그 빈도가 적을 뿐이지 모두 게이샤가 아닐까. 다이스케는 지금 세상에서 변하지 않는 사랑을 말하는 사람을 제1위의 위선자라고 생각했다.

여기까지 생각했을 때, 다이스케의 머릿속에 돌연 미치요의 모습이 떠올랐다. 그때, 다이스케는 이 논리 속에 어떤 계산 요소를 빼먹은 게 아닐까 의심했다. 하지만 그런 요소는 아무래도 발견할 수 없었다. 그렇다면 자신의 미치요에 대한 정분도 이 논리에 따르면 단지 현재의 일시적인 것에 불과하였다. 그의 머리는 바로 이것을 인정했다. 그러나 그의 가슴은 분명히 그렇다는 것을 인정하지 않았다.

12

다이스케는 형수의 압박이 두려웠다. 또한 미치요가 자신을 끌어당기는 힘이 두려웠다. 피서를 가기에는 아직 시기가 일렀다. 모든 오락에 흥미를 잃었다. 독서를 해도 검은 글자 위에 자신의 모습은 투영되지 않았다. 침착하게 생각하면, 생각은 연꽃의 줄기처럼 계속 끌려 나오지만 끌려 나온 것을 모아서 보면 사람에 대한 두려움뿐이었다. 결국에는 그렇게 생각할 수밖에 없는 자신이 두려워졌다. 다이스케는 창백하게 보이는 자신의 뇌수를 밀크셰이크처럼 회전시키기 위해 당분간 여행을 떠나자고 결심했다. 처음에는 부친의 별장에 갈 생각이었다. 그러나 이것은 도쿄로부터 습격을 당하기 쉽다는 점에서 우시고메牛込에 있는 것과 큰 차이는 없다고 생각했다. 다이스케는 여행 안내서를 사와서 자신이 가야 할 곳을 조사해보았다. 그러나 자신이 갈 곳은 세상 어디에도 없다는 생각이 들었다. 그러나 억지로라도 어디론가 떠나려고 했다. 준비에 어려울 것은 없었다. 다이스케는 전차를 타고 긴자銀座까지 왔다. 오후의 거리에는 상쾌한 바람이 불어왔다. 신바시의 잡화점 거리를 한 바퀴 돈 후에 넓은 길을 어슬렁거리며 교바시京橋 쪽으로 갔다. 그때, 다이스케의 눈에는 건너편의 집들이 무대의 배경처럼 밋밋하게 보였다. 지붕 바로 위에는 푸른 하늘이 칠해져 있었다.

다이스케는 잡화점 두세 곳을 둘러보고 필요한 물건을 준비했다. 그중에 비교적 비싼 향수가 있었다. 시세이도에서 치약을 사려고 할 때, 싫다고 하는데도 젊은 직원이 자기네가 직접 만들었다는 물건을 꺼내 자꾸 권했다. 다이스케는 얼굴을 찡그리고 점포를 나왔다. 봉지를 겨드랑이에 끼고 긴자의 변두리까지 와서 다시 다이콘가시大根河岸를 돌아 가지바시鍛冶橋 다리를 건너 마루노우치丸の内 쪽으로 갔다. 정처 없이 서쪽으로 걸으면서, 이것도 간소한 여행이라고 할 수 있겠다고 생각했다. 그러나 곧 지쳐서 인력거를 탈까 생각했지만 어디에도 보이지 않아 다시 전차를 타고 돌아갔다.

집 문으로 들어서자, 현관에 세이타로의 것으로 보이는 신발이 가지런히 놓여 있었다. 가도노에게 묻자, "네 그렇습니다, 아까부터 와서 기다리고 있습니다"라는 답이었다. 다이스케는 바로 서재로 갔다. 세이타로는 다이스케가 앉는 큰 의자에 걸터앉아 책상 앞에서 《알래스카 탐험기》를 읽고 있었다. 테이블 위에는 메밀만두와 차 쟁반이 함께 놓여 있었다.

"세이타로, 뭐하냐? 사람도 없는데 와서 혼자 맛난 거 먹고." 다이스케가 말하자 세이타로는 웃으면서 《알래스카 탐험기》를 주머니에 집어넣고 자리에서 일어났다.

"거기 앉아 있어도 돼." 다이스케가 말해도 듣지 않았다.

다이스케는 세이타로를 붙잡고 평소처럼 놀리기 시작했다. 세이타로는 예전에 다이스케가 가부키 극장에서 몇 번 하품했는지 알고 있었다.

"삼촌은 언제 결혼해요?" 세이타로는 또 지난번과 같은 질문을 했다.

이날, 세이타로는 부친의 심부름을 온 것이었다. 전하는 말은, 내일 열한 시까지 잠시 와달라는 것이었다. 다이스케는 이렇게 자꾸 부친이나 형의 호출을 받는 것이 성가셨다. 다이스케는 세이타로를 돌아보고 반쯤 화난 말투로 말했다.

"뭐야, 심하군. 용건도 말하지 않고 마구 사람을 부르니." 세이타로는 여전히 히죽거렸다. 다이스케는 그 말만 하고 화제를 돌렸다. 신문에 나와 있는 스모시합이 두 사람의 공통 관심사였다.

저녁밥을 먹고 가라고 하니 세이타로는 학교 예습을 해야 한다며 사양하고 돌아갔다. 돌아가기 전에 세이타로가 물었다.

"그럼, 삼촌. 내일 오시지 않습니까?"

다이스케는 할 수 없이 말했다.

"응. 어떻게 될지 몰라. 삼촌은 여행을 갈 것 같다고, 돌아가서 그렇게 전해 줘라."

"언제요?" 세이타로가 다시 물었을 때, 다이스케는 "오늘 내일 중에"라고 대답했다. 세이타로는 그렇게 알아듣고 현관까지 나갔다가 섬돌에 내려가면서 되돌아보고, 돌연 다이스케를 올려다보며 물었다.

"어디로 가요?"

"어디? 아직 몰라. 여기저기 돌아다닌다." 다이스케가 말하자 세이타로는 다시 히죽거리면서 격자문을 나갔다.

다이스케는 그날 밤 곧바로 떠나려고 생각해 가도노에게 글래드스턴 가방*을 청소하라고 시키고 약간의 휴대품을 집어넣었다. 가도노는 적잖은 호기심을 갖고 다이스케의 가방을 바라보다가, 우뚝 선 채로 물었다.

"도와드릴까요?"

"아냐, 간단해." 다이스케는 거절하고 일단 넣었던 향수병을 꺼내 겉포장을 뜯고 마개를 뽑아 코에 대고 맡아보았다.

---

* 가운데서 양쪽으로 열리는 상자 모양의 여행 가방.

가도노는 좀 정나미가 떨어진다는 태도로 자기 방으로 돌아갔다. 2, 3분 후에 다시 나와 말했다.

"선생님, 인력거를 부를까요?" 다이스케는 글래드스턴 가방을 앞에 두고 머리를 들었다.

"글쎄, 잠깐 기다려보게."

뜰을 내다보니 울타리의 가시나무 꼭대기에 아직 희미한 태양이 걸려 있었다. 다이스케는 밖을 바라보면서 앞으로 30분 안에 행선지를 정하자고 생각했다. 뭐든지 적당한 시각에 출발하는 기차를 타고 그 기차가 데려가는 곳에 내려 그곳에서 내일까지 지내는 사이에 다시 새로운 운명이 자신을 찾아오기를 기다릴 셈이었다. 여비는 물론 충분하지 않았다. 다이스케의 여행 차림에 어울릴 정도의 숙박을 계속한다면 일주일도 유지하지 못할 정도였다. 하지만 그 점에 관해서는 다이스케는 무관심했다. 여차하면 본가에 돈을 보내달라고 할 생각이었다. 그리고 원래 기분 전환을 목적으로 하는 이동이므로 여유로운 여행은 기대하지 않았다. 흥이 나면 짐꾼을 고용하여 종일 걸어도 좋다고 각오했다.

그는 다시 여행 안내서를 펴고 세세한 숫자를 꼼꼼히 조사하기 시작했지만 조금도 결정하지 못한 채 미치요를 다시 떠올렸다. 한 번 더 모습을 본 후에 도쿄를 떠날까 하는 생각이 들었다. 글래드스턴 가방은 오늘 밤중에 다 싸놓고 내일 아침 일찍 들고 나가면 되리라 생각했다. 다이스케는 서둘러 현관까지 나왔다. 그 소리를 듣고 가도노도 뛰쳐나왔다. 다이스케는 평상복 그대로 벽에 걸린 모자를 집어 들었다.

"또 외출이십니까? 뭐 사러 가십니까? 괜찮으시다면 제가 사오죠." 가도노가 놀란 듯이 말했다.

"오늘 밤은 안 가네"라고 내뱉고 다이스케는 밖으로 나왔다. 밖은 이미 어두웠다. 아름다운 하늘에 별이 하나둘 숫자를 더하고 있었다. 상쾌한 바람이 소맷자락을 흔들었다. 다이스케는 긴 다리를 크게 움직이며 걸어갔다. 하지만 200, 300미터도 채 가지 못해 이마에서 땀이 나기 시작했다. 그는 납작모자를 벗었다. 검은 머리카락에 밤이슬을 맞으며 가끔 모자를 흔들면서 걸어갔다.

히라오카 집 근처에서는 어두운 사람의 형체가 박쥐처럼 조용히 여기저기서 움직이고 있었다. 허술한 판자 울타리 틈새로 램프의 빛이 거리를 비쳤다. 미치요는 그 불빛 아래에서 신문을 읽고 있었다. 이제야 신문을 읽느냐고 물으니 두 번째라고 대답했다.

"그렇게 한가하십니까?" 다이스케는 방석을 문지방 위로 옮기고 툇마루에 반쯤 몸을 내민 채 장지문에 기댔다.

히라오카는 집에 없었다. 미치요는 이제 막 목욕탕에서 돌아왔다고 하며 부채를 무릎 옆에 두고 있었다. 평소의 창백한 뺨에는 약간 따스한 기운이 돌았다. 히라오카는 곧 돌아올 테니 천천히 놀다 가시라고 말하고 차를 준비하기 위해 일어났다. 머리는 서양풍으로 묶고 있었다.

히라오카는 미치요의 말과 달리 좀체 돌아오지 않았다. 늘 이렇게 늦는지 묻자 미치요는 웃으면서 "뭐, 늘 그렇죠"라고 대답했다. 다이스케는 미치요의 미소 속에 일종의 쓸쓸함이 엿보여 눈을 똑바로 뜨고 미치요의 얼굴을 가만히 보았다. 미치요는 곧 부채를 들고 소매 밑을 부쳤다.

다이스케는 히라오카의 경제사정이 염려되었다. 요즘 생활비는 걱정 없냐고 직접적으로 물어보았다. 미치요는 "글쎄요"라고 말하고 다시 아까와 같은 미소를 보였다. 다이스케가 곧 아무런 말을 하지 않기에, 이번에는 미치요가 물었다.

"당신한테는 그렇게 보여요?" 그리고 손에 든 부채를 내려놓고 방금 목욕한 섬세한 손가락을 다이스케의 앞에 펴서 보였다. 손가락에는 다이스케가 선물한 반지도 다른 반지도 끼여 있지 않았다. 자신의 기념물을 언제나 마음속에 그리고 있던 다이스케는 미치요가 뜻하는 바를 잘 알 수 있었다. 미치요는 손을 거두며 얼굴을 붉혔다.

"어쩔 수 없었으니 이해해주세요." 미치요가 말했다. 다이스케는 애처로운 생각이 들었다.

다이스케는 그날 밤 아홉 시쯤 히라오카의 집을 떠났다. 떠나기 전에 자신의 지갑 안에 있는 돈을 꺼내 미치요에게 건넸다. 그때는 다소 머리를 썼다. 그는 우선 대수롭지 않다는 듯 품 안의 지갑을 열고 안에 있는 지폐를 세지도 않고 꺼내 "이걸 드릴 테니 쓰시죠" 하고 불쑥 미치요 앞에 내밀었다.

미치요는 하녀를 꺼리는 듯 작은 목소리로, "아뇨, 그러시면" 하고 오히려 양손을 몸에 갖다 붙였다. 하지만 다이스케는 자신의 손을 거두지 않았다.

"반지를 받았으니 이것을 받아도 같은 것이죠. 종이 반지라고 생각해주시죠."

다이스케는 웃으면서 이렇게 말했다. 미치요는 "하지만 그건 너무" 하면서 여전히 머뭇거렸다. 다이스케는 히라오카가 알게 되면 화를 낼 것인지 물었다. 히라오카가 화를 낼지 괜찮을지 분명히 알 수 없었기 때문에 미치요는 여전히 망설였다. 다이스케는, 화를 낼 것 같으면 히라오카에게 말하지 않는 게 좋을 거라고 말했다. 미치요는 여전히 손을 내밀지 않았다. 다이스케는 물론 내민 것을 거둘 수는 없었다. 할 수 없이 몸을 약간 앞으로 숙이고 손을 미치요의 가슴께로 가져갔다. 동시에 자신의 얼굴도 가깝게 갖다 대고, 강하지만 낮은 어조로 말했다.

"괜찮으니 받으세요." 미치요는 턱을 목깃 안으로 집어넣듯이 뒤로 빼고 아무 말 없이 오른손을 앞으로 내밀었다. 지폐는 그 위에 떨어졌다. 그때, 미치요는 긴 속눈썹을 두세 번 깜박거렸다. 그리고 손바닥에 떨어진 지폐를 허리띠 사이에 집어넣었다.

“또 오죠. 히라오카 군에게 안부 전하시고”라고 말하고 다이스케는 밖으로 나왔다. 거리를 횡단해 골목으로 들어가자 주위는 어두웠다. 다이스케는 아름다운 꿈을 꾸듯 어두운 밤 속을 걸었다. 그는 30분도 안 돼 자기 집의 문 앞에 왔다. 그러나 들어가고 싶지 않았다. 그는 높은 하늘의 별을 머리에 이고 조용한 동네를 배회했다. 한밤중까지 계속 걸어도 지치지 않을 거라고 생각했다. 그러는 가운데 다시 자기 집 앞으로 왔다. 안은 조용했다. 가도노와 아주머니는 식당에서 잡담을 하고 있는 듯했다.

“아주 늦으셨네요. 내일은 몇 시 기차로 떠나십니까?” 다이스케가 현관에 오르자마자 가도노가 질문을 던졌다. 다이스케는 미소를 지으면서 대답했다.

“내일도 안 가네.” 그러고는 자기 방으로 들어갔다. 그곳에는 잠자리가 이미 깔려 있었다. 다이스케는 아까 마개를 뽑은 향수를 들고 베개 위에 한 방울 떨어뜨렸지만 그것으로는 왠지 부족했다. 병을 든 채로 방의 네 구석으로 가서 한두 방울씩 뿌렸다. 그 후, 흰색 유카타로 갈아입고 깨끗한 이불을 덮고 편안하게 팔다리를 뻗었다. 그리고 장미 향기를 맡으며 잠에 빠져들었다.

눈을 떴을 때는 높이 뜬 해가 툇마루에 황금빛을 비추고 있었다. 머리맡에는 신문이 두 장 놓여 있었다. 다이스케는 가도노가 언제 덧문을 열고 언제 신문을 가져왔는지 전혀 몰랐다. 다이스케는 길게 기지개를 펴고 일어났다. 욕탕에서 씻고 있는데 가도노가 당황한 모습으로 뛰어와서 말했다.

"아오야마에서 형님이 오셨습니다." 다이스케는 지금 곧 나간다고 대답하고 깨끗이 몸을 닦았다. 객실은 아직 청소가 되어 있는지 몰랐지만 자신이 뛰쳐나갈 필요는 없다고 생각해 서두르지 않고 평소대로 머리의 가르마를 타고 면도를 하고 유유히 식당으로 들어갔다. 하지만 아무래도 여유롭게 밥상을 마주할 수는 없었다. 서서 홍차를 한 잔 마시고 수건으로 콧수염을 닦은 후에 곧바로 객실로 나가 인사했다.

"아, 형님." 형은 여느 때처럼 진한 색의 불 꺼진 시가를 손가락 사이에 끼우고 침착한 태도로 다이스케의 신문을 읽고 있었다. 다이스케의 얼굴을 보자마자 물었다.

"이 방은 아주 좋은 냄새가 나는 것 같은데, 네 머리에서 나는 건가?"

"제 머리가 나타나기 전부터겠죠." 다이스케는 대답하고 어젯밤의 향수 이야기를 했다. 형은 침착하게 말했다.

"하하, 꽤나 멋 부리는군."

형은 다이스케 집을 찾아온 적이 거의 없었다. 이따금 오면 반드시 와야 하는 용무를 갖고 있었다. 그리고 용무를 끝내면 금세 돌아갔다. 오늘도 무슨 일이 생긴 게 틀림없다고 다이스케는 생각했다. 그리고 그것은 어제 세이타로를 적당히 속여서 돌려보낸 것에 대한 반응일 것이라고 상상했다. 5분 정도 잡담을 하다가 형은 마침내 이런 말을 꺼냈다.

"어젯밤 세이타로가 돌아와서, 네가 내일부터 여행 간다고 하기에 찾아왔다."

"네, 실은 오늘 아침 여섯 시쯤 나가려고 했습니다만" 하고 다이스케는 거짓말 비슷한 말로 지극히 냉정하게 대답했다. 형도 진지한 표정으로 말했다.

"여섯 시에 떠날 정도로 일찍 일어나는 사람이라고 생각했다면 지금 시간에 일부러 아오야마에서 오지 않았지." 용무를 물어보자 역시 예상대로 압박의 실행에 지나지 않았다. 즉 오늘 다카기와 사가와의 딸을 초대해 오찬을 할 것이니 다이스케도 참석하라는 부친의 명령이었다. 형의 말에 따르면, 어제 저녁 세이타로의 대답을 듣고 부친은 크게 기분이 상했다. 우메코는 마음을 졸이며, 다이스케가 떠나기 전에 찾아가 여행을 연기시키겠다고 말했다. 형은 그것을 만류했다.

"뭐, 그 자식 오늘 밤중에 떠날 수 있을 것 같소? 지금쯤 가방 앞에 앉아 생각에 잠겼을 거요. 그냥 놔둬도 내일 찾아올 테니까, 하고 내가 형수를 안심시켰다." 세이고는 아주 침착한 모습이었다. 다이스케는 조금 분한 생각이 들어 말했다.

"그럼, 그냥 놔두시면 좋았을 텐데."

"그런데 여자란 마음이 조급해서, 아버님에게 죄송하다며 오늘 아침 일어나자마자 나를 계속 조르니까 말이야"라며 세이고는 우습다는 얼굴도 하지 않았다. 오히려 귀찮은 표정으로 다이스케를 바라보았다. 다이스케는 간다고도 안 간다고도 즉답하지 않았다. 그러나 형에 대해서는 세이타로처럼 이도저도 아닌 말을 하여 돌려보낼 용기도 없었다. 게다가 오찬을 거절하고 여행을 간다고 해도 이미 자신의 호주머니에 기댈 수는 없었다. 아무래도 형이나 형수 혹은 부친 등 어차피 반대파 누군가의 도움을 받지 않으면 거동을 할 수 없는 처지였다. 그래서 어중간하게 다카기와 사가와의 딸에 대해 평판을 했다. 다카기는 10년쯤 전에 한 번 만났을 뿐이었지만 이상하게도 어디선가 본 기억이 있어 지난번에 가부키 극장에서 봤을 때는 '어?' 하는 생각이 들었다. 그에 반해 사가와의 딸은 얼마 전에 사진을 입수한 바로 직후인데도 실물을 봐도 전혀 연상되지 않았다. 사진이란 이상한 것이라, 우선 사람을 알고 있으면 사진의 인물이 누구인지 판단하는 것은 용이하지만, 그 반대로 사진을 먼저 보고 실제 사람을 알아보는 것은 아주 어렵다. 이것을 철학적으로 말하면, 죽음에서 삶을 꺼내는 것은 불가능하지만, 삶에서 죽음으로 넘어가는 것은 자연의 순서라는 진리에 귀착한다.

"저는 그렇게 생각했죠." 다이스케가 말했다. 형은 "그건 그렇군" 하고 대답했지만 특별히 감탄하는 기색도 없었다. 콧수염에 불이 붙을 정도로 짧아진 시가를 옮겨 물었다.

"그러니 오늘 꼭 여행을 떠날 필요도 없겠지?"

다이스케는 그렇다고 대답하지 않을 수 없었다.

"그럼, 오늘 오찬에 오는 거지?"

다이스케는 다시 좋다고 대답하지 않을 수 없었다.

"그럼, 나는 이제부터 잠시 돌아볼 곳이 있으니 이따 틀림없이 오거라"라며 형은 변함없이 바쁜 모습을 보였다. 다이스케는 이미 체념했으므로 어떻게 되어도 상관없다는 생각으로 형이 원하는 대답을 했다. 그러자 형이 돌연 말했다.

"도대체 무슨 생각이냐? 그 여자와 결혼할 마음이 없냐? 결혼해도 괜찮지 않냐? 그렇게 고르고 고를 정도로 아내에게 무게를 두는 건 왠지 겐로쿠元禄시대*의 미남 같아 웃기는구나. 그 시대의 사람들은 남녀 모두 매우 속박된 은밀한 연애를 한 것 같은데 그렇지도 않았던가? ……뭐, 어찌 되어도 좋으니 되도록 노인을 화나지 않게 해라." 그러고는 형은 돌아갔다.

다이스케는 방으로 돌아와 한동안 형의 말을 곱씹었다.

---

* 1688~1704, 경제, 문화의 부흥기. 상인 계급의 향락 문화도 발전했다.

자신도 결혼에 대해서는 실제로 형과 같은 의견이라고 할 수 있었다. 그러므로 결혼을 권하는 쪽도 화내지 말고 놔둬야 한다고, 형과는 반대로 자신에게 유리한 대로 결론을 내렸다.

형의 말에 따르면, 사가와의 딸은 이번에 오랜만에 숙부를 따라 구경을 겸해 상경했으므로 숙부의 회사 일이 끝나는 대로 다시 고향으로 돌아간다는 것이었다. 부친이 이 기회를 이용해 상호에게 영원한 이해관계를 맺으려고 기획한 것인지, 혹은 얼마 전에 여행 갔을 때 이 기회를 자발적으로 만들고 돌아왔는지, 어느 쪽이든 다이스케는 별로 생각하고 싶지 않았다. 자신은 단지 그 사람들과 같은 식탁에서 맛있게 오찬을 먹는 것을 보여주면 사교상의 의무는 그것으로 끝난다고 생각했다. 만약 그 이상으로 어떤 발전이 필요한 경우에는 그때 가서 대응할 수밖에 없다고 생각했다.

다이스케는 아주머니를 불러 옷을 꺼내달라고 했다. 내키지는 않았지만 경의를 표하기 위해 가문의 문장이 새겨진 여름 하오리를 입었다. 하카마는 얇은 홑겹이 없으므로 본가에 가서 부친이나 형의 것을 빌려 입기로 했다. 다이스케는 신경질적인 성격에 비해 어릴 때부터의 습관으로 사회적 교제가 별로 부담되지 않았다. 연회, 초대, 송별 등 기회가 있으면 대체로 일정에 맞춰 출석했다. 그러므로 어느 방면의 저명한 사람의 얼굴은 많이 기억하고 있었다. 그중에는 백작이나 자작 등의 귀공자도 섞여 있었다. 그는 이런 사람들 속에 끼어 그들과의 교제에 손해도 이득도 느끼지 않았다. 말과 행동은 어디에 나가도 똑같았다. 외부에서 보면 그런 점은 형 세이고와 매우 닮았다. 그러므로 잘 모르는 사람은 형제의 성격이 완전한 동일형에 속한다고 믿었다.

다이스케가 아오야마에 도착했을 때는 열한 시가 되기 5분 전이었는데 손님은 아직 오지 않았다. 형도 아직 돌아오지 않았다. 형수만 옷을 차려입고 객실에 앉아 있었다. 형수는 다이스케의 얼굴을 보고 갑자기 공격했다.

"도련님도 꽤 제멋대로네요. 사람을 속이고 여행을 가다니." 우메코는 어떤 경우에는 전혀 논리적이지 않았다. 이 경우에도 자신이 다이스케를 속인 것은 전혀 염두에 두지 않는 말투였다. 그것이 다이스케에게는 애교로 보였다. 그래서 곧 그곳에 앉아 있는 우메코의 옷차림에 대한 품평을 시작했다. 부친이 안채에 있다고 들었지만 굳이 가지 않았다. 그래도 형수가 재촉하자 다이스케가 말했다.

"곧 손님이 오면 제가 안채로 보고하러 가겠습니다. 그때 인사를 하면 되죠." 그러고는 여전히 평소처럼 잡담을 하였다. 그러나 사가와의 딸에 관해서는 한마디도 하지 않았다. 우메코는 어떻게든 이야기를 그곳으로 끌고 가려고 했다. 다이스케는 그것이 분명하게 보였다. 그래서 더욱 시치미를 떼고 상대했다.

그러는 가운데 기다리던 손님이 와서 다이스케는 약속대로 곧 부친에게 보고하러 갔다.

"그래?"라는 말만 하고 부친은 예상대로 곧 일어섰다. 다이스케에게 잔소리를 할 틈도 없었다. 다이스케는 객실로 되돌아와서 하카마를 입고 객실로 나갔다. 손님과 주인은 그곳에서 모두 얼굴을 마주했다. 부친과 다카기가 먼저 이야기를 시작했다. 우메코는 주로 사가와의 딸을 상대했다. 그곳에 형이 오늘 아침 그대로의 복장으로 천천히 들어왔다.

"아, 많이 늦었습니다." 형은 손님에게 인사를 하고 자리에 앉아서 다이스케를 돌아보고 작게 말을 걸었다.

"일찍 왔구나."

식당으로 응접실의 옆방을 사용했다. 다이스케는 문이 열린 사이로 돋보이는 흰 테이블보를 보고 오찬이 양식인 것을 눈치챘다. 우메코는 잠깐 자리에서 일어나 옆방을 들여다보러 갔다. 부친에게 식탁 준비가 다 되었는지 알리기 위해서였다.

"자 그럼 이쪽으로" 하고 부친이 일어섰다. 다카기도 가볍게 인사를 하고 일어났다. 사가와의 딸도 숙부를 따라 일어났다. 그때 여자의 가냘픈 허리와 긴 다리가 다이스케의 눈에 들어왔다. 식탁에서는 부친과 다카기가 한가운데에 마주 앉았다. 다카기의 오른쪽에 우메코가 앉고 부친의 왼쪽에 사가와의 딸이 자리를 차지했다. 여자끼리 마주 앉은 것처럼 세이고와 다이스케도 마주 앉았다. 다이스케는 가운데의 양념병꽂이에서 조금 비스듬하게 벗어난 위치에 앉아 사가와 딸의 얼굴을 바라보게 되었다. 다이스케는 그 뺨의 살과 빛깔이 뒤창에서 비치는 강한 광선을 받아 코언저리에 어두운 그림자를 만든다고 생각했다. 그리고 귀에 닿은 부분은 밝은 분홍색이었다. 특히 작은 귀는 햇빛이 투과하는 듯 여리게 보였다. 피부와는 반대로 딸은 다갈색의 큰 눈을 갖고 있었다. 이 둘의 대조가 비교적 둥그스름한 얼굴에 화사한 특징을 부여했다.

인원은 많았지만 테이블은 그리 크지 않았다. 방의 넓이에 비해 오히려 너무 작은 느낌이었지만 꽃으로 장식된 순백의 테이블보에 나이프와 포크의 색이 산뜻하게 빛났다.

탁상의 담화는 주로 평범한 세상 이야기였다. 처음에는 그것마저 별로 흥이 오르지 않는 듯했다. 부친은 이런 경우에는 곧잘 자신이 좋아하는 서화와 골동품 이야기를 꺼냈다. 그리고 기분이 내키면 얼마든지 창고에서 꺼내와서 손님 앞에 늘어놓았다. 부친 덕분에 다이스케는 다소 이 방면의 안목을 키울 수 있었다. 형도 같은 이유로 화가의 이름 정도는 알고 있었다. 다만, 형은 족자 앞에 서서 "아아, 규에이의 작품이로군. 아아, 오쿄의 작품이로군" 하는 말뿐이었다. 흥미롭다는 표정도 짓지 않기 때문에 정말 흥미로운지도 알 수 없었다. 그리고 진위의 감정을 위해 굳이 확대경을 들지 않는 점에서는 세이고와 다이스케 모두 똑같았다. 부친처럼 "이런 파도 모양은 옛날 사람은 그리지 않은 것이므로 바른 기법이 아니다" 등의 비평은 둘 다 지금까지 어떠한 그림에 대해서도 한 적이 없었다.

부친은 건조한 대화에 색채를 더하기 위해 이윽고 자신이 좋아하는 방면의 화제에 관해 운을 띄워봤다. 그런데 한두 마디에 다카기가 그런 것에 전혀 무관심하다는 것을 알았다. 부친은 노련한 사람이므로 곧 퇴각했다. 하지만 쌍방이 안전한 영역으로 들어가면 쌍방 모두 대화에 큰 의미를 느끼지 않았다. 부친은 어쩔 수 없이 다카기에게 어떤 취미가 있는지 물어봤다. 다카기는 특별히 취미가 없다고 대답했다. 부친은 이제 자신이 할 게 없다는 생각에 다카기를 세이고와 다이스케에게 넘기고 당분간 대화의 밖으로 빠졌다. 세이고는 아무런 어려움 없이 고베의 여관부터 난코楠公 신사 등 떠오르는 대로 화제를 개척해갔다. 그리고 그중에 자연스럽게 딸이 나설 수 있는 역할을 만들었다. 딸은 단지 간단하게 필요한 말만 하고 다시 뒤로 빠졌다. 다이스케와 다카기는 처음에는 도시샤대학을 화제로 삼았다. 그리고 미국의 대학 이야기로 옮아갔다. 마지막으로 에머슨이나 호손의 이름이 나왔다. 다이스케는 다카기에게 이런 종류의 지식이 있다는 것을 알았지만 단지 알고만 있을 뿐이어서 그 이상으로 깊게 들어가지 않았다. 따라서 문학담은 단지 두세 명의 작가 이름과 책 이름으로 끝나고 더 이상 이어지지 않았다.

우메코는 처음부터 끊임없이 말을 이어갔다. 그 노력의 주요 목적은 물론 자신 앞에 있는 딸의 절제와 침묵을 깨뜨리는 데 있었다. 딸은 예의상으로도 우메코의 끊임없는 질문에 응하지 않을 수 없었다. 하지만 적극적으로 스스로 우메코의 마음을 움직이려고 애쓰는 기색은 거의 없었다. 단지 무슨 말을 할 때 다소 머리를 옆으로 갸웃거리는 버릇이 있었다. 다이스케는 그것을 애교로는 보지 않았다.

딸은 교토에서 교육을 받았다. 음악은 처음에는 거문고를 배웠지만 나중에 피아노로 바꿨다. 바이올린도 조금 배웠지만 이것은 손의 놀림이 어려워서 거의 배우지 않은 것과 다를 바 없었다. 연극을 보러 간 적은 거의 없었다.

"지난번에 본 가부키는 어땠나요?"라고 우메코가 물었을 때, 딸은 아무런 대답도 하지 않았다. 다이스케는 그것을 연극을 이해하지 못하는 것이라기보다는 연극을 경멸하는 것으로 느꼈다. 그런데도 우메코는 계속 같은 화제로, 어떤 배우는 이렇고 어떤 배우는 저렇고 하며 비평을 시작했다. 다이스케는 또 형수가 논리를 벗어났다고 생각했다.

"연극은 싫어도 소설은 읽으시는지요?" 다이스케는 할 수 없이 옆에서 물으며 연극 이야기를 잘랐다. 딸은 그때 비로소 살짝 다이스케를 보았다. 그러나 뜻밖에 대답은 단호했다.

"아뇨, 소설도."

딸의 대답을 기다리던 모두는 소리를 내며 웃었다. 다카기는 애써 딸을 변호했다. 그 말에 따르면, 딸이 교육을 받은 미스 아무개라는 미국 부인의 영향으로 딸은 어떤 점에서는 거의 청교도 같은 교육을 받았다. 그래서 꽤 시대에는 뒤처졌다고 다카기는 설명 후에 비평까지 덧붙였다. 그때는 물론 아무도 웃지 않았다. 기독교에 대해 별로 호의를 갖지 않은 부친은 칭찬했다.

"그건 좋군요." 우메코는 그런 교육의 가치를 전혀 이해할 수 없었다. 그렇지만 마음에도 없는 요령부득의 말을 했다.

"정말이네요."

세이고는 우메코의 말이 상대방에게 무거운 인상을 주지 않도록 곧 화제를 바꿨다.

"그러면 영어는 잘하시겠네요."

딸은 "아뇨"라고 말하고 살짝 얼굴을 붉혔다.

식사가 끝나고 모두 객실로 돌아와 다시 대화를 시작했지만 양초의 불을 옮긴 것처럼 새로운 쪽으로 옮긴 불은 잘 타오르지 않았다. 우메코는 서서 피아노의 뚜껑을 열었다.

"아무거나 하나 어떠신지요?" 그리고 딸을 돌아보았다. 딸은 자리에서 움직이지 않았다.

"그럼, 도련님이 먼저 하시죠"라고 이번에는 다이스케에게 말했다. 다이스케는 자신이 남들에게 연주를 들려줄 만큼 고수가 아니라는 것을 알고 있었다. 그러나 그런 변명을 하면 문답이 따분하게 길어질 뿐이므로 대답했다.

"뭐, 뚜껑을 열어두시죠. 곧 칠 테니." 그러고는 일부러 관계도 없는 말을 계속 이어갔다.

한 시간쯤 후에 손님은 돌아갔다. 네 사람은 나란히 현관까지 나갔다. 안으로 돌아올 때 부친이 말했다.

"다이스케는 좀 더 있겠지?" 다이스케는 남들보다 한 걸음 뒤처져서 양팔을 쭉 뻗고 기지개를 켰다. 그리고 사람이 없는 응접실과 식당을 왔다 갔다 하다가 객실로 돌아와 보니 형과 형수가 마주 보고 무언가 말을 하고 있었다.

"바로 돌아가면 안 돼. 아버님이 무언가 용무가 있다고 하신다. 안채로 가라"라고 형은 짐짓 진지한 어조로 말했다. 우메코는 미소를 지었다. 다이스케는 묵묵히 머리를 긁었다.

다이스케는 혼자 부친 방으로 들어갈 용기가 없었다. 이런저런 말을 하며 형 부부를 끌고 가려고 했다. 그것이 잘되지 않자 다이스케는 그 자리에서 미적거렸다. 그러자 사환이 와서 재촉했다.

"저, 도련님. 잠시 안채로 오라고 하십니다."

"응, 지금 가지." 다이스케는 대답하고서는 형 부부에게 이런 핑계를 댔다. 나 혼자 부친을 만나면 부친은 성격이 급하신데 나는 이리 답답한 사람이니 자칫하면 크게 노인을 화나게 할지 모른다. 그러면 형 부부도 나중에 번거롭게 뒤처리를 하거나 무언가 해야 한다. 그것이 오히려 귀찮아지니까 지금 수고를 아끼지 말고 같이 가시는 게 좋겠다고.

따지는 것을 싫어하는 형은 아주 한심하다는 얼굴을 했지만 일어났다.

"그럼, 가지."

우메코도 웃으면서 곧바로 일어났다. 세 사람은 복도를 건너 부친 방으로 가서 아무 일도 일어나지 않은 것처럼 자리에 앉았다.

그곳에서는 우메코가 재치 있게 다이스케의 과거로 부친의 꾸중이 날아가지 않도록 적당히 무마했다. 그리고 대화의 흐름을 가급적 지금 돌아간 손님의 품평 쪽으로 끌고 갔다. 우메코는 사가와의 따님이 아주 참한 여자라고 칭찬했다. 이에 대해서는 부친과 형도 다이스케도 동의를 나타냈다. 하지만 형은, 만약 미국 여자의 교육을 받았다는 것이 사실이라면 좀 더 서양식의 활달한 모습일 텐데 하는 의심을 보였다. 다이스케는 그 말에도 찬성했다. 부친과 형수는 입을 다물고 있었다. 그래서 다이스케는 그녀의 얌전함은 수줍은 성격의 얌전함이니까, 미국 여자의 교육과는 상관없이 일본 남녀의 사교적 관계에서 왔을 것이라고 설명했다. 부친은 "그것도 그렇겠군" 하고 말했다. 우메코는 따님이 교육을 받은 지역이 교토니까 그런 게 아닐까 추측했다. 형은 도쿄에서 교육받았다고 해서 당신 같은 사람만 있는 게 아니라고 말했다. 이때 부친은 굳은 얼굴로 재떨이를 두드렸다. 다음으로, "용모는 그만하면 뛰어난 편이 아닌가요?"라고 우메코가 말했다. 이에 대해서는 부친이나 형도 이의는 없었다. 다이스케도 찬성의 뜻을 표했다. 그리고 네 사람은 다카기의 품평으로 화제를 바꿨다. 온건한 호인이라는 것으로 그쪽은 곧 정리되었다. 불행하게도 아무도 그녀의 부모에 관한 것은 몰랐다. 그러나 견실하고 검소한 사람이라는 것만은 부친이 세 명에게 보증했다. 부친은 그것을 그쪽 지방의 고액 납세 의원인 아무개에게 확인했다고 했다. 마지막으로 사가와 가家의 재산에 관해서도 말이 나왔다. 그때 부친은 그 집안은 여느 실업가보다 기초가 탄탄하고 안전하다고 말했다.

이렇게 신부로서의 무난한 조건이 열거된 후 부친은 다이스케에게 물었다.

"큰 이견은 없겠지?" 그 어조나 의미는, 어떻게 하겠냐고 묻는 정도가 아니었다.

"글쎄요"라고 다이스케는 여전히 뜨뜻미지근한 대답을 했다. 가만히 다이스케를 바라보는 부친의 주름진 이마가 점점 더 어두워졌다. "좀 더 잘 생각해보도록 해라" 하고 형은 참다못해 다이스케에게 시간적 여유를 만들어주었다.

13

나흘쯤 지나 다이스케는 다시 부친의 명령으로 신바시 역에서 다카기를 전송했다. 그날은 억지로 일어나 잠이 부족한 머리에 바람을 쐰 탓인지 역에 도착했을 때에는 머리에 땀이 나고 감기 기운이 있었다. 대합실에 들어가자마자 우메코에게 안색이 좋지 않다는 말을 들었다. 다이스케는 아무런 대답도 하지 않고 모자를 벗고 때때로 땀으로 축축한 머리를 손으로 꾹꾹 눌렀다. 아침에 깔끔하게 다듬었던 머리가 헝클어졌다.

플랫폼에서 다카기는 돌연 다이스케에게 이렇게 권했다.

"어떻습니까? 이 기차로 고베까지 놀러 가지 않겠습니까?" 다이스케는 단지 "말씀 고맙습니다"라고 대답했다. 이윽고 기차가 떠나기 직전에 우메코는 일부러 창가에 다가가 사가와 딸의 이름을 부르고 말했다.

"조만간에 다시 오세요." 딸은 창 안에서 정중하게 인사를 했지만 창밖으로는 말소리가 잘 들리지 않았다. 기차를 보내고 다시 개찰구를 나온 네 사람은 각각 뿔뿔이 흩어졌다. 우메코는 다이스케를 아오야마 본가로 데려가려고 했지만 다이스케는 손으로 머리를 누르며 응하지 않았다.

다이스케는 인력거를 타고 우시고메로 돌아가 그대로 서재에 들어가서 벌렁 드러누웠다. 가도노는 잠시 그 모습을 들여다보러 왔으나 다이스케의 평소 행동을 알고 있으므로 말도 걸지 않고 의자에 걸린 하오리만 품에 안고 나갔다.

다이스케는 누워서 자신의 가까운 미래가 어떻게 될 것인가 생각했다. 가만히 놔두면 반드시 결혼을 하게 된다. 신붓감은 지금까지 많이 거절했다. 더 이상 거절하면 부친은 넌덜머리를 내고 단념하든가 아니면 크게 노하든가 어느 한쪽이 될 것 같다. 만약 넌덜머리를 내며 이것을 마지막으로 결혼 권유를 단념해준다면 그 이상 좋은 일은 없겠지만 부친의 노여움을 사는 것은 매우 난처하다. 그렇다고 해서 내키지 않는 결혼을 하겠다고 말하는 것은 현대인으로서는 어리석다고 생각했다. 다이스케는 이 모순의 사이에서 방황하였다.

그는 부친과 달리 당초부터 어떤 계획을 세우고 인간의 자연스런 본능을 그 계획대로 강요하는 구태의연한 사람은 아니었다. 그는 자연의 순리를 인간이 만든 모든 계획보다 위대하다고 믿었다. 그러므로 부친이 자신의 자연에 반하여 부친의 계획을 그대로 강요한다면, 그것은 떠나간 아내가 이혼장을 내보이며 부부관계를 입증하려는 것과 같다고 생각했다. 하지만 그런 말을 부친에게 대놓고 말할 생각은 전혀 없었다. 부친을 이론으로 설득하는 것은 매우 난감했다. 그 어려움을 무릅쓴다고 해도 다이스케에게는 아무런 이익도 없었다. 그 결과는 부친의 노여움을 살 뿐으로, 이유를 말하지 않고 결혼을 거절하는 것과 다르지 않았다.

그는 부친과 형과 형수 중에서 부친의 의중을 가장 알 수 없었다. 이번 결혼만 하더라도, 결혼 그 자체가 반드시 부친의 유일한 목적은 아닐 것이라는 추측도 했다. 하지만 부친의 본의가 어디에 있을지를 애초에 확실히 파악할 기회가 주어지지 않았다. 그는 부친의 마음을 이렇게 헤아리는 것이 자식으로서 부도덕하다고는 생각하지 않았다. 따라서 많은 부모 자식 중에서 자신만이 가장 불행한 사람이라는 생각은 조금도 없었다. 단지 이것으로 인해 부친과 자신의 사이가 지금 이상으로 멀어질 것 같다는 불쾌감을 느꼈다.

그는 격리의 극단적 모습으로 부자의 절연을 상상해보았다. 그리고 그것에 일종의 고통을 느꼈다. 하지만 그 고통은 견딜 수 없을 정도의 것은 아니었다. 오히려 그것에서 발생하는 재원의 두절이 더욱 두려웠다.

만약 한 인간에게 감자가 다이아몬드보다 소중해진다면 그 인간은 끝장이라고 다이스케는 예전부터 생각했다. 앞으로 부친의 분노로 인해 만일 금전상의 관계가 끊어진다면 그는 싫어도 다이아몬드를 내던지고 감자를 먹어야 한다. 그리고 그 보상으로 자연의 사랑이 남을 뿐이다. 그 사랑의 대상은 남의 아내였다.

그는 누워서 계속 생각했다. 하지만 그의 머리는 언제까지나 어디에도 다다를 수가 없었다. 그는 자신의 수명을 정할 권리를 갖지 못한 것처럼 자신의 미래도 정할 수 없었다. 동시에 자신의 수명을 대략 짐작할 수 있듯 자신의 미래에 드리워진 어떤 그림자를 인지했다. 그리고 헛되이 그 그림자를 잡아보려고 애썼다.

그때 다이스케의 머릿속에는 어둠의 정적을 깨고 날아가는 박쥐와 같은 환상이 언뜻언뜻 보였다. 그 날갯짓을 뒤쫓으며 누워 있는 동안 머리가 바닥에서 둥둥 떠오르는 느낌이 들기 시작했다. 그러다가 어느새 얕은 잠에 빠졌다.

그때 돌연 누군가 귀 옆에서 비상종을 쳤다. 다이스케는 화재라는 의식도 생기기 전에 먼저 눈을 떴다. 하지만 벌떡 일어나지도 않고 그냥 누워 있었다. 그는 종종 꿈속에서도 이런 소리를 들었다. 어떤 때에는 잠을 깬 후에도 소리가 울렸다. 5, 6일 전에 그는 집이 크게 흔들린다는 자각과 함께 잠에서 깼다. 그때 그는 분명하게 방바닥의 진동을 어깨와 허리와 척추로 느꼈다. 또 꿈속에서 뛰던 심장의 고동이 잠에서 깬 뒤에도 그대로 계속되는 경우도 종종 있었다. 그런 경우에는 성직자처럼 가슴에 손을 대고 눈을 뜬 채로 가만히 천정을 응시하였다.

다이스케는 이때에도 뎅 하는 비상종 소리가 귓속에서 멎을 때까지 누워서 기다린 후에 일어났다. 식당에 와서 보니 상보가 덮인 자신의 밥상이 화로 옆에 놓여 있었다. 벽시계 바늘은 이미 열두 시를 지났다. 아주머니는 식사를 마쳤는지 자기 방에서 밥통 위에 팔꿈치를 대고 앉아 졸고 있었다. 가도노는 어디로 갔는지 그림자도 보이지 않았다.

다이스케는 욕탕으로 가서 머리를 감고 혼자 식당의 밥상 앞에 앉았다. 그곳에서 쓸쓸한 식사를 마치고 다시 서재로 돌아와 오래간만에 책을 읽어보려고 했다.

예전에 읽다 만 양서를 꺼내 책갈피를 꽂아둔 곳을 펼쳐보니 전후의 관계가 전혀 생각나지 않았다. 다이스케의 기억에 이런 현상은 매우 드물었다. 그는 학교 때부터 독서가였다. 졸업 후에도 의식주 걱정 없이 책을 사서 볼 수 있는 처지에 자부심을 가졌다. 한 페이지라도 책을 읽지 않고 하루를 보내게 되면 습관상 왠지 모르게 황폐한 느낌이 들었다. 그러므로 웬만하면 늘 활자를 접했다. 어떤 때에는 독서 그 자체가 유일한 자기의 본성이라는 생각도 했다.

다이스케는 멍하니 담배를 피우면서 읽다 만 책을 두세 장 뒤로 펼쳐 보았다. 그곳에 어떤 논의가 있고 그것이 어떻게 이어지는지 머릿속에 넣기 위해 노력했다. 그 노력은 거룻배에서 부두로 발을 옮기는 것처럼 쉬운 일은 아니었다. 아귀가 잘 들어맞지 않아 어떻게 할까 망설이는 도중에 갑자기 억지로 다른 곳으로 옮겨지는 듯했다. 다이스케는 그래도 참고 견디며 두 시간쯤 책에서 눈을 떼지 않았다. 하지만 결국에는 견딜 수 없었다. 그가 읽고 있는 것은 활자의 집합으로 어떤 의미를 갖고 그의 머리에 비치기는 했지만 그의 살이나 피로 퍼지는 낌새는 전혀 없었다. 그는 얼음주머니 속에 든 얼음을 깨물었을 때처럼 무언가 겉돈다고 생각했다.

그는 책을 덮었다. 그리고 이런 때에 책을 읽는 것은 힘들다고 생각했다. 동시에 더 이상 안식을 찾을 수도 없다고 생각했다. 그의 고통은 늘 있던 앙뉘가 아니었다. 무엇을 하는 것이 귀찮다는 것이 아니라 무언가 하지 않으면 참을 수 없는 머리의 상태였다.

그는 식당으로 와서 단정히 개어져 있는 하오리를 다시 걸쳤다. 그리고 현관에 벗어놓은 게다를 신고 서둘러 문을 나섰다. 때는 네 시경이었다. 가구라자카를 내려가 행선지도 정하지 않고 눈에 띈 첫 번째 전차를 탔다. 차장이 행선지를 물었을 때 입에서 나오는 대로 대답했다. 지갑을 여니 미치요에게 주고 남은 돈이 깊숙한 구석에 아직 남아 있었다. 다이스케는 승차권을 산 다음 지폐를 세어보았다.

그는 그날 밤을 아카사카의 어느 요정에서 보냈다. 그곳에서 흥미로운 이야기를 들었다. 어떤 젊고 아름다운 여자가 어떤 남자와 관계하여 임신한 후에 이윽고 아이를 낳게 되었는데 눈물을 흘리며 슬퍼했다. 그 이유를 묻자, 아직 젊은 나이에 아기를 낳아야 한다는 것이 아쉽다고 대답했다. 그녀는 오로지 사랑만 해도 짧은 인생에 느닷없이 어머니가 된다는 현실이 닥쳐와 일종의 무상함을 느낀 것이었다. 그녀는 물론 조신한 여자는 아니었다. 다이스케는 오로지 육체의 아름다움과 영혼의 사랑에 자신을 바치고 다른 것을 돌아보지 않는 여자의 심리 상태를 드러낸 이 이야기가 매우 흥미롭다고 생각했다.

다음 날 다이스케는 결국 다시 미치요를 만나러 갔다. 그때 그는 마음속으로 지난번에 건네준 돈에 관해 미치요가 히라오카에 말했는지, 만약 말했다면 어떤 결과가 생겼는지 그것이 걱정된다는 구실을 만들었다. 그는 이 걱정이 자신을 압박하여 가만히 있지 못하게 이리저리 잡아당긴 끝에 마침내 자신을 미치요에게 보냈다고 해석했다.

다이스케는 집을 나오기 전에 어젯밤 입은 내의와 겉옷도 모두 갈아입어 기분을 새롭게 했다. 밖은 온도계의 눈금이 계속 해를 좇아 올라가는 때였다. 축축한 장맛비가 오히려 몹시 기다려질 정도로 강한 햇볕이 거리에 내리쬐고 있었다. 다이스케는 어젯밤의 반동으로 이 쾌청한 공기 속에서 길에 드리워지는 자신의 검은 그림자가 싫었다. 넓은 차양의 여름모자를 쓰면서 빨리 장마철이 되었으면 좋겠다고 생각했다. 장마는 이삼일 앞으로 다가오고 있었다. 그의 머리는 그것을 예보하듯이 우중충하게 무거웠다.

히라오카의 집 앞에 왔을 때는 멍한 느낌의 머리를 두텁게 덮은 머리털의 모근이 후끈거렸다. 다이스케는 집에 들어가기 전에 먼저 모자를 벗었다. 격자문은 잠겨 있었다. 무슨 소리가 들리기에 집 뒤로 돌아가니 미치요는 하녀와 함께 풀을 먹인 빨래를 판자에 펴서 널고 있었다. 창고 옆에 기대놓은 기다란 판자 옆에서 가느다란 목을 앞으로 내밀고 주름진 빨래를 힘껏 당겨서 펴던 손을 멈추고 다이스케를 보았다. 잠시 아무 말도 하지 않았다. 다이스케도 잠시 그냥 서 있었다.

"또 왔습니다"라고 이윽고 말했을 때 미치요는 젖은 손을 흔들고 서둘러 부엌 쪽으로 올라갔다. 동시에 앞으로 돌아오라고 눈짓으로 신호를 보냈다. 미치요는 섬돌로 내려가 직접 격자문의 걸이를 풀면서 말했다.

"문단속 때문에." 지금까지 해가 비치는 맑은 공기 속에서 손을 움직였던 탓에 뺨이 달아오른 듯했다. 평소의 창백한 이마에는 땀방울이 조금 맺혀 있었다. 다이스케는 격자문 밖에서 미치요의 극히 투명한 피부를 바라보며 문이 열리기를 가만히 기다렸다.

"기다리게 해서 죄송해요"라며 미치요는 안으로 들어오

라는 뜻으로 한 발 옆으로 물러났다. 다이스케는 미치요를 스치듯이 안으로 들어갔다. 객실에 와보니 히라오카의 책상 앞에 보라색 방석이 놓여 있었다. 다이스케는 그것을 보고 언짢은 기분이 들었다. 정원에는 아직 제대로 자리잡지 못한 누런 흙 위로 풀들이 보기 흉하게 자라나 있었다.

다이스케는 바쁜데 다시 방해하러 와서 미안하다는 의례적인 변명을 하면서 정취 없는 정원을 바라보았다. 그때 미치요가 이런 초라한 집에 사는 것이 불쌍하다는 생각을 했다. 미치요는 물을 만져 손톱 끝이 살짝 불은 손을 무릎 위에 놓고, 너무 심심해서 빨래를 펴고 있었다고 말했다. 미치요의 심심하다는 말의 의미는, 남편이 종일 밖으로 나돌아다녀 단조롭게 혼자 집을 지키는 시간이 무료하여 괴롭다는 것이었다.

"편한 신세네요." 다이스케는 짐짓 농담을 건넸다. 미치요는 자신의 황량한 가슴속을 다이스케에 호소하려는 모습도 없었다. 묵묵히 일어나서 옆방으로 갔다. 옷장의 고리를 달그닥거리더니 붉은 벨벳을 씌운 작은 상자를 들고 나왔다. 다이스케의 앞에서 그것을 열었다. 안에는 옛날에 다이스케가 선물한 반지가 들어 있었다. 미치요는 단지, "좋으시죠?"라고 다이스케에 사과하듯이 말하고 곧 다시 일어나 옆방으로 갔다. 그리고 주위의 눈을 꺼리는 듯 기념 반지를 살며시 옷장 속에 넣고 원래 자리로 돌아왔다. 다이스케는 반지에 관해 아무 말도 하지 않았다. 정원을 바라보고 말했다.

"그렇게 한가하시면 뜰의 풀이라도 뽑는 게 어떻겠습니까?" 그러자 이번에는 미치요가 입을 다물었다. 잠시 그 상태가 지속된 뒤에 다이스케는 본론을 꺼냈다.

"지난번 일을 히라오카 군에게 말했습니까?"

미치요는 낮은 소리로 대답했다.

"아뇨."

"그럼, 아직 모릅니까?" 다이스케가 되물었다.

그때 미치요의 설명은, 말하려고 했지만 요즘 히라오카는 여태껏 가만히 집에 있던 적이 없으므로 말할 시간이 없어 아직 알리지 못했다는 것이다. 다이스케는 애초 미치요의 설명을 거짓이라고는 생각하지 않았다. 하지만 5분의 틈만 있다면 남편에게 말할 수 있는 것을 하지 않은 것은 미치요의 마음속에 무언가 말하기 어려운 거북스러운 점이 있기 때문이라고 생각했다. 자신이 미치요를 히라오카에 대해 그만큼의 죄를 지은 사람으로 만들었다고 다이스케는 생각했다. 하지만 그것은 별로 다이스케의 양심을 찌를 정도는 아니었다. 법률의 제재는 어찌 되었건 자연의 제재로써 히라오카도 이 결과에 대해 분명히 책임을 분담해야 한다고 생각했다.

다이스케는 미치요에게 히라오카의 근황을 물어보았다. 미치요는 여느 때처럼 많은 말을 꺼렸다. 그러나 아내에 대한 히라오카의 행동이 결혼 당시와 달라진 것은 명확했다. 다이스케는 부부가 도쿄로 돌아온 당시 이미 그것을 간파했다. 그 후로 다시 두 사람의 마음을 질문한 적은 없지만 그것이 나날이 좋지 않은 방향으로 속도를 더해간다는 것은 거의 틀림없는 사실로 보였다. 부부 사이에 다이스케라는 제삼자가 들어갔기 때문에 관계의 거리가 생겼다고 한다면, 다이스케는 좀 더 주의 깊게 행동했을 것이다. 하지만 다이스케는 자기의 이성으로 판단했을 때 그렇다고 믿을 수가 없었다. 그는 이 결과의 일부분을 미치요의 지병으로 돌렸다. 그리고 육체상의 관계가 남편의 정신에 영향을 주었다고 단정했다. 또 그 일부분을 아기의 사망으로 돌렸다. 그리고 다른 일부분을 히라오카의 방탕으로 돌렸다. 또 다른 일부분을 회사원으로서의 히라오카의 실패로 돌렸다. 마지막으로 나머지 일부분을 히라오카의 방탕으로 생긴 경제사정으로 돌렸다. 모든 것을 개괄한 후에, 히라오카는 얻어서는 안 될 사람을 얻고 미치요는 가지 말아야 할 사람에게 시집간 것이라고 결론지었다. 다이스케는 자신이 히라오카의 의뢰에 응해 미치요를 주선해준 것을 가슴 아프게 후회했다. 그러나 자신이 미치요의 마음을 움직였기 때문에 히라오카의 마음이 아내를 떠났다고는 아무래도 생각할 수 없었다.

동시에 미치요에 대한 다이스케의 애정이 이 부부의 현재

관계를 필수조건으로 하여 커지는 것도 부정할 수 없었다. 미치요가 히라오카와 결혼하기 전, 다이스케와 미치요의 사이가 어느 정도까지 진행되었는지는 잠시 제쳐놓더라도, 그는 현재의 미치요를 결코 무심하게 놔둘 수는 없었다. 그는 병에 걸린 미치요를 옛날의 미치요보다 불쌍하게 생각했다. 그는 아기를 잃은 미치요를 옛날의 미치요보다 불쌍하게 생각했다. 그는 남편의 사랑을 잃어가는 미치요를 옛날의 미치요보다 불쌍하게 생각했다. 그는 생활난에 고생하는 미치요를 옛날의 미치요보다 불쌍하게 생각했다. 다만 다이스케는 이 부부의 사이를 서슴없이 영원히 떼어놓으려고 시도할 만큼 대담하지 않았다. 그는 사랑에 눈이 멀어버려 돌진하는 사람은 아니었다.

미치요가 지금 괴로워하는 것은 경제문제였다. 자력으로 살아갈 만한 생활비를 히라오카가 주지 않고 있다는 것은 미치요의 말에서 확인되었다. 다이스케는 이 점만이라도 우선 어떻게든 처리해야 한다고 생각했다. 그래서 미치요에게 말했다.

"제가 한번 히라오카 군을 만나 이야기해보죠." 미치요는 쓸쓸한 얼굴로 다이스케를 보았다. 잘되면 좋겠지만 잘못하면 미치요에게 더욱 폐가 될 뿐이라는 것을 다이스케도 알고 있으므로 강하게 그렇게 하겠다고 주장하기도 어려웠다. 미치요는 다시 일어나 옆방에서 한 통의 편지를 들고 왔다. 편지는 파란 봉투에 들어 있었다. 홋카이도에 있는 부친이 미치요에게 보낸 것이었다. 미치요는 봉투 안에서 긴 편지를 꺼내 다이스케에 보여주었다.

편지에는, 그쪽 상황이 잘 풀리지 않는다. 물가가 비싸서 생계가 빠듯하다. 친척도 지인도 없어 외롭다. 도쿄로 나가고 싶은데 형편은 되겠는가 등등 모두 딱한 내용만 적혀 있었다. 다이스케는 조심히 편지를 접어 미치요에게 건네주었다. 그때 미치요의 눈에는 눈물이 고여 있었다.

미치요의 부친은 과거 약간의 재산이라 할 수 있는 전답을 갖고 있었다. 러일전쟁 당시에 남들의 권유로 주식에 손을 대어 모든 돈을 날린 후, 과감히 조상의 땅을 팔아치우고 홋카이도로 갔다. 그 후의 소식은 다이스케도 지금 이 편지를 볼 때까지 전혀 몰랐다. 친척은 있지만 없는 것과 다름없다고 미치요 오빠가 생전에 자주 다이스케에 말한 적이 있었다. 결국 미치요는 부친과 히라오카만을 의지하며 살고 있었다.

"당신이 부럽네요." 미치요는 눈을 깜박거리며 말했다. 다이스케는 그것을 부정하지 못했다.

"어째서 아직 결혼을 하지 않나요?" 잠시 후 다시 미치요가 물었다. 다이스케는 이 질문에도 대답할 수 없었다.

잠시 침묵 속에서 미치요의 얼굴을 바라보는 사이에 여자의 뺨에서 혈색이 점차 사라지더니 평소보다 눈에 띄게 창백해졌다. 그때 다이스케는 미치요와 마주하고 더 오래 앉아 있으면 위험하다는 것을 깨달았다. 자연의 정분에서 흐르는 서로의 말이 무의식중에 그들을 몰아가서 불과 몇 분 안에 사회규범을 뛰어넘게 할 것 같았다. 그것보다 더 앞으로 나아가도 다이스케는 모르는 척하며 되돌아갈 수 있는 대화의 방법을 알고 있었다. 그는 서양 소설을 읽을 때마다 그곳에 나오는 남녀의 정담이 너무나 노골적이고 방자하며 또한 너무나 직선적이고 농후한 것을 평소 이상하게 생각하였다. 원어로 읽으면 몰라도 일본어로는 제대로 번역될 수 없는 취향이라고 생각하였다. 따라서 그는 자신과 미치요의 관계를 발전시키기 위해 서양 소설의 대사를 빌릴 생각은 전혀 없었다. 적어도 두 사람 사이에서는 보통의 말로 충분히 뜻이 전달되었다. 하지만 그곳에는 갑의 위치에서 자기도 모르는 사이에 을의 위치로 전락할 위험이 잠재하고 있었다. 다이스케는 간신히 한 걸음 앞의 위태로운 지점에서 발을 멈췄다. 돌아갈 때 미치요는 현관까지 나와서 말했다.

"혼자 쓸쓸하니 또 놀러오세요." 하녀는 아직도 뒤에서 빨래를 펴고 있었다.

밖으로 나온 다이스케는 비트적대는 발걸음으로 100미터 정도를 걸었다. 적당한 지점에서 물러났다는 의식이 있어야 할 터인데 그의 마음에는 그런 만족이 전혀 없었다.

그렇다고 해서 계속 미치요와 마주 앉아 자연이 명하는 대로 모든 말을 다하고 돌아왔다면 좋았을걸 하는 후회도 없었다. 그는 그 시점에서 물러나도, 5분이나 10분 후에 물러나도 필시 결과는 다를 바 없다고 생각했다. 자신과 미치요의 현재의 관계는 지난번에 만났을 때 이미 발전하고 있다고 생각했다. 아니, 그 전에 만났을 때 이미 그랬다고 생각했다. 다이스케가 두 사람의 과거를 순차적으로 되돌아보았을 때, 모든 장면마다 두 사람 사이에서 타오르는 사랑의 불길이 보였다. 마침내 미치요가 히라오카와 결혼하기 전에 이미 자신과 결혼한 것과 다름없었다고 결론을 내렸을 때 견디기 힘든 무게가 가슴을 짓눌렀다. 그 무게 때문에 그의 다리가 휘청거렸다. 집에 돌아왔을 때 가도노가 다이스케에게 물었다.

"안색이 아주 나쁘신 듯합니다. 어디 편찮으십니까?" 다이스케는 욕탕으로 가서 창백한 이마의 땀을 닦아냈다. 그리고 길게 자란 머리칼을 찬물에 담갔다.

그 후 이틀쯤 다이스케는 밖으로 한 번도 나가지 않았다. 사흘째의 오후, 전차를 타고 히라오카를 만나러 신문사로 갔다. 그는 히라오카를 만나서 미치요를 위해 모든 것을 밝힐 결심이었다. 급사에게 명함을 건네주고 먼지 가득한 접수처에서 기다리는 동안 그는 자주 소매에서 손수건을 꺼내 코를 막았다. 잠시 후 2층의 응접실로 안내되었다. 그곳은 통풍이 잘 되지 않고 찌는 듯이 더운 음침한 좁은 방이었다. 다이스케는 여기서 담배를 한 대 피웠다. 편집실이라고 써진 문이 계속 열리며 사람들이 들락거렸다. 다이스케가 만나러 온 히라오카도 그 문에서 나타났다. 지난번에 봤던 하복을 입고 여전히 깔끔한 칼라와 커프스를 하고 있었다.

"어, 오랜만이군." 히라오카는 바쁜듯이 말하며 다이스케의 앞에 섰다. 다이스케도 상대에게 이끌린 듯이 일어났다. 두 사람은 서서 잠시 말을 나눴다. 마침 편집이 바쁠 때라 느긋하게 말할 여유도 없었다. 다이스케는 히라오카에게 시간이 있는지 물었다. 히라오카는 주머니에서 시계를 꺼내 보고 말했다.

"실례지만 한 시간쯤 후에 다시 올 수 없겠는가?" 다이스케는 모자를 손에 들고 다시 먼지투성이의 어두운 계단을 내려갔다. 밖으로 나오니 그런대로 시원하게 느껴지는 바람이 불어왔다.

다이스케는 정처 없이 근처를 배회했다. 그리고 막상 히라오카를 만나면 어떤 식으로 말을 꺼낼까 궁리했다. 다이스케의 마음은 미치요를 조금이라도 편하게 만들어주고 싶다는 것뿐이었다. 하지만 그것 때문에 오히려 히라오카의 감정을 상하게 할 수도 있다고 생각했다. 다이스케는 극단적인 나쁜 결과로 히라오카와 자신 사이에 생길 수 있는 파열도 예상했다. 그러나 그때는 어떤 식으로 미치요를 구원

할 것인지에 대한 묘안은 없었다. 다이스케는 미치요와 자신 사이를 지금 이상으로 어떻게 할 용기도 없는 동시에 미치요를 위해 무언가 하지 않을 수 없게 되었다. 그러므로 오늘의 면담은 이성의 작용에서 나온 안전책이라기보다는 오히려 애정의 회오리바람에 빨려든 모험의 작용이었다. 여기에서 평소의 다이스케와 다른 점이 드러났다. 하지만 다이스케 자신은 그것을 깨닫지 못했다. 한 시간 후 그는 다시 편집실 입구로 왔다. 그리고 히라오카와 함께 신문사의 문을 나섰다.

대략 300미터 정도 걸어간 뒷골목에서 히라오카가 앞장서서 어떤 집으로 들어갔다. 처마에 고사리 화분이 걸려 있고 좁은 정원 전체에 물이 뿌려져 있었다. 히라오카는 상의를 벗고 책상다리를 하고 앉았다. 다이스케는 별로 덥지 않았다. 부채를 손에 드는 것만으로 충분했다.

대화는 신문사 내의 사정부터 시작되었다. 히라오카는 바쁘기는 하지만 아주 편한 장사라서 좋다고 말했다. 그 말투에는 별로 억지스런 모습도 보이지 않았다. 다이스케는 그것은 무책임하기 때문일 것이라고 농담했다. 히라오카는 진지한 표정으로 변명했다. 그리고 오늘의 신문 사업처럼 경쟁이 치열하고 기민한 머리를 필요로 하는 것은 없다고 생각하는 이유를 설명했다.

"그렇군. 단지 붓만 잘 놀리면 되는 게 아니겠지"라며 다이스케는 감동한 모습을 별로 보이지 않았다. 그러자 히라오카는 이렇게 말했다.

"나는 경제부의 말단에 불과하지만 그래도 꽤 흥미로운 정보가 들어오네. 자네 집안의 회사 내막이라도 써서 보여줄까?"

다이스케는 평소 자신이 관찰한 바가 있어 이런 말을 듣고 놀랄 정도로 둔하지는 않았다.

"쓰는 것도 재미있겠지. 그 대신 공평하게 써주기 바라네."

"물론 거짓말은 쓰지 않을 셈이네."

"아니, 우리 형 회사만 하지 말고 다른 곳도 같이 써주었으면 한다는 의미네."

히라오카는 이때 악의 섞인 웃음을 보였다.

그리고 "닛토 사건만으로는 좀 부족하니까"라고 무언가 석연치 않게 말했다. 다이스케는 묵묵히 술을 마셨다. 이야기는 이런 식으로 점점 탄력을 잃는 듯했다. 그러자 히라오카는 실업계의 내막과 관련 있다고 생각한 것인지 무슨 말을 하다가 문득 청일전쟁 당시 오쿠라구미 상회 관련 일화를 다이스케에게 전했다. 당시 오쿠라구미 상회는 히로시마에서 군용 식품으로 수백 마리의 소를 육군에 납품하게 되었다. 그런데 매일 몇 마리씩 납품하고서는 밤이 되면 몰래 가서 훔쳐오기 시작했다. 그리고 시치미를 떼고 다음 날 같은 소를 다시 납품했다. 부대는 매일 같은 소를 몇 번이나 사고 있었다. 나중에 이를 눈치챈 부대의 담당자는 받은 소에 낙인을 찍었다. 그런데 상회는 그것을 모르고 다시 훔쳤다. 뿐만 아니라 그것을 태연하게 다음 날 끌고 갔다가 결국 발각되었다.

다이스케는 이 말을 들었을 때 그것이 실제 사회를 그대로 드러낸다는 점에서 현대적 희극의 표본이라고 생각했다. 히라오카는 그리고 고도쿠 슈스이라는 사회주의자를 정부가 얼마나 두려워하는지에 관해 말했다. 슈스이의 집 앞뒤에서 경찰이 두세 명씩 밤낮으로 감시했다. 어느 때는 천막을 치고 그 안에서 엿보았다. 슈스이가 외출하면 경찰이 뒤를 밟았다. 만일 놓치기라도 하면 일이 커졌다. 지금 혼고에 나타났다, 지금 간다에 왔다, 하며 여기저기로 전화가 걸리며 도쿄 시내에서 난리가 났다. 신주쿠 경찰서에서는 슈스이 한 명을 위해 매달 100엔을 쓰고 있었다. 슈스이의 동료인 엿장수가 대로에서 엿을 팔고 있으면 흰 제복의 경찰이 앞에 얼굴을 내밀어 장사를 방해했다.

이것도 다이스케의 귀에는 진지한 울림을 주지 못했다.

"역시 현대적 희극의 표본이 아닌가?"라고 히라오카는 아까의 비평을 반복하면서 다이스케에게 도전하듯 말했다. 다이스케는 "그렇군" 하며 웃었지만 이 방면에는 별로 흥미가 없을 뿐더러 오늘은 평소처럼 잡담을 할 생각은 없으므로 사회주의 이야기는 그 정도만 했다. 조금 전에 히라오카가 부르려고 하던 게이샤를 억지로 만류한 것도 그 때문이었다.

"실은 자네에게 하고 싶은 말이 있는데." 다이스케는 마침내 말을 꺼냈다. 그러자 히라오카는 갑자기 자세를 바꾸고 불안스러운 눈으로 다이스케를 보았으나 돌연 말했다.

"그거야 나도 벌써부터 어떻게 할 생각이었지만 지금 단계에는 어쩔 수 없네. 좀 더 기다려주게. 그 대신, 자네 형님이나 부친 건도 이렇게 안 쓰고 있으니까." 다이스케로서는 뜻밖의 대답이었다. 다이스케는 어이없다기보다는 오히려 일종의 증오를 느꼈다.

"자네도 꽤 변했군." 다이스케는 싸늘하게 말했다.

"자네가 변한 것처럼 나도 변했네. 이렇게 닳고 닳으면 어쩔 수 없네. 그러니 좀 더 기다려주게." 히라오카는 꾸민 듯한 웃음을 지었다.

다이스케는 히라오카의 말이 어떻든 관계없이 자신의 말만은 하려고 했다. 빚을 독촉하러 오지 않았다고 말하면 다시 히라오카가 그것을 넘겨짚을 것이 짜증나므로 상대의 착각은 착각으로 놔두고 자신은 자신의 길을 나아가는 태도로 임했다. 하지만 가장 곤란한 것은 히라오카의 어려운 생활 형편을 미치요의 호소로 알았다고 하면 미치요에게 폐를 끼칠 수 있었다. 그렇다고 해서 문제를 드러내지 않으면 충고나 조언도 전혀 무익했다. 다이스케는 할 수 없이 우회했다.

"자네는 요즘 이런 곳에 빈번하게 출입하는 것 같은데…… 이 집 여자들과 모두 친한 듯하군."

"자네처럼 주머니 사정이 좋은 건 아니니 호화롭게 놀 수는 없지만 사회 교제니까 어쩔 수 없네." 히라오카는 익숙한 손놀림으로 술잔을 입에 댔다.

"쓸데없는 참견 같지만 그래서 집의 생계는 수지가 맞는가?" 다이스케는 과감히 돌격했다.

"응. 뭐, 그럭저럭하고 있네."

히라오카는 이렇게 말하고 갑자기 기분이 가라앉아 건성으로 대답했다. 다이스케는 더 이상 공격할 수가 없었다. 할 수 없이 이렇게 물었다.

"보통은 지금쯤 벌써 집에 돌아갔겠지. 지난번에 내가 방문했을 때는 꽤 늦었던 것 같은데." 그러자 히라오카는 여전히 문제를 회피하는 듯한 말투로 말했다.

"뭐, 돌아갈 때도 있고 못 돌아갈 때도 있지. 불규칙한 직업인지라 어쩔 수 없네." 반쯤 자신을 변호하는 듯 애매한 말이었다.

"미치요는 혼자 외롭지 않겠나?"

"뭐, 괜찮네. 미치요도 많이 변했으니까"라며 히라오카는 다이스케를 보았다. 다이스케는 그 눈동자 안에서 위험한 두려움을 느꼈다. 어쩌면 이 부부의 관계는 과거로 되돌릴 수 없다고 생각했다. 만약 이 부부가 자연의 도끼로 두 쪽으로 쪼개진다면 자신의 운명에 돌이킬 수 없는 미래가 다가올 것이다. 부부가 멀어지면 멀어질수록 자신과 미치요는 그만큼 접근할 것이다. 다이스케는 즉석의 충동처럼 말했다.

"그런 일이 있을 리 없네. 아무리 변해도 그건 단지 나이를 먹어 생긴 변화겠지. 가급적 일찍 돌아가 미치요를 돌봐줘야 하지 않겠나?"

"자네는 그렇게 생각하나?" 히라오카는 말하자마자 술을 벌컥 들이켰다.

"생각하냐고? 누구라도 그렇게 생각하기 마련 아닌가?" 다이스케는 단지 입에서 나오는 대로 대답했다.

"자네는 미치요를 3년 전의 미치요라고 생각하고 있네. 많이 변했어. 아아, 많이 달라졌어"라며 히라오카는 다시 술을 벌컥 들이켰다. 다이스케는 무의식중에 가슴이 뛰는 것을 느꼈다.

"똑같네. 내가 보기에는 아주 똑같아. 조금도 바뀌지 않았네."

"하지만 집으로 돌아가도 재미가 없으니 어쩔 수 없지 않은가?"

"그럴 리 없네."

히라오카는 눈을 크게 뜨고 다시 다이스케를 보았다. 다이스케는 호흡이 조금 가빠졌다. 하지만 죄인이 번개를 맞은 듯한 느낌은 전혀 없었다. 그는 평소와 달리 논리에 맞지 않는 말을 단지 충동적으로 내뱉었다. 그러나 그것은 눈앞에 있는 히라오카 때문이라고 굳게 믿어 의심치 않았다. 그는 히라오카 부부를 3년 전의 부부로 되돌리는 것에 의지하여 자신을 미치요로부터 영원히 뿌리치려는 마지막 시도를 반쯤 무의식적으로 했을 뿐이었다. 자신과 미치요의 관계를 히라오카에게 감추기 위한 미봉책이라고는 조금도 생각하지 않았다. 다이스케는 히라오카에 대해 그런 불신의 언동을 하기에는 자기가 너무 고상하다고 높이 평가하고 있었다. 잠시 후 다이스케는 다시 평소의 상태로 돌아갔다.

"하지만 자네가 그렇게 밖으로만 나돌아 다니면 자연히 돈도 들겠지. 따라서 생계도 어려워질 거고. 점점 가정에 무관심해질 뿐 아닌가?"

히라오카는 흰 셔츠의 소매를 팔뚝 중간까지 걷고 말했다.

"가정? 그리 대단한 게 아니야. 가정을 중요시하는 건 자네 같은 독신자뿐일세."

이 말을 들었을 때 다이스케는 히라오카가 미웠다. '그렇게 가정이 싫다면. 좋아, 네 아내를 넘겨줘'라고 자신의 속내를 확실히 알리고 싶었다. 하지만 둘의 문답이 그곳까지 가려면 아직 꽤 거리가 있었다. 다이스케는 다시 한 번 다른 방면으로 히라오카의 내부를 건드려보았다.

"자네가 도쿄에 막 왔을 때 나는 자네의 설교를 들었지. 무언가 하라고."

"응. 그리고 자네의 소극적인 철학을 듣고 놀랐지."

다이스케는 실제로 히라오카가 놀랐을 것이라고 생각했다. 그때의 히라오카는 열병에 걸린 사람처럼 행위에 굶주리고 있었다. 그는 행위의 결과로써 부를 갈망하였던가? 혹은 명예 혹은 권력을 갈망하였던가? 그렇지 않으면 행위 그 자체를 추구하였던가? 그것은 다이스케도 몰랐다.

"나처럼 정신적으로 패배한 인간은 어쩔 수 없이 그런 소극적인 의견도 내지만…… 원래 의견이 있고 사람이 그것에 따르는 게 아니네. 사람이 있고 그 사람에게 적합한 의견이 나오는 것이니까 나의 철학은 나에게 통용될 뿐이지. 결코 자네를 그 철학으로 어떻게 하겠다는 것은 아니네. 나는 그때 자네의 기개에 감동했네. 자네는 그때 스스로 말한 것처럼, 완전한 행동파일세. 부디 크게 활약하기 바라네."

"물론 크게 활약할 생각이네."

히라오카의 답은 이 한 마디뿐이었다. 다이스케는 마음속으로 의아하게 생각했다.

"신문사에서 할 생각인가?"

히라오카는 약간 망설였다. 하지만 곧 확실히 내뱉었다.

"신문사에 있는 동안에는 신문사에서 할 생각이네."

"잘 생각했네. 나도 자네의 인생 전체를 묻고 있는 게 아니니 대답은 그것으로 충분하네. 그런데 신문사에서 자네에게 흥미로운 활동이 가능한가?"

"가능하다고 생각하네." 히라오카는 간단히 대답했다.

대화는 여기까지 와도 단지 추상적으로 진행될 뿐이었다. 다이스케로서는 말로는 이해가 가지만 히라오카의 본심은 조금도 볼 수가 없었다. 다이스케는 왠지 모르게 고위직 관리나 변호사를 상대하는 것 같았다. 다이스케는 이때 대담히 정략적으로 히라오카를 칭찬했다. 군신 히로세 중좌의 예가 나왔다. 히로세 중좌는 러일전쟁 때에 여순 봉쇄대에 참가해 전사하여 당대 사람들의 우상이 되고 곧 군신으로까지 추앙되었다. 하지만 4, 5년 후인 오늘에 이르러 군신 히로세 중좌의 이름을 입에 올리는 사람은 거의 없었다. 영웅의 유행과 소멸은 이 정도로 급격한 것이다. 즉, 많은 경우에 영웅이란 그 시대에 지극히 소중한 사람이라는 것으로 이름은 그럴 듯하지만 본래는 매우 실제적인 것이다. 그러므로 그 중요한 시기가 지나가면 세상은 그 자격을 점점 빼앗는다. 러시아와 한창 전쟁하고 있다면 봉쇄대는 소중하겠지만 평화를 되찾은 후에는 100명의 히로세 중좌도 보통 사람에 불과하다. 세상은 이웃에 대해 타산적인 것처럼 영웅에 대해서도 타산적이다. 그러므로 이런 우상에도 항상 신진대사나 생존경쟁이 벌어진다. 그런 이유로 다이스케는 영웅 따위로 추대되고 싶은 생각은 더욱 없다. 하지만 만약 야심과 패기가 있는 쾌남아가 있다고 한다면 일시적인 칼의 힘보다 영구적인 붓의 힘으로 영웅이 되는 편이 오래간다. 신문은 그 방면의 대표적 사업이다.

다이스케는 여기까지 말해보았지만 원래 의도가 칭찬이고, 말도 서생처럼 유치한 것이라 내심 다소 우습게 여겨질 정도로 신이 나지 않았다.

히라오카는 그 말에, "어, 고맙군" 하고 말했을 뿐이다. 별로 화가 난 모습도 보이지 않았지만 조금도 감격하지 않은 것을 이 말에서도 명확히 알 수 있었다.

다이스케는 히라오카를 얕본 것이 수치스러웠다. 실은 히라오카의 마음을 움직여 분위기가 오른 때에 방향을 틀어 원래의 가정 이야기로 돌아가는 것이 다이스케의 계획이었다. 다이스케는 이런 우회의, 또한 가장 어려운 방법의 출발점에서 얼마 나가지 않은 지점에서 좌절해버렸다.

그날 밤, 다이스케는 히라오카와 결국 어정쩡한 상태로 헤어졌다. 면담의 결과부터 말하자면, 뭐 하러 히라오카를 만나러 신문사를 찾아갔는지 자신도 알 수 없었다. 히라오카 입장에서는 더욱 그랬다. 다이스케가 뭐 하러 신문사까지 왔는지, 돌아갈 때까지 끝내 캐묻지 못하고 끝나버렸다.

다이스케는 다음 날 혼자 서재에서 어젯밤의 일을 몇 번이나 머릿속에서 반복하였다. 두 시간이나 함께 대화하는 동안 자신이 히라오카 앞에서 비교적 진지했던 순간은 미치요를 변호했을 때뿐이었다. 하지만 그 진지함은 단지 동기의 진지함일 뿐으로, 입으로 나온 말은 역시 적당히 튀어나온 것뿐이었다. 엄밀히 말하자면 거짓말뿐이었다고 할 수 있다. 스스로 진지하다고 믿었던 동기조차 결국은 자신의 미래를 구원하는 수단이었다. 히라오카가 보기에도 애초 진지한 모습이라고는 할 수 없었다. 하물며 그 외의 대화는 처음부터 히라오카를 현재의 위치에서 자신이 원하는 곳으로 떨어뜨리려고 시도한 타산적인 것이었다. 결과적으로 다이스케는 히라오카를 어떻게 하지도 못했다.

만약 과감히 미치요를 거래조건으로 내밀고 거리낌 없이 자신의 생각 그대로 솔직히 말했더라면 더 강한 말을 할 수 있었다. 더욱 히라오카를 흔들 수 있었다. 더욱 그의 폐부에 들어갈 수가 있었다. 그게 틀림없었다. 하지만 잘못하면 미치요에게 피해가 간다. 히라오카와 싸우게 된다. 그럴지도 몰랐다.

다이스케는 자기도 모르는 사이에 안전하고 무능력한 방법을 택하고 히라오카와 마주한 것은 기개 없는 짓이었다고 생각했다. 만약 이런 태도로 히라오카를 대하는 한편, 미치요의 운명을 절대 히라오카에게 맡기지 못할 정도의 불안이 있다면 그것은 논리가 맞지 않는 모순을 뻔뻔하게 저지른 것이라고 해야 한다.

다이스케는 옛사람들이, 실제로는 이기적이면서도 두뇌

가 불명료한 탓에 스스로 굳게 남을 위한다고 믿고서, 울거나 느끼거나 화내거나 한 결과로 마침내 상대를 자신의 뜻대로 움직였던 것이 부럽다고 생각했다. 자신의 머리가 그 정도로 적당히 멍한 상태였다면 어젯밤의 면담 때에도 좀 더 격정적으로 행동해 적당한 효과를 거두었을 수도 있었다. 그는 남들로부터, 특히 자신의 부친으로부터 열성이 부족하다는 말을 자주 들었다. 그의 해부에 따르면 사실은 이러했다. 인간은 열성으로써 당연히 행동에 임할 정도로 고상하고 진지하며 순수한 동기나 행위를 늘 갖고 있는 존재가 아니다. 그것보다 훨씬 열등한 존재이다. 그 열등한 동기나 행위를 열성으로써 성취하려는 것은 무분별하고 유치한 두뇌의 소유자거나 그렇지 않으면 열성을 가장하여 자신의 위상을 높이려는 사기꾼에 지나지 않는다. 그러므로 그의 냉담은 인간으로서의 진보라고는 할 수 없으나 적어도 인간을 분석해 얻은 값진 결과물이었다. 그는 평소 자신의 동기나 행위를 곰곰이 음미해본바, 교활하고 불성실하고 대개 허위를 포함한 것을 알고 있기 때문에 끝내 열성의 힘으로 그것을 수행할 마음이 생기지 않았다. 그는 이렇게 굳게 믿고 있었다.

여기에서 그는 하나의 모순에 봉착했다. 그는 자신과 미치요의 관계를 직선적이고 자연이 명하는 대로 발전시킬지 또는 전혀 그 반대로 나아가 아무것도 모르던 옛날로 돌아갈지 어느 쪽이든 정하지 않으면 삶의 의미가 없다고 생각했다. 그 외의 모든 어중간한 방법은 거짓으로 시작하고 거짓으로 끝나는 것 말고는 길이 없었다. 그 모든 것이 사회적으로 안전하지만 그 모든 것이 자신에 대해서는 무능하고 무력하다고 생각했다.

그는 미치요와 자신의 관계를 하늘의 뜻에 따라—그는 그것을 하늘의 뜻이라고 생각할 수밖에 없었다—발효시키는 것의 사회적 위험을 알고 있었다. 하늘의 뜻에 따르거나 사람의 계율을 어긴 사랑은 언제나 그 사랑의 당사자가 죽어야 비로소 사회의 인정을 받았다. 그는 만일의 비극을 두 사람 사이에 떠올리며 전율을 느꼈다.

그는 또 반대로 미치요와의 영원한 이별을 상상해보았다. 그때는 하늘의 뜻에 따르는 대신 자신의 의지에 충실한 사람이 되어야 한다. 그는 그 수단으로써 부친이나 형수가 권유하는 결혼에 생각이 미쳤다. 그리고 그 결혼을 수긍하는 것이 모든 관계를 새롭게 하는 것이라고 생각했다.

14

자연의 사람이 될 것인지 의지의 사람이 될 것인지 다이스케는 주저했다. 더위나 추위 같은 날씨에도 즉시 반응을 보이는 민감한 그는 자신의 신조로써, 탄력성 없는 경직된 방침하에 기계처럼 자신을 속박하고 싶지는 않았다. 하지만 동시에 그는 자신의 삶이 일대 단안을 내려야 할 위기에 처한 것을 절실히 자각하였다.

그는 결혼문제에 관해 잘 생각해보라는 말을 듣고 돌아온 후 그것에 대해 진지하게 생각할 시간을 아직 갖지 않았다. 돌아왔을 때 단지 오늘도 호랑이 입에서 벗어나 다행이라고 생각했을 뿐으로 문제는 그대로 방치한 상태였다. 아직 부친의 재촉은 없었지만 이삼일 중에 다시 아오야마로 호출될 것 같았다. 다이스케는 그때까지 아무것도 생각하지 않고 지낼 작정이었다. 부름을 받아 부친을 만나게 되면 부친의 안색을 살피며 그 자리에서 어떻게든 즉석으로 대답을 만들어낼 생각이었다. 다이스케는 감히 부친을 무시할 생각은 없었다. 모든 대답은 이런 식으로 상대와 자신을 헤아리고 임기응변으로 나오는 것이 진실한 행동이라고 생각했다.

만약 미치요에 대한 자신의 태도가 마지막 한 걸음 앞까지 몰렸다는 느낌이 없었다면, 다이스케는 부친에 대해 당연히 그런 행동을 취했을 것이다. 그러나 다이스케는 지금 상대의 안색 여하에 관계없이 손에 든 주사위를 던져야 했다. 던진 주사위의 드러난 면이 히라오카에게 좋지 않아도, 부친의 마음에 들지 않아도 주사위를 던진 이상 하늘의 법칙에 맡기는 수밖에 없었다. 주사위를 손에 든 이상, 또 주사위를 던져야 하는 운명인 이상, 주사위의 면을 결정하는 사람은 오로지 자신뿐이었다. 다이스케는 마지막 권한은 자신에게 있다고 결론지었다. 부친이나 형도 형수도 히라오카도 결단의 지평선에는 나타나지 않았다.

그는 단지 그의 운명에 대해서는 비겁하였다. 최근 네댓새는 손바닥에 놓인 주사위를 바라보며 지냈다. 오늘도 아직 쥐고 있었다. 빨리 운명이 문밖에서 찾아와 내 손을 가볍게 털어주었으면 좋겠다고 생각했다. 하지만 한편으로는 아직 쥐고 있을 수 있다는 것이 기쁘기도 했다.

가도노는 가끔 서재로 왔다. 올 때마다 다이스케는 책상 앞에 꼼짝 않고 있었다.

"산책이라도 좀 다녀오시는 게 어떻습니까? 그렇게 공부만 하시면 몸에 안 좋죠"라고 가도노가 말한 적도 있었다. 과연 안색이 좋지 않았다. 땀나는 여름철이라 가도노가 매일 목욕물을 데워주었다. 다이스케는 욕탕에 갈 때마다 오랫동안 거울을 보았다. 수염이 많아서 조금만 자라도 아주 보기 흉했다. 손으로 만져 꺼칫거리면 아주 불쾌했다.

밥은 여전히 평소처럼 먹었다. 그러나 운동 부족과 불규칙한 수면 그리고 머리의 근심으로 배설 기능에 변화가 생겼다. 그러나 다이스케는 그것을 아무렇지도 않게 생각했다. 생리 상태는 거의 고통을 느낄 틈도 없이 한 가지 생각만 빙글빙글 계속 돌아가고 있었다. 그것이 습관이 되자 결말도 없이 빙빙 돌고만 있는 것이 울타리 밖으로 뛰쳐나가는 노력보다 오히려 마음이 편했다.

다이스케는 마지막 결단을 내리지 못하는 자신이 혐오스러웠다. 어쩔 수 없으니 미치요와 자신의 관계를 발전시키는 수단으로써 사가와의 혼담을 거절할까 하는 생각도 하고 깜짝 놀랐다. 그러나 미치요와 자신의 관계를 끊는 수단으로써 결혼을 허락한다는 생각은 빙빙 회전하고 있는 동안에 한 번도 떠오르지 않았다.

혼담을 거절하는 것은 혼자서 몇 번이라도 결정할 수 있었다. 단지 거절한 후에 그 반동으로 자신을 온전히 미치요와 결합시키려는 필연의 힘이 닥쳐올 것이 틀림없다고 생각하면 다시 두려워졌다.

다이스케는 부친의 부름을 애타게 기다렸다. 그러나 부친에게서는 아무런 소식도 없었다. 미치요를 다시 한 번 만날까 생각했다. 그러나 그 정도의 용기는 없었다.

가장 마지막으로, 결혼은 도덕의 형식으로 자신과 미치요를 차단하지만 도덕의 내용에서는 두 사람에게 아무런 영향을 끼치지 않는다는 생각이 점점 다이스케의 머리에서 힘을 얻기 시작했다. 이미 히라오카에게 시집간 미치요와의 사이에서 이런 관계가 생긴다면, 더 나아가 자신이 기혼자였다고 해도 같은 관계가 지속되었을 것이다. 그것이 지속되지 않는다고 보는 것은 단지 표면적인 것으로, 마음을 속박할 수 없는 형식은 아무리 거듭해도 고통만 더할 뿐이다. 이것이 다이스케의 논법이었다. 결국 다이스케가 혼담을 거절하는 것 외에 다른 길은 없었다.

결심한 다음 날, 다이스케는 오랜만에 머리와 수염을 깎았다. 장마철에 들어가 이삼일 비가 많이 내린 후라 땅에도 나뭇가지에도 먼지 같은 것은 모두 촉촉이 가라앉았다. 햇빛은 이전보다 약해졌다. 구름 사이에서 내리쬐는 광선은 땅의 습기 때문에 거의 반사력을 잃은 듯 부드럽게 보였다. 다이스케는 이발소의 거울에 자신의 모습을 비추고 통통한 뺨을 어루만지며 오늘부터 드디어 적극적인 인생을 시작한다고 생각했다.

아오야마에 도착하니 현관에 인력거 두 대가 서 있었다. 대기하고 있는 인력거꾼은 발판에 기대어 잠이 든 채로 다이스케가 지나가는 것도 몰랐다. 객실에는 우메코가 신문을 무릎 위에 놓고 울창한 정원의 나무들을 멍하니 바라보고 있었다. 형수도 멍하니 졸린 듯했다. 다이스케는 우메코의 앞에 털썩 앉았다.

"아버님 계십니까?"

형수는 대답을 하기 전에 면접관처럼 일단 다이스케의 모습을 전체적으로 살펴보았다.

"도련님, 조금 마른 것 같네요."

다이스케는 다시 뺨을 쓰다듬으며 부정했다.

"그렇지 않습니다."

"근데 혈색이 안 좋아요." 우메코는 눈을 가까이 대고 다이스케의 얼굴을 들여다보았다.

"정원 탓입니다. 파란 잎이 비쳐서요." 다이스케는 정원의 숲을 보더니, "그래서인지 형수님도 창백하게 보이네요"라고 말을 이었다.

"저는 요 며칠 몸이 좋지 않아요."

"어쩐지 멍하니 계신다고 생각했습니다. 어디 아프신가요? 감기입니까?"

"잘 모르겠지만 계속 하품만 나오네요."

우메코는 이렇게 대답하고 곧 신문을 무릎에서 내려놓고

손뼉을 쳐서 하녀를 불렀다. 다이스케는 다시 부친이 계신지 물었다. 우메코는 그 질문을 잊고 있었다. 들어보니 현관에 있는 인력거는 부친의 손님이 타고 온 것이었다. 다이스케는 오래 걸리지 않는다면 손님이 돌아갈 때까지 기다리려고 했다. 형수는 머리가 개운치 않으니 욕탕에 가서 얼굴을 씻고 오겠다고 말하며 일어났다. 하녀가 좋은 향기가 나는 칡떡을 쟁반에 들고 왔다. 다이스케는 칡떡을 집어 들고 오랫동안 향기를 맡았다.

우메코가 시원한 눈매로 욕탕에서 돌아왔을 때 다이스케는 이번에는 기다란 칡떡 하나를 들고 추처럼 흔들면서 물었다.

"형님은 어떻게 지내십니까?" 우메코는 이 진부한 질문에 답할 의무가 없다는 듯 한동안 툇마루 옆에 서서 뜰을 바라봤다.

"이삼일 비가 내리더니 이끼 색이 짙어졌네요." 우메코는 평소에 어울리지 않는 관찰을 하고 원래의 자리로 돌아왔다. 그리고 다시 물었다.

"형님은 어떻게 지내십니까?" 다이스케가 앞의 질문을 반복하자 형수는 매우 무관심한 말투로 대답했다.

"글쎄요, 늘 똑같죠."

"여전히 집에 거의 없나요?"

"네, 아침도 저녁도 집에 있는 적이 거의 없네요."

"형수님은 그래서 외롭지 않으십니까?"

"이제 와서 새삼스럽게 그런 말을 해도 도리가 없지 않나요?" 우메코는 웃기 시작했다. 우메코는 다이스케가 농담하는 거라고 생각했는지 또는 너무 어리석은 질문을 한다고 생각했는지 별로 상대해주려는 기색이 없었다. 다이스케도 평소의 자신을 되돌아보고 진지하게 이런 질문을 한 지금의 자신을 오히려 이상하게 생각했다. 오늘까지 형과 형수의 관계를 오랫동안 지켜봤으면서도 그것을 눈치채지 못했다. 또 형수도 다이스케가 눈치챌 만큼 불만스러운 기색을 보인 적이 없었다.

"세상의 부부는 모두 그렇게 되는 것일까?" 다이스케는 혼잣말처럼 말했다. 우메코의 대답도 별로 기대하지 않았기 때문에 형수의 얼굴도 보지 않고 단지 방바닥에 놓여 있는 신문에 눈을 떨어뜨렸다. 그러자 우메코는 곧 추궁하듯이 말했다.

"뭐라고요?"

다이스케의 눈이 그 말투에 놀라 우메코에게 시선을 옮겼을 때, 우메코는 말했다.

"그러니까 도련님은 결혼하시면 늘 집에만 있으면서 많이 아내를 사랑해주세요." 다이스케는 비로소 상대가 우메코이고 자신이 평소의 다이스케가 아닌 것을 자각했다. 그래서 가급적 평소의 말투를 쓰려고 애썼다.

하지만 다이스케의 정신은, 결혼의 거절과 그 거절에 이어 발생하게 될 미치요와 자신의 관계에만 집중해 있었다. 따라서 평소의 자신으로 돌아가 우메코를 상대하겠다는 마음이었지만 달라진 음색이 때때로 대화 속에서 무심코 튀어나왔다.

"도련님, 오늘 좀 이상하네요." 마침내 우메코가 이렇게 말했다. 다이스케는 형수의 말을 옆으로 빗겨 받아치는 방법을 얼마든지 알고 있었다. 그런데도 그렇게 하는 것이 경박한 것도 같고 또 귀찮은 생각도 있어 오늘은 하기 싫었다. 오히려 진지하게 어디가 이상한지 알려달라고 부탁했다. 우메코는 다이스케의 질문이 어처구니없다는 표정을 지었다. 하지만 다이스케가 계속 부탁하기에, "그럼 말하죠" 하고 다이스케의 이상함에 대한 예를 들었다. 우메코는 물론 다이스케가 일부러 진지함을 가장하고 있다고 해석했다.

"형님이 집에 없어서 외롭겠다고 평소와 달리 너무 배려 깊은 말을 하니까요"라는 우메코의 말이 그 예시 중에 있었다. 다이스케는 그 말에 끼어들었다.

"아, 제가 아는 여자 중에 그런 여자가 있습니다. 실은 그 여자가 매우 불쌍해서 무심코 다른 여자의 마음도 알고 싶어서 물은 것이지 결코 놀릴 생각은 없습니다."

"정말요? 그게 누구죠?"

"이름은 말하기 곤란합니다."

"그럼, 도련님이 그 여자의 남편에게 충고해서 부인에게 좀 더 잘해주라고 하면 좋을 텐데요."

다이스케는 미소 지었다.

"형수님도 그렇게 생각하십니까?"

"당연하죠."

"만약 그 여자의 남편이 제 충고를 듣지 않는다면 어떻게 하죠?"

"그렇다면 아무래도 방법이 없겠네요."

"방치해둡니까?"

"방치해두지 않으면 어떻게 달리 방법이라도?"

"그럼 그 부인은 남편에 대해 부인의 정조를 지킬 의무가 있을까요?"

"대단한 논리 고문이네요. 그거야 남편의 불성실 정도에 따르겠죠."

"만약 그 부인에게 좋아하는 사람이 있으면 어떻게 하죠?"

"몰라요. 어리석네요. 좋아하는 사람이 있다면 애초 그 사람에게 시집갔으면 좋았을걸."

다이스케는 입을 다물고 생각했다. 잠시 후, "형수님!" 하고 말했다. 우메코는 그 무거운 말투에 놀라 새삼스럽게 다이스케의 얼굴을 보았다. 다이스케는 같은 말투로 말을 이었다.

"저는 이번 혼담을 거절하려고 합니다."

담배를 든 다이스케의 손이 조금 떨렸다. 우메코는 오히려 표정을 잃은 얼굴로 거절의 말을 들었다. 다이스케는 상대의 모습에 상관없이 진행했다.

"저는 지금까지 결혼문제에 관해 형수님에게 몇 번이나 폐를 끼치고 이번에도 또 걱정을 끼치고 있습니다. 저도 이제 서른이니까 형수님 말대로, 권유받은 적당한 사람과 결혼해도 좋습니다만 생각이 좀 있어 이 혼담도 그만두고 싶습니다. 아버님과 형님에게도 죄송하지만 어쩔 수 없습니다. 상대가 마음에 들지 않는 것은 아니지만 거절하겠습니다. 지난번에 아버님이 잘 생각해보라고 하셔서 깊이 생각해보았지만 역시 거절하는 것이 좋을 듯하여 거절할 생각입니다. 실은 오늘 이 용무로 아버님을 만나러 왔습니다만 지금 손님이 계시니 형수님에게도 지금 미리 말해둡니다."

우메코는 다이스케의 모습이 매우 진지하므로 평소처럼 농담도 하지 않고 듣고 있다가 말이 끝났을 때 비로소 자신의 의견을 말했다. 지극히 간단하면서도 지극히 실제적인 짧은 말이었다.

"하지만 아버님은 분명 난처하실 거예요."

"아버님에게는 제가 곧 직접 말할 것이니 괜찮습니다."

"하지만 이야기가 벌써 꽤 진행되었으니."

"이야기가 어디까지 진행되었건 간에 저는 아직 결혼하

겠다고 말한 적이 없습니다."

"하지만 하지 않겠다고 확실히 말하진 않았잖아요?"

"그것을 지금 말하러 온 것입니다."

다이스케와 우메코는 마주 보고 한동안 침묵했다.

다이스케는 이미 할 말은 다했다는 생각이 들었다. 더 나아가 우메코에게 자신을 설명하려는 생각은 전혀 없었다. 우메코는 하고 싶고 듣고 싶은 말이 많았다. 단지 그 말이 순간적으로 앞의 문답에 잘 연결되지 않아 입에서 멈칫거렸다.

"도련님이 모르는 동안에 혼담이 어느 정도 진행되었는지 나도 잘 모르겠지만 누구라도 도련님이 그렇게 단호하게 거절하리라고는 생각 못 했을걸요." 이윽고 우메코는 말했다.

"왜죠?" 다이스케는 차갑고 침착한 말투로 물었다. 우메코는 눈썹을 찌푸렸다.

"왜냐뇨? 말이 되지 않잖아요."

"말이 되지 않아도 상관없으니 말해주시죠."

"도련님처럼 그렇게 몇 번 거절해봤자 결국 똑같은 일 아닌가요?" 우메코는 설명했다. 그러나 그 의미가 바로 다이스케의 머리에는 전달되지 않았다. 다이스케는 이해하지 못하겠다는 눈으로 우메코를 보았다. 우메코는 비로소 자신의 본의를 부연하기 시작했다.

"그러니까 도련님도 언젠가 한 번은 결혼할 생각이죠? 싫다고 해도 어쩔 수 없지 않나요? 그렇게 언제까지나 이기적인 말만 하는 건 아버님에게 죄송할 뿐이죠. 그러니까 어차피 누구를 들이대도 마음에 들어 하지 않는 도련님이니까 누구를 보여줘도 똑같을 거라는 말이에요. 도련님은 어떤 여자를 보여줘도 틀렸어요. 마음에 드는 여자는 이 세상에 단 한 사람도 없어요. 그러니까 아내란 처음부터 마음에 들지 않는 게 당연하다고 체념하고 결혼하는 수밖에 없지 않나요? 그러니 우리가 가장 좋다고 생각하는 사람과 그냥 결혼하면 그것으로 모두 원만하게 해결되니까…… 그래서 아버님이 어쩌면 이번에 도련님에게 하나부터 열까지 의논하지 않고 진행했는지도 몰라요. 아버님 입장에서는 그게 당연하죠. 그래도 결혼하지 않으면 아버님 생전에 도련님 아내 얼굴을 볼 수나 있겠어요?"

다이스케는 침착하게 형수의 말을 들었다. 우메코의 말이 끊어져도 쉽사리 입을 열지 않았다. 만약 반박을 하면 이야기가 점점 복잡하게 얽힐 뿐으로 자신의 생각은 결코 우메코의 귀에 들어가지 않는다고 생각했다. 하지만 상대의 말을 수긍할 마음은 전혀 없었다. 실제 문제로써 쌍방이 곤란해질 뿐이라고 생각했다. 그래서 형수에게 말했다.

"형수님 말도 일리가 있지만 저에게도 저의 생각이 있으니까 그냥 놔두시죠." 그 말투에는 우메코의 간섭을 꺼리는 마음이 엿보였다. 그러나 우메코는 입을 다물지 않았다.

"그거야 도련님도 아이가 아니니까 어른으로서 생각이 있는 것은 당연하죠. 나 같은 사람의 쓸데없는 말참견은 귀찮을 것이니 이제 아무 말도 하지 않을게요. 하지만 아버님의 입장이 되어보세요. 매달 생활비는 도련님이 필요한 만큼 지금도 내고 계시니까, 즉 도련님은 학생 때보다 더 아버님 신세를 지고 있죠? 신세 지는 것은 옛날과 다름없으면서, 나이를 먹어 어엿한 어른이 되었다고 옛날처럼은 말을 듣지 않겠다고 억지를 부리면 그게 말이 통하나요?"

우메코가 다소 감정이 격해진 듯하여 계속 말을 이으려는 것을 다이스케가 차단했다.

"하지만 결혼하면 아버님의 신세를 더 질 수밖에 없죠."

"괜찮지 않나요? 아버님이 그쪽이 좋다고 말씀하시니."

"그럼 아버님은 아무리 당신 마음에 들지 않는 여자라도 꼭 결혼시킬 결심이시군요."

"아니, 도련님이 좋아하는 여자가 있다면 모르겠는데 그런 여자는 나라 전체를 찾아봐도 없지 않나요?"

"그걸 어떻게 알죠?"

우메코는 눈에 힘을 주고 다이스케를 보았다.

"도련님은 마치 변호사 같은 말만 하시는군요." 다이스케는 창백해진 얼굴을 형수에게 가까이 댔다.

"형수님, 저는 좋아하는 여자가 있습니다." 다이스케는 작은 소리로 말했다.

다이스케는 지금껏 우메코에게 이런 농담을 자주 했다. 처음에는 우메코도 그것을 진심으로 받아들였다. 형수가 몰래 손을 써서 뒷조사를 하는 등 웃긴 일도 있었다. 사실이 드러난 후에 다이스케에게 소위 좋아하는 여자가 있다는 말은 우메코에게 조금도 효력이 없었다. 다이스케가 그런 말을 꺼내도 전혀 상대해주지 않았다. 그렇지 않으면 그냥 농담으로 돌려버렸다. 다이스케도 아무렇지 않았다. 그러나 이번만은 그에게 정말로 특별했다. 표정, 눈매, 낮게 울리는 목소리의 힘, 여기까지 오게 된 전후 관계, 모든 점에서 우메코를 깜짝 놀라게 했다. 우메코는 이 짧은 말을 번뜩이는 비수처럼 느꼈다.

다이스케는 허리띠 사이에서 시계를 꺼내 보았다. 부친을 찾아온 손님은 좀체 돌아가지 않았다. 하늘은 다시 흐려졌다. 다이스케는 일단 돌아가고 나중에 다시 찾아와 부친에게 말하는 것이 낫겠다고 생각했다.

"다시 오겠습니다. 다시 와서 아버님을 만나는 게 좋겠죠." 다이스케는 일어나려고 했다. 우메코는 그사이에 제정신이 들었다. 우메코는 끝까지 사람을 돌봐주는 정성스런 마음이 있는 사람이라 무슨 일이건 중도에 포기하지 않았다. 억지로 다이스케를 붙들고 여자의 이름을 물었다. 다이스케는 물론 대답하지 않았다. 우메코는 꼭 말해달라고 압박했다. 다이스케는 그래도 응하지 않았다. 그러자 우메코는 왜 그 여자와 결혼하지 않는지 물었다. 다이스케는 단지 할 수 없기 때문에 하지 않는다고 대답했다. 우메코는 결국 눈물을 흘렸다. 자신의 정성을 몰라준다며 원망했다. 왜 처음부터 털어놓지 않았느냐고 나무랐다. 그런가 하면 불쌍하다며 다이스케를 동정해주었다. 그러나 다이스케는 미치요에 관해서 끝내 아무 말도 하지 않았다. 우메코는 결국 고집을 꺾었다. 다이스케가 이제 돌아가겠다고 말했을 때, 우메코가 물었다.

"그럼, 도련님이 직접 아버님에게 말하시는 거죠? 그때까지 저도 입 다물고 있는 게 좋겠죠?" 형수가 입을 다물고 있는 것이 좋을지 말해주는 것이 좋을지 다이스케 자신도 알 수 없었다.

"글쎄요." 다이스케는 망설이다가 "어차피 제가 거절하러 올 테니"라고 말하고 형수의 얼굴을 보았다.

"그럼, 만약 말하는 게 좋을 것 같으면 말해드리죠. 만약 좋지 않다면 아무 말도 하지 않을 테니 도련님이 다 말하세요. 그게 좋겠죠?" 우메코는 부드럽게 말했다.

"잘 부탁합니다"라고 말하고 다이스케는 밖으로 나왔다. 길모퉁이에 와서 요쓰야四谷부터 걸어갈 생각으로 일부러 시오초塩町행 전차를 탔다. 연병장 옆을 지날 때 무거운 구름이 서쪽에서 흩어져 장마철에는 보기 드문 석양이 새빨

갛게 넓은 들판을 비추고 있었다. 그 빛을 받아 저 멀리 보이는 인력거의 바퀴가 강철처럼 빛났다. 인력거는 먼 들판 속에서 작게 보였다. 인력거가 작게 보일 정도로 들판은 넓었다. 태양은 짙은 핏빛으로 비쳤다. 바람을 가르며 달려가는 전차 속에서 다이스케는 그 풍경을 우울하게 바라보았다. 무거운 머릿속이 흔들렸다. 종점까지 왔을 때는 정신이 몸을 괴롭히는지 몸 때문에 정신이 괴로운 것인지 모를 정도로 불쾌한 기분이 되어 어서 전차에서 내리고 싶었다. 다이스케는 비가 올까 봐 들고 온 우산을 지팡이처럼 질질 끌며 걸어갔다.

다이스케는 걸으면서 자신은 오늘 자진해서 자기 운명의 반을 파괴한 것과 같다고 마음속으로 중얼거렸다. 지금까지는 부친이나 형수를 상대로 적당한 간격을 유지하며 유연하게 자기를 지켜왔다. 이번에는 결국 본심을 드러내지 않으면 자기를 지키지 못하게 되었다. 동시에 그런 식으로는 종전과 같은 만족을 얻을 수 있는 희망이 작아졌다. 하지만 아직 뒷걸음을 칠 여지는 있었다. 단, 그것은 다시 부친을 속여야 하는 것이었다. 다이스케는 마음속으로 지금까지의 자신을 냉소했다. 그는 아무래도 오늘의 고백으로 자기 운명의 반을 파괴했다고 인정하고 싶었다. 그리고 그것에서 받는 타격의 반동으로 과감히 미치요에게 달려가도록 자신을 격하게 작동시키고 싶었다.

그는 다음에 부친을 만날 때는 이미 한 걸음도 양보할 수 없도록 자신을 만들어두고 싶었다. 그래서 미치요와 면담하기 전에 다시 부친에게 불려 가는 것이 매우 두려웠다. 그는 오늘 형수에게 자신의 의사를 부친에게 말할지 말지의 자유를 준 것을 후회했다. 오늘 밤이라도 말이 전달되면 내일 아침에 호출될지도 몰랐다. 그러면 오늘 밤중에 미치요를 만나 말해둘 필요가 있었다. 그러나 밤이라서 형편이 좋지 않다고 생각했다.

쓰노카미角上 언덕을 내려왔을 때 해는 저물기 시작했다. 사관학교 앞에서 곧바로 해자 옆길로 가서 대략 200미터 정도를 지나 사도하라초砂土原町로 방향을 틀어야 하는 것을, 일부러 전찻길을 따라 걸었다. 그는 여느 때처럼 집으로 돌아가 하룻밤을 한가롭게 서재 안에서 지낼 수 있는 정신 상태가 아니었다. 해자 건너편 높은 제방에 검게 늘어선 소나무 저편 아래로 전차가 계속 지나갔다. 다이스케는 가볍게 보이는 전차가 궤도 위를 거침없이 미끄러져 갔다가 다시 미끄러져 돌아오는 신속한 움직임에 경쾌한 느낌을 받았다. 그 대신, 자신의 옆을 가차 없이 왕래하는 소토보리선의 전차가 평소보다 시끄럽게 들려 불쾌했다. 우시고메미쓰케牛込見附까지 왔을 때, 멀리 고이시카와 숲에 등불 몇 개가 보였다. 다이스케는 저녁밥을 먹을 생각도 없이 미치요가 있는 방향으로 걸어갔다.

약 20분 후, 그는 안도자카安藤坂 비탈길을 올라 덴즈인 터 앞으로 나왔다. 좌우로 큰 나무가 하늘을 덮은 길 왼쪽으로 빠져나가 히라오카의 집 옆까지 오자 판자 울타리에서 여느 때처럼 등불이 비치고 있었다. 다이스케는 울타리에 몸을 붙이고 가만히 상황을 살폈다. 한동안 아무 소리도 없이 집 안은 아주 조용했다. 다이스케는 대문으로 들어가 격자문 밖에서 사람을 부를까 생각했다. 그런데 툇마루 가까이에서 찰싹 하고 정강이를 때리는 소리가 났다. 그리고 사람이 서서 안쪽으로 들어가는 것 같았다. 잠시 후 말소리가 들렸다. 무슨 말인지 잘 들리지 않았지만 목소리는 분명 히라오카와 미치요였다. 목소리는 잠시 멈췄다. 그리고 다시 발소리가 툇마루까지 다가오더니 털썩 하고 주저앉는 소리가 또렷이 들렸다. 다이스케는 그대로 울타리 옆을 물러났다. 그리고 원래의 길과는 반대 방향으로 걷기 시작했다.

한동안 어디를 어떻게 걷고 있는지 몰랐다. 머릿속에는 아까 본 광경이 계속 어른거렸다. 그것이 좀 약해지자 이번에는 자신의 행위가 말할 수 없이 수치스러웠다. 그는 자신이 무엇 때문에 그런 비열한 행동을 하고 마치 놀란 듯이 퇴각했는지 의아했다. 그는 어두운 골목에 서서, 세상이 지금 밤의 지배를 받고 있는 것을 다행이라고 생각했다. 장마철의 무거운 공기 속을 걸으면 걸을수록 질식할 듯한 기분이었다. 가구라자카 언덕 위로 왔을 때 갑자기 눈이 부셨다. 자신을 둘러싼 무수한 사람과 무수한 빛이 머리를 쏘는 듯했다. 다이스케는 도망치듯 와라다나 언덕을 올라갔다.

집으로 돌아가자 가도노가 여느 때처럼 태연한 얼굴로 물었다.

"아주 늦으셨네요. 식사는 하셨는지요?"

다이스케는 밥 생각이 없다고 대답하고 가도노를 쫓아내듯이 서재에서 내보냈다. 그러나 2, 3분이 지나지 않아 다시 손뼉을 쳐서 호출했다.

"본가에서 사환이 오지 않았나?"

"안 왔습니다."

다이스케는 "그럼, 됐어"라고 말했다. 가도노는 뭔가 다른 말이 나오지 않을까 기다리는 듯 입구에 서 있다가 물었다.

"선생님은, 그러니까, 본가에 가셨던 게 아니었습니까?"

"왜?" 다이스케는 불쾌한 얼굴을 했다.

"아니, 나가실 때 그런 말씀이었으니까."

다이스케는 가도노를 상대하는 것이 귀찮았다.

"본가에는 갔지…… 본가에서 사환이 오지 않았다면 그것으로 됐어."

가도노는 종잡을 수 없는 듯, "네, 그렇습니까"라고 말하고 나갔다. 다이스케는 부친이 다른 모든 것보다 자신에 대해서 성급하다는 것을 알고 있으므로 어쩌면 곧 사환이라도 보내지 않았을까 하는 두려움에 집에 돌아오자마자 물었던 것이다. 가도노가 자기 방으로 물러간 후에 다이스케는 내일 반드시 미치요를 만나야겠다고 결심했다.

그날 밤 잠자리에서 다이스케는 어떤 수단으로 미치요를 만날까 생각했다. 편지를 인력거꾼 편으로 보내 집으로 부르면 오기는 하겠지만 이미 오늘 형수와의 면담이 끝난 이상 내일이라도 본가에서 집으로 누군가 쳐들어올지도 몰랐다. 히라오카의 집에서 만나는 것도 다이스케에게는 일종의 고통이었다. 다이스케는 어쩔 수 없이 자신도 미치요도 관계없는 곳에서 만나는 것 말고 방법은 없다고 생각했다.

한밤중부터 비가 세차게 내리기 시작했다. 쳐놓은 모기장이 오히려 춥게 보일 정도로 세찬 빗소리가 집을 감쌌다. 다이스케는 빗소리를 들으며 밤이 새기를 기다렸다.

비는 다음 날에도 멎지 않았다. 다이스케는 눅눅한 툇마루에 서서 어두컴컴한 하늘을 바라보고 어젯밤의 계획을 다시 바꾸었다. 그는 미치요를 게이샤 영업도 하는 보통의 찻집 등으로 부르고 싶지는 않았다. 그래서 푸른 하늘 아래의 야외를 생각했지만 요즘 날씨에는 그것도 불안했다. 그렇다고 해서 히라오카의 집으로 갈 생각은 애초부터 없었다. 그는 아무래도 미치요를 자신의 집에 오게 하는 것 말고 방법은 없다고 판단했다. 가도노가 방해가 될 듯하지만 말소리를 가도노 방까지 들리지 않게 하면 된다고 생각했다.

정오 조금 전까지 멍하니 비를 바라보았다. 점심식사를

마치자마자 우비를 걸치고 밖으로 나갔다. 내리는 빗속에 가구라자카 언덕 밑까지 내려와 아오야마의 본가에 전화를 걸었다. 선수를 치기 위해 내일 자신이 그쪽으로 갈 생각이라고 말했다. 전화는 형수가 받았다. 형수는 지난번 일은 아직 부친에게 말하지 않았으니 다시 한 번 잘 생각해보라고 말했다. 다이스케는 감사의 말과 함께 전화를 끊었다. 그리고 히라오카의 신문사로 전화를 연결해 그의 출근 여부를 확인했다. 히라오카는 회사에 나와 있다는 대답을 들었다. 다이스케는 빗속을 뚫고 다시 언덕길을 올라갔다. 꽃집에 들러 크고 흰 백합꽃을 잔뜩 사들고 집으로 돌아갔다. 젖은 꽃을 두 개의 화병에 나눠 꽂았다. 꽂고 남은 꽃은 수반에 물을 채우고 줄기를 싹둑싹둑 짧게 잘라 넣었다. 그리고 책상에 앉아 미치요에게 편지를 썼다. 문구는 지극히 간단했다. 시급히 만나 할 말이 있으니 와달라는 내용뿐이었다.

다이스케는 손뼉을 쳐서 가도노를 불렀다. 가도노는 코를 킁킁거리며 나타났다. 편지를 받고 그는 말했다.

"아주 좋은 향기네요."

"인력거를 갖고 가서 태워 와라." 다이스케가 말했다. 가도노는 빗속을 달려 인력거 대기소로 갔다.

다이스케는 백합꽃을 바라보면서 방을 감싸는 짙은 향기 속에 자신의 온몸을 맡겼다. 그는 이 후각의 자극 속에 미치요의 과거를 선명하게 떠올렸다. 그 과거와 떼어놓을 수 없는 자신의 옛 모습이 연기처럼 감돌았다.

잠시 후, 그는 속으로 '오늘 비로소 자연의 옛날로 돌아간다'고 말했다. 이렇게 말했을 때 그는 최근 몇 년간 없었던 위안을 온몸으로 느꼈다. 왜 더 빨리 돌아가지 못했던가 생각했다. 처음부터 왜 자연에 저항했던가 생각했다. 그는 빗속의 백합꽃으로 재현된 과거 속에서 순수하고 평화로운 생명을 발견했다. 그 생명의 속과 바깥에는 욕심이나 이해타산은 없었다. 자기를 압박하는 도덕은 없었다. 구름 같은 자유와 물 같은 자연이 있었다. 모든 것이 축복이었고 모든 것이 아름다웠다.

잠시 후 꿈에서 깼다. 그때 갑자기 짧은 행복에 수반되는 영원한 고통이 다이스케의 머리를 덮쳤다. 그의 입술은 창백해졌다. 그는 묵묵히 자신의 손을 바라보았다. 손톱 밑을 흐르는 피가 부들부들 떨리는 듯했다. 그는 일어나서 백합꽃 옆으로 갔다. 입술을 꽃잎에 닿을 정도로 갖다 대고 머리가 어질할 정도로 짙은 향기를 맡았다. 그는 꽃에서 꽃으로 입술을 옮기며 달콤한 향기에 숨이 막혀 방 안에서 실신해 쓰러지고 싶었다. 그는 곧 팔짱을 끼고 서재와 객실 사이를 서성거렸다. 그의 가슴은 내내 고동을 느꼈다. 그는 때때로 의자 옆이나 책상 앞에 와서 멈췄다. 그리고 다시 걷기 시작했다. 마음의 동요는 그를 한곳에 오래 머물게 하지 않았다. 동시에 그는 무언가 생각하기 위해 아무 데서나 발을 멈추기도 했다.

그러는 사이에 시간은 점점 흘러갔다. 다이스케는 계속 탁상시계의 바늘을 보았다. 또 처마 밑으로 밖의 비를 엿보았다. 비는 여전히 하늘에서 똑바로 내렸다. 하늘은 아까보다 더 어두워졌다. 구름이 몰려와 한곳에서 소용돌이를 치더니 점차 땅으로 내려오는 듯했다. 그때 빗물에 반짝이는 인력거가 대문에서 안으로 들어왔다. 바퀴 소리가 빗소리를 뚫고 다이스케의 귀에 닿았을 때 그는 창백한 뺨에 미소를 띠고 오른손을 가슴에 댔다.

미치요는 현관에서 가도노의 안내를 받아 복도를 따라 들어왔다. 미치요는 감색 비단 기모노에 덩굴무늬 허리띠를 둘러, 예전과는 전혀 다른 옷차림이라 다이스케는 새로운 느낌을 받았다. 얼굴빛은 여느 때처럼 좋지 않았지만 객실 입구에서 다이스케와 얼굴을 마주했을 때는 눈도 눈썹도 입도 움직임을 멈춘 듯 굳어 있었다. 문지방에 서 있는 동안에는 다리도 움직일 수 없는 듯한 인상이었다. 미치요는 애초 편지를 봤을 때부터 어떤 기대를 품고 왔다. 그 기대 안에는 우려와 기쁨과 걱정이 있었다. 인력거에서 내려 객실로 안내될 때까지 미치요의 얼굴은 그런 기대의 빛이 넘쳤다. 그러나 다이스케를 보자마자 미치요의 표정은 놀라움으로 딱 멈췄다. 다이스케의 모습은 미치요에게 충격을 줄 만큼 강렬했다.

다이스케는 의자 하나를 가리켰다. 미치요는 그 의자에 앉았다. 다이스케는 맞은편 의자에 앉았다. 두 사람은 비로소 마주했다. 그러나 한동안 두 사람 모두 입을 열지 않았다.

"무언가 용무가 있나요?" 미치요가 잠시 후 물었다. 다이스케는 단지, "네"라고 말했다. 그리고 두 사람은 당분간 빗소리만 듣고 있었다.

"무언가 급한 용무인가요?" 미치요가 다시 물었다.

다이스케는 또, "네"라고 말했다. 둘 다 평소처럼 가볍게 말을 꺼낼 수 없었다. 다이스케는 술의 힘을 빌려 말하는 것을 수치스럽게 생각했다. 그는 고백할 때는 반드시 평소 자신의 모습이어야 한다고 예전부터 생각하였다. 그러나 이렇게 새삼스럽게 미치요를 마주하니 한 방울의 술이 그리워졌다. 몰래 옆방으로 가서 위스키를 마실까도 생각했지만 끝내 그렇게는 할 수 없었다. 그는 맑은 대낮에 담담한 태도로 상대에게 공언할 수 있어야 진정성이 있다고 믿었다. 취기라는 장벽의 보호하에 자기를 대담하게 만드는 것은 비겁하고 잔혹하며 상대에게 모욕을 주는 거로 생각했다. 그는 사회 습관에 대해서는 도덕적인 태도를 취할 수 없게 되었다. 그 대신 미치요에 대해서는 한 점도 부도덕한 동기를 쌓지 않을 셈이었다. 아니, 그 자신을 비윤리에 빠지게 할 여지가 전혀 없을 정도로 다이스케는 미치요를 사랑했다. 하지만 그는 미치요가 무슨 용무인지 질문했을 때 선뜻 대답할 수가 없었다. 두 번 물었을 때에도 머뭇거렸다. 세 번째에는 어쩔 수 없이 말했다.

"뭐, 천천히 말하죠." 그러고는 담배에 불을 붙였다. 미치요의 얼굴은 대답이 지연될 때마다 더욱 창백해졌다.

비는 여전히 길고 촘촘하게 소리를 내며 내렸다. 두 사람은 비와 빗소리 때문에 세상에서 분리되었다. 집에 같이 사는 가도노와 아주머니와도 분리되었다. 두 사람은 고립된 채로 흰 백합 향기 속에 갇혔다.

"조금 전에 밖에 나가 저 꽃을 사왔습니다"라며 다이스케는 자신의 주위를 돌아보았다. 미치요의 눈은 다이스케를 따라 방 안을 둘러보았다. 그리고 미치요는 코로 세게 숨을 들이마셨다.

"당신이 오빠와 시미즈초에 살던 때가 떠올라 가급적 많이 사왔습니다."

"좋은 향기네요." 미치요는 벌어지기 시작한 큰 꽃잎을 바라보았다. 곧 꽃에서 눈을 떼고 다이스케로 시선을 옮겼을 때는 뺨이 붉어져 있었다.

"그 시절을 생각하면……" 하고 미치요는 말하다가 곧 입을 다물었다.

"기억하고 있습니까?"

"기억하고말고요."

"당신은 소녀처럼 화사한 옷깃을 달고 이초가에시 머리

를 하고 있었죠?"

"그거야 도쿄에 온 지 얼마 되지 않았을 때죠. 곧 그만두었어요."

"지난번에 백합꽃을 들고 왔을 때도 이초가에시 머리가 아니었나요?"

"어머나, 눈치채셨네요. 그건, 그때만 그랬어요."

"그때는 그런 머리를 하고 싶었습니까?"

"예, 기분전환 겸 바꿔봤어요."

"저는 그 머리를 보고 옛날이 떠올랐습니다."

"그랬군요." 미치요는 부끄러운 듯 고개를 끄덕였다.

미치요가 시미즈초에 살던 때, 다이스케와 편하게 말을 나누게 된 후의 일이었는데, 처음 시골에서 올라온 당시의 머리 모양을 다이스케가 칭찬한 적이 있었다. 그때 미치요는 웃었지만 그 말을 들은 후에는 결코 이초가에시 머리를 하지 않았다. 두 사람은 지금도 그 일을 잊지 않았다. 하지만 둘 다 아무 말도 하지 않았다.

미치요의 오빠 스가누마는 성격이 활달하여 격의 없는 교제로 친구들의 사랑을 받았다. 특히 다이스케는 그의 친우였다. 스가누마는 자신의 활달한 성격에 비해 매우 얌전한 성격의 여동생을 사랑했다. 고향에서 데려와 함께 산 것도 여동생을 학교에 보내야 한다는 의무감에서가 아니라 오로지 여동생 미래에 대한 걱정과 현재 자기 옆에 두고 싶은 욕망 때문이었다. 그는 미치요가 오기 전에 이미 다이스케에게 그 뜻을 밝힌 적이 있었다. 그때 다이스케는 여느 청년처럼 큰 호기심을 갖고 그 계획을 환영했다.

미치요가 오고 나서 스가누마와 다이스케는 더욱 친해졌다. 어느 쪽이 우정의 걸음을 진행시켰는지는 다이스케 자신도 몰랐다. 스가누마가 죽은 후에 당시를 되돌아볼 때마다 다이스케는 그 친밀 속에 어떤 의미를 인정하지 않을 수 없었다. 스가누마는 죽을 때까지 그것을 명백하게 말하지 않았다. 다이스케도 굳이 아무 말도 하지 않았다. 그리고 서로의 생각은 서로의 비밀로 묻혀버렸다. 스가누마가 생전에 그 의미를 은밀히 미치요에게 누설한 적이 있었는지 다이스케는 알지 못했다. 다이스케는 단지 미치요의 행동과 말에서 어떤 특별한 느낌을 받았다.

다이스케는 그 무렵부터 고상한 취미를 가진 사람으로 스가누마에게 인식되었다. 스가누마는 그 방면에서는 보통 이상의 감수성은 없었다. 깊은 이야기가 되면 솔직하게 모르겠다고 자백하고 그 이상의 논쟁은 피했다. 어디에선가 'arbiter elegantiarum아비터 엘레간티아룸(취미의 심판자라는 뜻의 라틴어)'이라는 글자를 발견하고 그것을 다이스케의 별명처럼 자주 부른 것은 그 무렵의 일이었다. 미치요는 옆방에서 잠자코 스가누마와 다이스케의 말을 듣고 있다가 마침내 'arbiter elegantiarum'이라는 글자를 외웠다. 어느 때 그

의미를 스가누마에게 물어 놀라게 했다.

스가누마는 교양에 관한 여동생의 교육을 모두 다이스케에게 위임한 것 같았다. 여동생의 두뇌 계발을 위해 가급적 다이스케와 접촉할 기회를 주기 위해 노력했다. 다이스케도 사양하지 않았다. 나중에 돌아보니 자진하여 그 임무를 맡았다고 생각되는 흔적도 있었다. 미치요는 기뻐하며 그의 지도를 받았다. 세 사람은 이렇게 세 개의 파문巴紋처럼 회전하면서 다달이 나아갔다. 유의식인지 무의식인지 파문의 거리는 점차 좁아졌다. 결국 세 개의 파문은 한데 모여 둥근 원이 되기 직전에 갑자기 하나가 빠져버렸으니 남은 두 개는 평형을 잃었다.

다이스케와 미치요는 5년 전의 옛날을 편한 마음으로 말하기 시작했다. 말이 진행됨에 따라 현재의 자기가 멀어지며 점점 당시의 학생 시절로 돌아갔다. 두 사람의 거리는 다시 옛날처럼 가까워졌다.

"그때 오빠가 돌아가시지 않고 아직 살아 계신다면 지금쯤 나는 어떻게 되었을까요?" 미치요는 그때를 그리워하며 말했다.

"스가누마가 살아 있었다면 다른 사람이 되어 있을 거라는 말입니까?"

"다른 사람은 되지 않았겠지요. 당신은?"

"저도 같습니다."

미치요는 그때 좀 나무라는 듯한 말투로 말했다.

"어머, 거짓말."

다이스케는 깊은 눈으로 미치요를 쳐다보며 대답했다.

"저는 그때나 지금이나 조금도 달라지지 않았습니다." 그리고 한동안 상대방에게서 눈을 떼지 않았다. 미치요는 곧 시선을 피했다. 그리고 반쯤 혼잣말처럼 말했다.

"하지만 그때와는 이미 달라졌는걸요."

미치요의 말은 보통 대화치고는 소리가 너무 작았다. 다이스케는 사라져가는 그림자를 밟듯이 곧 그 꼬리를 붙잡았다.

"다르지 않습니다. 당신에게는 단지 그렇게 보일 뿐입니다. 그렇게 보여도 어쩔 수 없지만 그것은 오해입니다."

다이스케는 평소보다 애써 또렷한 소리로 자기를 변호하듯이 말했다. 미치요의 목소리는 더욱 낮았다.

"오해건 말건 상관없어요."

다이스케는 묵묵히 미치요의 모습을 살폈다. 미치요는 처음부터 눈을 아래로 깔고 있었다. 그 긴 속눈썹이 떨리는 모습이 분명하게 보였다.

"저에게는 당신이 필요합니다. 꼭 필요합니다. 나는 당신에게 이 말을 꼭 하고 싶어 일부러 당신을 불렀습니다."

다이스케의 말에 보통의 애인이 사용하는 달콤한 무늬는 없었다. 그의 말투는 그 말의 내용처럼 간결하고 소박했다.

오히려 엄숙의 영역에 가까웠다. 다만 그 말을 하기 위해 급한 용무라고 하며 일부러 미치요를 오게 한 것은 유치한 시와 비슷하였다. 하지만 미치요는 원래 이런 의미에서의 세속을 벗어난 급한 용무를 이해할 수 있는 여자였다. 게다가 세상의 소설에 나오는 청춘시대의 멋들어진 말에는 큰 흥미를 갖고 있지 않았다. 다이스케의 말이 미치요의 관능에 화려한 무엇도 주지 않은 것은 사실이었다. 미치요가 그것에 목말라하지 않는 것도 사실이었다. 다이스케의 말은 관능을 통과하여 곧바로 미치요의 마음에 닿았다. 미치요의 떨리는 눈썹 사이에서 나온 눈물이 뺨 위로 흘러내렸다.

"내 뜻을 당신이 받아주었으면 합니다. 부디 받아주시길."

미치요는 여전히 울고 있었다. 다이스케에게 대답을 할 수 있는 상태가 아니었다. 소매에서 손수건을 꺼내 얼굴에 갖다 댔다. 짙은 눈썹의 일부분과 이마 언저리만이 다이스케의 눈에 남았다. 다이스케는 의자를 미치요 쪽으로 갖다 붙였다.

"받아주시겠죠?" 다이스케는 미치요의 귓가에 대고 말했다. 미치요는 여전히 얼굴을 감싸고 있었다.

"너무해요." 미치요가 흐느껴 울면서 말하는 소리가 손수건 사이로 들렸다. 그것이 다이스케의 청각을 전류처럼 덮쳤다. 다이스케는 자신의 고백이 너무 늦었다는 것을 절실히 자각했다. 고백하려면 미치요가 히라오카에게 시집가기 전에 했어야 할 것이었다. 그는 눈물 사이로 띄엄띄엄 이어지는 미치요의 이 한 마디를 듣는 것이 고통스러웠다.

"나는 3, 4년 전에 당신에게 그렇게 고백했어야 합니다" 라고 말하고 다이스케는 침울하게 입을 다물었다. 미치요는 갑자기 손수건에서 얼굴을 뗐다. 붉어진 눈으로 다이스케를 똑바로 보고 말을 꺼냈다.

"고백하시지 않아도 괜찮은데, 왜?" 그리고 잠시 주저했지만 과감히 "왜, 절 버리셨나요?"라고 말하자마자 손수건을 얼굴에 대고 다시 울기 시작했다.

"제 잘못입니다. 용서해주세요."

다이스케는 미치요의 손목을 잡고 손수건을 얼굴에서 떼려고 했다. 미치요는 거부하지 않았다. 손수건은 무릎 위로 떨어졌다. 미치요는 그 무릎을 내려다본 채로 작은 소리로 말했다.

"잔혹하군요." 작은 입가의 살이 떨렸다.

"잔혹하다는 말을 들어도 어쩔 수 없군요. 그 대신 저는 그만큼의 벌을 받고 있습니다."

미치요는 의아한 눈으로 고개를 들고 물었다.

"어째서요?"

"당신이 결혼하고 3년이 지났지만 나는 아직 독신입니다."

"하지만 그건 당신의 의지가 아닌가요?"

"의지가 아닙니다. 결혼하려고 해도 할 수 없었습니다. 그동안 집안 사람들에게 몇 번이나 결혼을 권유받았는지 모릅니다. 하지만 모두 거절했습니다. 이번에도 또 한 사람 거절했습니다. 그 결과 나와 아버님의 사이가 틀어질지도 모릅니다. 그러나 어떻게 되어도 상관치 않고 거절할 겁니다. 당신이 나에게 복수하는 동안에는 거절해야 합니다."

"복수?" 미치요가 되물었다. 이 두 글자가 두렵다는 듯이 눈을 깜박거렸다. 그리고 "저는 그래도, 시집간 후에도 오늘까지 하루라도 빨리 당신이 결혼하시는 게 좋다고 생각하며 살아왔어요"라고 약간 정색한 말투로 말했다. 그러나 다이스케는 그 말에는 귀를 기울이지 않았다.

"아니, 나는 언제까지나 당신이 복수해주었으면 합니다. 그것이 소원입니다. 오늘 이렇게 당신을 불러 굳이 내 마음을 밝히는 것도, 실은 당신의 복수를 받는 일부분으로 생각합니다. 나는 이것으로 사회적으로 죄를 범한 것과 같습니다. 그러나 나는 그렇게 태어난 인간이기 때문에 죄를 범하는 것이 자연스럽습니다. 세상에 죄를 지어도 당신 앞에서 참회할 수 있다면 그것으로 충분합니다. 이처럼 기쁜 일은 없다고 생각합니다."

미치요는 눈물 속에서 비로소 웃었다. 그러나 한마디도 하지 않았다. 다이스케는 아직 자신을 말할 시간이 있었다.

"이제 와서 이런 말을 당신에게 하는 게 잔혹하다는 걸 잘 알고 있습니다. 그것이 당신에게 잔혹하게 들릴수록 나는 당신에 대해 성공한 것과 마찬가지이므로 어쩔 수 없습니다. 게다가 이런 잔혹한 말을 고백하지 않으면 나는 더이상 살 수 없을 것 같은 심정입니다. 즉 이기적입니다. 그러니 사죄하는 겁니다."

"잔혹하지는 않아요. 그러니 사죄하는 건 이제 그만두세요."

미치요의 말투는 이때 갑자기 또렷해졌다. 침울하기는 하지만 조금 전에 비하면 매우 침착해졌다. 그러나 잠시 후 다시 말하며 눈물을 글썽였다.

"단지, 좀 더 빨리 말해주셨으면."

다이스케는 그때 이렇게 물었다.

"그럼 제가 평생 입을 다물고 있는 편이 당신은 행복할까요?"

"그렇지는 않아요." 미치요는 힘주어 부정했다. "저도, 당신이 그렇게 말해주지 않았다면 더 살아갈 수 없었을지도 몰라요."

이번에는 다이스케가 미소를 지었다.

"그럼 괜찮은 거죠?"

"괜찮다는 것보다 고마워요. 단지……."

"단지 히라오카에게 미안하다는 말이죠?"

미치요는 불안하게 고개를 끄덕였다. 다이스케는 물었다.

"미치요, 솔직히 말해보세요. 당신은 히라오카를 사랑합니까?"

미치요는 대답하지 않았다. 점점 안색이 창백해졌다. 눈과 입도 굳어졌다. 모든 것이 고통스런 표정이었다. 다이스케는 다시 물었다.

"그럼, 히라오카는 당신을 사랑합니까?"

미치요는 여전히 고개를 숙이고 있었다. 다이스케가 자신의 질문에 과감한 판단을 덧붙이기 위해 막 입에서 말을 뱉으려고 할 때 미치요는 갑자기 얼굴을 들었다. 그 얼굴에는 아까의 불안도 고통도 거의 다 사라졌다. 눈물도 거의 다 말랐다. 뺨의 빛은 원래 그대로 창백했지만 꼭 다문 입은 떨리는 기색도 없었다. 그 입술의 사이로 낮고 무거운 말이 끊어지듯이 한 마디씩 나왔다.

"어쩔 수 없네요. 각오를 하죠."

다이스케는 등에 물을 끼얹은 듯 떨렸다. 사회에서 추방되어야 할 두 영혼은 서로를 뚫어지게 마주 보았다. 그리고 모든 것에 저항하여 서로를 함께 끌고 가는 어떤 운명에 대한 두려움에 서로 전율했다.

잠시 후, 미치요는 갑자기 어떤 자극을 받은 듯 손을 얼굴에 대고 울기 시작했다. 다이스케는 미치요가 우는 모습을 차마 볼 수 없어 팔꿈치를 대고 이마를 손으로 가렸다. 두 사람은 이 태도를 바꾸지 않고 연인의 조각상처럼 움직이지 않고 있었다.

두 사람은 이렇게 움직이지 않는 동안 50년의 세월을 눈앞에서 겪을 정도의 정신적 긴장을 느꼈다. 그리고 그 긴장과 함께 두 사람이 나란히 존재한다는 자각을 잃지 않았다. 그들은 사랑의 형벌과 사랑의 선물을 동시에 받고 그 기쁨과 고통을 절실하게 맛보았다.

잠시 후, 미치요는 손수건을 들어 눈물을 깔끔히 닦은 후 조용히 말했다.

"저, 이제 돌아갈게요."

"네, 돌아가시죠." 다이스케가 대답했다.

빗발은 많이 약해졌지만 애초에 다이스케는 미치요를 혼자 돌려보낼 생각이 없었다. 일부러 인력거를 부르지 않고 몸소 따라나섰다. 히라오카의 집까지 함께 가다 에도 강 다리에서 헤어졌다. 다이스케는 다리에 서서 미치요가 골목길로 들어갈 때까지 지켜보았다. 그리고 천천히 걸음을 돌리면서 마음속으로 '모든 것이 끝났다'라고 선고했다.

저녁이 되자 비가 그치고, 밤에는 구름이 끊임없이 흘러갔다. 그 사이로 씻은 듯 말끔한 달이 나왔다. 다이스케는 달빛을 받는 정원의 젖은 잎을 오랫동안 툇마루에서 바라보다가 게다를 신고 아래로 내려갔다. 원래 넓은 정원이 아닌데 나무가 많아서 다이스케가 걸어 다닐 공간은 별로 없었다. 다이스케는 정원 한가운데에 서서 너른 하늘을 쳐다보았다. 그리고 객실에서 낮에 산 백합꽃을 가져와 자신의 주위에 흩뿌렸다. 흰 꽃잎이 점점이 달빛에 선명하게 보였다. 어떤 것은 나무 그늘에서 반짝였다. 다이스케는 하릴없이 그 사이에 쭈그리고 앉아 있었다.

잘 시간이 되어서야 다시 객실로 올라갔다. 방 안에는 꽃향기가 아직 남아 있었다.

15

미치요를 만나 할 말을 다해버린 다이스케는 미치요를 만나기 전에 비하면 마음이 꽤 평온해졌다. 그러나 이것은 그가 예기한 대로 진행되었던 것이지 뜻밖의 결과라고 할 만한 것은 없었다.

만남 다음 날, 그는 오랫동안 손에 들고 있던 주사위를 과감히 던져서 마침내 마음을 결정한 사람의 모습으로 일어났다. 그는 어제부터 자신과 미치요의 운명에 대해 일종의 책임을 져야 할 몸이 되었다고 자각했다. 게다가 그것은 자진하여 맡은 책임이었다. 따라서 그것을 자신의 등에 짊어져도 괴롭다고는 생각할 수 없었다. 그 무게에 눌려 오히려 자연히 발이 앞으로 나가게 되었다는 생각이 들었다. 그는 스스로 개척한 하나의 운명을 머리에 얹고 부친과의 결전을 준비했다. 부친의 뒤에는 형이 있고 형수가 있다. 이들과 싸운 후에는 히라오카가 있다. 이들을 뚫고 나가도 큰 사회가 있다. 개인의 자유와 사정을 조금도 참작해주지 않는 기계 같은 사회가 있다. 다이스케에는 이 사회가 지금 매우 짙은 암흑으로 보였다. 다이스케는 모든 것과 싸울 각오를 했다.

그는 스스로 자신의 용기와 담력에 놀랐다. 그는 오늘까지 자신이 열정을 싫어하고 위험에 다가가지 않고 도박을 좋아하지 않으며 주의 깊고 태평스러운 훌륭한 신사라고 간주하였다. 도덕상 중대한 의미의 비겁한 행동은 아직 저지른 적 없지만 겁쟁이라는 자각은 아무래도 그의 마음에서 제거할 수가 없었다.

그는 대중적인 어느 외국 잡지의 구독자였다. 그 잡지의 어떤 호에서 〈등반사고〉라는 제목의 글을 읽고 내심 놀란 적이 있었다. 그 글에는 높은 산을 기어오르는 모험가의 부상과 사고가 다수 열거되어 있었다. 등산 도중에 눈사태에 깔려 행방불명된 자의 유골이 40년 후에 빙하 끝에 걸쳐진 모습으로 나타난 이야기나, 네 명의 모험가가 절벽 중턱에 솟은 큰 바위를 넘을 때 어깨에 어깨를 타고 원숭이처럼 올라가 맨 위 사람의 손이 바위 끝에 닿자마자 바위가 무너지고 허리의 줄이 끊어져 위의 세 명이 겹쳐서 거꾸로 네 번째 사람 옆의 아득한 계곡으로 떨어진 이야기 등이 몇 개나 실려 있었는데, 벽돌담처럼 가파른 산 중턱에 박쥐처럼 달라붙은 인간을 그린 두세 개의 삽화가 있었다. 그때, 다이스케는 절벽 옆에 있는 흰 공간 저편의 광활한 하늘과 아득한 골짜기를 상상하자 두려움에서 오는 현기증이 머릿속에 재현되었다.

다이스케는 지금 도덕의 세계에서 등산가들과 같은 위치에 서 있다는 것을 자각하였다. 하지만 스스로 그 자리에 서보니 두려움은 전혀 없었다. 두려움에 상황을 유예하는 것은 오히려 그에게는 몇 배의 고통으로 다가오리라 생각했다.

그는 하루라도 빨리 부친을 만나 말하고 싶었다. 만일의 차질을 두려워하여 미치요가 온 다음 날에 다시 전화를 걸어 상황을 확인해보았다. 부친은 부재중이라는 대답이었다. 다음 날 다시 문의하자 이번에는 일정이 바쁘다며 거절당했다. 또 그다음에는, 연락이 갈 때까지 기다리라는 대답이었다. 다이스케는 명령대로 기다렸다. 그동안 형수나 형에게서도 소식은 전혀 없었다. 다이스케는 처음에는 본가 사람들이 자신에게 가급적 충분한 반성과 재고의 시간을 주기 위한 책략이 아닐까 추측하고 태연하게 기다렸다. 삼시 세끼도 잘 챙겨먹었다. 밤에도 비교적 편한 꿈을 꾸었다. 비가 갠 때는 가도노를 데리고 산책도 두세 번 나갔다. 그러나 본가에서는 사환도 편지도 오지 않았다. 다이스케는 절벽 도중에서 휴식하는 시간이 너무 길어져 마음이 불편했다.

마침내 과감히 자신이 직접 아오야마로 찾아갔다. 형은 여느 때처럼 부재중이었다. 형수는 다이스케를 보고 불쌍하다는 표정을 지었다. 하지만 예의 안건에 관해서는 아무 말도 하지 않았다. 다이스케의 의향을 듣고, "그럼 제가 안채에 들어가 아버님의 형편을 살피고 오죠"라고 말하고 일어났다. 우메코의 태도는 부친의 분노로부터 다이스케를 감싸는 것처럼도 보였다. 또 그를 소외시키는 것처럼도 보였다. 다이스케는 둘 중 어느 쪽일까 고민하며 기다렸다. 기다리면서도 '어차피 각오했다'고 몇 번이나 입속으로 반복했다.

안채에서 우메코가 나오기까지는 상당한 시간이 걸렸다. 다이스케를 보고 다시 불쌍하다는 듯이, "오늘은 시간이 안 된다고 하시네요"라고 말했다. 다이스케는 할 수 없이 그럼 언제 오면 좋을지 물었다. 평소답지 않게 기운 없는 말투였다. 우메코는 다이스케의 모습에 동정심이 생긴 듯한 말투로, 이삼일 중에 반드시 자기가 책임지고 형편 좋은 시일을 알리겠으니 오늘은 돌아가라고 말했다. 다이스케가 현관을 나올 때 우메코는 일부러 따라 나와 말했다.

"다시 한 번 잘 생각해보시고 오세요." 다이스케는 대답도 하지 않고 문을 나왔다.

돌아가는 도중에도 불쾌감은 사라지지 않았다. 이전에 미치요를 만난 후에 맛보게 된 마음의 평화가 부친과 형수의 태도로 다소나마 파괴되었다는 마음이 길을 걸어갈수록 점점 더 커졌다. 자신은 자신의 생각을 그대로 부친에게 고하고 부친은 부친의 생각을 거리낌 없이 자신에게 말하고, 그래서 충돌하여 충돌의 결과는 어떻게 되더라도 자신은 떳떳하게 받아들인다는 것이 다이스케의 예측이었다. 부친의 처사는 그의 예측과 달리 실망스러웠다. 그 처사는 부친의 인격이 그대로 반영된 것이라 생각되어 다이스케는 몹시 불쾌했다.

다이스케는 길을 걸어가면서 무엇이 괴로워 부친과의 대면을 그렇게 서둘렀는지 생각하기 시작했다. 원래 부친의 요구에 대한 자신의 대답에 불과한 것이니 면담은 오히려 부친에게 필요한 것이었다. 그런 부친이 일부러 자신을 피해 면회를 지연시킨다면 그것은 본인의 문제를 해결하는 시간이 늦어진다는 나쁜 결과를 초래할 것이었다. 다이스케는 자신의 미래에 관한 중요한 부분은 이미 정리한 상태였다. 그는 부친이 시일을 지정해 부를 때까지 본가와의 담판을 미뤄두기로 했다.

그는 집으로 돌아갔다. 부친에 대해서는 단지 어슴푸레하게 불쾌한 그림자가 머리에 남았다. 그러나 그 그림자는 가까운 미래에 반드시 짙어질 성질의 어둠이었다. 그 그림자 외에 다이스케의 눈앞에 두 가지 운명의 흐름이 보였다. 하나는 미치요와 자신이 앞으로 흘러갈 방향을 보여주었다. 또 하나는 필시 히라오카와 자신을 함께 이끌고 갈 처참한 것이었다. 다이스케는 지난번 미치요를 만난 후로 다른 한쪽은 방치해두었다. 앞으로 미치요를 만난다고 해도—또 오랫동안 보지 않을 마음도 없었지만—두 사람이 앞으로 취해야 할 방침에 관해서는 현재 상태에서 당분간 한 걸음도 내디딜 생각이 없었다. 이 점에 관해 다이스케는 스스로 명료한 계획을 세우지 않았다. 히라오카와 자신을 끌고 갈 장래에 관해서도 그는 단지 언제 무슨 일이든 받아들일 용의가 있을 뿐이었다. 물론 그는 기회를 봐서 적극적으로 행동할 생각이었다. 그러나 구체적인 방안은 하나도 준비하지 않았다. 모든 경우에서 그가 결코 실수하지 않겠다고 맹세한 것은 단지 모든 것을 히라오카에게 고백한다는 것이었다. 따라서 히라오카와 자신이 구성하는 운명의 흐름은 어둡고 두려운 것이었다. 단 하나의 걱정은 이 두려운 폭풍 속에서 어떻게 미치요를 구해낼 것인가 하는 문제였다.

마지막으로 그는 그의 주위, 즉 인간의 모든 것을 에워싸는 사회에 대해서는 어떤 생각도 정리하지 않았다. 실제로 사회는 제재의 권리를 갖고 있었다. 하지만 자신의 동기와 행동의 권리는 오로지 자신의 천성에서 나온다고 믿었다. 그는 이 점에서 사회와 자신과의 사이에는 전혀 타협이 없다는 것을 인정하고 진행할 생각이었다.

다이스케는 그의 작은 세계의 중심에 서서 저쪽 세계를 이렇게 보고 다시 한 번 그 관계성을 머릿속에서 살펴본 후, "그래!"라고 말하고 다시 집을 나왔다. 그리고 100미터 정도를 걸어 인력거 대기소까지 와서, 깔끔하고 날쌔게 보이는 인력거를 골라서 올라탔다. 어디로 가고자 하는 목표도 없었지만 아무렇게나 떠오르는 지명을 말하고 두 시간 정도 여기저기 돌아다닌 후 집으로 돌아갔다.

다음 날도 서재 안에서 전날처럼 자기 세계의 중심에 서서 전후좌우를 일단 꼼꼼히 살펴본 후, "그래!"라고 말하고 밖으로 나가 용무도 없는 곳을, 이번에는 발길 닿는 대로 돌아다니다가 집으로 돌아왔다.

사흘째도 같은 행위를 반복했다. 하지만 이번에는 밖에 나오자마자 곧바로 에도 강을 건너 미치요에게 갔다. 미치요는 둘 사이에 아무 일도 없던 것처럼 물었다.

"왜 그 후로 오시지 않았어요?" 다이스케는 오히려 미치요의 매우 침착한 태도에 놀랐다. 미치요는 일부러 히라오카의 책상 앞에 있던 방석을 다이스케 앞으로 내밀고 말했다.

"왜 그렇게 들떠 있으세요?" 그러고는 억지로 그 위에 다이스케를 앉혔다.

한 시간쯤 대화를 하는 동안 다이스케의 머리는 점차 평온해졌다. 인력거를 타고 정처 없이 돌아다니는 것보다 반 시간이라도 좋으니 차라리 여기에 놀러 오는 게 좋았을 것이라고 생각했다. 돌아가면서 다이스케는 미치요를 위로하듯 말했다.

"다시 오겠습니다. 괜찮으니 안심하고 계세요." 미치요는 단지 미소를 지었다.

그날 저녁 마침내 부친의 연락이 왔다. 그때 다이스케는 아주머니의 시중을 받으며 밥을 먹고 있었다. 찻잔을 상 위에 놓고 가도노가 건네준 편지를 읽어보니 내일 아침 몇 시까지 오라는 문구가 있었다.

"관청의 출두 명령 같군." 다이스케는 말하면서 일부러 엽서를 가도노에게 보였다.

"아오야마 본가에서 온 것입니까?" 가도노는 정중하게 바라보더니 별로 할 말이 없는 듯 엽서를 뒤집고, "아무래도 옛날 분들은 역시 필체가 좋은 거 같습니다"라고 인사치레를 하고 나갔다. 아주머니는 아까부터 달력 이야기를 계속하고 있었다. 팔삭이라든가 손톱을 깎는 날이라든가 집수리를 하는 날 등 아주 번잡스러운 내용이었다. 다이스케는 그냥 흘려들었다. 아주머니는 또 가도노의 일자리를 부탁했다. 15엔이라도 좋으니 어딘가 찾아봐달라고 했다. 다이스케는 자신이 어떤 대답을 했는지 모를 정도로 마음에 두지 않았다. 단지 마음속에서는 가도노보다도 당장 내가 위험하다고 생각했다.

식사를 끝내자마자 혼고에서 데라오가 왔다. 다이스케는

가도노의 얼굴을 보고 잠시 머뭇거리고 있었다. 가도노가 불쑥 물었다.

"거절할까요?" 다이스케는 요전부터 드물게 어떤 모임에 한두 번 결석했다. 내방객도, 만날 필요가 없는 사람은 두 번 정도 사절했다.

다이스케는 데라오를 만나기로 했다. 데라오는 늘 그렇듯 혈안이 되어 무언가 찾고 있었다. 그 모습을 보고 다이스케는 여느 때처럼 계속 농담할 마음이 생기지 않았다. 데라오는 번역이건 표절이건 살아 있을 동안에는 무엇이라도 할 각오이므로 오히려 자기보다 어엿한 사회인답게 보였다. 자신이 만약 좌절하여 그와 같은 위치에 놓인다면 과연 어떤 일을 할 수 있을 것인지 생각하자 다이스케는 자신이 불쌍해 보였다. 그리고 머지않아 자신이 그보다 더욱 좌절할 것이, 발생하지 않은 사실처럼 거의 확실하다고 체념하였기 때문에 그는 모멸의 눈으로 데라오를 대할 수 없었다.

데라오는 요전번의 번역을 간신히 월말까지 마무리하였으나 출판사의 사정이 좋지 않으니 가을까지 출판을 보류하자는 말에, 노력을 돈으로 곧 환산할 수가 없어 고민 끝에 찾아왔다고 했다. 그럼 출판사와 계약도 하지 않고 번역을 착수했는가 물으니 전혀 그렇지도 않은 듯했다. 그렇다고 해서 출판사가 전혀 약속을 무시한 것처럼 말하지도 않았다. 요컨대 애매한 상태였다. 단지 현재 곤란한 것만은 사실인 듯했다. 하지만 이런 착오에 매우 익숙한 데라오는 도의적 문제로 누구에게도 별로 불만을 품은 것 같지는 않았다. 무례하다든가 괘씸하다고 말하는 것은 단지 말뿐으로 머릿속의 걱정은 오로지 밥과 고기에 집중하는 듯했다.

다이스케는 불쌍한 마음에 당장의 생활비로 약간이나마 돈을 빌려주었다. 데라오는 감사의 뜻을 표하고 돌아갔다. 돌아가기 전에, 실은 출판사에서도 가불을 좀 했지만 그것은 아주 오래전에 다 써버렸다고 자백했다. 데라오가 돌아간 후 다이스케는 저런 것도 하나의 인격이라고 생각했다. 그저 이렇게 편하게 생활하는 자신은 결코 할 수 있는 일이 아니었다. 지금의 이른바 문단이 저런 인격도 필요하다고 인정하고 자연스럽게 낳았을 정도로 지금의 문단은 비참한 상황하에서 신음하고 있지 않은가 생각했다.

다이스케는 그날 밤 자신의 앞날이 매우 걱정되었다. 만약 부친이 물질적 공급을 차단했을 때 그는 과연 자신이 제2의 데라오가 되겠다고 결심을 할 수 있을지 의심했다. 만약 붓을 들어 데라오의 흉내도 내지 못한다면 그는 당연히 굶어 죽을 것이다. 만약 붓을 들지 않는다면 그가 달리 무슨 능력이 있을 것인가.

그는 눈을 뜨고 때때로 모기장 밖에 놓인 램프를 바라보았다. 한밤중에 성냥을 켜서 담배를 피웠다. 누워서도 몇 번이나 몸을 뒤척거렸다. 그리 잠들기 어려울 정도로 더운 밤은 아니었다. 비가 다시 심하게 내렸다. 다이스케는 빗소리에 이제 잠이 드는가 싶다가 다시 빗소리에 문득 잠이 깼다. 그렇게 잠을 설치다가 날이 밝았다.

약속 시간에 맞춰 다이스케는 집을 나섰다. 게다를 신고 우산을 들고 전차를 탔는데 한쪽 창이 닫혀 있을 뿐 아니라 차 안에 서 있는 사람들이 가득하여 잠시 후 속이 미식거리고 머리가 무거워졌다. 수면부족이 영향을 준 듯하여 팔을 간신히 뻗어 자기 뒤쪽의 창을 열었다. 비는 가차 없이 목깃과 모자로 들이쳤다. 2, 3분 후 주위 사람들의 찌푸린 얼굴을 눈치채고 다시 유리창을 닫았다. 유리창에는 빗방울이 맺혀 도로가 다소 일그러진 모습으로 보였다. 다이스케는 창으로 고개를 돌려 밖을 보면서 몇 번 자신의 눈을 비볐다. 그러나 몇 번 비벼도 세상의 모양이 달라졌다는 자각은 들지 않았다. 유리창을 통해 비스듬하게 먼 곳을 보았을 때는 더욱 그런 느낌이 들었다.

벤케이바시弁慶橋에서 갈아타니 사람도 적고 비도 적어졌다. 머리도 편하게 젖은 세상을 바라볼 수 있었다. 하지만 편찮은 부친의 얼굴이 다양한 표정으로 그의 뇌수를 자극했다. 상상의 대화마저 분명히 귀에 들리는 듯했다.

현관을 올라가 안채로 들어가기 전에 여느 때처럼 먼저 형수를 만났다.

"음울한 날씨네요"라며 형수는 상냥하게 몸소 차를 준비해주었다. 그러나 다이스케는 마실 마음이 없었다.

"아버님이 기다리고 계시니 가서 말을 전하고 올게요" 하고 자리를 뜨려다가 형수는 불안한 얼굴로 말했다.

"도련님, 될 수 있으면 어르신에게 걱정을 끼치지 않도록 하세요. 아버님도 이제 사실 날이 얼마 남지 않으셨으니."

다이스케가 우메코의 입에서 이런 우울한 말을 듣는 것은 처음이었다. 갑자기 수렁에 떨어진 느낌이었다.

부친은 담배 상자를 앞에 놓고 고개를 숙이고 있었다. 다이스케의 발소리를 들어도 고개를 들지 않았다. 다이스케는 부친 앞으로 가서 정중하게 인사를 했다. 필시 엄한 눈매로 바라볼 것이라고 생각했는데 뜻밖에 부친은 부드러운 말투로 말했다.

"오느라 고생했다."

그때 처음으로 부친의 뺨이 어느새 많이 홀쭉해진 것을 느꼈다. 원래 살집이 많은 얼굴이었으므로 이 변화가 다이스케에게는 더욱 눈에 띄었다. 다이스케는 자기도 모르게 물었다.

"어디 편찮으십니까?"

부친으로서의 기색을 잠깐 얼굴에 비쳤을 뿐 부친은 그다지 다이스케의 걱정을 대단치 않게 생각하는 모습이었으나 잠시 말을 나누는 동안, "나도 꽤 나이를 먹었구나" 하고 말했다. 말투가 평소의 부친과는 매우 달랐기에 다이스케는 아까 형수가 한 말을 무겁게 생각하지 않을 수 없었다.

부친은 나이가 들어 건강이 쇠약해진 것을 이유로 가까운 시일 내에 실업계에서 물러나겠다는 의사를 다이스케에게 전했다. 그러나 지금은 러일전쟁 후의 상공업 팽창의 반동으로 자신이 경영에 관여한 사업이 불경기의 극단에 달한 때이므로 이 난관을 헤쳐 나가지 않으면 무책임하다는 비난을 면할 수 없으므로 당분간 어쩔 수 없이 참고 견디는 것 외에 방법이 없다는 사정을 자세하게 말했다. 다이스케는 부친의 말이 매우 지당하다고 생각했다.

부친은 실업의 어려움과 위험과 다망, 그리고 그것들에서 발생하는 당사자의 커다란 심적 고통 및 긴장을 말했다. 마지막으로 지방 대지주는 일견 대단치 않게 보이지만 실은 자신들보다 훨씬 견고한 기초를 갖고 있다고 말했다. 그리고 이 비교를 논거로 하여 새삼스럽게 이번의 결혼을 성립시키려고 애썼다.

"그런 친척이 하나쯤 있는 것은 큰 도움이 되고 또 이런 때 매우 필요하지 않은가?" 부친이 말했다. 다이스케는 부친의 매우 노골적인 정략결혼의 제의에 새삼스레 놀랄 정도로 애초 부친을 과대평가한 적이 없었다. 최후의 면담에 부친이 종래의 가면을 벗어던진 것을 오히려 유쾌하게 생각했다. 그 자신도 이런 의미의 결혼을 감행할 수 있는 인간이라고 스스로 평가하고 있었다.

게다가 부친에 대해서 평소에 없던 동정이 있었다. 부친의 얼굴과 목소리, 다이스케를 움직이려고 하는 노력 등 모든 것에서 노후의 비애를 느낄 수 있었다. 다이스케는 이것도 부친의 책략이라고는 생각할 수 없었다. 저는 아무래도 좋으니 아버님의 뜻대로 결정하시라고 말하고 싶었다.

하지만 미치요와 마지막 면담을 치른 상태라 부친의 뜻에 따르는 당장의 효도는 할 수 없었다. 그는 원래 애매모호한 사람이었다. 누구의 명령도 문자 그대로 받아들인 적이 없으며 누구의 의견에도 노골적으로 저항한 적도 없었다. 해석에 따라서는 책사의 태도라고도 할 수 있는 우유부단한 성격의 소유자로 보였다. 그 자신도 이 두 가지 비난 중 어느 하나를 들었을 때 그럴지도 모른다고 속으로 골똘히 생각하곤 했다. 그러나 그 원인의 대부분은 책략도 우유부단도 아니라 오히려 그에게는 융통성 있는 두 눈이 있어 쌍방을 동시에 보는 장점을 갖고 있기 때문이었다. 그는 이 능력으로 인해 오늘까지 외곬으로 무엇을 향해 돌진하는 용기가 생기지 않았다. 즉 달라붙지도 떨어지지도 않고 현재 상황에 멈춰 서 있는 적이 자주 있었다. 이러한 현상 유지의 외관이 사려의 결핍에서 발생하는 것이 아니라 오히려 명백한 판단에 근거하여 일어난다는 사실은, 범해서는 안 될 행동을 자신의 믿음에 근거해 과감히 단행했을 때에 비로소 그 자신도 깨달은 것이었다. 미치요의 경우는 바로 그 적절한 실례였다.

그는 미치요 앞에서 고백한 자신을 부친 앞에서 백지로 되돌리려는 생각은 없었다. 동시에 부친을 보면 진심으로 안타까웠다. 평소의 다이스케가 이때 취해야 할 방침은 말할 것도 없이 분명했다. 미치요와의 관계를 굳이 철회하지 않고 부친을 만족시키기 위해 결혼을 승낙하는 것 말고는 없었다. 다이스케는 몰래 쌍방을 조화시킬 수가 있었다. 어느 쪽에도 붙지 않고 한가운데에 서서 애매한 자세로 전진하는 것은 어렵지 않았다. 하지만 지금의 그는 평소의 그와는 색깔이 달랐다. 몸의 반쪽을 울타리 밖으로 내밀고 다른 사람과 악수하는 것은 이미 늦었다. 그는 미치요에 대한 자기의 책임이 그토록 깊고 무거운 것이라 믿었다. 그 신념의 반은 머리의 판단에서 비롯되었다. 반은 마음의 갈망에서 비롯되었다. 이 두 가지가 커다란 물결처럼 그를 지배했다. 그는 평소의 자신과 달라진 모습으로 부친을 마주하고 있었다.

그는 평소의 다이스케처럼 가급적 말을 하지 않고 앉아 있었다. 부친이 보면 평소의 다이스케와 다른 점은 없었다. 다이스케가 오히려 부친의 변화에 놀랐다. 실은 이전부터 몇 번이나 면담이 거절되었던 것도 자신이 부친의 의지에 반할 우려가 있으니 부친이 일부러 지연시켰다고 추측하였다. 오늘 만나면 필시 씁쓸한 얼굴을 볼 것이라고 각오했다. 어쩌면 만나자마자 크게 혼날지도 모른다고 생각했다. 다이스케는 오히려 그쪽이 더 마음이 편했다. 3분의 1은, 부친의 분노에 대한 자기의 반동을 심리적으로 이용하여 단호히 거절하려는 속셈마저 있었다. 다이스케는 부친의 모습, 말투, 생각 등 모든 것이 예측과 달리 자신의 결심을 무디게 하는 경향으로 나오는 것이 괴로웠다. 그러나 그는 이 괴로움도 이겨내야 한다고 결심했다.

"아버님의 말씀은 모두 지당하시다고 생각합니다만 저는 결혼을 승낙할 정도의 용기가 없으니 거절하는 수밖에 없습니다." 다이스케가 마침내 말했다. 그때 부친은 단지 다이스케의 얼굴을 바라보았다.

잠시 후, 부친은 "용기가 필요한가?"라고 말하며 손에 들고 있던 담뱃대를 방바닥에 내던졌다. 다이스케는 무릎을 응시하며 입을 다물고 있었다.

"상대가 마음에 들지 않나?" 부친이 다시 물었다. 다이스케는 여전히 대답을 하지 않았다. 그는 지금까지 부친에게 자신의 4분의 1도 털어놓지 않았다. 그 덕분에 부친과 평화스러운 관계를 지금껏 지속해왔다. 그러나 미치요 건은 처음부터 결코 숨길 생각은 없었다. 자신의 머리 위에 당연히 떨어질 결과를 술책을 부려 피하는 비겁한 행동은 하고 싶지 않았다. 그는 단지 자백의 시기가 되지 않았다고 생각했다. 따라서 미치요의 이름은 전혀 입 밖으로 내지 않았다.

부친은 마지막으로 말했다.

"그럼 뭐든지 네 마음대로 해라." 부친은 씁쓸한 얼굴을 했다.

다이스케도 불쾌했다. 그러나 어쩔 수 없었기에 인사를 하고 부친 앞을 물러나려고 했다. 그때 부친은 그를 불러 세우고 말했다.

"이제 내게 신세 질 생각은 하지 마라." 객실로 돌아갔을 때, 우메코가 기다리고 있었다.

"어떻게 됐어요?" 우메코가 물었다. 다이스케는 뭐라고 대답해야 할지 알 수 없었다.

16

다음 날, 눈을 떠도 다이스케의 귓속에는 부친의 마지막 말이 울리고 있었다. 그는 전후의 사정으로 그 말에 평소 이상의 무게를 느꼈다. 적어도 자신은 부친의 물질적 공급이 이제 끊어졌다고 각오할 필요가 있었다. 다이스케가 가장 두려워하는 때가 다가왔다. 부친의 마음을 되돌리려면 이번 결혼을 거절한다고 해도 모든 결혼에 반대해서는 안 된다. 모든 결혼에 반대해도 부친이 수긍하기에 충분할 정도의 이유를 명백하게 말해야 한다. 다이스케에게는 두 가지 모두 불가능했다. 인생에 대한 자기 철학의 근본이 되는 문제에 관해 부친을 속이는 것은 더욱 불가능했다. 다이스케는 어제의 면담을 되돌아보고 모든 것이 진행되어야 할 방향으로 진행되었다고 생각했다. 하지만 두려웠다. 스스로 자신에게 자연스러운 운명을 진전시켜 그 운명의 무게를 등에 짊어지고 높은 절벽의 끝까지 밀려온 심정이었다.

그는 제일의 수단으로써 무언가 직업을 구해야 한다고 생각했다. 그러나 그의 머릿속에는 직업이라는 문자가 있을 뿐 직업 그 자체가 형체를 갖추고 나타나지 않았다. 오늘까지 어떠한 직업에도 흥미를 갖지 않았던 결과, 어떤 직업을 떠올려봐도 단지 그 위를 피상적으로 미끄러져 갈 뿐 안에 발을 내딛고 내부에서 생각하는 것은 도저히 할 수 없었다. 그는 세상이 평평하고 복잡한 색깔로 보였다. 그리고 자신은 아무런 색깔을 띠지 않은 존재라고 생각했다.

모든 직업을 살펴본 후에 그의 눈은 방랑자 위에 와서 멈췄다. 그는 자신의 모습을 개와 사람의 경계를 헤매는 거지들 속에서 분명히 발견했다. 생활의 타락이 정신의 자유를 죽이는 것을 그는 가장 고통스럽게 생각했다. 자신의 육체가 모든 추잡함을 뒤집어쓸 경우 자신의 마음 상태가 얼마나 타락할 것인지 생각하자 몸이 오싹해졌다.

그는 이 타락 속으로 미치요를 끌어들일 수밖에 없었다. 미치요는 정신적으로 말해 이미 히라오카의 소유가 아니었다. 다이스케는 죽음에 이를 때까지 그녀의 인생을 책임질 생각이었다. 그러나 상당한 지위에 있는 사람의 불성실과 타락의 극한에 달한 사람의 친절이 결과적으로 큰 차이는 없다고 새삼 생각하지 않을 수 없었다. 죽을 때까지 미치요를 책임지겠다는 말은 책임의 대상이 있다는 것일 뿐, 실제로 책임질 수 있다는 말은 아니었다. 다이스케는 마치 눈이 멀어버린 사람처럼 망연자실한 상태에 빠졌다.

그는 다시 미치요를 방문했다. 미치요는 전날처럼 침착한 모습이었다. 미소와 광휘로 가득 차 있었다. 부드러운 봄바람에 그녀의 눈썹이 흔들렸다. 다이스케는 미치요가 온몸으로 자신을 믿고 따르는 것을 잘 알고 있었다. 그 증거를 다시 눈앞에서 보았을 때 그는 애련의 정과 동정의 염念에 휩싸였다. 그리고 자신이 악한과 다름없다고 가책했다. 그는 자신의 생각을 전혀 말하지 못했다.

돌아갈 때, "다시 시간 내서 우리 집에 오시죠"라고 다이스케가 말했다. 미치요는 끄덕거리며 미소 지었다. 다이스케는 살을 에는 듯한 괴로움을 느꼈다.

다이스케는 이전부터 미치요를 방문할 때마다, 불쾌하지만 히라오카가 없을 때를 택했다. 처음에는 그렇게까지 생각하지 않았지만 최근에는 불쾌보다는 거리낌이 나날이 강해졌다. 게다가 부재중의 방문이 늘어나면 하녀가 의심할 우려가 있었다. 기분 탓인지 모르지만 하녀는 차를 가져올 때도 묘하게 의심스런 눈매로 보는 것 같았다. 그러나 미치요는 태연한 얼굴을 하고 있었다. 적어도 겉으로는 그랬다.

히라오카와의 관계에 관해서는 물론 자세하게 물을 기회도 없었다. 이따금 한두 마디 넌지시 물어봐도 미치요는 대답하지 않았다. 단지 자연스러운 경향으로 다이스케의 얼굴을 보는 동안에는 기쁨에 빠져 있는 듯했다. 속내는 모르겠지만, 다이스케 앞에서는 앞뒤를 둘러싸는 검은 구름이 당장이라도 다가오지 않을까 하는 걱정은 그림자도 비치지 않았다. 미치요는 원래 신경이 예민한 여자였다. 요즈음의 태도는 아무래도 이 여자의 평소 모습이 아니라고 생각하면 미치요의 주위 사정이 아직 그렇게 험악하지 않다는 증거라기보다는 자신의 책임이 한층 무거워졌다고 해석하지 않을 수 없었다.

"할 말이 좀 있으니 와주세요." 다이스케는 아까보다 좀 더 진지하게 말하고 미치요와 헤어졌다.

사흘 후 미치요가 올 때까지 다이스케의 머리는 아무런 새로운 길을 개척하지 못했다. 그의 머릿속에는 '직업'이라는 두 글자가 또렷하게 찍혀 있었다. 그것을 밀어 치우면 '물질적 공급의 두절'이라는 글자가 계속 날뛰었다. 그것이 형체를 숨기면 미치요의 미래가 무서운 기세로 날뛰었다. 그의 머리에는 불안한 회오리바람이 불었다. 이 셋이 얽히며 쉼 없이 회전했다. 그 결과로써 그의 주위가 모두 회전하기 시작했다. 그는 배를 탄 사람 같았다. 회전하는 머리와 회전하는 세계 속에서 꼼짝하지 않고 앉아 있었다.

아오야마의 본가에서는 아무런 소식이 없었다. 다이스케는 애초 그것을 예기하지 않았다. 그는 일부러 가도노를 상대로 시시한 잡담에 열중했다. 가도노는 이 더위에 자신의 몸을 힘겨워할 정도로 할 일이 없었기 때문에 매우 자신 있게 다이스케가 원하는 대로 수다를 떨었다. 그리고 이야기 끝에 피곤해지면, "선생님, 장기나 한판 두실까요?" 등의 제안을 했다. 저녁에는 정원에 물을 뿌렸다. 둘 다 맨발로 물 한 통을 들고 주위 여기저기에 뿌렸다. 가도노가 이웃집의 오동나무 꼭대기에 물을 주는 것을 보여준다고 하며 물통을 치켜들다가 미끄러져 엉덩방아를 찧었다. 분꽃이 울타리 옆에서 꽃을 피웠다. 푼주의 그늘에 난 베고니아 잎이 눈에 띄게 커졌다. 장마는 이윽고 걷히고 낮에는 뭉게구름이 하늘을 덮었다. 맑고 너른 하늘에서 타는 듯한 강한 햇빛이 내리쬐어 땅에는 뜨거운 열이 가득했다.

다이스케는 밤이 되면 하늘의 별만 바라보았다. 아침에는 서재로 들어갔다. 최근 이삼일은 아침부터 매미 소리가 들리기 시작했다. 욕탕에 가서 때때로 머리를 식혔다. 그러자 가도노가 마침 좋은 때라고 생각한 듯, "엄청 찌는 더위군요"라고 말하며 들어왔다. 다이스케는 이렇게 마음이 들뜬 생활을 이틀쯤 보냈다. 사흘째의 대낮에 그는 서재 안에서 강렬하게 빛나는 하늘의 빛을 바라보며 하늘에서 토해내는 불꽃의 숨을 맡았을 때 매우 두려워졌다. 그것은 강렬한 날씨가 그의 정신에 영원한 변화를 일으키고 있다는 느낌 때문이었다.

미치요는 더위를 무릅쓰고 전날의 약속을 지켰다. 다이스케는 여자의 목소리를 들었을 때 몸소 현관까지 뛰쳐나갔다. 미치요는 우산을 접고서는 보자기를 안은 채 격자문 밖에 서 있었다. 평상복 그대로 집을 나온 듯 검소한 흰색 유카타의 소매에서 손수건을 꺼내는 참이었다. 다이스케는 그 모습을 한 번 보고는 운명이 미치요의 미래를 잘라내서 심술궂게 자신의 눈앞에 갖다놓은 느낌을 받았다. 자신도 모르게 웃으면서 말했다.

"사랑의 도피라도 할 듯한 차림이 아닙니까?"

미치요는 침착하게, "시장에 간다고 말하고 나왔으니까요"라고 솔직하게 대답하고 다이스케의 뒤를 따라 안으로 들어왔다. 다이스케는 곧 부채를 꺼냈다. 햇볕을 쬔 탓으로 미치요의 뺨이 기분 좋게 반짝였다. 평소의 지친 기색은 어디서도 보이지 않았다. 눈 속에도 생생한 윤기가 있었다. 다이스케는 신선한 아름다움에 자신의 감각을 빼앗겨 잠시 모든 것을 잊었다. 그러나 잠시 후 이 아름다움을 암암리에 무너뜨리고 있는 것이 자기라는 생각이 들자 슬퍼졌다. 그는 오늘도 이 아름다움의 일부분을 흐리게 하기 위해 미치요를 부른 것이 틀림없었다.

다이스케는 몇 번인가 자신의 말을 망설였다. 자신 앞에서 이렇게 행복해 보이는 젊은 여자를 눈썹 하나라도 움직이게 하는 것은 다이스케로서는 매우 부도덕한 일이었다. 만약 미치요에 대한 의무감이 가슴속에서 날카롭게 움직이지 않았다면 그는 그 후의 사정을 고백하는 대신에 일전의 고백을 다시 반복하며 단순한 사랑의 쾌감 속에서 모든 것을 방치했을지도 몰랐다.

다이스케는 잠시 후 과감하게 말했다.

"그 후로 당신과 히라오카의 관계에는 별로 변화가 없습니까?"

미치요는 이 질문을 받았을 때에도 여전히 행복한 표정이었다.

"있어도 상관없어요."

"당신은 그렇게 나를 믿고 있습니까?"

"믿지 않으면 이렇게 이 자리에 있을 순 없겠죠?"

다이스케는 눈이 부실 듯 뜨거운 거울 같은 먼 하늘을 바라보았다.

"저는 그렇게 믿을 만한 사람이 되지 못합니다." 다이스케는 쓴웃음을 지으면서 대답했지만 머릿속은 화로처럼 불타고 있었다. 그러나 미치요는 개의치 않은 듯 왜냐고 되묻지 않았다. 단지 간단하게, "어머나" 하고 일부러 놀란 표정을 지었다. 다이스케는 진지해졌다.

"자백하겠지만, 실은 히라오카보다도 의지가 되지 않는 사람입니다. 과대평가하면 곤란하니 모두 말합니다만"이라고 전제하고 자신과 부친의 오늘까지의 관계를 자세하게 말했다.

"나는 이제 어떻게 될지 모릅니다. 적어도 당분간은 한 사람 몫도 하지 못합니다. 반 사람 몫도 되지 못합니다. 그러니까……" 하고 다이스케는 잠시 말을 멈췄다.

"그러니까, 어떻게 하신다고요?"

"그러니까, 내 생각대로 당신에 대한 책임을 다하지 못할까 걱정하고 있습니다."

"책임이라뇨. 어떤 책임이죠? 잘 모르겠네요. 좀 더 확실히 말씀해주시지 않겠어요?"

다이스케는 평소 물질적 상황에 중점을 두어온 결과, 빈곤이 애인을 만족시키지 못하는 것을 알고 있었다. 그러므로 경제적 부유함을 미치요에 대한 책임의 하나로 생각했을 뿐 그 외로는 달리 어떤 관념은 전혀 갖고 있지 않았다.

"도의적 책임이 아닌 물질적 책임입니다."

"그런 것은 바라지 않아요."

"바라지 않는다고 말해도 반드시 필요하게 됩니다. 앞으로 내가 당신과 어떤 새로운 관계로 나아간다고 해도 물질적 공급이 반은 해결자입니다."

"해결자이든 뭐든 이제 와서 걱정해봤자 어쩔 수 없죠."

"입으로는 그렇게 말할 수 있지만 막상 현실에 처하면 고생은 눈에 훤하게 보입니다."

미치요는 조금 안색을 바꾸었다.

"지금 당신 아버님 이야기를 들어보니 이렇게 될 줄 처음부터 알고 있지 않았나요? 당신도 그 정도는 진작부터 깨닫고 있었다고 생각해요."

다이스케는 대답을 할 수 없었다.

"머리가 좀 어떻게 된 모양이군." 다이스케는 머리를 감싸 쥐며 혼잣말처럼 중얼거렸다. 미치요는 눈물을 글썽거렸다.

"만약 그것이 걱정된다면 저는 아무래도 상관없으니 아버님과 화해하시고 예전처럼 지내면 되지 않나요?"

다이스케는 갑자기 미치요의 손목을 붙잡고 그것을 거절하듯이 힘을 주어 말했다.

"그렇게 할 생각이라면 처음부터 걱정하지 않았습니다. 단지 당신이 불쌍하여 당신께 사죄합니다."

"사죄라뇨?" 미치요는 목소리를 떨면서 말을 잘랐다. "제가 원인이 되어 그렇게 되었는데 당신에게 사죄를 받으면 제가 미안해지지 않나요?"

미치요는 소리를 내서 울었다.

"그럼 참아줄 수 있습니까?" 다이스케는 위로하듯이 물었다.

"참을 것도 없어요. 당연한걸요."

"앞으로 많은 변화가 있을 겁니다."

"잘 알고 있어요. 어떤 변화가 있어도 상관하지 않아요. 저는 이전부터…… 지난번부터 저는 만약의 일이 생긴다면 죽음까지도 이미 각오했던걸요."

다이스케는 섬뜩함에 몸이 떨렸다.

"당신은 앞으로 어떻게 되면 좋겠다는 희망이 없나요?"

"희망 같은 건 없어요. 뭐든지 당신이 말하는 대로 따르겠어요."

"방랑의 삶……."

"방랑도 좋아요. 죽으라고 하시면 죽겠어요."

다이스케는 다시 오싹했다.

"이대로는?"

"이대로도 상관없어요."

"히라오카 군은 전혀 눈치채지 못한 것 같습니까?"

"눈치챘는지도 몰라요. 하지만 저는 이미 각오했기 때문에 괜찮아요. 언제 죽임을 당해도 좋은걸요."

"그렇게 죽는다거나 죽임을 당한다고 쉽게 말해서는 안 됩니다."

"어차피 영원히 살 수 있는 몸도 아니지 않나요?"

다이스케는 굳은 표정으로 나무라듯 미치요를 응시했다. 미치요는 히스테릭적 발작이 일어난 듯 울음을 터뜨렸다.

한바탕 울더니 미치요의 흥분은 점차 가라앉았다. 그 후로는 평소대로 조용하고 정숙하고 깊이 있는 아름다운 여자가 되었다. 눈썹 주위가 더욱 맑아 보였다. 그때 다이스케가 물었다.

"제가 직접 히라오카 군을 만나서 해결해도 좋겠습니까?"

"그게 가능한가요?" 미치요는 놀란 듯했다.

"가능합니다." 다이스케는 확실히 대답했다.

"그럼, 모쪼록" 하고 미치요가 말했다.

"그렇게 합시다. 우리 둘이 히라오카 군을 속이는 것은 좋지 않습니다. 물론 사실을 잘 납득할 수 있도록 말할 겁니다. 그리고 저의 잘못은 확실히 사과할 각오입니다. 결과는 내 생각대로 되지 않을지도 모릅니다. 하지만 어떻게 잘못되어도 터무니없는 사태는 일어나지 않도록 할 생각입니다. 이렇게 어중간한 상태로 있으면 서로 고통스럽고 히라오카 군에 대해서도 미안합니다. 단지 제가 과감히 그렇게 하면 당신이 필시 히라오카 군에게 얼굴을 들 수 없게 될 것이라고 생각해서요. 그것이 불쌍합니다만 저 또한 얼굴을 들 수 없으니까요. 자신의 행위에 대해서는 아무리 면목이 없어도 도덕상의 책임을 지는 것이 당연한 것이니까 아무런 이득이 없다고 해도 서로에게 있던 일만은 히라오카 군에게 말해야겠죠. 게다가 지금의 경우는 앞으로의 조치를 위한 중요한 자백이니까 더욱 필요하다고 생각합니다."

"잘 알았어요. 어차피 일이 틀어지면 전 죽을 각오니까요."

"죽다뇨…… 설령 죽는다고 해도 그런 생각을 하려면 아직 멀었습니다. 또 그런 위험이 있을 정도라면 왜 제가 히라오카 군에게 말하겠습니까?"

미치요는 다시 울기 시작했다.

"그럼 제가 잘 말하도록 하죠."

다이스케는 해가 기우는 것을 기다려 미치요를 돌려보냈다. 그러나 지난번처럼 바래다주지는 않았다. 한 시간 정도 서재 안에서 매미 소리를 들으며 지냈다. 미치요를 만나 자신의 미래를 털어놓고 나니 속이 후련했다. 히라오카에게 편지를 써서 면담의 형편을 묻고자 붓을 들었지만 갑자기 책임의 무게에 괴로워져 맨 처음의 인사말 다음으로 계속 이어 쓸 용기가 나지 않았다. 맨발에 셔츠 한 장 차림으로 정원으로 뛰쳐나왔다. 미치요가 돌아갈 때는 정신없이 낮잠을 자던 가도노가 중머리를 양손으로 덮고 툇마루 옆에 나타나며 말했다.

"아직 이르지 않습니까? 해가 아직 따갑습니다." 다이스케는 대답도 하지 않고 정원의 구석에 들어가 대나무 낙엽을 앞쪽으로 쓸어냈다. 가도노도 어쩔 수 없이 옷을 벗고 내려왔다.

좁은 정원이지만 흙이 말라 있어서 충분히 적시려니 꽤 힘들었다. 다이스케는 팔이 아프다고 하며 적당히 마치고 발을 닦고 올라갔다. 담배를 피우며 툇마루에서 쉬고 있자 가도노가 그 모습을 보고 아래에서 놀렸다.

"선생님, 심장의 고동이 이상해지지 않았습니까?"

밤에는 가도노를 데리고 가구라자카의 잿날 행사에 갔다

가 가을꽃 화분을 두세 개 사와서 이슬이 내리는 처마 밖에 나란히 놓았다. 밤은 깊고 하늘은 높았다. 별빛은 밝게 빛났다.

다이스케는 그날 밤 일부러 덧문을 닫지 않고 잤다. 문단속 같은 두려움은 그의 머리에는 전혀 없었다. 그는 램프를 끄고 모기장 안에서 혼자 뒤척이면서 어둠 속에서 까만 하늘을 바라보았다. 머릿속에는 낮의 일이 선명하게 빛났다. 이제 이삼일 안에 최후의 해결을 볼 수 있다고 생각하니 몇 번이나 가슴이 뛰었다. 그러는 사이에 커다란 하늘과 커다란 꿈속으로 자기도 모르게 빨려들었다.

다음 날 아침, 그는 용기를 내서 히라오카에게 편지를 보냈다. 단지 '은밀히 할 말이 좀 있으니 자네 형편을 알려주게. 나는 언제라도 괜찮다'고 썼을 뿐이지만 그는 일부러 그것을 엽서가 아닌 봉서로 했다. 봉투에 풀칠을 하고 붉은 우표를 붙였을 때에는 드디어 위기를 인증하는 표식을 한 듯한 생각이 들었다. 그는 가도노를 시켜 이 운명의 편지를 우편함에 넣게 했다. 가도노에게 편지를 전달할 때 조금 손끝이 떨렸으나 건네준 후로는 오히려 멍한 기분이었다. 3년 전 미치요와 히라오카를 열심히 주선하던 때를 떠올리면 마치 꿈과 같았다.

다음 날은 히라오카의 대답을 노심초사 기다렸다. 그다음 날도 혹시 몰라 종일 집에 있었다. 사나흘이 지났다. 그러나 히라오카에게서는 아무런 소식이 없었다. 그러던 중에 매달 아오야마에 돈을 받으러 가는 날이 왔다. 다이스케의 수중에 돈은 별로 남지 않았다. 다이스케는 일전에 부친을 만났을 때 이후로는 더 이상 본가의 보조를 받을 수 없다는 것을 각오하였다. 이제 와서 태연한 얼굴로 찾아갈 생각은 전혀 없었다. 까짓것 두세 달은 책이나 옷을 팔면 어떻게 되겠지 하며 별로 걱정하지 않았다. 일이 해결되는 대로 천천히 직업을 구하겠다는 판단도 있었다. 그는 평소부터 사람들이 흔히 말하는 '인간은 쉽사리 굶어 죽지 않는다. 어떻게든 살아간다'라는 속담의 진리를 경험하기 전부터 믿고 있었다.

닷새째에 더위를 무릅쓰고 전차를 타고 히라오카의 회사까지 가보니 히라오카는 이삼일 출근하지 않았다는 것이었다. 다이스케는 밖으로 나와 누추한 편집국의 창을 쳐다보고서는 오기 전에 일단 전화로 문의하지 않은 것을 후회했다. 얼마 전에 보낸 편지가 과연 히라오카의 손에 들어갔는지 그것마저 의심스러웠다. 다이스케가 일부러 신문사로 편지를 보냈기 때문이었다. 오는 길에 간다의 단골 헌책방에 가서, 팔 책이 있으니 집으로 와달라고 부탁했다.

그날 밤은 물을 뿌릴 마음도 없이 멍하니 흰 망사 옷을 입은 가도노의 모습을 바라보고 있었다.

"선생님, 오늘 피곤하십니까?" 가도노가 양동이를 덜거덕

거리며 말했다. 다이스케의 가슴은 불안에 짓눌려 또렷한 대답이 나오지 않았다. 저녁식사 때에도 밥맛이 없었다. 삼키듯이 입에 음식을 집어넣고 젓가락을 내던졌다.

다이스케는 가도노를 불러, "자네, 히라오카한테 가서 얼마 전의 편지는 받아보셨습니까? 보셨으면 답장을 바랍니다, 라고 말하고 대답을 받아오게"라고 부탁했다. 무슨 말인지 잘 모를 듯해서 얼마 전 이러저러한 편지를 신문사에 보냈다는 것까지 설명해주었다.

가도노를 보낸 후 다이스케는 툇마루로 나와 의자에 걸터앉았다. 가도노가 돌아왔을 때에는 램프를 불어서 끄고 어둠 속에서 가만히 있었다.

"다녀왔습니다." 가도노가 어둠 속에서 말했다. "히라오카 씨는 계셨습니다. 편지는 보셨다고 합니다. 내일 아침 오신다고 합니다."

"그래? 수고했네." 다이스케는 대답했다.

"실은 더 빨리 갈 생각이었는데 집에 환자가 생겨 늦어졌다고 잘 전해달라고 하셨습니다."

"환자?" 다이스케는 무심코 되물었다.

"네, 아마 부인이 아프신 것 같습니다." 가도노는 어둠 속에서 대답했다. 가도노가 입고 있는 흰색 유카타만이 흐릿하게 다이스케의 눈에 들어왔다. 밤의 빛은 두 사람의 얼굴을 비추기에는 충분하지 않았다. 다이스케는 앉아 있는 등

나무 의자의 팔걸이를 양손으로 잡았다.

"매우 아픈가?" 다이스케는 큰 목소리로 물었다.

"글쎄요, 잘 모르겠습니다만. 아마 그렇게 가벼운 것 같지도 않았습니다. 하지만 히라오카 씨가 내일 오신다고 할 정도니까 대단치는 않겠죠?"

다이스케는 조금 안심했다.

"뭐지? 병명은?"

"그건 깜박하고 묻지 못했습니다만."

두 사람의 문답은 그것으로 끊어졌다. 가도노는 어두운 복도를 되돌아가 자기 방으로 들어갔다. 조용히 듣고 있자 잠시 후 램프의 갓이 램프 유리에 부딪치는 소리가 났다. 가도노가 등불을 켜는 듯했다.

다이스케는 어둠 속에서 여전히 가만히 있었다. 가만히 있는 동안 가슴이 두근거렸다. 팔걸이를 쥔 손바닥에서 땀이 났다. 다이스케는 다시 손뼉을 쳐서 가도노를 불렀다. 가도노의 흐릿한 흰 옷이 다시 복도 끝에 나타났다.

"아직 어둡군요. 램프를 켤까요?" 가도노가 물었다. 다이스케는 거절하고 다시 한 번 미치요의 상태를 물었다. 간호사가 있는지 히라오카의 모습이라든지 신문사를 쉰 것은 아내의 병 때문인지까지 생각나는 대로 죄다 물었다. 그러나 가도노의 답은 아까와 같은 말의 반복일 뿐이었다. 그렇지 않으면 적당한 어림짐작에 불과했다. 그래도 다이스케는 혼자 입을 다물고 있는 것보다는 마음이 편해졌다.

자기 전에 가도노가 야간 우편함에서 편지를 하나 꺼내왔다. 다이스케는 어둠 속에서 그것을 받은 채로 열어보려고도 하지 않았다.

"본가에서 온 것 같습니다만 불을 가져올까요?" 가도노가 말했다.

다이스케는 비로소 램프를 서재로 갖고 오게 하여 램프 아래에서 봉투를 뜯었다. 편지는 우메코가 자신 앞으로 보낸 것으로 내용이 길었다.

지난번의 혼담으로 도련님도 필시 곤란하였겠죠. 여기서도 아버님을 비롯해 형님과 저는 매우 걱정했습니다. 하지만 그 보람도 없이 지난번에 와서 마침내 아버님에게 단연코 혼담을 거절한 것은 매우 유감스럽지만 지금은 어쩔 수 없다고 체념하고 있습니다. 하지만 그때 아버님이 이제 신세 질 생각을 하지 마라며 화를 내셨다는 것을 나중에 들었습니다. 그 후 도련님이 오지 않는 것도 오로지 그 때문이 아닐까 생각합니다. 매월 생활비를 드리는 날에는 오지 않을까 생각했습니다만 역시 오지 않아 걱정이 됩니다. 아버님은 놔두라고 말씀하십니다. 형님은 여전히 태평이라, 곤란하면 오겠지. 그때 아버님에게 깊이 사죄하면 된다. 만약 오지 않는다면 내가 가서 잘 훈계하겠다고 합니다. 하지만 결혼 건은 세 사람 모두 이미 단념하였으므로 그 점에서는 이제 문제가 되지 않을 것입니다. 아버님은 아직 화가 풀리지 않은 모습입니다. 제 생각으로는 당분간 예전으로 되돌아가는 것은 어려울 것 같습니다. 그것을 생각하면 도련님이 오지 않는 것이 오히려 도련님에게 좋을지도 모릅니다. 단지 걱정되는 것은 매달 드리는 돈 문제입니다. 도련님 사정을 잘 아는 저로서는 도련님이 당장 스스로 돈을 벌 방도는 없을 것이니 필시 어려운 사정에 처해 있는 것이 눈에 보이는 듯하여 안타깝기 그지없습니다. 그래서 저의 재량으로 월정분을 보내오니 받으시고 이것으로 다음 달까지 버티도록 하시죠. 조만간에 아버님의 마음도 풀리시겠지요. 또 형님이 그렇게 아버님께 말씀 올리도록 할 생각입니다. 저도 적당한 때에 사죄드릴 생각입니다. 그때까지는 지금처럼 근신하고 계시는 것이 좋으리라 생각합니다…….

다음 내용이 꽤 있었지만 여성의 특성상 대부분 중복에 지나지 않았다. 다이스케는 안에 들어 있는 수표를 꺼내고 편지를 다시 한 번 잘 읽고 봉투에 넣은 후에 형수에게 무언의 감사를 올렸다. '우메코로부터'라고 쓴 글자는 서투른 편이었다. 편지 문체가 언문일치인 것은 예전에 다이스케가 권한 바를 받아들인 것이었다.

다이스케는 램프 앞의 봉투를 가만히 바라보았다. 그의 수명이 다시 한 달 늘어났다. 조만간에 자신을 새롭게 만들

필요가 있는 다이스케로서는 형수의 뜻은 고맙지만 오히려 독이 될 뿐이었다. 단지 히라오카와 일을 해결하기 전까지는 빵을 위한 일을 시작하지 않을 마음이었으므로 형수의 선물은 특히 그에게는 당분간의 소중한 양식이 되었다.

그날 밤도 모기장에 들어가기 전에 램프 불을 입으로 불어 껐다. 가도노가 덧문을 닫으러 왔는데 거절하지 않고 그대로 두었다. 유리문이므로 문밖으로 하늘이 보였다. 어젯밤보다 어두웠다. 날이 흐린 탓인가 생각해 일부러 툇마루까지 나가 처마 위를 쳐다보니 하늘에 별 하나가 꼬리를 끌며 사선으로 떨어졌다. 다이스케는 다시 모기장을 걷고 안으로 들어갔다. 잠이 오지 않아 타닥타닥 부채를 부쳤다.

본가는 그리 마음에 두지 않았다. 일자리도 어떻게 되겠지 하는 생각이었다. 단지 미치요의 병과 그 원인과 결과가 다이스케의 머리를 몹시 괴롭혔다. 그리고 히라오카와의 면담도 여러모로 상상해보았다. 그것도 적지 않게 그의 뇌를 자극했다. 히라오카는 내일 아침 아홉 시쯤 너무 더워지기 전에 온다는 전언이었다. 다이스케는 원래 히라오카 앞에서 어떻게 말을 꺼낼지 등의 형식적 문구를 생각하는 사람은 아니었다. 말하는 내용은 애초 정해져 있고 말의 순서는 그때의 상황 나름이므로 결코 걱정하지는 않았지만 단지 가급적 부드럽게 자신의 생각을 상대에게 관철시키고 싶었다. 그래서 과도의 흥분을 피하기 위해 하룻밤의 안정을 간절히 바랐다. 가급적 숙면하려고 눈을 감았지만 머리가 말똥말똥하여 어젯밤보다 오히려 더 잠이 오지 않았다. 그러는 사이에 여름밤이 희뿌옇게 밝아왔다. 다이스케는 참지 못해 벌떡 일어났다. 맨발로 마당에 뛰어내려 차가운 이슬을 마구 밟았다. 그리고 다시 툇마루의 등나무 의자에 앉아 일출을 기다리며 꾸벅꾸벅 졸았다.

가도노가 졸린 눈을 비비면서 덧문을 열러 나왔을 때 다이스케는 깜짝 놀라 선잠에서 깼다. 세상에는 벌써 붉은 해가 비치고 있었다.

"아주 일찍 일어나셨네요." 가도노가 놀라 말했다. 다이스케는 바로 욕탕으로 가서 얼굴을 씻었다. 아침식사는 하지 않고 홍차만 한 잔 마셨다. 신문을 보았지만 무엇이 쓰여 있는지 눈에 거의 들어오지 않았다. 읽고 나면 읽은 것들이 한데 사라졌다. 단지 시곗바늘만이 마음에 걸렸다. 히라오카가 오려면 아직 두 시간이나 남았다. 다이스케는 그동안 어떻게 시간을 보낼까 생각했다. 가만히 있을 수 없었다. 하지만 무엇을 해도 손에 잡히지 않았다. 적어도 두 시간 동안 푹 잔 후에 눈을 뜨면 자신 앞에 히라오카가 와 있었으면 했다.

마침내 무언가 할 일을 찾아보려고 했다. 문득 책상 위에 놓인 우메코의 봉투가 눈에 띄었다. 다이스케는 이것이라고 생각하고 억지로 책상 앞에 앉아 형수에게 감사 편지를 썼다. 가급적 천천히 쓰려고 했지만 봉투에 넣어 수신인까지 적은 후에 시계를 바라보니 겨우 15분밖에 지나지 않았다. 다이스케는 자리에 앉은 채로 편치 않은 눈을 하늘로 향하고 머릿속에서 무엇인가 찾는 것 같았다. 그러다가 갑자기 일어났다.

"히라오카가 오면 곧 돌아올 것이니 기다리라고 하게"라고 가도노에게 말하고 밖으로 나왔다. 강한 해가 정면에서 쏘는 듯한 기세로 다이스케의 얼굴을 비쳤다. 다이스케는 걸으면서 끊임없이 눈과 눈썹을 움직였다. 우시고메미쓰케로 들어가서 이다마치飯田町를 지나 구단자카시타九段坂下로 나와 어제 들른 헌책방까지 가서 말했다.

"어제 헌책을 가지러 오라고 부탁했었는데 좀 사정이 있어 보류하고 싶으니 그리 아시죠." 돌아오는 길에는 아주 더워서 전차로 이다바시飯田橋로 돌아간 후에 아게바를 비껴가서 비샤몬마에毘沙門前로 나왔다.

집 앞에는 인력거가 한 대 서 있었다. 현관에는 구두가 나란히 놓여 있었다. 다이스케는 가도노의 안내를 기다릴 것도 없이 히라오카가 왔다고 생각했다. 땀을 닦고 새 유카타로 갈아입고 객실로 나왔다.

"어이, 불렀나?" 히라오카가 말했다. 양복을 입고 더운 듯 부채를 부치고 있었다.

"이렇데 더운데 멀리서." 다이스케도 저절로 예의 차린 말을 하지 않을 수 없었다.

둘은 잠시 날씨 이야기를 했다. 다이스케는 곧 미치요의 상태를 물어보고 싶었다. 그러나 그것이 어떤 상태인지 묻기 어려웠다. 그러는 가운데 통례의 인사말도 끝나버렸다. 이야기는 부른 사람이 먼저 꺼내는 것이 당연했다.

"미치요가 아프다고?"

"응. 그래서 회사도 이삼일 쉬었지. 그래서 자네에게 답장하는 것도 깜박했네."

"그거야 아무래도 괜찮지만 미치요가 그 정도로 아픈가?"

히라오카는 한 마디로 확실한 대답을 할 수 없었다. 그리 급하게 서둘 걱정은 없는 듯하지만 결코 가벼운 쪽은 아니라는 뜻을 간략히 말했다.

일전에 한창 더울 때에 가구라자카에 장을 보러 나와 다이스케의 집에 들른 다음 날 아침, 미치요는 히라오카의 출근 준비를 돕다가 돌연 남편의 넥타이를 손에 든 채로 졸도했다. 히라오카는 놀라서 출근은 제쳐 두고 미치요를 돌봤다. 10분 후에 미치요는 이제 괜찮으니 회사에 나가라고 말했다. 입가에는 미소도 보였다. 누워 있었지만 걱정할 정도의 모습도 보이지 않아 만약 아프면 의사를 부르고, 필요하면 회사에 전화하라고 말하고 히라오카는 출근했다. 그날 밤은 늦게 돌아왔다. 미치요는 기분이 좋지 않다며 먼저 누워 있었다. 어떤 상태인지 물어도 뚜렷한 대답을 하지 않았다. 다음 날 아침 일어나 보니 미치요의 혈색이 아주 좋지 않았다. 히라오카는 놀라서 의사를 불렀다. 의사는 미치요의 심장을 진찰하고 눈살을 찌푸렸다. 졸도는 빈혈 때문이라고 했다. 매우 심한 신경쇠약에 걸려 있다고 주의를 주었다. 히라오카는 그 후 회사에 나가지 않았다. 본인은 괜찮으니 나가라고 부탁하듯 말했지만 히라오카는 듣지 않았다. 간병을 하고 나서 이틀째 밤에 미치요가 눈물을 흘리며 꼭 사죄해야 할 일이 있으니 다이스케에게 가서 그 내용을 들어달라고 남편에게 고했다. 히라오카는 처음 그 말을 들었을 때에는 심각하게 생각하지 않았다. 정신 상태가 좋지 않겠지 생각하고 그저 알았다고 하며 위로했다. 사흘째에도 같은 부탁이 반복되었다. 그때 히라오카는 이윽고 미치요의 말에 일종의 의미를 느꼈다. 그러자 저녁때 가도노가 다이스케의 편지에 대한 대답을 들으러 일부러 고이시카와까지 찾아왔다.

"자네 용무와 미치요가 말하는 것이 무언가 관계가 있나?" 히라오카는 의아하게 다이스케를 보았다.

히라오카의 이야기는 아까부터 다이스케에게 깊은 감동을 주고 있었지만 돌연 이 예기치 않은 질문을 들었을 때 다이스케는 가슴이 꽉 막혔다. 히라오카의 질문은 실로 뜻밖에 다이스케의 가슴을 흔들었다. 그는 평소와 달리 살짝 얼굴을 붉히고 고개를 숙였다. 그러나 다시 고개를 들었을 때는 평소의 차분하고 당당한 태도를 회복하였다.

"미치요가 자네에게 사죄하는 것과 내가 자네에게 말하고자 하는 것은 아마 큰 관계가 있을 걸세. 어쩌면 같은 것일지도 모르지. 나는 아무래도 그것을 자네에게 말하지 않을 수 없네. 말할 의무가 있다고 생각해서 말하는 것이니 오늘까지의 우정을 보아 기꺼이 나의 의무를 다하도록 해주게."

"뭐야? 그렇게 정색을 하고." 히라오카는 처음으로 심각한 표정을 지었다.

"아니, 서론을 말하면 변명 같으니 나도 가급적 솔직히 말하고 싶지만 좀 중대한 안건이고 게다가 관습에 반한 면도 있으므로 만약 중간에 자네가 화내면 아주 곤란하니 부디 끝까지 들어주길 바라는 마음에서 그러네."

"뭐지, 그 이야기라는 건?"

호기심과 함께 히라오카의 얼굴이 더욱 심각해졌다.

"그 대신, 모두 말한 다음, 나는 자네에게 어떤 말을 들어도 가만히 끝까지 들을 셈이네."

히라오카는 아무런 말도 하지 않았다. 단지 안경 속의 큰 눈을 다이스케에게 향했다. 밖에는 툇마루까지 해가 쨍쨍 내리쬐었지만 둘은 거의 더위를 잊은 듯했다.

다이스케는 일단 목소리를 낮추었다. 그리고 히라오카

부부가 도쿄에 온 후로 자신과 미치요와의 관계가 어떻게 변화하며 오늘에 이르렀는지 자세하게 말하기 시작했다. 히라오카는 굳게 입을 다물고 다이스케의 한 마디 한 마디에 귀를 기울였다. 다이스케가 모든 말을 마치는 데 한 시간쯤 걸렸다. 그 사이에 히라오카로부터 네 번 정도 지극히 간단한 질문을 받았다.

"대충 이런 경과네." 다이스케가 설명의 결말을 지었을 때, 히라오카는 단지 신음하듯이 깊은 한숨으로 대답했다. 다이스케는 매우 괴로웠다.

"자네 입장에서 보면 나는 자네를 배반한 것이네. 괘씸한 친구라고 생각하겠지. 그렇게 생각해도 할 말이 없네. 미안하게 되었네."

"그렇다면 자네는 자신이 한 일이 잘못이라고 생각하는가?"

"물론."

"잘못이라고 생각하면서 오늘까지 일을 진행시켜왔군?" 히라오카는 다시 물었다. 말투는 아까보다 약간 가빠졌다.

"그렇다네. 그러니 이 일과 우리에 대한 자네의 제재는 기꺼이 받을 각오일세. 지금 말한 것은 단지 사실을 그대로 말했을 뿐이니 자네의 처분을 기다리겠네."

히라오카는 대답하지 않았다. 잠시 후, 다이스케 앞으로 얼굴을 내밀고 말했다.

"자네는 나의 훼손된 명예를 회복할 수 있는 수단이 세상에 있다고 생각하는가?"

이번에는 다이스케가 대답하지 않았다.

"법률이나 사회의 제재는 나에게는 아무것도 아니야." 히라오카는 다시 말했다.

"그럼, 자네는 당사자 사이에 명예를 회복할 수단이 있는지 묻는 것인가?"

"그래."

"미치요가 심기일전하여 자네를 전보다 배 이상으로 사랑하게 만들고 나를 괴물처럼 증오하게 한다면 다소나마 속죄는 되겠지."

"그것이 자네의 능력으로 가능할까?"

"불가능하네." 다이스케는 잘라 말했다.

"그럼 자네는 잘못이라고 생각하는 일을 오늘까지 진전시켜놓고 여전히 그 잘못된 방침을 극단까지 밀고 가려는 게 아닌가?"

"모순일지도 모르네. 그러나 그것은 세상의 규칙으로 정해진 부부관계와 자연의 사실로 이루어진 부부관계가 일치하지 않는다는 모순 때문이니까 어쩔 수 없네. 나는 세상의 규칙으로 정해진 미치요의 남편인 자네에게 사죄하네. 그러나 나의 행위 그 자체에 대해서는 모순도 뭐도 범하지 않았다고 생각하네."

"그럼" 하고 히라오카는 약간 목소리를 높였다. "그럼, 우리 둘은 세상의 규칙에 맞는 부부관계를 계속 맺을 수 없다는 의견이로군."

다이스케는 동정이 담긴 애처로운 눈으로 히라오카를 보았다. 히라오카의 험한 눈썹이 약간 풀렸다.

"히라오카 군. 세상의 눈으로 보자면 이것은 남자의 체면에 관련된 대사건일세. 그러므로 자네가 자신의 권리를 유지하기 위해…… 고의로 유지하려고 하지 않아도 은연중에 그 마음이 움직여서 자연스럽게 격해지는 것은 어쩔 수 없지만…… 하지만 이런 관계가 아니던 학창 시절의 자네로 돌아가 다시 한 번 내 말을 잘 들어주지 않겠는가?"

히라오카는 아무 말도 하지 않았다. 다이스케도 잠시 기다리고 있다가 담배를 한 모금 피운 후에 과감하지만 조용히 말했다.

"자네는 미치요를 사랑하지 않았네."

"하지만 그건."

"그건 남이 할 말은 아니지만 나는 말해야겠네. 이번 사건에 관해 모든 문제의 원인은 그것이라고 생각하네."

"자네는 책임이 없는가?"

"나는 미치요를 사랑하고 있네."

"남의 아내를 사랑할 권리가 자네에게 있는가?"

"어쩔 수 없네. 미치요는 당연히 자네의 소유네. 그러나 물건이 아닌 인간이니까 아무도 마음까지 소유할 수는 없네. 본인 이외에 어떤 사람이라도 애정의 증감이나 방향을 명령할 수는 없네. 남편의 권리는 거기까지는 이르지 못해. 그러니까 아내의 사랑이 다른 곳으로 옮아가지 않도록 하는 것이 남편의 의무겠지."

"좋아. 내가 자네 생각처럼 미치요를 사랑하지 않는 것이 사실이라고 해도……" 히라오카는 억지로 자신을 억제하며 말했다. 주먹을 쥐고 있었다. 다이스케는 상대의 말이 끝나기를 기다렸다.

"자네는 3년 전의 일을 기억하고 있겠지?" 히라오카는 다시 말을 바꿨다.

"3년 전은 자네가 미치요와 결혼했을 때지."

"그래. 그때의 기억이 자네 머릿속에 남아 있는가?"

다이스케의 머리는 갑자기 3년 전으로 날아갔다. 당시의 기억이 어둠 속의 횃불처럼 빛났다.

"미치요를 나에게 주선하겠다고 말한 것은 자네야."

"결혼하고 싶다는 의지를 밝힌 것은 자네였지."

"그것은 나도 잊지 않고 있네. 지금까지 자네의 후의에 감사하고 있지."

히라오카는 이렇게 말하고 잠시 생각에 잠겼다.

"둘이서 밤중에 우에노를 지나 야나카谷中로 내려간 때였지. 비가 갠 뒤라 야나카는 길이 좋지 않았어. 박물관 앞부터 계속 대화를 하며 그 다리까지 왔을 때, 자네는 나를 위해 울어주었지."

다이스케는 묵묵히 있었다.

"나는 그때처럼 친구가 고마운 적이 없었네. 기쁜 마음에 그날 밤은 전혀 잠이 오지 않았어. 달이 뜬 밤이었으니 달이 사라질 때까지 깨어 있었지."

"나도 그때는 유쾌했네." 다이스케가 꿈꾸듯 말했다. 그 말을 히라오카는 잘랐다.

"자네는 뭐든지 그때는 나를 위해 울어주었어. 어떻게든 나를 위해 미치요를 주선하겠다고 맹세했지. 오늘 같은 일을 일으킬 정도라면, 왜 그때, 웃기지 말라며 나를 내버려두지 않았는가? 내가 자네에게 이런 심각한 복수를 당할 만큼 나는 자네에게 나쁜 짓을 한 기억이 없네."

히라오카의 목소리는 떨렸다. 다이스케의 창백한 이마에 땀방울이 맺혔다. 그리고 호소하듯이 말했다.

"히라오카, 나는 자네보다 더 오래전부터 미치요를 사랑하고 있었네."

히라오카는 멍하니 다이스케의 고통스런 기색을 바라보았다.

"그때의 나는 지금의 내가 아니었네. 자네의 말을 들었을 때 나의 미래를 희생하더라도 자네의 소망을 이루게 하는 것이 친구의 본분이라고 생각했네. 그것이 잘못이었네. 지금처럼 성숙했다면 좀 더 생각할 여유도 있었겠지만 아쉽게도 젊은 나이라 너무 자연을 경멸했네. 나는 그때를 생각하면 큰 후회가 되네. 나 때문만이 아니네. 실제로 자네를 위해 후회하고 있네. 내가 자네에 대해 진심으로 미안하게 생각하는 것은 이번 사건보다 오히려 그때 내가 섣불리 저지른 의협심일세. 자네, 모쪼록 나를 용서해주게. 나는 이렇게 자연에게 복수를 당해 자네 앞에 무릎 꿇고 사죄하고 있다네."

다이스케는 무릎 위로 눈물을 떨어뜨렸다. 히라오카의 안경이 흐려졌다.

"아무래도 운명이니까 어쩔 수 없네."

히라오카는 신음 소리를 냈다. 두 사람은 잠시 얼굴을 마주 보았다.

"선후책에 관해 자네의 생각이 있다면 들어보지."

"나는 자네에게 죄를 비는 사람일세. 내가 먼저 그런 말을 할 권리는 없네. 자네 생각부터 듣는 것이 순서라고 생각하네." 다이스케가 말했다.

"나는 아무 생각도 없네." 히라오카는 손으로 머리를 감싸 쥐었다.

"그럼 말하겠네. 미치요를 넘겨주지 않겠는가?" 다이스케는 대담한 말투로 나왔다.

히라오카는 머리에서 손을 떼고 팔꿈치를 막대처럼 테이

블 위에 떨어뜨렸다.

동시에, "응, 그러지"라고 말했다. 그리고 다이스케가 대답을 하기 전에 다시 반복했다.

"그러지. 그렇게 하겠지만 지금은 아닐세. 나는 자네 추측대로 그렇게 미치요를 사랑하지 않았을지도 모르지. 그러나 미워하지는 않았어. 미치요는 지금 병중이네. 게다가 가벼운 병도 아닐세. 누워 있는 환자를 자네에게 떠넘기고 싶지는 않네. 병이 나을 때까지 자네에게 넘겨줄 수 없다는 것이고 그때까지는 내가 남편이니까 남편으로서 간호할 책임이 있네."

"나는 자네에게 사죄했네. 미치요도 자네에게 사죄하고 있네. 자네 입장에서는 두 사람 모두 괘씸한 사람들인 게 틀림없지만…… 아무리 사죄해도 용서받을 수 있을지 모르겠지만…… 어쨌든 병에 걸려 누워 있으니."

"그건 알고 있네. 본인의 병을 빌미 삼아 내가 보복의 학대라도 할 것이라 생각하나? 내가 설마?"

다이스케는 히라오카의 말을 믿었다. 그리고 마음속으로 히라오카에게 감사했다. 히라오카는 다시 이렇게 말했다.

"나는 오늘 일이 생긴 이상, 세상의 보통 남편의 입장에서 더 이상 자네와 교제할 수 없네. 오늘로 절교하니 그렇게 알게."

"어쩔 수 없네." 다이스케는 고개를 숙였다.

"미치요의 병은 지금 말한 대로 가볍지 않네. 앞으로 어떤 변화가 없다고 해도 할 수 없네. 자네도 걱정되겠지. 하지만 절교한 이상 어쩔 수 없네. 내가 집에 있건 말건 집으로 찾아오는 것만은 사양하겠네."

"알겠네." 다이스케는 비틀거리며 말했다. 뺨은 더욱 창백했다. 히라오카는 일어났다.

"히라오카, 5분만 더 앉아 있게." 다이스케가 부탁했다. 히라오카는 자리에 앉아 아무 말도 하지 않고 있었다.

"미치요의 병이 갑자기 위험해질 우려가 있는가?"

"글쎄."

"그것만은 알려주지 않겠는가?"

"뭐, 그리 걱정하지 않아도 될걸."

히라오카는 우울한 말투로 땅에 숨을 내뱉듯이 대답했다. 다이스케는 고통을 참을 수 없었다.

"만약, 만일의 일이 있을 듯하면, 그 전에 단 한 번이라도 좋으니 만나게 해주지 않겠는가? 그것 외에 결코 아무것도 부탁하지 않겠네. 단지 그것만은 제발 부탁하네."

히라오카는 입을 닫고 쉽사리 대답하지 않았다. 다이스케는 고통을 참지 못해 양손을 모아 계속 빌었다.

"그건 그때 상황을 봐서." 히라오카가 무겁게 대답했다.

"그럼, 가끔 환자의 상태를 물으러 사람을 보내도 좋은가?"

"그것은 곤란하네. 자네와 나는 아무 관계가 없으니. 내가 앞으로 자네와 만날 일이 있다면, 그건 미치요를 넘겨줄 때뿐이라고 생각하고 있으니."

다이스케는 전류가 흐른 듯 의자 위에서 벌떡 일어났다.

"아니! 자네는 미치요의 사체만을 내게 보일 생각이군. 그건 너무하네. 잔혹해!"

다이스케는 테이블 옆을 돌아 히라오카에게 다가간 뒤 오른손으로 히라오카의 양복 어깨를 붙잡고 앞뒤로 흔들면서 말했다.

"너무하네, 너무해!"

히라오카는 다이스케의 눈 속에서 실성한 듯한 무서운 빛을 발견했다. 다이스케에게 어깨를 흔들리면서 히라오카는 일어섰다.

"설마, 그런 일이 있겠나?" 히라오카가 말하며 다이스케의 손을 붙잡았다. 두 사람은 귀신에 들린 듯한 얼굴로 서로를 바라보았다.

"진정하게." 히라오카가 말했다.

"나는 괜찮네." 다이스케가 대답했다. 그러나 그 말은 허덕이는 숨 사이로 괴롭게 흘러나왔다.

잠시 후 발작의 반동이 찾아왔다. 다이스케는 자신을 지탱하는 힘을 소진한 사람처럼 다시 의자에 앉았다. 그리고 양손으로 얼굴을 감쌌다.

17

다이스케는 밤 열 시가 넘어 슬며시 집을 나왔다.

"지금 어디로 가시는지요?" 하며 놀라는 가도노에게, 다이스케는 "그냥 잠시"라고 애매하게 대답하고 데라마치寺町 거리까지 왔다. 초저녁이었지만 거리는 아직 후덥지근했다. 많은 사람들이 유카타 차림으로 다이스케의 앞뒤를 지나갔다. 다이스케는 그들이 단지 움직이는 물건처럼 보였다. 좌우의 가게들은 아직 훤하게 불을 밝히고 있었다. 다이스케는 눈이 부셨는지 전깃불이 적은 골목길로 들어갔다. 에도 강변으로 나왔을 때, 어둠 속에서 바람이 희미하게 불어왔다. 검은 벚나무의 잎들이 살랑거렸다. 두 사람이 다리 위 난간에서 아래를 내려다보고 있었다. 곤고지 언덕에서도 아무도 마주치지 않았다. 이와사키 저택의 높은 돌담이 좁은 비탈길의 좌우로 뻗어 있었다.

히라오카가 사는 동네는 더욱 조용했다. 대부분의 집에

서는 빛이 새어나오지 않았다. 맞은편에서 오는 텅 빈 인력거의 바퀴 소리에 가슴이 뛰었다. 다이스케는 히라오카 집의 담 근처에 와서 멈췄다. 몸을 기울여 들여다보니 안쪽은 어두웠다. 굳게 닫힌 문 위에 처마등이 공허하게 문패를 비추고 있었다. 처마등의 유리에 도마뱀붙이의 모습이 비스듬하게 비쳤다.

다이스케는 오늘 아침에도 여기에 왔다. 대낮에도 이 동네를 배회했다. 하녀가 장이라도 보러 밖으로 나오면 그녀를 붙들고 미치요의 용태를 물어보려고 했다. 그러나 하녀는 끝내 나오지 않았다. 히라오카의 모습도 보이지 않았다. 담에 기대어 귀를 기울여도 아무런 인기척이 없었다. 의사를 붙들고 자세한 상태를 물어보려고 했지만 히라오카의 집 앞에는 의사가 타고 온 듯한 인력거는 보이지 않았다. 그러는 가운데, 강한 햇볕을 쪼인 머리가 파도처럼 흔들리기 시작했다. 그냥 서 있으면 쓰러질 것 같았다. 걷기 시작하면 대지가 큰 파문을 그렸다. 다이스케는 고통을 참고 기다시피하며 집으로 돌아갔다. 저녁밥도 먹지 않고 쓰러져서 움직이지 않았다. 강렬한 해는 이윽고 저물어 밤의 별빛이 점차 환해졌다. 다이스케는 어둠과 서늘함 속에서 비로소 힘을 되찾았다. 그리고 머리에 이슬을 맞으면서 다시 미치요가 있는 곳까지 찾아왔던 것이다.

다이스케는 미치요의 문 앞을 두세 번 왔다 갔다 했다. 처마등 아래에 올 때마다 멈춰 서서 귀를 기울였다. 5분 내지 10분쯤 가만히 있었다. 그러나 집 안의 모습은 전혀 알 수 없었다. 모든 것이 적막 속에 잠겨 있었다.

다이스케가 처마등 밑에 와서 머물 때마다 도마뱀붙이가 처마등 유리에 사선으로 달라붙어 있었다. 검은 형체는 그대로 언제까지나 움직이지 않았다.

다이스케는 도마뱀붙이를 볼 때마다 불쾌한 기분이 들었다. 꼼짝하지 않는 모습이 묘하게 마음에 걸렸다. 그의 정신은 예리한 나머지 미신에 빠졌다. 미치요가 위험하다고 상상했다. 미치요가 지금 괴로워하고 있다고 상상했다. 미치요는 지금 죽어가고 있다고 상상했다. 미치요는 죽기 전에 다시 한 번 자신을 만나고 싶은 마음에 차마 죽을 수 없어 간신히 숨을 쉬며 살아 있다고 상상했다. 다이스케는 고통을 견딜 수 없어 주먹을 쥐고 부서질 정도로 히라오카의 문을 두드리려고 했다. 그러나 곧 자신은 히라오카의 소유에 손가락도 댈 권리가 없는 사람이라는 생각이 들었다. 다이스케는 두려운 나머지 앞으로 달려갔다. 조용한 골목 안에 자신의 발소리만 크게 울렸다. 다이스케는 달리면서 더욱 두려워졌다. 걸음을 늦췄을 때는 호흡이 아주 가빴다.

길가에 돌층계가 보였다. 다이스케는 멍한 상태에서 그곳에 걸터앉아 이마를 손으로 누르고 가만히 있었다. 잠시 후, 눈을 떠보니 커다란 검은 문이 보였다. 문 위로 굵은 소나무가 울타리 밖까지 가지를 뻗고 있었다. 다이스케는 어느 절의 문 앞에서 쉬고 있었다.

그는 일어났다. 맹렬한 기세로 다시 걷기 시작했다. 잠시 후 다시 히라오카 집이 있는 골목으로 들어갔다. 꿈처럼 멍한 상태로 처마등 앞에 멈췄다. 도마뱀붙이는 아직 붙어 있었다. 다이스케는 깊은 한숨을 내뱉고 마침내 고시이카와 남쪽으로 내려갔다.

그날 밤은 불처럼 뜨겁고 붉은 회오리 속에서 머리가 계속 회전했다. 다이스케는 사력을 다해 회오리 속에서 도망가려고 했다. 그러나 그의 머리는 전혀 그의 명령을 따르지 않았다. 나뭇잎처럼 거침없이 불꽃 바람에 빙빙 휘말려 올라갔다.

다음 날도 타는 듯한 태양이 높이 떠올랐다. 밖은 온통 맹렬한 빛으로 이글거리기 시작했다. 다이스케는 여덟 시나 되어서 간신히 일어났다. 일어나자마자 눈이 어지러웠다. 평소처럼 물을 끼얹고는 서재로 들어가 가만히 웅크리고 있었다.

그때 가도노가 와서 손님이 왔다고 알린 후, 입구에 서서 놀란 눈으로 다이스케를 보았다. 다이스케는 대답하는 것도 힘들었다. 손님이 누군지 되묻지도 않고 손으로 받치고 있는 얼굴을 가도노 쪽으로 반쯤 돌렸다. 그때 툇마루에서 손님의 발소리가 나더니 안내도 기다리지 않고 형 세이고

가 들어왔다.

"아, 이리 오시죠." 다이스케는 간신히 자리를 권했다. 세이고는 앉자마자 부채를 꺼내더니 윗도리를 열고 바람을 부쳤다. 더위를 타서 괴로운 듯 숨이 거칠었다.

"덥구나."

"집에는 별고 없습니까?" 다이스케는 매우 지친 사람처럼 물었다.

두 사람은 잠시 예전처럼 잡담을 했다. 다이스케의 모습과 태도는 평소 같지 않았다. 그러나 형은 결코 어디가 아픈지도 묻지 않았다. 대화가 잠시 끊어졌을 때, 형이 말했다.

"오늘 실은." 그러고는 품에 손을 넣어 한 통의 편지를 꺼냈다.

"실은 네게 좀 묻고 싶은 것이 있어 왔는데." 봉투 뒷면을 다이스케에게 보이고, 형은 물었다.

"이 자를 알고 있나?" 그곳에는 히라오카의 집 주소와 이름이 자필로 적혀 있었다.

"알고 있습니다." 다이스케는 거의 기계적으로 대답했다.

"대학 동기라고 하는데 사실이냐?"

"그렇습니다."

"이 자의 부인도 알고 있냐?"

"알고 있습니다."

형은 다시 부채를 들고 두세 번 부쳤다. 그리고 조금 앞으로 몸을 내밀고 목소리를 낮췄다.

"이 사람의 아내와 너는 어떤 관계지?"

다이스케는 애초에 만사를 숨길 마음은 없었다. 하지만 이렇게 간단한 질문을 들었을 때, 어떻게 그 복잡한 경과를 한 마디로 대답할 수 있을지 생각하니 대답은 쉽사리 나오지 않았다. 형은 봉투 속에서 편지를 꺼냈다. 말려 있는 편지를 20센티미터 정도 펴면서 말했다.

"실은 히라오카라는 자가 이런 편지를 아버님 앞으로 보냈다…… 읽어보겠냐?" 형은 편지를 다이스케에게 건네주었다. 다이스케는 묵묵히 편지를 받고 읽기 시작했다. 형은 가만히 다이스케의 이마를 응시하고 있었다.

편지는 작은 글자로 적혀 있었다. 한두 줄 읽는 동안 다 읽은 부분이 다이스케의 손끝에서 길게 늘어졌다. 그것이 50센티미터가 넘어도 아직 끝날 기색은 없었다. 다이스케의 눈은 어지러웠다. 머리가 쇠처럼 무거웠다. 다이스케는 억지로라도 끝까지 다 읽어야겠다고 생각했다. 온몸이 형언하기 어려운 압박을 받아 겨드랑이에서 땀이 났다. 이윽고 결말에 이르렀을 때는 손에 든 편지를 도로 접을 기운도 없었다. 편지는 펼쳐진 채로 테이블 위에 놓였다.

"거기에 적힌 내용이 사실인가?" 형이 낮은 소리로 물었다.

다이스케는 단지, "사실입니다"라고 대답했다. 형은 충격을 받은 사람처럼 잠시 부채질을 멈췄다. 한동안 두 사람 모두 입을 열지 못했다. 잠시 후 형은 어이없다는 말투로 말했다.

"무슨 생각으로 그런 바보 같은 짓을 저질렀지?" 다이스케는 여전히 입을 열지 않았다.

"어떤 여자라도 작정만 하면 얼마든지 얻을 수 있지 않나?" 형이 다시 말했다. 다이스케는 그럼에도 여전히 입을 다물고 있었다. 세 번째로 형이 이렇게 말했다.

"너도 여자와 꽤 놀아본 사람 아니냐? 이런 불미스런 일을 저지를 정도라면 지금까지 기껏 돈을 쓴 보람이 없지 않나?"

다이스케는 지금 새삼스럽게 형에게 자신의 입장을 설명할 마음도 없었다. 그는 바로 최근까지도 형과 완전히 같은 의견이었다.

"형수는 울고 있다." 형이 말했다.

"그렇습니까?" 다이스케는 멍하니 대답했다.

"아버님은 노하셨다."

다이스케는 대답하지 않았다. 단지 먼 곳을 향하는 눈으로 형을 바라보고 있었다.

"너는 평소부터 뭐가 뭔지 잘 알 수 없는 사람이었어. 그래도 언젠가 알게 될 때가 오리라 생각해 오늘까지 지내왔다. 그러나 이번만은 도저히 알 수 없는 사람이라고 나도 체념해버렸다. 세상에 알 수 없는 사람처럼 위험한 사람은 없어. 무엇을 하는지 무엇을 생각하는지 마음이 놓이지 않아. 너는 이기적이니까 그것으로 좋을지 모르겠지만 아버님이나 나의 사회적 지위를 생각해봐라. 너도 가족의 명예라는 관념은 갖고 있겠지?"

형의 말은 다이스케의 귀를 스쳐 밖으로 흘렀다. 그는 단지 온몸으로 고통을 느꼈다. 하지만 형 앞에서 양심의 채찍을 맞을 정도로 동요하지는 않았다. 모든 것을 적당히 변명하여 현실적인 형에게 굳이 동정을 얻으려는 연극 같은 마음은 애초 일어나지 않았다. 그의 머릿속에는 자신은 정당한 길을 걸었다는 자신감이 있었다. 그는 그것으로 만족했다. 그 만족을 이해해주는 것은 미치요뿐이었다. 미치요 외에 부친도 형도 사회도 사람들도 모두 적이었다. 그들은 붉게 빛나는 화염 속에 두 사람을 집어넣어 태워 죽이려고 한다. 다이스케는 아무 말도 없이 미치요를 껴안고 화염 속에 자신을 다 태워버리고 싶었다. 그는 형에게 아무 대답도 하지 않았다. 손으로 무거운 머리를 누르고 돌처럼 움직이지 않았다.

"다이스케. 오늘 나는 아버님이 보내서 왔다. 너는 얼마 전부터 집에 오지 않았어. 평소라면 아버님이 불러서 사정을 물으셨겠지만 오늘은 얼굴을 보기 싫으니 내가 가서 사실을 확인하고 오라고 하셔서 내가 왔다. 그래서 만약 본인에게 변명이 있다면 변명을 듣고, 또 변명도 뭐도 없이 히라오카의 말이 모두 근거 있는 사실이라면, 아버님은 이렇게 말씀하셨다—더 이상 평생 다이스케를 보지 않겠다. 어디 가서 무엇을 하든 본인 마음대로 해라. 그 대신 앞으로 아들로도 생각하지 않겠다. 또 아버지라고도 생각하지 마라—당연한 말씀이다. 그래서 지금 네 이야기를 들어보니 히라오카의 편지에 거짓은 하나도 없는 것이니 어쩔 수 없다. 게다가 너는 이 일을 후회도 하지 않고 사죄도 하지 않는 모습이다. 그렇다면 나도 돌아가서 아버님에게 중재할 도리가 없다. 아버님의 말씀 그대로 네게 전하고 돌아갈 뿐이다. 알겠냐? 아버님의 말씀을 알겠냐?"

"잘 알겠습니다." 다이스케는 간명하게 대답했다.

"너는 바보로구나." 형이 큰 소리를 냈다. 다이스케는 고개를 숙인 채 들지 않았다.

"어리석어." 형이 다시 말했다.

"평소에는 남보다 말도 잘하면서 정말 중요한 경우에는 마치 벙어리처럼 입을 다물고 있구나. 그리고 뒤에서 아버님의 명예를 더럽히는 못된 짓을 하고 있어. 오늘까지 뭐하러 교육을 받았지?"

형은 테이블 위의 편지를 들고 직접 접기 시작했다. 조용한 방 안에 종이 소리가 울렸다. 형은 그것을 봉투에 넣고 품 안에 집어넣었다.

"그럼, 간다." 형은 이번에는 평소의 말투로 말했다. 다이스케는 정중하게 인사를 했다.

형은 "나도 널 보지 않겠다"라고 내뱉고 현관으로 나갔다.

형이 떠난 후 다이스케는 한동안 움직이지 않았다. 가도노가 찻잔을 치우러 왔을 때 갑자기 일어나 말했다.

"가도노. 나는 일자리 좀 찾으러 나갔다 오겠네." 그리고 말하자마자 납작모자를 쓰고 양산도 쓰지 않고 한낮의 밖으로 뛰쳐나갔다.

다이스케는 더위 속에 달려가듯 서둘러 발을 옮겼다. 태양은 다이스케의 머리 위에서 똑바로 내리쬐었다. 마른 먼지가 불티처럼 그의 맨발을 휘감았다. 그는 마음이 바싹 타오르는 듯했다.

"급하다, 급하다." 다이스케가 걸으면서 입속으로 말했다.

이다바시에 와서 전차를 탔다. 전차는 똑바로 달리기 시작했다.

"아, 움직인다. 세상이 움직인다." 다이스케는 차 속에서 옆 사람에게 들릴 정도로 말했다. 그의 머리는 전차의 속력으로 회전하기 시작했다. 회전이 거듭되며 불처럼 타올랐다. 이렇게 반나절 전차를 계속 타고 가다보면 머리가 모두 타버릴 수 있겠다고 생각했다.

곧 붉은 우체통이 눈에 띄었다. 그러자 그 붉은색이 금세 다이스케의 머릿속으로 뛰어들어 빙글빙글 회전하기 시작했다. 우산 가게 간판 위에 겹쳐진 붉은 우산 네 개가 높게 걸려 있었다. 우산의 색이 다시 다이스케의 머리로 뛰어들어 빙글빙글 소용돌이쳤다. 네거리에 커다랗고 새빨간 풍선을 팔고 있는 사람이 보였다. 전차가 급하게 모퉁이를 돌아갈 때 풍선은 뒤따라와서 다이스케의 머리에 달라붙었다. 소포 우편을 실은 붉은 차가 전차와 스쳐지나갈 때 다시 다이스케의 머릿속으로 빨려 들어갔다. 담뱃가게의 포렴이 붉었다. 광고 깃발도 붉었다. 전봇대가 붉었다. 붉은 페인트의 간판이 계속 이어졌다. 마침내 온 세상이 새빨개졌다. 그리고 다이스케의 머리를 중심으로 화염이 거친 숨을 내뱉으며 빙빙 회전했다. 다이스케는 자신의 머리가 모두 타서 없어질 때까지 전차를 타고 가자고 결심했다.

작품 해설 —

현대인의 탄생과 불안, 그리고 그 후

작품을 통해 근대(현대)화의 정신을 세상에 전파한 일본 근대의 문학가가 일본 문화 발전에 끼친 영향은 지대하다. 나쓰메 소세키는 이러한 문학가 중 가장 대표적이라고 할 수 있다.

《그 후》가 《아사히신문》에 연재된 것이 1909년이니 지금으로부터 100년이 넘었다. 그럼에도 불구하고 《아사히신문》은 2015년에 재연재를 진행했다. 그 정도로 이 작품은 삼각관계의 연애를 메인 스토리로 하되, 현대인의 구시대와의 갈등, 그로 인한 고립과 소외 혹은 독립을 생각게 하는 현대성을 유지하고 있다.

일본은 우리의 100년 전과는 상황이 달랐다. 일본은 메이지유신 후에 서구 문화를 적극적으로 도입했고 1905년의 러일전쟁 후부터는 '다이쇼 데모크라시'로 인해 자유민주주의의 씨앗이 싹트기 시작했다. 이는 1930년대 이후 중일전쟁과 태평양전쟁 시기에 억압되었다가 전후에 다시 꽃피워 지금의 일본을 만들어냈다. 아니, 적어도 자유민주주의를 추구하는 일본 지성인의 정신을 만들어냈다. 그런 점에서 소세키의 '개인주의'나 '자기본위'의 문학이 일본 자유민주주의에 끼친 영향은 크다고 할 수 있다.

현대인의 소외 혹은 독립

근대화, 민주화라는 것은 주체적 개인의 발견을 말한다. 자유自由는 (타자가 아닌) 나로 말미암은 것이고 민주民主는 국민(개인)이 주인, 즉 주체적이라는 말이니 개인이 발견되고 존중됨으로써 자유민주주의는 발전한다. 그러한 근대적 개인의 발견은 동시에 개인의 고립을 초래한다.

소세키는 영국 유학 시절, 동양의 키 작은 유학생으로서 영국 사회에 끼어들지 못하고 고립을 절감한 바 있다. 하지만 이로써 그가 제삼자의 시선으로 서양 문명을 객관적으로 바라보는 기회를 가지게 되었음은 부인할 수 없다.

히라오카는 이윽고 나와 멀어졌다. 만날 때마다 멀리서 응대하는 느낌이었다. 실은 그것은 히라오카만이 아니었다. 누구를 만나도 그런 느낌이었다. 현대사회는 고립된 인간의 집합체에 지나지 않았다. 대지는 자연스럽게 이어져 있지만 그 위에 집을 지으면 곧바로 조각조각 흩어져버렸다. 집 안에 있는 인간도 또한 뿔뿔이 흩어져버렸다. 문명은 우리를 고립시킨다고 다이스케는 해석했다. (146쪽)

현대인은 치열한 생존경쟁 속에서 고립화되어 남을 배려할 정신적 여유를 갖지 못한다. 서양 문명의 압박을 받으며 그 무거운 짐 아래에서 신음하는 사람 중에 진정으로 남을 동정할 수 있는 사람을 다이스케는 아직 만나지 못했다.

혼밥, 혼술이라는 말이 유행하는 지금, '현대사회는 고립된 인간의 집합체'라는 말은 그대로 들어맞는다. 식당이나 술집에서 여러 명이 온 것이 아니면 손님도 주인도 마음이 불편했던 시절은 우리나라에서도 과거가 되고 있다. 고립된 인간이 모였다가 흩어지는 현대사회, 도시인의 한 단면이다.

이러한 사회 속 개인의 고립은 불안을 동반한 소외가 증가한 것이지만, 이는 동시에 개인의 주체적 독립이라고 할 수 있다. 동전에 양면이 존재하듯 현대문명이 사람들을 고립시키고 그것을 소외로 이끄는 부정적인 면이 있다면, 그 고립을 독립적 주체로서 인정하고 보호하려는 긍정적인 면은 바로 근대화, 민주화의 방향이기도 하다.

캠퍼스에 대학생들이 서 있었다. 서너 명이 무리지어 있고 한 명이 떨어져 서 있었다. 무리 속의 하나가 떨어져 있는 친구에게 말했다. "야, 너 거기서 소외감 느끼지 말고 이리 와!" 그러자 떨어져 있는 친구가 말했다. "아니, 난 소외감이 아니라 독립감 느껴!"

위 글은 역자가 대학 시절에 우연히 목격하고 지금껏 남은 기억의 한 장면이다. 이것은 현대인에게 매우 중요한 의미를 가진다. 대부분의 사람은 아무 생각 없이 대중 속에서 유행을 따라 살아가지만 민감한 이들은 현대문명의 고립을 경험하는데, 고립을 이기지 못하는 개인은 심하면 소외자나 히키코모리(은둔형 외톨이)가 되고, 고립을 승화시키는 개인은 독립적인 주체의 현대인이 된다.

현대인의 탄생

실제로 그는 필요하다면 분도 바를 수 있을 만큼 자신의 몸에도 자신이 있었다. 그는 나한상羅漢像같이 빼빼 마른 골격과 얼굴을 가장 싫어했다. 거울을 볼 때마다 그런 얼굴로 태어나지 않아 다행이라고 생각했다. 그리고 남들이 그에게 남자답지 않게 멋 부린다는 말을 해도 아무런 부담도 느끼지 않았다. 그만치 그는 구시대의 일본을 초월하고 있었다.
(9~10쪽)

구시대에 미美는 여성의 전유물이었고 장군 같은 얼굴이 미남의 전형이었다. 다이스케는 외면적으로 현대인의 모습을 갖춘 사람이다. 가지런한 치아, 윤기 있는 피부, 부드러운 머리털, 유연한 근육 등이 그러하다. 내면적으로 그는 대학을 우수한 성적으로 졸업한 엘리트이자 피아노까지 잘 치는 아비터 엘레간티아룸arbiter elegantiarum(취미의 심판자)이고, 서른이 되기 전에 이미 닐 아드미라리nil admirari(무엇에도 놀라지 않는 태도)의 경지에 도달한 사람이며, 우유부단이 아니라 융통성 있는 두 눈으로 쌍방을 동시에 보는 장점을 가진 사람이다. 자신이 겁쟁이인 것도 전혀 부끄러워하지 않고 오히려 내세우고 싶어 하며 지진을 감지하는 섬세한 신경 또한 구시대 야만적인 사람은 갖지 못한 것이라며 자부한다. 그렇게 내외면적으로 구시대의 일본을 넘어선 현대적 남성 다이스케는 작품 전체를 통해 세상을 바라보는 현대인의 시선을 드러내고 있다.

부친은 전쟁에 참가했다는 사실을 대단히 자랑스럽게 생각했다. 걸핏하면 너는 아직 전쟁을 경험해본 적이 없으니 담력이 없어 틀렸다고 무조건 경멸했다. 마치 담력이 인간 지상의 능력인 것처럼 말했다. 다이스케는 이 말을 들을 때마다 불쾌했다. 담력은 목숨이 늘 위태로웠던 부친의 청년 때 같은 야만 시대에는 생존에 필요한 자질일 수도 있지만, 문명사회인 지금의 시각에서 보자면 옛날의 궁술이나 검술과 큰 차이가 없는 도구라고 다이스케는 생각했다. 아니, 담력과는 양립하지 않으며 담력 이상으로 확실히 유용한 능력이 많이 있다고 생각했다. (38~39쪽)

다이스케의 말은 아버지에 대한 아들의 본능적 반항을 넘어서 구시대와 신시대의 충돌, 야만과 문명의 충돌이다.

소세키는 이 작품 외에도 그의 다른 작품 곳곳에서 러일전쟁, 혹은 전쟁 그 자체에 대한 은근한 비난을 드러내고 있다. 전쟁을 수행하는 국가였지만 전쟁 비난의 글을 쓰는 지식인이 탄압받기 전의 시절이라 가능했던 것이다.

그리고 러일전쟁 때의 영웅 히로세 중좌의 인기는 한순간의 거품과 같은 것이었다고 말하며 자신이 만약 영웅이 되고자 한다면 '일시적인 칼의 힘보다 영구적인 붓의 힘으로' 영웅이 되는 것이 오래간다고, 즉 집단의 이기적 행위(전쟁, 야만)보다는 개인의 문학(평화, 문명)을 통한 현대적 가치 추구 행위가 더욱 가치가 있다고 말한다.

소세키가 안정적인 도쿄대 교수직을 버리고 전업 작가로

나선 점, 후에 문부성이 문학적 성과로 문학박사를 수여했으나 이를 거부한 점 등은 구시대의 고루한 가치를 파괴하고 현대적 가치(본질과 순수)를 지향한 소세키 자신의 인생철학을 보여주는 것이기도 하다.

우리나라는 아직도 논문 표절 박사가 장관도 되는 나라다. 불행하게도 우리의 문화적 근대화는 1980년 중반 이후에나 시작되어 아직도 진행 중이니 경제적으로 팽창했지만 정신적으로 미성숙한 소세키 시절의 일본과 다를 바 없다.

또한, 다이스케는 남들의 세속적 삶의 태도를 안타까운 시선으로 바라본다. 달라진 히라오카의 세속적 삶의 모습, 친구 데라오가 생활비를 위해 허튼 번역을 감행하며 글을 파는 모습, 과거와 다른 음색을 내며 산촌에서 생활하는 대학 동창의 모습 등이 그러하고 사회에서 일어나는 부조리한 사건을 비롯하여 하물며 부친과 형의 사업 속에 감춰진 어두운 이면도 냉소적으로 바라본다. 이는 현실을 모르는 부잣집 도련님의 생각이라고 비웃을 수도 있지만, 금전적 여유가 있기에 훼손되지 않고 지켜진 의식인 것임은 틀림없다.

현대인의 방황과 불안

그렇지만 부유한 집의 차남으로 고등유민高等遊民(룸펜)의 삶을 보내는 다이스케 또한 부정적인 현대인의 한 모습이기도 하다. 학생 때와는 달리 다이스케는 남을 동정하지 않는 사람이 되었다. 그리고 자신이 일을 하지 않는 이유를, 일본 대 서양의 관계가 틀려먹었고 지금의 일본 사회가 정신적·도덕적·신체적으로 건전하지 못해 자신은 미래의 꿈을 꾸지 못한다고 말한다. 시대 상황의 인식은 예리하지만 자신이 일하지 않는 이유까지 연결시키는 것은 별로 와 닿지 않는 참으로 궁색한 변명이다. 상식적인 보통 여성 미치요가 봐도 얼렁뚱땅하다. 즉 모든 것은 외부의 탓이니 그저 혼자 있겠다며 이웃, 사회에 대한 책임은 도외시한 이기적인 개인, 아직 삶의 보람을 찾지 못하고 앙뉘(권태)에 빠진 현대인이다. 또한 '닐 아드미라리'는 모든 것에 무감동, 무관심한 이기주의의 다른 말이기도 하다.

그런 상태에서 부친을 비롯한 형, 형수의 결혼 압박과 동시에 잠재되었던 미치요에 대한 연정이 표면화되면서 다이스케는 인생 일대의 혼란을 겪게 된다. 자연의 사람과 의지의 사람 사이에서 고뇌하는 다이스케는 자신의 철학에 따라 마침내 자연의 사람이 되고자 부친의 결혼 제의를 거절한다.

하지만 아무리 주체적 개인이 된다고 해도, 어차피 근대화나 민주화라는 것은 복수의 개인이 모인 집합체의 공통된 의식인 만큼, 사회는 개인을 보호하기도 하지만 지배하기도 한다. 다이스케 개인이 행복을 찾는 방법은 사회를 떠나 산속에 처박히거나 정처 없이 떠도는 방랑자가 되는 것 외에는 없다. 고립은 불안을 동반한다.

> 다이스케는 러시아 문학에 나오는 불안을 음울한 날씨와 정치의 압박으로 해석했다. 프랑스 문학에 나오는 불안을 유부녀의 간통이 많기 때문이라고 보았다. 단눈치오로 대표되는 이탈리아 문학의 불안을 무제한의 타락에서 나오는 자기결핍의 감정으로 판단하였다. 그러므로 일본의 문학가가 불안의 측면에서만 사회를 즐겨 그리는 것을 수입품으로 간주했다.
> (91쪽)

위의 글에서 다이스케는 '불안'을 현대적 유행으로 간주하며 애써 가볍게 보고자 했지만 막상 미치요를 향하는 자신의 본능(자연)을 돌아보면 불안에 휩싸이지 않을 수 없다. 아쿠타가와 류노스케의 '막연한 불안'도 있지만 현대인 다이스케의 불안은 '연애'라는 장치로 드러나고 있다. 프랑스 문학의 불안은 유부녀 미치요를 사랑하는 다이스케에게 해당한다. 다이스케는 불안을 없애기 위해 불륜에 대한 자기방어 논리를 전개한다. 많은 사랑을 거듭하는 게이샤가 가장 자유로운 도시인의 대표자이고 보통의 도시인은 빈도가 낮을 뿐이지 모두 게이샤라고 할 수 있다고 하며 자기의 불륜을 뒷받침한다. 하지만 이 또한 논리적으로는 모순에 봉착하지 않을 수 없다.

> 그렇다면 자신의 미치요에 대한 정분도 이 논리에 따르면 단지 현재의 일시적인 것에 불과하였다. 그의 머리는 바로 이것을 인정했다. 그러나 그의 가슴은 분명히 그렇다는 것을 인정하지 않았다. (210쪽)

미치요를 선택하는 '자연'으로 가면 그곳에는 아름다운 축복이 있을 것이라고 상상한다. 하지만 자금 지원이 끊어진 삶의 모습이 어떠할 것인지도 판단이 가능한 다이스케는 두려울 수밖에 없다. 미치요는 돈 같은 건 필요 없다고 하지만 이성적인 다이스케는 '물질적 공급이 반은 해결자' 임을 알고 있다. 자연의 사람이 되고자 한 자신의 행위로 인해 부친과 형의 절연을 선고받은 다이스케의 머리는 혼돈 속에 미쳐버릴 것만 같다. 끝내 불안의 상태에서 밖으로 뛰쳐나가 전차를 탔는데 주위의 모든 것이 흥분을 나타내는 적색으로 쳐들어온다. 마침내 차라리 머리가 모두 타서 없어질 때까지 전차를 타고 가자고 다이스케가 결심하는 것으로 소설은 끝을 맺는다.

'그 후'의 그 후?

진정한 현대인이란 단지 지금을 살아가는 사람이 아니라 현대적 정신(가치, 이념)을 갖춘 사람을 의미한다. 다이스케도 이것은 인지하고 있다. 소세키의 '자기본위'는 이타를 배제한 이기가 아니라 개인의 주체적 독립을 의미한다. 거듭된 깊은 사색으로 주체적 자아를 확립하여 독립을 쟁취한 개인은 어떤 모습으로든 세상에 나가 행동해야 한다. 사회를 떠난 개인은 존재할 수 없으므로 이것은 사회로부터 무조건적으로 부여되는 윤리가 아니라 주체적인 인식을 통해 얻어지는 가치이다.

그의 생각에 따르면, 인간은 어떤 목적을 갖고 태어난 존재가 아니었다. 그것과 반대로, 태어난 인간에게 비로소 어떤 목적이 생기는 것이었다. 최초부터 객관적으로 어떤 목적을 만들어 인간에게 부여하는 것은 인간의 자유로운 활동을 탄생 전에 이미 빼앗은 것과 같다. 그러므로 인간의 목적은 태어난 본인이 본인 자신에게 만든 것이어야 한다. 하지만 어떠한 본인이라도 이것을 마음 내키는 대로 쉽사리 만들 수는 없다. 이미 세상에 발표된 자기 존재의 경험 그 자체가 바로 자기 존재의 목적이기 때문이다. (185~186쪽)

자기 존재의 목적은 자기라는 존재가 쌓은 경험을 세상에 드러낸 것과 같다고 한다. 자신이 쌓은 경험이 자신의 현재 목적 그 자체를 보여준다고 한다. 다이스케는 사회로부터 무조건으로 주어진 목적의 거부로 인해, "무목적의 행위를 목적으로 하여 활동"하는 앙뉘(권태)에 빠져 있다. 그 상태는 치열한 사색 후에 얻어진 독립된 개인이 가진 공허감으로, 쉽사리 만들어지지는 않지만, 이제 다시 고통스런 새로운 경험을 통해 새로운 목적이 채워지기를 기다리는 공허감일 것이다.

실제로 다이스케는 고상한 생활욕의 만족을 갈망하는 동시에 도덕욕의 만족도 얻고자 하는 사람이다. "인간의 목적은 태어난 본인이 본인 자신에게 만든 것"이라고 분명히 인지한 이상, 이제 갓 서른이 된 청년 다이스케는 고통스럽겠지만 얼마든지 앞으로의 삶에 새로운 무언가 보람 있는 목적을 만들어 진정한 현대인의 모습을 갖출 수 있을 것이다.

그렇게 현대인의 목적은 태어난 본인이 본인 자신에게 만들어야 하는 것인데 그럼 현대인이 추구해나가야 할 방향은 무엇인가? '먹기 위해 하는 일은 가치를 찾기 어려우니 의식주 걱정 없는 사람이 좋아서 하는 일이어야 가치 있는 일이 가능할 것'이라는 다이스케의 변명에 히라오카는 이렇게 대답했다.

> 그렇다면 자네 같은 신분의 사람이야말로 신성한 일이 가능하다는 말이로군. 그럼, 자네야말로 더욱 일을 열심히 할 의무가 있네. (111쪽)

이것이 바로 정답이 아닐까. 현대 문명을 직시하여 문학이라는 '신성한' 일을 통해 근대 일본에 큰 영향을 준 소세키의 청년기 모습이 다이스케와 같다면 잠재력은 충분하니 미치요와의 사랑이 어떻게 되건 다이스케의 '그 후'는 소세키 같은 삶이 될 것이라는 예감을 갖게 한다.

하지만 사랑만치 청춘에게 죽음을 각오할 정도로 강렬하고 중요한 사건이 없기에 지금 당장 다이스케에게 삶의 새로운 목적 같은 것은 전혀 눈에 들어오지 않는다. 연애 또한 일시적이라며 머리로는 자신도 인정하고 있지만 가슴은 그렇지 않다. 특히 불륜은 현대사회 속의 자연인이 되고자 하는 개인이 겪는 가장 큰 번민의 하나일 것인데, 그것은 사회가 존재하는 한 영원히 해결되지 않는 갈등이다. 불륜은 사회적으로 나쁘지만 불륜이 없는 사회는 더 이상 인간의 사회가 아니기 때문이다.

그래서 여기서 단지 분명히 말할 수 있는 것은, 다이스케가 정략결혼을 선택했다면 그는 그가 경멸하던 사람들과 비슷하게 도금된 위선자의 삶을 살아갔을 가능성이 크다는 사실이다. 다이스케는 자신의 자연이 원하는 삶을 과감히 선택했다. 그래서 미치요와의 사랑은 성취 여부를 떠나 경험 그 자체로 다이스케가 주체적인 새로운 삶을 위해 겪어야 할 홍역, 통과해야 할 관문과 같은 것이고 도금이 아닌 순금의 자신을 만드는 과정 속의 일대 사건이요 해결자이다.

명석한 이성과 예민한 감수성으로 현대인의 탄생과 불안을 섬세하게 드러내고 마침내 주체적 현대인으로서 자연의 사람이 되고자 했던 다이스케. 그렇지만 사회를 벗어날 수 없는 개인의 불안인 불륜에 관해서, 시대적 혹은 개인적 한계로 머리가 돌아버릴 정도로 괴로운 다이스케는 전차를 타고 미래로 떠나갔다. 따라서 '그 후'는 다이스케가 우리 현대인에게 남기고 간 화두일 것이다.

옮긴이 김영식

나쓰메 소세키 연보

1867년 2월 9일 도쿄 신주쿠 출생으로 본명은 긴노스케. 출생 후 곧 양자로 입양.

1874년 아사쿠사의 도다 소학교 입학.

1875년 생가로 돌아옴. 이치가야 소학교로 전학.

1878년 〈마사시게론正成論〉을 쓰고 친구와 잡지 발간.

1879년 도쿄부립 제1중학교 입학.

1881년 모친 별세. 제1중학교 중퇴 후 니쇼 학사에 입학하여 한문학 수학.

1883년 세이리쓰 학사에 입학하여 영문학 수학.

1886년 제1고등중학교 재학 중에 복막염으로 유급을 반복하나 수석으로 졸업.

1888년 나쓰메 가로 복적. 제1고등중학교 본과에 진학하여 영문학 전공.

1889년 마사오카 시키와 친교, 그의 문학에 영향 받음. '소세키'라는 필명 처음 사용.

1890년 도쿄제국대학 영문학과 입학.

1893년 도쿄제국대학 영문학과 졸업 후 동 대학원에 입학하여 적을 둔 채 도쿄고등사범학교 영어 교사로 부임.

1895년 마쓰야마중학교의 교사로 부임.

1896년 구마모토 제5고등학교에 부임. 나카네 교코와 결혼.

1900년 문부성 장학금으로 영국 유학.

1903년 도쿄제국대학 제1고등학교 교사로 부임. 도쿄제국대학 영문과 교수 겸임.

1904년 메이지대학 강사 겸임.

1905년 《나는 고양이로소이다》 발표.

1906년 《도련님》《풀베개》 발표.

1907년 교수직 사임. 아사히신문사에 입사해 전업 작가로 활동.

1908년 《아사히신문》에 《산시로》 연재.

1909년 《아사히신문》에 《그 후》 연재.

1910년 위궤양으로 투병.

1911년 문부성으로부터 문학박사 학위 수여를 통지받았으나 거절.

1912년 《아사히신문》에 《행인》 연재.

1914년 《마음》 발표.

1915년 《아사히신문》에 《한눈팔기》 연재.

1916년 《명암》 연재 중 위궤양 악화로 사망.

옮긴이 김영식

작가·번역가. 중앙대학교 일문과를 졸업했다. 2002년 계간리토피아 신인상(수필)을 받았고 블로그 '일본문학취미'는 2003년 문예진흥원 우수문학사이트로 선정되었다. 역서로는 미나미 지키사이의《노스승과 소년》《왜 이렇게 살기 힘들까》, 아쿠타가와 류노스케의《라쇼몽》, 나쓰메 소세키의《나는 고양이로소이다》, 모리 오가이의《기러기》, 나카지마 아쓰시의《산월기》, 구니키다 돗포의《무사시노 외》, 다카하마 교시의《조선》등이 있고 저서로는《그와 나 사이를 걷다-망우리 사잇길에서 읽는 인문학》(문화체육관광부 우수교양도서)가 있다. 그 외에 산림청장상, 리토피아문학상, 서울스토리텔러 대상 등을 수상했다.

블로그: blog.naver.com/japanliter

나쓰메 소세키 선집

그 후

1판 1쇄 발행 2019년 4월 20일
1판 2쇄 발행 2023년 7월 1일

지은이 나쓰메 소세키 | 옮긴이 김영식
펴낸곳 (주)문예출판사 | 펴낸이 전준배
출판등록 2004. 02. 12. 제 2013-000360호 (1966. 12. 2. 제 1-134호)
주소 04001 서울시 마포구 월드컵북로 21
전화 393-5681 | 팩스 393-5685
홈페이지 www.moonye.com | 블로그 blog.naver.com/imoonye
페이스북 www.facebook.com/moonyepublishing | 이메일 info@moonye.com

ISBN 978-89-310-1145-6 03830

이 도서의 국립중앙도서관 출판시도서목록(CIP)은 서지정보유통지원시스템(http://seoji.nl.go.kr)과 국가자료공동목록시스템(http://www.nl.go.kr/kolisnet)에서 이용하실 수 있습니다. (CIP제어번호 CIP2019012706)